賈平凹論

费秉勋 著

陕西新华出版传媒集团
陕西人民出版社

图书在版编目（CIP）数据

贾平凹论/费秉勋著．—西安：陕西人民出版社，
2018

ISBN 978－7－224－12897－0

Ⅰ．①贾…　Ⅱ．①费…　Ⅲ．①贾平凹—作家评论
Ⅳ．①I206.7

中国版本图书馆 CIP 数据核字（2018）第 192008 号

出 品 人：惠西平
总 策 划：宋亚萍
策划编辑：张孔明
责任编辑：彭　莘
整体设计：周国宁

贾平凹论

作　　者　费秉勋
出版发行　陕西新华出版传媒集团　陕西人民出版社
（西安北大街 147 号　邮编:710003）
印　　刷　西安市建明工贸有限责任公司
开　　本　880mm×1230mm　32 开　10 印张　3 插页
字　　数　300 千字
版　　次　2018 年 9 月第 1 版　2018 年 9 月第 1 次印刷
书　　号　ISBN 978－7－224－12897－0
定　　价　32.00 元

目录

绪　论

略去个性气质和创作风格不计，活跃于当代文坛的中国作家主要是由于年龄和经历的不同，分为老年、中年和青年三大群体。这虽然看上去是一个一般化的、十分世俗和模糊的分类，但细想起来这种分法却带有一定的实质意义。影响作家作品思想情调和时代风貌的主要是什么？过去很强调出身和政治观，这放到别的国家和别的时代里也许是有道理的，但在30多年来的中国，这个说法可靠的成分是很小的。从20世纪50年代到70年代中期，全国的教育环境是统一和整体化的，政治社会思想教育内容也是一致的，同一年龄层次的人即使有着不同的出身和文化差异，却都有着大体相近的观念，这种来源于现实的社会关系、社会实践和理论宣传的思想观念和文化观念，是形成作家创作的思想风调的基本根源。只是在最近十年特别是实行对外开放之后，由于现代意识的冲击，中年和青年作家两个群体的内部才发生一定的分化。

我们做这样一个概括的分析，是为了确定贾平凹在中国作家队伍中的位置。说老、中、青三代作家之间在一定程度上存在着“代沟”，还是有道理的。当然有不少人可以在呼吸时代大气和经受新思潮的荡激中超越这种“代沟”，而对于有些人来说，由于他们的坚韧、自信，不愿更多主动地理解别代作家，这种“代沟”，大约会长期存在下去的。在三大作家群体中，贾平凹属于青年作家，这除了年龄依据外，主要是他的思想作风和思想观念是属于当代青年的。他是一个“代”作家。和老年作家的区别自不待言，就是和中年作家比起来也有着根本的差别。这主要表现为思想上缺乏成熟而稳定的理论框范，有较强的现代意识和反旧意识，其思维素质中存在着怀疑性和抗压性；艺术上勇于探索，勇于创造。

作为青年一代的“代”作家，贾平凹作品在青年中有着更大的读者市场。他的作品对社会惰力和民族性痼疾的揭示，对新时期农民特别是青年农民生活追求、精神躁动、感情波澜的表现，对生活角落和感情角落的搜逋能力和表现能力、对人和自然相依相斗中人群和自然界中的美和神秘的呈现，等等，都在向青年展开一个富于魅力的新的文学天地。但大部分老年读者都对贾平凹作品表现出淡漠。中年读者对之毁誉不一。对贾平凹作品的不同评价和看法除了作品本身的长短得失而外，主要是反映了不同的文学观。

指出贾平凹属于一个“代”作家，这只提供了他在中国当代文坛上位置的坐标横轴，要确定他的准确位置，还应对贾平凹文学创作的特质做进一步的考察。贾平凹区别于其他同龄作家的最大特征恐怕在于他能同时做到对现代意识的摄纳和对中国文化及美学传统的传承，从而使二者“联姻”，创造出富于时代性和民族性的新文学，这是决定着他文学个性的一大关纽，是规定他在文坛位置的坐标纵轴。像贾平凹这样年龄的中国作家，他们的生长、成型，正碰在一个畸形的时代，一个知识和传统被肆意贬损的年头，如果缺乏反拒思潮的自觉和锐意吸取本国文化传统的努力，就只能被造就成一个带有一定文化匮乏症的青年作家。而贾平凹在这种环境规定面前，和命运进行了顽强的搏斗，努力实现对这种规定的超越，用中国文化充实了自身，使得他能够自然地表现生活中和人物身上的文化积淀，并通过个性突出的中国美学精神来表现现代意识，表现当代人的心理和情绪，使他的作品显示出新的时代感和东方美学品格，取得一定的世界价值。他作为一个中国作家被不少国外的文学研究者作为研究对象，原因也正在这里。

由于中国在对外开放之后意识形态领域不可避免地内外连通和内外互渗，现代意识和现代审美意识对中国文学艺术的强烈冲击，中国的文学和艺术如小说、诗歌、戏剧、电影、绘画等等，都程度不等地发生了危机感，对中国文化传统的价值将怎样估价，怎样对待？中国文艺今后将走怎样的路，怎样应付世界文艺的发展总潮？如何适应现代化进程所造成的人们生活方式的新变化所带来的新的审美要求？这些问题盘旋在作家、艺术家和理论工作者脑中，给他们造成严重困扰，在学术界引起热烈的争论，文学界的“寻根”热、小说新观念的张扬、戏剧界戏剧观的大辩论、京海两派对传统针锋相对的态度、美术界就国画发展问题所提的那些耸人听闻的主张……这一切都是从危机感中引发出来的。危机并非末路和消亡，它是飞跃之前困惑中的躁动，它预示着中国文艺的大突破和大发展。如果把这些争论加以清理将会发现，产生对立意见的总根源，在于现代观念和中国文化传统的矛盾，争论双方对这两者各有不同的体认、感情和态度，因而各持一端，都表现出明显的偏颇。尽管如此，我们也应承认，他们都各自占有一定的真理，他们的意见对中国文艺的发展都有所贡献，因为他们的争鸣造成了思想活跃的局面，促成着文艺实践的多元路径。实践将证明，今后中国文艺的总发展必然是现代观念与中国文化传统的矛盾统一，融合争论双方的合理成分，在“和而不同”中产生一个大飞跃。贾平凹的文学成就为社会所瞩目，其内在根源正在于他所选取和开辟的是一条使现代观念与中国文化传统联姻的文学创作道路。作家这个抉择的高远之处，正在于他早在这场关于中国文艺发展问题的大讨论之前，就已克服了争论双方的偏颇，摒弃了固守传统和全盘西化的褊狭态度，把视野伸展到古代和外域，接受了中国的文化传统，也收纳着西方富于时代色彩的思想观念即现代意识，使他的创作既保持着中国文学固有的美学根基，扎根于民族的深土中，取得了最基本的读者队伍，同时也透发着浓烈的现代气息和时代风采。所以在目前中国文化发展的大讨论中，贾平凹作为当代文学研究的对象是有极强的现实意义的。对贾平凹的深入研究，其理论意义必然超越贾平凹研究本身，对中国文化发展的研究将起到一定的启迪作用。还应当看到的是，贾平凹是一个艺术型的作家，他走上文学道路和创作的每一过程，无不渗透着对艺术美和艺术情味的追求、把玩和陶醉。他的作品在大情节上大都不具风云雷电式的冲击力，但艺术情味的呈现却无处不在。这种情况是缩小了一定的读者面的，因为目下在相当大的读者层中，有诱惑力的仍然是再现现实生活步伐的大起大落的故事情节，只有具备这种特点的小说，才能使较多读者的阅读神经兴奋活跃起来。创作这类小说的作家当然也会显示出极高的艺术才能，但他们的主要兴趣是以情节和思想内容的巨大冲击力显露自己手笔的阔大，而往往不屑于对艺术情韵的平静细微的体味和潜研。然而必须承认，文学是精神产品，也是精神消费品，宇宙中没有比精神更复杂丰富的东西了，这理所当然地要求着文学形态的多样性和丰富性。把具有风云雷电式的大情节的小说规定为小说的最高模式，而贬抑注重艺术情味的小说，无疑是一种偏见，是在文学认识上的习惯性和惰性的表现。我们所以特别指出这一点，是因为多年来贾平凹的小说创作经常在这方面受到訾议和评论压力。我们文学评论方面“同而不和”的积习到现在并没有从根本上动摇，许多人还不愿意以宽容的态度理解走各种不同创作路径的作家，不尊重他们的艺术个性和艺术追求。“双百”方针的贯彻现在已初见端倪，我们相信这种现状迟早会有所变化。

作为一个富于创造性思维特征的作家，贾平凹有着极强的自我意识，他总是要用不断实现自己的创造性来满足高层的精神需要。艺术追求的多转移和多成效是他的重要特征之一。他身上充满着自变性，不断实现着新的自我，又不断对自我进行着否定，这正是他之所以多产的内在根源。他既写小说，又写散文，还写诗，而且都写得极有特色，引起文坛的注目。这既表现了他全面的艺术才能，同时也是这种自变性和创造欲望在起作用。贾平凹作为一个当代的年轻作家，他还在发展，还没有定型，从他的艺术才华和自强不息的精神看，他身上还蕴蓄着很大的艺术创造潜能，时代、际遇以及他个人的自我造就将使他在将来能成为一个怎样高度的作家，现在尚难逆料。那么是不是现在用本专著来研究他还不到火候呢？笔者以为不是。贾平凹毕竟已经走过了十多年的创作历程，发表了数百万字的作品，出了三十多个集子，他的成绩引起国内外研究者的注意，对这样的一个作家的既往，难道没有进行系统研究的必要吗！过去，国内有一种并不合理的习惯，就是只有古代和现代已故的作家，才有资格被作为系统研究的对象。80 年代以来，对这种成规虽有所打破，但这种打破是很有限度的，所以不管年轻作家的成就如何，仅只他们属于小字辈要对其进行系统研究，用习惯眼光看来就会感到像用宰牛的大刀杀鸡一样不相宜。不以成就和有无研究必要而主要凭作家的资历定研究规格，这实质是封建等级制度给人们造成的历史潜意识。这种成规过去已给作家研究造成一定的损失，使许多研究错过了良机。只在事后据各种死材料进行分析推论，便失去许多可贵的活东西。因此这种不合理的成规是亟待打破的。

当然，考虑到贾平凹是一个正在发展中的年轻作家，这本小册子也没有写成评传性的东西，而是对他1991年以前的创作发展过程的分析评论，是对作家一个阶段的研究。不管作家今后怎样发展，这段走过的路总是可以进行客观研究的。不言而喻，对贾平凹的研究今后还要继续和深入，这里的研究仅是初步的，也是粗浅的。

（绪论为《贾平凹论》西北大学出版社1990年5月第1版原文）

第一章　论贾平凹的性格心理

贾平凹有着丰富而活跃的主观世界和内心生活，其创作呈现着强烈的个性追求，作品始终被顽强的主体精神所统驭。因此，我们研究贾平凹及其创作，比较科学的方法是从研究贾平凹的性格入手，“因枝以振叶”，这样便不被作品多变的艺术现象所迷惑，可以直截地、有效地把握贾平凹创作的实质和根本。基于这种考虑，我们首先在本书第一章对贾平凹的性格心理进行概要的探讨。

一、孤独内向的心理特征

1952 年春，贾平凹出生于陕西省丹凤县农村一个 20 多口人的大家庭中，父辈兄弟 5 人，生父最幼，以教书为业，属农村中为数很少的知识阶层。1956 年，父亲在山阳县任教时，母亲跟随到那里长住，4 岁的贾平凹在家随伯父母生活，5 岁时即上学读书，学业颇佳。这样靠孝悌精神维系的大家庭，经济情况很不好，家大口多，常受饥饿。平凹禀气甚弱，又和父母分离，这是造成他孤独心理的重要根源。贾平凹在给《丑小鸭》1982 年第 2 期所写的《贾平凹性格心理调查表》中确定自己的气质为“黏液质 + 抑郁质”。他说：

"我出生在一个二十二口人的大家庭里，自幼便没有得到什么宠爱。长大体质差，在家干活不行，遭大人唾骂，在校上体育，争不到篮球，所以，便孤独了，喜欢躲开人，到一个幽静的地方坐地。愈是躲人，愈不被人重视，愈不被人重视，愈是躲人，恶性循环，如此而已。"他认为自己内向孤独的心理特征主要是后天形成的。体质的孱弱，加上周围缺少温暖的人情，就压得他退到主观世界里，发展幽独的思考和感受去了。然而他也有被人看重和关注的时候。他在学校有优秀的学业，在班级中他年纪最小，而成绩总是名列前茅。他的作文和写字常常被老师拿到高年级去展览，这使得他在怯懦的退缩中，却暗暗有了慰藉孤寂和伸展个性的天地。这就像是苦难生活中甜蜜的梦。然而这种好梦也并不长，贾平凹 14 岁的时候，"文化大革命"开始了，父亲被诬为"历史反革命"，全家人由此从物质到精神都遭了劫难，这给少年贾平凹的心灵又笼上了一层荫翳，使他更加深了孤独感。越是孤独，性格越是内向，在内心生活中伸展个性的欲望就越强烈，内心生活也越丰富，感受的性能也便越灵敏、越增强。这种心理的发展，到他开始文学生涯之后，就极其鲜明地反照到他的创作中。

正如盲人有着发达的听力，对每一音高的细微变化都会有锐敏的感觉、清晰的体察和记忆一样，贾平凹由于先天体质孱弱，对周围环境的畏怯，使得他感受和联想的机能变得异常发达。静观默察事物，养成了捕捉事物特征并加以品味和联想的习惯，这种能力也于无形中不断提高着。所以童年时代所感受过的周围世界便相当深刻地保留在他的记忆里，给他的文学事业积蓄了一笔受用不竭的财富。据他说，不但像《山地笔记》中的细节大多来自生活记忆的积累，即使《鸡窝洼的人家》《腊月·正月》中的许多情节描写，也都得力于他青少年时代的生活。也正是这个原因，故乡的风土人情就和贾平凹的整个创作结下了不解之缘，从他的处女作直到最近创作的作品中，都跃动着商洛故土的乡情。有文章说贾平凹的《商州初录》系受刘绍棠、古华等所倡的乡土文学的影响而作，这是对贾平凹创作未做深察造成的误会。

贾平凹的作品很善于写景，几笔就活画出商山丹水的神韵，这些景物又总是浸润着作家的诗情，原因不在别的，正是因为在羞怯孤独的童年里，他曾以柔情蜜意默默地感受过家乡的草木虫鱼、山山水水和风土人情。这种诗意感受的专注和殷勤的程度，与后来文学创作中景物描写在作品中艺术地位的高低程度是成正比的。对于这一点，贾平凹有着真诚的自白："社会的反复无常的运动，家庭的反应连锁的遭遇，构成了我是是非非，灾灾难难的童年、少年生活，培养了一颗羞涩的、委屈的甚至孤独的灵魂。慰藉以这颗灵魂安宁的，在其漫长的二十年里，是门前屋后那重重叠叠的山石，和山石之上的圆圆的明月。这是我那时读得很有滋有味的两本书，好多人情世态的妙事，都从它们身上读出了体会。山石和明月一直影响着我的生活，在我舞笔弄墨挤在文学这个小道上后，它们又在左右了我的创作。"（《山石、明月和美中的我》，原载《钟山》1983 年第 5 期）所以这种山水笔墨从字面上看来，似乎都是自然美的客观描摹，实则处处渗透着作家对社会和人事的情怀，都是社会现实经过作家心理烛照的产物。

把贾平凹孤独内向的心理特征与他的创作联系起来，出现在他身上的一些类似艺术禀赋的情况，也就不难理解了。人们都知道贾平凹有特别灵敏的艺术感触，但对这种主观条件的根源，却未做追寻，似乎这是与生俱来的，实际上这是由他的心理气质所造就的，而这种心理气质也并非纯为造物主的赋予。

二、婉约派词人的才情

我们大体承认地理条件是形成一个人性格的因素之一。从地理分野上看，陕西可分为陕北、陕南、关中三大板块。陕北为塞上，土瘠地寒，生民苦焦，其性暴烈，不屑细事，多出乱世英雄；关中为历代建都之地，民风淳厚，虽存礼让之风而民多守成，拙于经营进取；陕南山清水秀，属巴蜀文化和荆楚文化，其民精灵秀雅，长于生计。贾平凹生长的商州，界于陕南、关中之间，纵贯商县、丹凤、商南的丹江河，经荆紫关流入湖北，归于汉水。和他出生地的归属一样，贾平凹有着文秀温雅的南国气质，也具备关中人厚道的一面。商山丹水培育了他诗人的气质，经黑龙口流入的关中民俗也制约着他的情思。他虽然是一个小说作家，但就实质上说，他乃是一个诗人，因为他富于诗人的心肠和才情。说他是诗人，却不能无视他的冷静，他从无浪漫狂飙的呼喊鼓叫；说他冷静，又不能否认他诗人的才情，他的小说充满着诗的素质，他的散文，一篇篇都是不押韵的诗。他的小说很少做事件全过程纤毫毕肖的再现，那些细腻的、娓娓不断的描述，都是通过微末的细节在品味着醇美的诗情。正是这种诗人的才情决定了他小说的写法和风格，决定了他叙事笔调的浓厚的表现性特征，也决定了青年男女的爱情萌发和爱情表露，成为他初期创作的重要内容。

多年前，人们曾感到贾平凹小说的思想性和艺术性是不平衡的，与作品艺术表现的精巧、艺术气韵的充盈、笔墨的轻柔空灵相比较，其内容方面的思想骨力和历史坚实感都显得不够。这就是说，作为诗人，他不是那种呼唤时代风雨的歌手，而是徜徉在芳草湖畔吟唱内心感受的骚客。和他的南国气质相联系，他很像个婉约派的词人，不是杜甫和陆游，也不是苏轼和辛弃疾，而是秦少游和李清照。

其实，诗人的气质并不应影响创作的现实重量和思想深度。被李长之先生称作“诗人，而且是抒情诗人”的司马迁，其《史记》的恢宏和深厚，概括了数千年的中国历史和中国文化，它的分量简直沉得像我们栖身的地球；关汉卿也是一个诗人，他的创作从感性到理性都典型地表现了元代那个黑暗、苦难和反抗挣扎的时代。从贾平凹 1983 年以来的中篇看，他仍保持着诗人的气质和才情，但他的笔锋显然是趋向了老成、苍劲和准确，克服着思想性与艺术性的不平衡。

我们说贾平凹是一个诗人，并不仅仅是他有诗情而泛称其为诗人。1981 年到 1986 年，贾平凹在《诗刊》《星星》等刊物发表过一些诗，其中《一个老女人的故事》颇受好评，为《诗选刊》和《名作欣赏》所转载。花城出版社还出版了他的诗集《空白》。然而我们说贾平凹是诗人，主要还是因为诗贯注于他的所有创作中，无论小说还是散文都含蕴着诗的素质。他说：“我开始了小说、散文、诗三马并进的写作；举一反三，三而合一，而诗写得最多，发表得最少，让它成为一种暗流，在我的心身的细胞之内，在我的小说、散文的字句之后。”（《山石、明月和美中的我》）这是写小说的贾平凹作为诗人的自白。

三、锐意追求的艺术志趣

贾平凹是有着艺术家的禀赋的，对于艺术，他有非常聪颖的悟性。他在《贾平凹性格心理调查表》中谈他的业余爱好说：“喜欢观画，看美术杂志大大胜过看文学杂志。爱看杂书：建筑、医药、兵法、农林、气象、佛学……”他相信自己原来要是学美术，绝不会是一个平庸的画家。他没有学过画，仅凭着对于艺术的悟性，他也可以作几笔气韵生动的小画。1979 年秋，有人曾将贾平凹在笔记本上信手所作的诗画，油印线装为《平凹诗画》，印行数百册在西安流传。那些小画，幅幅都流注着清新的诗情。从这些画中，你可以探寻到他构思和布局文章的一些奥秘的根源。从 1977 年起，他的房中就不断张贴和更换着自书的条幅。他除过小学时临摹过柳公权的《玄秘塔碑》外，一直没有临写过任何碑帖，然而他所书的条幅、匾额，他题画的手迹，却颇有书家的风范，都显示出他的艺术悟性。观画、写字、看地方戏、读百家杂书，既是一种精神享受、性灵的陶冶，也是对艺术感受力和表现力的经常性磨砺。举例说，他从对中国名画的观赏中，就酿结出作品布白、接榫和对时空的鸟瞰、摆布等方面的章法艺术。从《韩熙载夜宴图》《清明上河图》等长卷中，他找到了小说场面衔接中笔断意连的艺术律则。

作为一个作家，贾平凹读书有他自己的读法。他读卦书，并非要当卜筮看相的半仙，然而从中却磨尖了察言观色的眼力，能更加善于从一个人的外貌及情态洞见他的内心世界；他读兵书，也不是奢望做指挥战争的将军，然而这些书给了他艺术上出奇制胜的机敏；他读佛书，更不是要皈依宗教，他未必能读懂深奥的佛理，但他从佛教哲学中吸收了不少的养料来提高自己的艺术修养。贾平凹的读书法是对一切知识、道理、现象，以自己的艺术感悟进行为我所用的观照。他将山石、明月作为有滋味的书来读，而又将百家杂书作为美感对象去感受、去体察，经过自己审美经验的改造，变为自己的艺术库存。所以贾平凹艺术感触的敏锐，一方面是童年时代环境和性格铸成的心理能力，另一方面也是从事文学之后不断进行辛勤的艺术磨砺所获取的成果。

四、羞怯与执拗相统一的性格

贾平凹自称“不善言辞动作，实是一呆人”。在热闹的出风头场合，他会不由自主地产生一种自卑感，像小鼷鼠一样胆怯，只有退缩在人们注意不到的角落才感到自在。这样说来他该是怯懦而少刚气的了。其实不然，他有着内在的顽强和坚韧，有极强的自我意识。他的性格是外柔内刚，并善于以柔克刚。他像打太极拳一样，常常在谦恭低眉中着了先鞭。他说：“懦弱阻碍了我，懦弱又帮助了我。从小我恨那些能言善辩的人，我不和他们来往。遇到一起，他愈是夸夸其谈，我愈是沉默不语，他愈是表现，我愈是隐蔽，以此抗争，但神差鬼使般，我却总是最后胜利了。”贾平凹温和、平易，从来不会摆架子，任何人都可以和他相交；但他又像一个老人一样显出城府，不少人感到要和他深交就不容易了。

这种性格表现在处世上，也表现在文学上。他从不把社会变动的主干和正面冲突作为自己小说摄取的题材，他不会唱大江东去的壮歌，只擅吟小桥流水的轻曲。他不会以爆炸性的故事情节耸动文坛，就像他不会在广众中慷慨演说一样。他只能以诗情画意的描绘去启动读者的心扉，然而却有信心以此赢得作品的寿命。他在创作上离群单干而不怕冷落，但他又锐意追求，从不把创作凝冻在某种状态中，似乎稍有留伫他就感到寂寞。他的这些追求都产生了有个性的作品。因此有理由说，这个看来懦弱的人，在文学上却是一个强者。

第二章　贾平凹创作历程总述
（1977—1986 年）

如果从写儿童文学算起，至 1986 年，贾平凹的文学创作生涯已经是十多年了。这十多年，他所走过来的路是宽广的，也是艰难的；是欣慰的，也是痛苦的。他的创作历程给人以强烈的动感，他对生活意蕴的探索和对艺术美的追求，从来没有停止和满足过。这种探索和追求时常发生着新的转移，并且在每一阶段都取得一定的成效。这既引起人们的瞩目，得到他们的赞许，同时也伴随着不少的议论和非难。有毁有誉这本来是正常的，问题的复杂在于对于作家的同一追求及其艺术实践成果，却往往引起截然相反的看法。然而不管评论家对贾平凹的创作持何种看法，他们都会承认贾平凹的创作是呈现着明显的阶段性的，要全面评价他的创作，最科学的方法是分为若干阶段而予以论析。

贾平凹的创作历程，在 1986 年以前，大致可以分为四个阶段：1980 年以前为第一个阶段；1980 年到 1982 年为第二个阶段；1983 年和 1984 年为第三个阶段；1985 年和 1986 年为第四个阶段。

一、1980 年以前

这一阶段又可分为 1977 年以前和 1977 年到 1979 年两个小阶段。

1977 年是贾平凹小说创作成熟的一年。贾平凹是以创作儿童文学步入文坛的，当时他还在大学学习。在那时的作品中，他就能依凭自己的艺术感觉和表现能力，把商洛山乡四时景色的基本特征抓取来加以比较准确的表现了。

贾平凹一离开学校进入社会，他的笔就不限在对少年儿童的描写上了，他注意到了生活在农村下层的那些为集体事业操心出力的平凡的人们，写下了《曳断绳》《柳成荫》《菜园老人》《猪场夜话》《铁妈》等短篇作品。这些作品的创作动因，有着客观生活的冲击作用，也有着当时流行的一些文学观念的影响。所以这些作品虽然不乏新鲜的笔意，但总脱不开褒扬先进的定型格局，能打动读者的人情韵味比较淡薄。

然而，贾平凹很快就在 1977 年发现了自己。《果林里》《第一堂课》开始，他的创作进入了新的境界。作品中活动着的主角成为男女青年特别是妙龄少女了，世界人生在他们面前引发了美好的憧憬：爱情开始萌发，事业展开了宏图，而对于事业的志向和热忱，便成为引发爱情的基本动因。爱情的萌动、发展、热化，都是在事业的基地上、以事业为轴心进行的。这种爱情纯洁、真挚而甜美。这种田园爱情的赞歌，是贾平凹 1977 年到 1979 年小说的主调。

说贾平凹于 1977 年在创作中发现了自己，是指他觅寻到一个文学角度，得以将他此时的际遇、心境、理想和美学追求，和谐地表现了出来；说他发现了自己，同时是指他发现了自己文学表现上的所长，发挥这种所长，他就能在文坛上以鲜明的创作个性取得存在的价值和地位。贾平凹可以称得上是一个作家，严格地说就是从此时开始的。他这时所觅寻到的文学角度，就是以抒情的笔调讴歌事业和爱情。他说“事业和爱情是我的两大支柱”（《贾平凹性格心理调查表》），把事业和爱情融在一起加以诗意的讴歌，成了这个时期贾平凹创作的基本主题。这个时期的作品结集为《山地笔记》。《山地笔记》中的青年男女身上，差不多都依附了贾平凹的精神和灵魂。《山地笔记》不是以精确的笔墨再现宏观世界为长，而是通过描述青年男女事业追求中的纯真爱情，来抒写作者自我的感情经验。

对于贾平凹这一时期的际遇、心境、理想和美学追求，我们可以做些实际追溯。这时，他的脚步踏出学校迈入社会不久，其文学才华正为社会所注视。当一个自卑怯懦的青年发现了自己对于社会的价值和社会给予他的位置的时候，前头就像照着明亮的火光，格外乐观振奋。他把文学作为终生事业可以确定下来了，对文学事业的美好憧憬，成为一种勃发向上的主观精神，用以理解青春、观照生活、感受社会。巧妙的是，恰在这个时候爱情又在贾平凹身边降临了，他的爱情就像他的作品《泉》中的苇儿和牧羊后生、《第一堂课》中的延俊秀和夏西韦的爱情那样纯真、甜蜜、美好。或者说他作品中的那些爱情描写，就借助了作家自己的爱情经验。他所结识的是故乡的一位韶秀温厚的姑娘。后来贾平凹说："从她的身上，我获得了写女人的神和韵。她永远是我文学中的模特儿。"（《贾平凹性格心理调查表》）爱情没有使贾平凹沉溺，相反，爱人倒成了能激起他创作热情和召唤创作灵感的缪斯。从爱人身上他不仅获得了描写少女的神韵，而且由于她就是在作家的故土上生长的，是从商洛的山水土地上出脱成的，这样，当贾平凹以她为模特儿写小说的时候，故乡的那些山山水水也随着奔赴到笔端来，而且带着别样的诗意和灵气。在很长一段岁月里，贾平凹还把他和爱人的住房题作"棣花寨"，就透露了这方面的消息。事业和爱情为什么成为贾平凹这一时期创作的基本主题？这两者为什么纠结在一起不能分开？为什么他这一时期的作品像婉丽的抒情诗？为什么山水意境在这些作品中占着如此重要的艺术地位？这一切我们都在这儿找到了一定的根源。

青春—爱情—事业—乡景，化合在一起，组成贾平凹这个阶段作品的思想和艺术。所以当别的作家低吟着“伤痕文学”的悲苦之音的时候，他却一心一意在唱歌颂青春的抒情曲。

贾平凹的这段创作如石上清泉，清浅明净而富于诗情，因为这些作品是通过勾勒自然景色、生活场景和闪现青年男女追求的镜头来抒发作家自己的情愫的，所以它虽然能给人健康向上的情绪感染和沁入心脾的美感享受，却毕竟因其缺乏深度而较少震动人灵魂的力量和启迪人的哲理性思考。所以当作家稍经社会现实的洗礼，领悟到生活矛盾运动的复杂性时，他就不满意这样的创作了。于是，他的小说创作就进入了第二个发展阶段。

二、1980 年到 1982 年

贾平凹小说创作的第二阶段，由歌颂转入了揭露，由抒情转入了沉思。在这个阶段的创作中，1980 年偏重于对社会弊端的揭露，1981 年偏重于对社会人生的思考。

贾平凹向第二个阶段的转变，是从对个人恶德的揭露和批判开始，然后渐渐深入到对产生各种生活弊端和精神弊端的社会根源的挖掘。对个人恶德的揭露和批判的基准是他青少年时代在家乡的人群社会中所接受的传统伦理观。作家矛头所指的对象主要是一些“王魁式”的人物，即随着社会地位的陟升而遗弃初欢的男性青年，《丈夫》《春愁》《玉女山的瀑布》等都是这样的作品。这些被遗弃的女性，无例外地都贤惠、温柔、多情，富于牺牲精神，即使在遭到遗弃后，也缠结于旧情而不能自拔。社会地位的变化，引起青年爱情和婚姻的波动，这是一个古老的主题，但因为贾平凹这些作品透露出一定的时代氛围，关键性的生活变故都是当时生活中常常发生的，文笔又轻灵而细腻，再加上细微的心灵剖析，因而使作品获得了新的思想意义和审美价值。

这种揭露个人恶德的创作，持续的时间并不长，很快就转到社会弊端和整个国民精神劣根性的剖析抨击上。在这个变化中，《夏夜光棍楼》是一个带有过渡性质的作品。这篇小说用灵动的笔墨成功地皴染了一幅现实感很强、生活情趣极浓的风俗画。通过夏夜里光棍楼上一群娶不到老婆的老少光棍七嘴八舌的聊天逗笑、高谈阔论，反映了婚姻问题在贫穷落后的农村已成了一个社会问题，成了青年们最为忧心的事情。这个问题影响到家庭关系、生产秩序、农村劳动力结构和民风薄厚等方面，所以为农村大部分人所关注。这个作品虽还留着对个人恶德批判的成分，但主要的旨趣则是对社会颓风的揭露和诅咒了。

剖析、抨击社会弊端和民族精神弱点的作品有《上任》《下棋》《山镇夜店》《夏家老太》《年关夜景》等，这些作品在思想内容方面的共同特点是把社会颓风的主要根源追溯到下层民众的愚昧和麻木，意在揭示这样的民众是滋生官僚主义的沃土。如《上任》写一个由大队支书提拔为公社书记的干部，决心深入群众大干一番以改变这个公社的落后面貌，但他朴实和深入下层的好作风却使群众感到他“不像”个公社书记，这种本来极为可贵的作风却处处成了工作障碍。作品揭示了一个令人惊醒的问题：按照马克思主义的观点，干部应当是人民的公仆，但由于官僚主义的根深蒂固，使人们把高高在上、搞特殊化视作领导干部的重要特征，而对一个未染上这种坏作风的人反而不予信任。这种“二律背反”岂不是一个非常深刻的悲剧。《下棋》写一个棋艺拙劣的公社生产干事在羽毛未丰时，棋场上处处被人嘲笑，而当被提拔为公社书记时，却奇妙地成了这个小镇棋坛上的常胜将军，老辣的“山中老怪”也成了他手下的败将。

在这里，公社书记就是该地的“皇上”，他的一切，包括棋艺都不容许有人超过，这成了人人暗记心头的法规。作品对官僚特权及其社会基础的夸张性表现，不能不说是揭示了社会病态的某些本质。这些作品响着一个主调：权势高于一切，有了权就有了一切，这本来应属于谬误的东西，不但在生活中显不出不合理，反而成了天经地义的通理，谁不照此办理，谁就会被视为“不近情理”的人。

文学不是对生活所做的不偏不倚的理论概括，而是艺术地表现作家对生活的某种发现，哪怕这种发现仅是生活的一个侧面，只要把这个侧面表现得深刻，作品就完成了它的艺术任务。若不做如是观，阿Q就成了对中国农民的诬蔑，岂可以典型称之哉！照此看来，贾平凹这些作品都是成功的。

在这期间，贾平凹写了两篇真切感人的带有自叙传性质的小说《纺车声声》和《头发》，得到评论界的普遍赞誉，但这类作品却不为作者自己所重，这原因大约是嫌它们主要依凭朴实的感情行文，艺术创造显得不够突出。

和1980年的小说相比，贾平凹1981年的小说又有了变化，对社会弊端已不耿耿于怀，创作的意念放宽放大到对整个世界人生的思考和感受，入世的激愤变成了老庄式的达观，冷峻的调侃换而为感伤的惋叹。他不想也不知道如何给他的主人公指出一条正确的生活道路，对于人生的价值则得出“齐物虚无”的结论。人物方面，由群像的勾染又变为对主人公的刻画，荒唐的现实故事的讲述代之以主人公一生命运的展示。篇幅差不多都在两三万字。其代表作是《沙地》《好了歌》《二月杏》《“厦屋婆”悼文》。

贾平凹1981年所写的这些小说，表现出很大的复杂性。作者在情节的描写中，深刻而含蓄地寄寓着对美善的讴歌和向往，也渗透着对丑恶的憎恶和诅咒，但由于他这时接受了“坏中有好，好中有坏”的美丑互渗的美学观点，使得他的人物常常产生心理变态，他们的归恶向善往往失去了正常的心理逻辑，变得不可猜度。刘诚、厦屋婆等人物不管是怎样的性格，不管一生和命运做过多么艰辛坚韧的抗争，最后却都对世界、对人生抱着虚无、灰色、伤感的看法。可以说这不是人物性格的必然，而是作家这时的思想情调和艺术观的表现的必然。这些作品旨在揭示人生的复杂、世情的艰危，但由于作家当时的生活阅历还不够丰富，他只了解某些具体的生活事件，而对整个世界人生把握得并不够，所以人生在他的笔下便不免做了不够准确也不够充实的表现。

我们并不否定美丑互渗，在这方面，以往的文学如《红楼梦》等作品已有成功的实践，作家在这方面的真功夫应当是用准确的艺术表现把客观现实的复杂形态再现为艺术品。这种艺术表现也可以是以主观为主的，但这种主观仍然是客观现实的本质化，而不是现实关系的颠乱。贾平凹作品中的美丑互渗，有时因失去了客观现实大观的准确性，使得美丑的分野混沌而缺乏主导，又因美丑本身的源流不清，故显得虚浮。就是说作品虽有揭露生活中丑恶的意图，但却没有追寻丑恶产生和存在的历史性根源；同样，作品有时歌颂着美善的心灵，却看不到美善力量发展的生活趋势。这些作品有批判现实的积极意义，如对“文化大革命”的批判始终贯穿在这阶段的作品中，但“文化大革命”在这些作品中，似乎只是恶力在历史循环中出现的一次现象，因而这种批判就显得十分无力。这些作品对于人生的思考，看上去带有哲理色彩，但这种哲理一般很少含有客观真理性。

贾平凹 1981 年的创作中为什么笼罩着感伤的色调呢？我以为有如下一些原因：

其一，贾平凹当时还不满 30 岁，在同龄人中，他对生活的艺术占有还是比较丰富的，但他毕竟没有在走向社会后经受生活主流即重大社会矛盾的洗礼，他的阅历毕竟是比较单纯的，对于人生的真谛他还缺乏切身的体察和感受，在人生的大课堂里他还是个小学生。因此要用艺术来回答什么是人生这个大考卷，势必难有深刻准确的答案。生活阅历的不够深厚，加上理论修养又未达应有的高度，且艺术课题又定得太高太大，这一切就造成了作品的某些失误。

其二，面对复杂的、变化不定的现实，贾平凹感到惊诧和茫然，这时他怯懦的性格又起了作用，既然看不到现实生活发展的出路，对着诸多社会弊端又无能为力，于是退缩、消沉，或以老庄式的达观求得精神上的解脱。

其三，贾平凹从我国古代文化中承袭了一笔宝贵的精神财富，将自己造就为一个具有浓厚中国美学气质的作家；与此同时，也受着我国古典文学的消极影响。在我国古代，知识分子由于感怀才而不遇际会，叹时空无限而年命短促，哀青春消逝如花落水流，伤世之乱离而无可奈何……文学中非常普遍地反复表现着消极感伤的情调。这种文学情调世代相沿，便成为一种“集体隐意识”的审美对象。作为审美对象，他在思想意义方面虽有一定的消极性，但却显示出极大的审美价值，以致“少年不识愁滋味”，却要“为赋新词强说愁”。贾平凹 1981 年创作的感伤调子在很大程度上也来自中国古代文学的这种影响。这种影响虽然主要来自美学陶冶，却恰与作家对生活的困惑感相碰，便发酵似的滋长为创作中的思想倾向了。

贾平凹 1981 年的小说创作在思想内容上表现出极大的复杂性的同时，艺术功力上则有了明显的飞跃，已能在一两万字的篇幅中艺术地展现一个人物半生或终生的生活历程，并写出性格发展的脉络和层次来。叙写中能把深沉的抒情和冷静的描写熔为一炉。社会背景较以前的作品显著地宽广深厚起来。文气更趋浑厚，叙述描写的笔力更为老成纯熟了。

1982 年春，西安“笔耕”文学组召开了贾平凹创作讨论会，贾平凹参加了这次会，思想有很大的触动。这一年，他写了大量的散文，小说则写得很少。这时候，贾平凹的小说创作在酝酿着一个较大的转变。

三、1983 年和 1984 年

1983 年春季，贾平凹在重回商洛熟悉生活之后，写了《商州初录》(《钟山》1983 年第 5 期)。这是 14 篇系列散文，按照文学界对于小说的新观念，一般把它看作中篇小说。《商州初录》是贾平凹酝酿已久的作品，其中有些故事素材，笔者在多年以前就听贾平凹讲述过。由于酝酿时日长久，生活熟悉，又带着微醉的乡情，加上这种形式可以发挥贾平凹文笔的优长，所以他写得很顺手、很惬意，发表之后引起较强的反响。

在《商州初录》中，贾平凹实现了他冷静观世的主张，进入了他追求的第三种艺术境界（关于贾平凹的创作思想，详见本书第二十章)。作品通过灵活的笔墨，对于商州的地理概貌、风土民情、历史基因、社会现状，从时空上拉开距离，做了俯瞰式的展现。那些或今或古、或近或远、或大或小、或俗或雅的民间传说式的故事，都响彻着一个既复杂又单纯的旋律：在这块古老而带有神秘色彩的土地上，人心是那样古朴，风俗是那样淳厚，古老的传统道德以其巨大的力量左右着人们的生活和行为，这一切令人神往；然而这里的生产方式和生活方式，又原始、落伍得让人有隔世之感，觉得外界物质文明的强风应当加紧吹进去。其实在这样一个信息活跃的时代，外部世界的风终究是崇山峻岭所阻隔不住的。这种现代文明的气息一吹进来，这块土地上就起了有时看来是很滑稽的反应。千百年的停滞状态被打破，猝然发生着各种或欢或悲的故事。这种时间、空间各自奇特的反差效果，给人们以极强烈的历史感受。然而不管历史老人怎样加快脚步，商州的现在和过去，都像一篇醇美的诗一样，给人一股美的冲击力。

《商州初录》中没有了贾平凹 1981 年作品中那种虚无感伤的调子。虽然两者都表现出冷静，但 1981 年作品的冷静，是一种失去了热情的冷静，使人悲观、退缩；《商州初录》则是一种涵盖古今的冷静，使人襟怀开阔，头脑睿智。《商州初录》艺术上使人领略到通脱、练达的散文美。作者似乎特意放下了以前空灵的文笔，而追求一种有苍健韵味的“实”。这种散文美从我国的方志、游记、笔记稗乘、话本小说等散文形式中吸取了营养，又以当代审美情趣加以改造，从而炼铸为这种独特笔法，为散文和小说别开生面。

紧接着《商州初录》之后，贾平凹接连写了三部反映当前农村生活变动的中篇小说《小月前本》《鸡窝洼的人家》《腊月·正月》。这三部作品都透发着较强的时代气氛，用扎实的艺术描写表现了在实行生产责任制之后，山区农村青年农民新的、急切的生活追求。他们向古老封闭的农业经济发起了挑战，沟通着与外部世界的联系，搞活了山区的经济。这种追求与努力普遍遇到了强大的障碍，在追求与阻力的冲突中，人们的思想、志向、伦理观等都发生着深刻的变化，从而引出了一个个爱情故事、家庭纠葛、青年与老年的冲突、在位者与在野者的争斗等。通过这些纠葛与争斗，广泛展示了农村各种人物的意识活动和性格特征，描绘了一幅幅山乡的风俗画。

贾平凹这三部中篇的创作，在现实主义的道路上迈出越来越坚实的步子。如果说在《小月前本》中，还带有作家以前创作中那种表现主观情思的抒情色调，那么到《鸡窝洼的人家》中，作家已经注意让主观退后，以生活本身的运动构成情节的发展和人物关系的变化。《腊月·正月》在现实主义的道路上又前进了一步，展现了更广阔的生活面，也纳入了更深刻的社会内容。《腊月·正月》所追求的已不仅是故事发展的真实可信，更主要的是积极挖掘农村各阶层人物的灵魂，展示他们在新的现实中情绪的波动和地位的升沉。贾平凹说，他是用春秋战国时代新兴地主阶级与奴隶主贵族殊死斗争的那种历史感来写《腊月·正月》的。所以这部作品能做到时代感与历史感、真实性与倾向性的内在统一。

在贾平凹1986年为止的创作历程中，没有比1984年的三部中篇能得到更高的评论赞誉的了。但这并不能说明1984年是贾平凹创作质量的高峰期。这三部作品之所以能得到这种空前的热闹赞誉，是因为其为我国的评论积习提供了用武之地，这种评论积习就是对文学与现实政治的关系特别看重，只要作品揭示了政治方向的正确并比较生动地反映了生活，评论就会趋之而来。在这三部中篇中，改革者虽然经历了诸多磨难，但他们都是最后的胜利者，而企图给他们设置障碍的人，没有不最终失败的，这正是评论积习的活力被刺激起来的关键所在。

四、1985年和1986年

1984年的三部中篇虽然较好地调动了作家的生活积累，也发挥了作家的叙写才能，但作家这几部作品的写作，实际上存在着一定的被动性，在受到批评之后，他的创作活力处在半蛰伏状态，作品的命意比较单一，1981年就滋生起来的现代意识及现代审美意识在压抑中敛藏着。

由于多种复杂因素的促成，1985年贾平凹的创作又回复到精神的自由状态，创作活力得到了空前的发挥。现代意识又强烈起来，创作的命意比以往任何时候都要浑厚宽泛，其主旋律是对人生意蕴的探求。从这些方面看，可以说贾平凹 1985 年创作是 1981 年创作的接续。这个发展是一次否定之否定，它对 1981 年和 1984 年的创作，都是一种深化。接续不等于重复，同是对世界人生的探求，1985 年、1986 年的小说是站在更坚实的基础上。善恶美丑在这里有了清晰的分野，现代意识的又一次勃发，不像 1981 年那样表现形态呈现出一定程度的非民族性，而是做了中国化的改造，与中国传统的文化心理进行了较成功的融合。

在 1984 年这一创作主体精神自由追求暂时中断的时间，却出现了一个例外，这就是造成作品的历史感，即表现生活及人物身上世代积淀的文化基因。这种也是属于现代意识的自觉追求，却要比整个现代意识的伸张晚一些，是从 1983 年写《商州初录》开始的，并且这种追求一直贯穿在其后的创作中而没有中断，贾平凹因此被视为中国当代“寻根”文学的中坚作家之一。为什么他的现代意识在 1984 年因受压抑而敛藏的时候，作为现代意识之一的“寻根”的文学实践却没有丝毫减退和中断呢？这是值得深思的现象。原因不是别的，而是“寻根”虽属现代意识，但它却为排外惧外的保守观念所接受、所欣喜，不会视作“精神污染”。这个事实告诉我们，贾平凹 1984 年现代意识的中断不是主动的，而是被动的、不得已的。正因为如此，只要能够尽力坚守住的张扬现代意识的阵地，他便死守不放。

1985 年、1986 年创作还有另外两种倾向，这就是这两年的大部分作品都表现着悲剧精神和大部分作品在透视社会人生时是通过性意识的焦点的。这种悲剧精神是作家对时代、对人生的感受的产物，也体现着作家的审美旨趣；以性意识的焦点透视社会人生，犹如找到了一面能细微深入地剖视人的显微镜，把文学对人的描写和表现从视野与审视角度上进行了一次深化。

由于创作主体精神获得了自由，创作活力空前勃发，本来就高产的贾平凹在 1985 年、1986 年作品创作像泉水一样源源涌出。1985 年在染了肝炎体力不佳的情况下，一年就发表了十部中篇；1986 年除发表一些中短篇外，还完成了一部长篇。正如贾平凹的一位研究者给笔者来信所慨叹的："一个作家像这样的创作高峰，一生中恐怕不会是很多的！"

对贾平凹 1977 年至 1986 年的创作历程，本章只勾画了作家的大体足迹，他创作所经历的一些重要阶段，后面都将专章论述。

第三章　事业、爱情的田园牧歌
——论《山地笔记》

《山地笔记》收集了贾平凹 1975 年到 1979 年的大部分短篇小说作品。在贾平凹这几年的创作中，1977 年是一个分界线。1977 年以前的作品，还留有当时普遍流行的创作思想的一些痕迹。主要写农民中公与私的矛盾所形成的生活插曲。这其中不乏对农民中后进的小私有者思想作风的喜剧性的善意讽喻，而重点却是对公而忘私的人物的热情歌赞。命意单一，人物形象也谈不上丰满和多大的独特性。这时候，贾平凹还没有具备后来那种强烈的自主意识，创作上总的看来还处在不够成熟的阶段。

1977 年，贾平凹创作有了一个飞跃，从他当时创作的总体精神状态看，获得了一定的自由和超越。这时候他有三个发现：发现了非常切合自我心境的主题命意，这就是讴歌青年对事业和爱情的崇高追求与美好憧憬；发现了自己文学表现上的所长，即意境的创造和诗情抒发；归根到底，他发现了自己，即发现了诗人的贾平凹。这三个发现对贾平凹的迅速成长和在文坛上取得一定地位是带有关键意义的。

1978 年首届全国优秀短篇小说奖评奖，贾平凹的《满月儿》得了奖。《满月儿》所歌唱的，就是农村青年在事业上积极上进的青春之歌。这篇作品写得清新可喜，作者着意于人物个性的描写，尽管这种描写未达于深层，但却是鲜明的。在这篇作品中，作者特意通过对比以表现满儿、月儿姊妹俩的不同个性。“文化大革命”中强调写矛盾斗争，依那时的文学模式，如果作品的主要人物为两人，而作者又是将两个人物对比来写的话，他们一定是革命与反动或先进与落后的一对互相对立的矛盾。然而在《满月儿》中，姐姐沉稳好静，爱钻研，能刻苦；妹妹活泼好动，单纯幼稚，无忧无虑。两个人物都是很可爱的形象，都是本质上追求上进的姑娘。这就突破了“文化大革命”中所形成的人物结构模式，也是贾平凹对自己前期艺术思维定向的一个冲决。《山地笔记》中的《牧羊人》所写的两个姑娘，《第五十三个》所写的歌儿、乐儿两姊妹，都用了大致相近的写法。这种以对比笔墨相互映照来写两个美好形象的构思处理，可以说是一种“和而不同”，它冲破了对立斗争的僵化模式，又克服了人物和情节的单一化，保证了作品色调一定的丰富性。当然在《满月儿》中，由于作者对这种对比手法的过分钟爱，没有明确认识到手法本身不是目的，因而这种对比就多少显出了雕琢的痕迹。

当事业和爱情在小说叙写中被结合起来，两者互相生发、互相照耀，成为《山地笔记》的主旋律，便使贾平凹的笔下特别焕发出光彩。对事业的抱负和志向，使爱情变得高尚充实，而由于爱情的激发，事业也显得更富诗意：栽培果树为家乡谋福利的共同事业，使两个本来陌路的青年男女结成爱侣（《夏诚与巧姐》）；一个为集体放羊的后生和一个为集体护林的姑娘，因为各自忠于职守而互相产生摩擦，然而他们越来越在对方身上发现了自己的影子，于是产生了爱情（《泉》）；漂亮的姑娘甩开了许多追逐者，把心交给一个老成持重的青年育种迷，后来她虽然不幸被毁容，但他们的爱情却更加深挚笃诚了（《回音》）；一对奔赴山乡从事小学教育的恋人，当他们各自上第一堂课的时候，两颗心又碰在了一起（《第一堂课》）……这种田园爱情的赞歌，是《山地笔记》的主调。

可以算得上《山地笔记》压卷之作的是《雪夜静悄悄》。这虽非正面铺写爱情的篇什，却展现了青年爱情天地的厚实的背景。在一个雪夜里，西韦的未婚妻跑到西韦教书的学校来找他交流备课的情况，因为第二天她要临时代替一位病了的老师上语文课。她在学校大门口被老门卫、西韦的爸爸挡了驾。老汉虽然从她的话里听出了这是未来的儿媳妇，但心里仍是生气，他最反感打扰老师备课，他甚至背着姑娘告诫儿子不要找一个只知道谈恋爱的“花花枕头”。后来当他亲耳听到两个年轻人是在交流备课内容时，立刻打内心对两个青年涌起深挚的父爱。《雪夜静悄悄》通篇都在写人的心理，但却没有丝毫鼓努用力处，写得灵动、深厚、平实、自然。如小说开头用经济的文字，通过极其细微的听觉、意觉，把雪夜的气氛和老门卫在传达室烧开水的心态活动写得那样深微可感。老人对教育事业忠敬虔诚的内心波澜，只通过他给老师们送开水时的心理细节描写，就表现得非常充分了。就是在这样的社会环境中，在这样的父辈的精神哺育下，青年男女的爱情在萌生和发展，事业上勃发着青春的活力。

事业和爱情为什么会成为《山地笔记》的主调？贾平凹在1977年为什么会有三个发现？其根源都在于作家的主体精神，在于这时候事业和爱情是他的两大精神支柱，《山地笔记》的主调不过是这种精神的伸张和勃发。然而这种主体精神并不是独来独往的，没有客观环境和条件，没有天时地利人和，主体精神的腰毕竟难于直起来。用唯物主义观点看来，这种主体精神的产生不是没来由的，它是来源于客观，对客观有着很大的依赖性。首先，是机遇给贾平凹提供了这种健康向上的精神欲求的可能和发展前景，文学事业、美好的爱情都向他张开了双臂，敞开了怀抱，这对一个刚刚踏入社会的青年来说，是多么大的人生幸运啊！其次，贾平凹的三个发现（归根结底是自我的发现），是发现一种活的过程，而不是发现某个凝固的静物，换言之即发现主体精神伸张的路径。在伸张和高扬这种主体精神时，作家是有一个迅速觅寻角度和出路的过程的，在这里，作为一个初出茅庐的青年，贾平凹表现了他的聪明和狡黠。当时“四人帮”刚刚垮台，人们的思想还处在僵化中，出于事物的惯性规律，“左”的一套仍继续着，思想解放是两年以后的事情。就在这样的思想环境中，贾平凹很快寻找到了相宜的突破口，使其主体精神在文学中的伸张和高扬，与当时的思想环境在外部走向上取得了一致，因而这种主体精神的伸张与表现不特得到了允许，甚至会受到褒扬。对当时的思想环境，这是一种改造性的利用而不是消极的迎合。

和这种特定的主体精神相联系，贾平凹在《山地笔记》的创作阶段，很快地形成了自己的风格。“风格”是成熟的标志，评论家在使用这个字眼的时候，一般是非常悭吝的。那么人们怎么会大方到在那个时候就轻易把风格这一概念和小字辈的贾平凹联系起来呢！因为实际存在是一个很倔强的怪物，它常常自己站出来无声地向人们的习惯偏见发出抗议。在《山地笔记》中，贾平凹的风格是突出的，对读者是有一股美感的魅力的，这有什么不可以说破的呢？诚然，贾平凹身上充满着自变性，历史也证明，《山地笔记》的这种风格在他的创作中很快成为过去，但这都不足以成为反对研究《山地笔记》风格的理由。不管贾平凹面前的路有多长，不管他的创作今后如何发展，《山地笔记》的风格却成为不变的历史。作为一段客观的历史，当然是可以评说的。这种评说对一个有自立精神的作家今后的发展，是不会有什么坏处的，这正如对他出世的每一篇作品可以进行评论是一样的道理。

风格并不是什么神秘的东西，它是作家、艺术家创作个性的总体表现，用马克思的话说，它不过是文学艺术作品中构成作家、艺术家的“精神个体性的形式”。马克思曾引用法国启蒙运动时期的思想家和文学家布丰的一句名言，这就是“风格即人”。贾平凹《山地笔记》的风格当然也深烙着他这一时期的思想风貌、个性特征、艺术才能和美学追求的印记。

《山地笔记》的艺术风格可以做这样的概括：在《山地笔记》中，贾平凹善于用诗的韵味的语言，创造出一种幽美的意境。作品中萦绕着一股透明的、美的情思。他的人物就在这种意境中，体现着这种情思并思考、说话、行动。在章法上，他的作品像写意的水墨画，他总是把那些能传神的、有诗意美的地方选择出来，用透明的淡色加以点染，而不做面面俱到、纤毫毕陈的铺排。

一、美的意境在《山地笔记》的作品中有着特殊的地位

这种意境往往打着商洛丹江两岸山光水色的烙印。笔者曾探索作家的创作心理，追溯在《山地笔记》中一些作品创作过程中艺术思维的某些环节，了解到贾平凹这一时期不少作品在创作之初，创作的冲动便是由一种意境触发起来的，进一步的构思往往也继续受着这一意境的推动。《果林里》《泉》《林曲》《竹子和含羞草》等，便是这一类作品。以《果林里》为例。1977 年夏天，贾平凹在礼泉县烽火大队驻队，一天下午吃过饭歇晌的工夫，太阳照得正有劲，人们都想找个凉快的地方躲躲热，贾平凹漫不经心地走进果园。虽然来了不少日子了，他还没有好好看看这个果园呢。林子很深，他沿着林中的一条小径往前走着。慢慢地，他听到了淙淙的声响。抬头一看，前面的果林更密了，簇拥着一片浓浓的深绿，他继续朝前

走，已经到了林子的中央。这时他才发现，这片深绿中隐着两间生了绿苔的茅屋，屋旁是一个清池，一泓池水碧绿碧绿的，小水渠里正有指头粗的一股水朝池里滴着，一丝清幽一下子沁入人的心脾来。这情境使贾平凹入了迷，公社的果林多美啊！他在这儿伫立了半天，然后才去推茅屋的门，屋里坐着一个英俊好学的小伙子，正伏在桌上全神贯注地看书，墙上是关于果树管理的各种挂图。这个人物跳入贾平凹的眼中、心中，立刻便有一股情思冲击着他。他平时接触过的一些人物，也迅速向这个艺术境界中涌来，经过一番筛选，最后剩下的是这个青年、一个姑娘和一个老人，故事也慢慢形成了。《果林里》的构思过程大概就是这样。

这种诗的意境，在这样构思产生的作品中成为作品的神髓，与作品的人物、情节、主题同在。如果抽掉这种意境，这些作品就不复存在了。在另外的作品中，意境虽然不像前一类作品那样地位重要，但它形成着这些作品独特的色调与风采，同样不可缺少。如果把小院、榆树、月亮从《纺车声声》中拿掉，《第五十三个》中没有了山峦、桃花、竹林，《雪夜静悄悄》中没有了夜幕中的飞雪，这些作品也不免失去光彩。

二、贾平凹的作品中，还贮满一脉美的情思

意境依凭于景象，情思则是融贯于作品中的一种情愫，它无往而不在，或通过人物言行姿态的状写，或通过景色的描绘，或通过贯注于叙述中的口吻和感情色调，像水波一样去激荡读者的心灵。《山地笔记》中着重创造着某种意境的作品，其中也必然充盈着与之相关联的情思；而在一些并不着意构成一种意境的作品中，也仍然流动着这样的情思。这种情思并不是作品的主题，但对主题有一定

的烘托作用。它是介于作品思想与艺术之间而更多地属于艺术方面的东西。如果贾平凹的某一作品与别人的某一作品主题大致相同而色调却判然不同的话，那么在造成这种相异上，他特有的情思是起了重要作用的。所以，诗意美的情思是认识贾平凹《山地笔记》艺术风格的枢纽。

三、和诗意美的情思与意境相联系，或者说出于创造这种意境和情思的需要，贾平凹在创作中酝酿出一种颇有特色的语言

这种具备特色的语言，是形成《山地笔记》艺术风格的一个重要因素。《山地笔记》的语言特色，一是凝练，二是清新，三是优雅。所谓凝练，就是不啰唆，不拖泥带水，不面面俱到，抓住事物的特征和作者所要强调的东西，做点染式的描述，避免四平八稳的八股套语。所谓清新，就是不用气势去鼓动，把话尽量说得清淡有韵致，使读者沉浸在艺术的氛围中，绝对不讲趾高气扬的豪语。所谓优雅，就是避免俚俗浮滑，语言给人一种散化的跌错美，不用熟腻的俗语。这样一来，就形成了一种具有诗的旋律的独特的语言。贾平凹很注意描写文句中的炼字。读《山地笔记》，常常可以读到利用动词的活用而提炼出的一些类似诗眼的字句。如“口中的热气开始在绛红色的毛围巾上镶起了无数的小明珠”“几抹雪粉被风吹落在她的嘴唇上，立刻烫化了”“烟缕从烟锅上端端往上长”等句中的“镶”“烫”“长”等字，都见出他炼字的功夫。

一个作家艺术风格的形成是复杂的，很难用几句话说清，但也并非完全羚羊挂角无迹可求。《山地笔记》风格的根源，主要在于这些作品大多写青年男女对事业和爱情的美好追求，所吟唱的是诗化的田园牧歌。这种特定的主题内容和描写对象，内在地要求着相应

的作品风格。这种客观上的要求，与作家的艺术素养和美学追求相生发、相协调，就形成了《山地笔记》的特有风格。同时，《山地笔记》的风格也和贾平凹的童年生活以及艺术师承有一定关系。

有人说，对生活、对周围一切的诗意的理解，是童年时代给作家的最大的馈赠。这话是有道理的。贾平凹生长在商洛山区的丹江岸边，他的父亲是一个教师，在山区，这样的家庭就算得上书香之家了。这样，少年时代的贾平凹就能够对自己生活于其中的山明水秀的环境，朦胧地发生诗意的感受了。这里生活着的每个乡亲，这里的一木一石一山一水，都经过他爱的浸染，含蕴到心灵中去了。这是一个早熟而内向的年轻人，他拙于或者不喜欢用嘴巴咋咋呼呼表白自己的感情，而喜欢静静地在内心品尝自己那些诗意的感受。这些心理意识活动，便为他后来的文学创作积累了一笔看不见甚至意识不到的资本，给他的文学风格造成深远的影响。他对书法、绘画、戏曲、民歌都有特别的嗜好，常常在对这些艺术的欣赏中酝酿着自己的艺术志趣，磨砺着自己的艺术触角。进大学以后，贾平凹接触到孙犁的小说，他一下子对这些作品酷爱起来。于是搜集了能搜集到的孙犁的大部分作品，在享受中仔细地阅读。孙犁这位老作家的艺术，奇迹般地唤起了这个年轻人的艺术灵感。他心灵里那些浸透着爱和审美感受的山水人物，渐渐地活起来，向艺术的世界里跃动。这时候，贾平凹已经运用了一个时期的笔，由生涩逐渐变得熟练，他笔下还不圆熟的艺术便和他的前辈作家的艺术发生着共振。

这种现象曾经给一些文学青年造成一种错觉，以为靠着模仿某个前辈作家，就可以成为一个新作家。这是多么误人的一个认识啊！他们这样做的结果当然不免失败了。其实贾平凹小说创作的根本依据是他的生活和艺术素养，其他作家对他的创作所起的仅仅是催化剂的作用。他笔下活动着的是陕西山地而不是华北平原上的景色和人物，他作品中的生活透发着20世纪70年代而不是抗战时期的时代气脉。贾平凹从一开始就是自立自强的，要不然他在以后也不会有一个接一个的新追求和那样迅速多变而越来越走向深化的发展了。

在1979年5月《延河》编辑部召开的创作座谈会上，贾平凹在总结自己的创作时说："我自己习惯写的，大致是一些向上的和进步的人，但不一定都是什么英雄人物。"嗣后他又几次说："我恐怕永远不会用爆炸性的情节去取胜。"的确，如果你想在他的《山地笔记》中发现重大的主题和震撼人心的思想力量，那你一定会失望。那么可不可以认为贾平凹的作品就没有多大的社会价值呢？不可以。贾平凹作品的社会价值和美学价值都是客观存在的，而且是独特的。这些价值的提供，不是那些反映重大社会问题的作品所能替代的。

如果你再试着把贾平凹《山地笔记》中的作品真正作为艺术品去欣赏，让自己老老实实做一个欣赏者，而不是作为一个带着先入为主的成见的批评者去读他的作品，你将更容易发现这些作品的社会价值和美学价值。另外应当认识到，艺术品首先得当艺术品看，欣赏齐白石的鱼虾草虫，却先要检验其思想性和政治意义，这不是太多政治家的心肠了吗？用齐白石的画做比也许是极而言之，未必恰当，但我们又很应当看到并尊重贾平凹作品的整体特性，那就是作品的思想都是溶解在艺术中淡淡地显示给人们的。如果不着眼于评论对象的根本属性和特征，即忘记了所品评的是一种艺术品，一开始就看它是怎样配合政治的，它告诉了人们怎样的思想，它对阶级的、民族的斗争能起怎样的作用（其实这些也常常是评论者的主观猜度，它在实际中的社会效果并不一定如评论者说的那样），而对其审美力量和通过审美力量给读者非常深细的心灵、情趣、人格上的陶冶作用往往不大正视，这难道能算作真正的文艺批评吗？

也许不能说贾平凹在创作《山地笔记》阶段思想上已经成熟，

但他早在“四人帮”跋扈的时候，就从创作实践上反对政治图解，这确是难能可贵的。在“四人帮”文艺谬论风靡的时期，短篇小说创作也以“样板戏创作经验”为准绳，人物排座次，设置了多层次的矛盾，动辄数万字。贾平凹却不为所动，而致力于千把字的描写真实生活的短章，显示了他艺术头脑的清醒。无论在选材上和写法上，他都和当时的风气保持疏远，而形成自己的特点。

在选材上，他从不追逐所谓“尖端”题材，不热衷于迎合现实中的政治风向，而凝神注视着渗透在平凡生活中的美和善。在写法上，贾平凹力避把主题思想急切地、浮躁地硬塞给读者。他不希望读者一拿起自己的作品先受到教育，他关切的是自己的作品能不能成为使读者得到艺术享受的精神补品和艺术食粮。应该说艺术从在世界上诞生之日起，就是遵循着这个规律在欣赏者中起作用的。

如果说图解思想概念早已成为我们文学创作中的一大弊病而在1977年这会儿还痼疾未除的话，贾平凹能从一开始便预防和克服这个弊病，乐于在艺术上刻苦思索，这种见识和精神应当得到肯定。他在向读者介绍自己创作《满月儿》过程的文章中，毫不掩饰地承认他写这篇作品的动力是出于对生活、对亲人深沉的爱。谈到作品的艺术构思时，他谈了十点，包括人物个性、章法结构、艺术色调等方面的思考与探索，都属于艺术方面的追求。他这样做以及创作的这诸多特点，按照正确的无产阶级文艺方针，是不应当受到非议的。

第四章　对国民性的新揭示
——论 1980 年小说

贾平凹的小说创作在 1980 年发生了很大的变化。他的笔触已经伸到了社会生活的较深处。他的视线已不单单停留在社会生活和社会事物那些美的部分上了，他开始注视到历史和现实投在整个生活背景上的魑魅的暗影。于是，静谧透明的田野上，涂染了社会世俗的更复杂的色彩；甜美的抒情曲中，加进了思考探寻的旋律。作者虽然仍带着他诗意的微笑，但却不是以前那种惬意的、赏心的微笑了，这笑影中不免带上了几分调侃和冷峻。

这一年的作品中，只有《他和她的木耳》（《延河》1980 年 5 月号）还较多地保留着以前作品的格调，但即使这篇作品，也和以前的作品有了显著的区别。小说写一双青年男女立志建设山区的故事，表现了他们之间纯真高尚的爱情。如果在以前，作者便可能就此止步，现在他没有满足于此，而是更进一步向生活的内部突进，向人们揭示了山区建设中人事方面的阻力，揭露了盘踞在乌梢岭大队政治经济生活指挥机构中的蠹虫——这个大队的领导。这个操持着全队百姓命运的人，对山区建设并无丝毫兴趣，却很会利用各种保护色借革命以营私。革命青年欢儿等处在这样的环境中却站稳脚跟，志不移，心不灰，这是一些多么可爱的青年呢！

写男女青年是贾平凹的特长，在《他和她的木耳》中，他发挥了自己的所长，又给他的人物画廊增添了两个新形象。积极向上的大恒，憨厚之态可掬，那一颗赤诚的心似乎老露在外面，作者刻画这个人物时，用笔简洁有力，写得比《山地笔记》中的小伙子们更血肉丰满，富于个性。很有心计的姑娘欢儿，泼辣而练达，她不像《山地笔记》中的许多姑娘那样柔情似水，也不像《满月儿》中的月儿那样充满稚气，无论在政治上、生活上、事业上，都堪称大恒的老师，但她身上却充溢着深厚无邪的情爱，绝不是那些嘴里只讲“斗争”“路线”的硬邦邦的人物。贾平凹把欢儿与大恒的爱情写得很独特，很见个性，而且能在这样一个短篇中，把这对青年的爱情在社会生活的土壤中萌发、生长的整个过程，描述得层次分明，极其自然可信，因而这种爱情就不像《山地笔记》一些作品中的爱情描写那样缥缈轻柔、为过浓的浪漫诗情所弥漫，因而显得更为纯朴扎实。

跳出了一味用美好眼光看取生活的囿阈，而转向社会矛盾的审视，使贾平凹连类而及，忆起了少年时代的苦难，写了《纺车声声》（《青春》1979 年 12 月号）和《头发》（《广州文艺》1980 年 6 月号）两篇带有自叙传性质的作品。《纺车声声》是一篇感情真切的作品，能以细节表现人物感情的细微变化，塑造了一个勤劳、善良、坚韧的母亲形象，见出了作者以前作品所缺乏的力度，透露了作者的创作风貌将有所变化的消息。《头发》正是《纺车声声》的姊妹篇，《纺车声声》是写母亲的，《头发》是写父亲的。这两篇作品发表之后所以为不少读者激赏，是因为它们表现了劳动人民淳朴正义的情操，既表达了这种带有人类共同情愫的东西，又从侧面再现了“十年浩劫”中的社会变动，容易引起人们的共鸣。这场灾难像风暴一样很快刮遍 960 万平方公里的每寸土地，连一个山区小家庭的院落也不能幸免。小说中的父亲是个足堪为人师表的善良正直的知识分子，他在“文化大革命”中备受折磨和凌辱，但他总是用重大的父爱去保护儿女的心灵使其免受创伤，并在儿子错误地要向社会进行报复时，怒责儿子，把儿子拉上“相信党，相信人民，相信自己”的正路。他对人民、对自己的事业一往情深，而面对“四人帮”的倒行逆施，又凛然难犯，坚硬得像一块钢。这是一个有柔有刚的人。

和《纺车声声》一样，《头发》是紧紧抓住表现人物内心感情的细节（如在痛苦中能俯身为孺子牛、被批斗凌辱后晚上和妻子谈话极力瞒着儿女、想到自己影响儿女前途时的痛哭、为解除儿子的精神痛苦教他拉二胡等等），通过这些细节去塑造人物，并反映社会生活的变动。“文化大革命”是通过“我”的家庭变故，从侧面得到反映的。在家庭这个视角上又是以父亲为聚光点，以父亲的头发为线索去写的。

当贾平凹意识到社会矛盾的复杂性时，《山地笔记》展示青年男女纯真爱情的题旨，也自然地发生了变调。这个变化实际上从 1979 年就开始了。《丈夫》（《鸭绿江》1979 年 11 月）、《玉女山的瀑布》（《长安》1980 年 1 月号）、《春愁》（《花溪》1980 年 7 月号）都是写青年因社会地位的变化所引起的婚姻爱情上的变故和纠葛，挖掘一些当代陈世美式的负心男性心灵上的污垢，对被遗弃的善良女性给予了深沉的悲悯。《丈夫》中的“她”，曾经在“他”失去生活乐趣的时候，以温情抚慰过“他”的心灵，结婚后为了支持“他”的工作三次打胎，而当“他”在“她”的支持下革新试验成功的时候，“她”在产床上接到的却是“他”要求离婚的信，因为“他”已有了资本，可以向高干的女儿求爱了。《春愁》里的云生媳妇，一人挑起全家的生活重担，又在春荒时拖着瘦弱的身子捋榆钱养活婆婆。她早看出在商业局当干事的丈夫已经变了心——半年来他既不回家也不来一封信——但为怕婆婆伤心，她瞒着一切。她委曲求全地想："他还年轻，慢慢会好起来吧，他当一般干部，我总还勉强配得上他的。"终于，一个可怕的消息传来，云生又升为局长了，这等于宣布了她的被弃。这两篇作品都是悲剧性的，《春愁》中愁苦的调子笼罩了全篇，而《丈夫》却有很大的戏剧性，作品最后的悲剧气氛所以特别强烈，是因为作者使他的人物一直向美好的梦幻高峰上升，末了突降到现实的地面上，骤然的大跌落强化了悲剧的感染效果。

这些作品虽然有一定的思想意义和美学价值，但由于作者此时还局囿于比较朴素的世俗伦理观，所以作品的褒贬倾向就显得单一直露，那些负心汉的性格和灵魂都浮泛而概念化，没有足够的深度。实质上复杂的生活运动所带来的婚姻爱情变故，是有着更为深刻的社会、文化、心理等方面的内容的，绝不是负心这一点可以回答的。

在这类作品中，《玉女山的瀑布》和《阿娇出浴》（《长安》1980 年 4 月号）对人物的灵魂进行了深入腠理的解剖。

《玉女山的瀑布》通过一个新晋升为工程师的青年知识分子专程回家闹离婚的过程，细致入微地剖析了他卑污、自私、空虚的灵魂，表现了他内心的虚弱、矛盾和不值得同情的痛苦。他现在要提出与之离婚的，是在他受迫害时同情和帮助他，后来又答应了他的求婚的阿秀，所以回去后这样太丧失良心的话他说不出口，他只能用冷冰冰的面孔对待她、刺伤她，企图使阿秀恼怒、反目，从而达到他离婚的目的。但阿秀是那样忠实、多情，富于自我牺牲的美德，她甚至发现了丈夫的异样态度也没有往他会变心的方面去想，仍然牺牲自己的一切，一片真心去爱他、迁就他。最后青年工程师终于良心发现，幡然悔悟。

我们推想，这位年轻的工程师在政治上也许表现得不错，他抵制过“四人帮”，业务上看来还是个尖子。但在对待爱情、家庭的问题上，他的心地却是卑劣的。这种人现实中并不难找，但在文学中却很少如实地去描写。《玉女山的瀑布》打破了以前人物塑造上的僵化积习，表现了人物形象的复杂性。这种表现是具体的、立体化的，叫人感觉是真实的。作者不是用概念化的议论，而是通过形象描写和心理剖析，对这个人物进行了鞭挞和批判。

《玉女山的瀑布》另外值得称道的地方是，作品通过男主人公的心理活动，成功地刻画出了一个与之相联系并妍媸对立的女性形象。这个形象是美好的、可爱的，也是血肉充盈的。作者似乎有意不多用笔墨去描写这个人物的外形特征，我们仅知道她的头发缺乏光泽，脸被山风吹得黑黑的，而她的精神美却异常鲜明，不时从纸上腾跳到我们的感官里。这是一个新时代里的人物，她有着与常人一样的个人幸福的要求，这种要求是那样朴实而不奢华、实际而无苛求、美好而不庸俗。但当她作为一个微波转播站的工作人员忠于职守和关怀别人时，常常把如此起码的个人要求也尽量往后摆。她这样做是发自内心的主动行为，不是摆出样子来让别人看。她是一个先进人物，但又不是我们在文学中已经见识得很多了的那种昂首阔步、高呼大叫、挥臂舞拳的人物，而是承袭了千百年来中国女性那种善良温厚美德的一个人物。这样的形象在现实中以各种姿态到处存在着，可惜在这之前作家写出来的并不多。阿秀这一丰满厚实的形象正是来源于贾平凹对事物丰富多样性的艺术表现的追求。

《阿娇出浴》塑造的高干子女阿娇，是一个有一定典型意义的人物。她鄙视社会上某些青年男女那种平庸俗气的恋爱，追求精神境界较高的爱情，而这种追求又恰好和她对自己出身门第的很深的优越感相伴随。小说写的正是阿娇赴约前后的几个小时内，通过一次灵魂的搏斗，发展了她的积极追求，并对自己的优越感进行了一次激越的自我批判。

《阿娇出浴》对阿娇这个人物之所以写得深刻，在于：第一，这个人物的优越感的表现，不是趾高气扬的炫耀和放荡不羁的张狂，而是通过比较含蓄的细微的方式，甚至伴和着她追求上进的思想倾向表现出来的。因此这类优越感就带着社会、家庭各种复杂因由的折光，深刻地形成独特的、“阿娇式”的优越感。第二，阿娇不是在物质、金钱、权势方面，而是在精神生活方面盲目地存在着优越感。“庸俗”这个字眼，成为她蔑视普通平民（即她所谓的“小市民”）时使用频率最高的词语。实际上作为阿娇产生优越感的根据的她的父母，在人类精神美德方面看来并不充实，不可能给女儿以楷模的感染，不可能给女儿馈赠什么可贵的精神财富。可悲的是阿娇却盲目地认为自己既是高干的女儿，就当然地在一切方面都应该是优越的。

对于阿娇这个在性格上具有复杂性的人物，贾平凹在写她时自然是褒贬互见的。对于她在恋爱择偶上超俗出尘的追求和对父母对她婚姻爱情的代庖的反抗，作者是给予肯定和赞许的；同时又以细微的艺术笔调，批判地描写了这一人物赴约过程中所表现的矫情做作、褊狭脆弱和喜怒无常的性格。

阿娇鄙弃平庸的精神生活，但这种鄙弃却带有失之清高的、超脱于现实而虚浮空洞的性质，所以她的追求就可能像肥皂泡一样被现实的空气和微尘所触破。她不懂得，这些所谓“小市民”恋人的“庸俗”，一方面固然表现着对于世俗颓风的麻木、投合，同时也打着他们经济生活的烙印，因为世界上从来没有过超物质、超经济的文明。阿娇也不会认识到，谈事业谈理想这当然是好的，但这种事业和理想应该是建筑在现实基地上的事业和理想，是中国的包括这些“小市民”在内的公民们的事业和理想，而不是脱离开这一切的个人纯理想的东西。阿娇就是这样一个追求上进，但却没有从根本上找到扎实道路的姑娘。她的这种思想性格的现状，深深地带着现实社会、家庭多年来逐渐烙下来的印迹。

阿娇的父亲也许是从地主皮鞭下逃出来的一个佃农，但是此刻他却要明明白白地在他和农民之间划一道森严的门第鸿沟。阿娇和西林恋爱，确实带有冲击父亲这种思想的性质，但她不是有意识地要填平这条鸿沟，而是因为她认为西林已经脱尽了农民的“俗气”。我们应当看到，无论阿娇还是她的父母那种歧视平民、自视高贵的思想，主要的不是个人的恶德，而是某一阶层社会意识的反映。一个老革命者革命成功，他便升到了与平民隔膜的另一个阶层中去了，这种现实难道是偶然和个别的吗？多年来那种越是“革命”，就意味着对越多的人冷酷地压抑，而不是意味着平等地亲近更多的人，这种“左”的烟雾弥漫得还不厉害吗？阿娇恋爱中的优越感所反映的不正是这种思潮的暗影吗？贾平凹通过艺术形象，真实地揭示出生活的这种复杂性，这是他向社会深处勘探所取得的收获。

和《山地笔记》中的作品比较，作者这两篇写爱情的作品，能把描写的笔锋进一步深向社会生活的内部，去再现社会现实的运动变化对于青年男女爱情、婚姻、家庭的深刻影响和引起的矛盾，以及这些矛盾在人物心灵上的投影。作品所揭示的这些矛盾，不是古往今来的文学作品所表现过的那些爱情矛盾的抽象的重复，而是从现实生活本身概括出来的，所以才显得不陈旧，才真实地透发着时代的气息。男子负心的爱情故事，在我国古代戏曲、小说中已经成了套子，人们也许已经听厌了。然而《玉女山的瀑布》等作品却给人全新的感觉，原因在于它们真实地再现的当代中国现实生活中青年男女之间所发生的感情波折，都发生在 20 世纪 70 年代我国那种急遽变动的现实生活的背景上，因而便不会是那些旧的负心故事的重复，而能给人以新的艺术满足。

在艺术上，贾平凹在《玉女山的瀑布》和《阿娇出浴》两篇作品中主要使用了心理分析的写法以叙写故事、塑造人物。作者在使用这种写法时，虽然在景物描写上时见累赘，但总的看来是驾驭得好的。中国古典小说很少有深入细致的心理描写，心理描写到《红楼梦》才跨出了比较大的一步，但曹雪芹主要的还是通过人物的外部行动来表现其内心的感情波澜的。现在我们当然不必死守着祖先的这点遗产不敢动，而需要同时借鉴外国文学的成功经验，甚至包括我们前多年认为是颓废没落的一些西方文学流派的艺术手段。贾平凹对人物心理的描写是能够博采众长的，因而能熔铸成为自己的一套写法，把交代情节、抒写情怀、描绘景色等等统一在人物心理活动中，和谐地冶为一炉。当然这并不是说贾平凹写人物心理已经完全成熟了。人物心理描写应当建立在形象描写的坚实基础上，同时心理分析应当以作者深厚的生活积累、精敏的感情体察和丰富的人生经验作为后盾，否则不免会或多或少出现浮滑、熟腻、不确切以及冲淡文学的形象描写等弊病。我觉得《玉女山的瀑布》中人物两次关于“菊花多瘦哟”的感受，很难让人感觉是人物所发出的。两篇作品中人物幡然悔悟时的自我批判，更让人觉得是作者代为捉刀。柳青去世前不久在医院里向从事文学的人强调，作家要“扮演”好他的作品中的角色，要用人物的感觉来表现作品里的情节和环境，不能把作者的感觉强加给他的人物。这是从经验中提纯出来的极其宝贵也极其深刻的现实主义的艺术观点。作品的心理描写尤其应当注意到这一点。

这两篇作品中人物最后的幡然悔悟都是顿悟式的。顿悟的现象是经常在常人的生活中出现的，并不是什么神秘的东西，它只不过是人偶遇外物触发而产生的认识的飞跃现象。《玉女山的瀑布》中人物的顿悟被写成是他的视听感官接触到瀑布而促成的，这当然是可以的。关键不在瀑布，问题的实质在于人物这种顿悟有没有更为主要的内在依据。这篇作品中人物发生顿悟的内在依据是充分的：阿秀的忠诚多情，他们两人以前结合的基础，工程师身上没有丧失的良心，加上他这时读到了阿秀那真诚的信。这样，这种顿悟就带有必然性，不管他这时碰到了瀑布还是别的什么东西，由于事物发生转机的根据是充分的，因而这种悔悟也就是真实可信的。《阿娇出浴》的情况有所不同。阿娇身上充满着骄气、优越感，不能平等待人，这是在特定的家庭和社会环境中长期形成的。这种人一般很难发现自己的弱点并引起强烈的自责，除非她经过某种客观环境的改造以至痛苦的磨炼。所以作品最后写她仅仅因为洗澡时在大镜子里看见了自己的肋子和伤疤，意识到自己也有丑处，便陡然懊悔不已，这是不大符合人物性格的内在发展逻辑的，因而让人难以信服。尽管如此，阿娇这一人物形象的社会意义和美学价值仍然是不可否认的。

在放开自己的感官和思想看取生活，独立地观察、分析、感受生活，并做了一些反映的尝试之后，贾平凹企图把自己的艺术表现角度放开到更广的社会层面中去，于是写出了《上任》（《延河》1980 年 8 月号）、《山镇夜店》（《雨花》1980 年 4 月号）、《夏家老太》（《芳草》1980 年 5 月号）等作品。这是一些无论题旨和写法都和上述各类作品有别的小说。这类作品创造了贾平凹此年的创作高峰，其思想深度超过了他以前的创作。《山镇夜店》和《夏家老太》的创作，大约都受了鲁迅小说很深的影响。它们在皴染一幅幅生动的风俗画的过程中，勾勒了活泼泼的人物群像，通过这些人物群像的举止、言谈、情态、心理，挖掘了在当代生活中人们身上潜存的几千年封建历史遗传下来的国民性格中愚昧麻木的劣根性。《夏家老太》的叙写颇取法于鲁迅的《明天》，而《山镇夜店》也当从鲁迅的《示众》等作品得到不小的启示。

党的十一届三中全会以来，全国有不少文艺作品带着作者的义愤揭露并鞭挞了我国的官僚主义，代人民发泄了心中的郁气，引起了人们的深思。然而细想起来，这种社会颓风，绝不只是由于某些人的恶德所造成的。因此，有见识的作家便通过艺术形象的力量，把他们的笔作为钻杆，从各个角度去勘探造成官僚主义的深刻的社会根源。贾平凹的《山镇夜店》《上任》《夏家老太》等作品就做了这种努力。为了在那个小店里安一夜身，那些先来的和后到的山民们，斗鸡似的相互威胁和攻击，为争占店铺寸土不让，但当听说一位大领导要来住店时，立刻都变了气性，“赶忙就都收拾起各自的行李来，几乎手脚也麻利了，顾不得说话，而且还互相帮忙，抱了被单、芦席什么的到院子的榆树下去睡”。接着像瞻仰活佛一样，伸脖子张嘴地观看那到来的书记。看过后又庆幸有眼福，躺坐在院子的席上谈神一样地谈起书记来。作品还通过一个小孩子悟儿的视角，让他从窗子窥探，看见入睡了的地委书记姿态竟是无比得丑，更进一步加深了对山民们愚昧麻木的哀叹和批判。夏家老太辛苦守寡抚养大的儿子和公社书记的女儿结了婚，撇下老娘走了，老太太孤独、伤心、愤怒，她要去找媒人论理出气，不料一出门人人对她刮目相看，从来没有过地尊敬她，奉承巴结她，和她拉近乎，因为她已成了公社书记的亲家了。作品通过这些集中艺术性强化了的然而又不失真实具体的生活情节，说明了这样一个问题：干部的特殊化可能有这样那样的根源，而在落后的农村，人们从封建意识中承袭来的顽固的等级观念和奴才气，不能不说是官僚主义生存的极适宜的空气和土壤。而像店主人谄上骄下、操着满口油滑的“社会主义”官腔的人物，则更对社会颓风起了推波助澜的作用。

《山镇夜店》是从一个山乡少年悟儿的眼光、心理去写的；《夏家老太》通篇叙写夏家老太的心理活动，一切世态人情都是通过她的所见及其感受写出来的。这两个人物虽是作品的主人公，但是看来作者并无意于刻画他们的性格，从一开始就不要把他们写成两个典型。这两个人物在作品中仅仅起了两面聚光镜的作用，通过他们，把一簇簇浮雕似的人物群像以及这些群像的活动所显示出来的世风世相，生动地映现在艺术表现的屏幕之上。文学作品应该以全力写人，按照传统规矩，作品中的主人公理当尽量塑造成典型人物，那么贾平凹的这种写法是不是就该否定呢？我看还是不要画这个框子的好，应该放手让作家们积极地去进行艺术探索，何况在中外作家如果戈理、鲁迅等人的笔底，业已出现过这种成功的先例。应该通过艺术实践去检验各种艺术方法的成败优劣。

对于贾平凹力图更加深入地反映社会生活的丰富内容和积极揭示社会矛盾的努力，以及在艺术方面的探索和追求，是应当给以肯定和鼓励的。永不满足、总想前进，这是一个作家最可宝贵的品格。至于在探求中步子迈得不稳，碰几个钉子，甚至越点轨，都没有必要大惊小怪，更不要劝他只在原地踏步以保持既得的成绩，而应当对他的创作进行实事求是的分析，及时肯定并阐发其成功的探索。由于对生活和艺术的刻苦探求，贾平凹 1980 年的创作总的看来是路子放宽了，对于社会生活的反映较前深入了，在艺术表现方面也显得厚实而丰富了。综观这一年的小说，他很善于抓取艺术细节，对于生活的诗意的感受和表现能力是很强的，可以把一个平凡的生活片段写得很有韵致，但在塑造人物上似乎用力不够。对人物的一颦一笑、言谈动作，他可以写得很出色，而要把一个人物作为一个完整形象，扎实地把握其全貌，成竹在胸地熟谙其性格的形成历史和内在发展逻辑，努力把人物塑造成一个艺术典型，用这个标准来要求，贾平凹做得还是有距离的。他的新作大部分有人物心理活动的大段描写，在这种描写中，有些地方就同人物的性格逻辑不相吻合，特别是人物受外物触发，认识上产生一个飞跃而有所顿悟时，往往让人物来宣示作者某一理念，如《阿娇出浴》中阿娇在洗澡时突然悔悟的内心独白，实际上是作者把对阿娇的批判变换一个角度，安在她身上让她自己想出来。《山镇夜店》里悟儿“那就去睡吧，最好是睡得长点吧”的垂老灰色的理念，是不可能属于一个天真少年的。

1980 年，是贾平凹创作历程中非常重要的一年，是由单纯到复杂、由清浅到深化的一年。他这一年在表现生活方面进行了多种追求和探索，作品风貌频繁变化，从而也获取了艺术上的丰富性，他在文坛上也因此取得了越来越显著的地位。

第五章　对人生的迷惘和探求
——论 1981 年小说

1981 年，贾平凹发表了近 20 篇小说，在此同时还写了 40 多篇散文。我们说过，这是一个艺术追求多转移和多成效的作家，他 1981 年的创作更加证实了这一点。贾平凹 1981 年的小说不特多产，同时也有着较大的发展，显示出空前的复杂性，引起人们更大的关注，评论界也就此进行着争论，所以很值得深入研究。至于他的散文，我们将在后面专章论述。

上章我们分析了贾平凹小说在 1980 年发生的突变，即从以前对山地男女青年美好心灵的摹写，转到了对当代社会生活中病态部分的揭示和解剖。1981 年，贾平凹小说又发生了另一个新变化，对社会病态的揭示和解剖虽然仍在继续着，但作家的情绪、声音却有了不同的色调。对人生底蕴的探求成为作品的主要内容。那些黑色幽默式的揶揄没有了，代之而起的是笼罩通篇的深沉感伤的情思。创作中透发着明显的现代意识和现代审美情趣。生活情节往往表现出超时代的倾向。老庄哲学广泛渗入于这些作品的命意中，消极出世的旨归淡淡地笼罩在大部分作品中。

贾平凹 1981 年的小说，依其思想艺术和创作方法的不同特征，大致可分为五组。

第一组，是保持着作者1980年小说风貌的作品。这组作品的内容重点，都在揭露生活的弊端，还没有对生活做消极的结论，如《生活》（《长安》1981年8月号）、《任小小和他的舅舅》（《泉城》1981年9月号）。

《生活》中的叙述主人公，是一个刚刚迈进社会的青年。作品交叉地展现了他才踏入的生活和童年生活的片段，这种写法作者在其他作品中虽未用过，只是在本篇中偶一试之，但作品的思想情调和1980年的作品是相似的，描绘生活的笔调是明朗健康的。在作品所写的眼前生活中，我们看到的是权势的法力、世风的浇薄和心灵的丑陋，这是“十年浩劫”堆积下来的精神污垢。作品用童年时代那种充实、美好和富于情趣的生活，作为眼前生活的反衬：两小无猜的童话似的友谊，戏台下油麻花的诱惑力，村野里孩子们充满乡土气而兴味十足的体育竞赛，驼背二爷带着狡黠用意的说书，桃林老头文明高妙的教育法，等等，这一切都足以给人留下终生美好的回忆。但这昨天的童年生活是一去不复返了，今天的生活要能有童年生活那样美好，那该有多惬意呢！《任小小和他的舅舅》是通过孩子的眼睛和心理去透视社会，写法和1980年的《山镇夜店》相似，塑造了一个虚伪丑恶的舅舅的形象。任小小进了一回城，亲眼识破了舅舅的面目，舅舅的形象在这个天真少年的心目中，由神圣的天空骤然掉到了丑恶的污池中，使读者看到了人群中的丑角和城市生活中的病菌。

第二组，是生活内容和生活形象比较厚实的非现实主义写法的作品，如《年关夜景》（《安徽文学》1981年9月号）、《沙地》（《延河》1981年11月号）等。所谓非现实主义写法，是指细节、环境、人物等的描写，略去了作者并不强调的部分，而突出、放大作者所要强调的部分，重在写神，不求形似。

《年关夜景》重点写一群贫苦农民的自私、麻木和愚昧，以一个光头青年农民的见义勇为作为反衬，又通过一个谄上骄下的木材检查员的种种作为，鞭挞了社会的不正之风，暴露了管理工作方面的弊病。这种鲁迅式的对国民精神劣根性的揭示和展现，与作者前一年写的《山镇夜店》《夏家老太》的题旨是一脉相通的，在目下，仍是有深刻的现实意义的。

《沙地》的主人公刘诚为人正直善良，有一身好武艺，当他后半生流落在列湾这块小天地以后，村仇、宗族、派性等一系列矛盾像急流中的旋涡一样吞卷着他，他为着洁身自好，逃避这些矛盾，整个苦斗了半生。最后死了唯一的爱女和相依为命的种猪，在这两座墓旁，他索性连练艺的家什也埋葬了。他要遗忘世界并被世界遗忘，一把火自焚在孤单的土屋里。在《沙地》多义的主题里有一个重要的主题就是人生道路的坎坷艰难，“行路难，行路难，多歧路，今安在!”。《沙地》是贾平凹典型的“冷静观世”之作，在展现现实中人群斗争及刘诚的坎坷奋斗中，似缺乏历史发展的清醒眼光。作品以两万字的篇幅写了刘诚的整个后半生，艺术上是有一定的概括功夫的。

第三组，是浸染了作者浓重的审美感情，形成婉约哀艳的意境的作品，其创作方法也不是现实主义的。以创作方法、思想特色和艺术韵调论，都能够体现贾平凹 1981 年的小说特点。这一组的主要作品是《好了歌》（《北京文学》1981 年 10 月号）和《二月杏》（《长城》1981 年第 4 期）。

《好了歌》除点染了几笔勘探队、工业、烟囱之类的现代事物外，整篇就像是失去年代的人生故事。作品回响着作者对于人生底蕴的带有哲理色彩的探求。作品中的两个主人公：刘宝成老诚厚道，认为世上都是好人，弄得老婆被拐跑，自己多次受到侮弄，几乎生活不下去，在被生活反复惩罚后，才推翻了自己的人生哲学；刘宝成的妻子李玉玉正好相反，在无力自卫而失身之后，认为世界上全是坏人。复杂的环境加上这种偏颇的认识，使得她向污淖中沉沦。她几乎是用半生堕落的生涯，体验出世上并非没有好人，因而回到刘宝成身边来。这一对夫妇在他们青春已逝之后，才以半生的代价，推翻了各自原来对人生的偏颇认识，终于最后团圆。作品对人生并不完全持虚无的态度，而是强调了社会生活的坎坷和复杂，同时也反对不分善恶美丑的混沌认识。无论刘宝成还是李玉玉，他们的本质都是善良的，作者歌颂美善挞伐丑恶，态度还是分明的，只是美丑善恶常常有着复杂的混合，掩盖了这种分明性。作品时代气息的淡薄，也许是作者着意为之，但笔者以为这种追求得少于失。这篇小说打破了历来把善和恶、美和丑隶属于对立的两方人物，通过他们的纠葛以反映生活的写法，因而显得更生活化，体现了现实的另一种复杂性，这在艺术上是有一定建树的。

《二月杏》写了“文化大革命”中两个都有着痛苦遭遇的年轻人。男青年大亮在“造反”中，为了保持社会关系的“纯洁”，硬着心肠割断了同恋人的关系。那场风暴过去之后，他也被抛到生活的角落，这时他才清醒地认识到自己的罪孽，因为懊悔和良心的谴责，灵魂不能平静，性格变得孤僻沉默。女青年二月杏从城市来山村插队，被权势者奸污，周围的人不同情她，反而鄙视中伤她，流氓们对她垂涎三尺；而她却不示弱，倔强地活在这种环境中。这样的两个人以及他们的遭遇，我们在“伤痕文学”中已经见得很多了，《二月杏》的独到之处是把描写的重心放在两个人这些关键性的生活变故之后，让命运把他们挤到一个小天地里来，让生活在他们的身上发生反应，从而描述他们带着旧的伤痕怎样在生活的浪涛中挣扎浮沉，内心隐秘的感情怎样激越地涌动。两个本来互不关涉的青年邂逅，产生了带着苦味的爱情。不堪回首的往事使这种爱情激起旧的怨恨多，唤来新的憧憬少，特别是二月杏的心理发生了变态，当她知道了大亮的往事和自己与那个被抛弃了的姑娘长得很像时，她竟以和大亮分手表示对社会的报复。他们的匆匆分手，给读者留下无限的惆怅。这篇作品旨在谴责“文化大革命”，挖掘这场浩劫所造成的青年一代的心灵创伤，而对生活的展望显然是太伤感了。

《二月杏》的两个主人公与《好了歌》的两个主人公形成有趣的对比：李玉玉无力自卫的时候便失足堕落、自甘沉沦，二月杏却像池中的莲荷出淤泥而不染；刘宝成浑浑噩噩倒用善意的目光看取一切事物，大亮却因为在人生哲学的特殊课堂上受过教育而在龌龊的环境中保持着嫉恶如仇的孤洁。但这四个人物的本质都是善良淳朴的。二月杏和李玉玉作为艺术人物，给人的感受都有些古怪，都有些神秘感，都带些传奇色彩。我们感到她们不是贴近的，而是缥缈的，像是《聊斋》中那种鬼狐的化身，像是站在云端的仙女，像是雾中的牡丹、水底的月影，作品婉约哀艳的意境正是用这样的人物烘托而成的。

第四组，是现实主义作品，有《乡里舅家》和《“厦屋婆”悼文》。这两篇作品在贾平凹 1981 年的小说中现实主义的成分和因素最多，写得比较流畅朴实。

《乡里舅家》的主题是独到的，深刻而集中地写了人的狭隘和嫉妒心，这种可怕的病症给本来美好的生活染上了伤痛，使患这种病的人自己和别人生活在人为的仇恨与痛苦中。这种封建经济下的精神痼疾，在新的发展变动了的生活中不但没有逐渐消失，反而恶性地加剧。作者给这种历史性的精神顽症以沉痛的揭示和鞭笞，并用青年人美好的追求和憧憬预示这种精神病症的行将消灭，代替它的，将是人们的团结和友爱。

《“夏屋婆”悼文》写了夏屋婆一生的经历和命运，而且真实地表现了在现实的磨炼和锻铸中，人物精神和性格的阶段性发展：由一个安分的少妇，到一个为生活而搏击奋斗的能干的主妇，再到一个本能自卫的刚烈气盛的寡妇，最后又复归为与世无争的“好人”。这几个阶段，除过第四阶段表现为作者主观的人生观念不符合人物性格发展的内在逻辑外，前三个阶段都真实可信。善良正直是这个人物的性格主调，除了在生活困窘中拔过队里的红薯蔓这点小过失外，我们再找不出她品质上的瑕疵。当然她的形象并不是单纯的，生活给她的性格涂染了复杂的色彩。作品通过对这个人物大半生遭遇的叙写，展示了农村的生活图景，形象地反映了这个山村的矛盾纠葛、风俗人情和生活运动的足迹。这篇小说中人物活动的环境背景，写得比作者这一年的其他作品都充分扎实，真实感和时代感也较其他作品为强。

第五组，是重于作者主观感受，艺术变形失之过甚的作品。《病人》（《延河》1981 年 1 月号）、《镜子》（《南苑》1981 年第 6 期）、《晚唱》（《文学报》1981 年 10 月 14 日）就属这组作品。这些作品的立意也许并不错，但创作中客观的生活原料比较薄弱，而作者的主观艺术感受强烈而冷僻，很难与一般读者的思维和感受相通。笔者以为，这几个作品可以看成作者 1981 年小说创作中进行艺术探索的试验品，如果说它们并不很成功，也可以从中得到某些经验。

通过这个检阅可以看出，贾平凹 1981 年的小说创作带有更大的复杂性。这种复杂性的根源，除了在第二章中所做的分析外，这里应做些补充的是关于现代意识的问题。贾平凹是我国作家中最早萌生和感应现代意识的作家之一。现代意识产生于科学技术和现代文明的高度发展，来源于人在这种发展面前的失落感和精神危机，以经济落后的中国论，目前是不可能产生而只能朦胧地感受现代意识的。本质上的现代意识来自高度发展了的西方国家，我国如果不实行对外开放，也谈不上现代意识。但是一个具备相当文化素养、视野开阔和感应神经灵敏的作家，对于世界文化发展的时代潮流，是不可能没有察觉和反应的。贾平凹 1981 年小说创作的复杂性，在一定程度上就是由于他在朦胧地摸索中国文学与现代意识的切合点。这种摸索曾试探了多种路径，而像《病人》《晚唱》这样的作品，就过多地保留着摭发现代意识的西方文学的原本形态，没有经过多大的民族性改造；而作品中许多被视为消极灰色的情调，也是西方现代派那种愤世嫉俗、伸张个性的精神表现直接影响的结果。正因为这样一些原因，贾平凹 1981 年小说虽然化入了浓厚的中国古典艺术的美学精神，但在思想意蕴方面，许多作品却表现出一种民族隔膜感，难于为好大一部分中国读者所理解、所接受。在 1981 年以后，贾平凹把很大的劳动用在探索现代意识的中国化方面，使他的创作又有了较大的深化，而他本人也在文学攀登的路途上不断地陟升。

正因为贾平凹小说存在着这样的复杂性，所以应当对之采取慎重科学的分析的态度。不可因为它们的思想艺术价值而忽视了其中所表现出的消极情绪；同样也不能因为其中存在着一些缺点而全部否定了它们的思想艺术价值，而应给以科学的分析和实事求是的评价。贾平凹作品拥有广泛的读者，这些读者出于各自不同的思想与审美的需要和目的。贾平凹小说对渗透在社会各个角落的历史惰性力、社会生活中的痈疽、国民精神的劣根性等等的揭示，得到一部分读者的思想共鸣。虽然这种揭示显得并不激烈，然而深沉、精微、独到。这部分读者大多并非有欣赏疮疡的癖好，有不少人倒是出于振兴中华的急切心情，希望这些生活的落后面能够为更多的人所认识，从而震惊、感奋，产生变革现实的决心和力量。还有一部分读者因为《山地笔记》一类作品对人物美好心灵的表现，使他们受到精神美的感染和陶冶，从而喜欢贾平凹的作品。更多的读者是醉心于贾平凹小说的艺术力量，因为他们感到，读贾平凹小说可以在艺术上领略到一些美的东西，使他们像在大田野中呼吸春日的气息那样得到享受。当然也有一部分读者特别是青年读者，由于十多年不正常的生活造成他们精神上的迷惘和苦闷，他们从贾平凹小说中所回荡的某些情思中发现了自己的影子，因而产生了心灵的感应。贾平凹小说的读者，就是由这几种情况发生着复杂的组合。

从某个角度看，贾平凹的小说反映了当代青年的一些思考、追求和苦闷情绪，可以说他是一个“代”作家，他的创作也敏锐地感应着现代意识。然而这只是贾平凹创作精神的一些侧面，与此同时，他的创作也收纳了中国传统文化的精神内容，这包括中国古代知识阶层的思想、感情、素养、习尚，也包括中国古典艺术的美学精神。贾平凹的艺术，给现代生活注入了中国传统文化中积极和消极、先进和落后的血液，这也是形成他创作的复杂性的根源之一。

贾平凹 1981 年小说的复杂性，是他急切的生活探索和艺术追求的结果。思想懒汉作风和贾平凹是不相容的，他对于自己很有限的生活，像哲人一样苦苦思索着其中所含蕴的人生深意，但由于生活原料并不丰实，加上这种加工的武器主要是他的艺术感受力，而不是坚强有力的科学思想，因而他的生活探求所得到的，难免是根基柔弱的意识产品。与此同时，他在艺术方面却不断走向浑厚和成熟，这样一来，薄弱的思想和有力的艺术，就形成贾平凹小说的一对矛盾，思想和艺术显出不平衡。

我们知道，文学作品并不一定因为作者主观观念的消极而失去价值，关键看它是不是形象地、深刻地反映了社会生活的内容。评价贾平凹小说，应把他对生活的某些观念和他对生活一定程度的真实描写区分开来。贾平凹 1981 年的小说，艺术地描写了一些深刻生动的生活形象，这样，即使不说艺术，这些小说也有它不可抹杀的价值和意义。当然贾平凹的小说是短篇，和有些作者生活观并不积极的现实主义巨制的情况是不同的。在《红楼梦》那样的长篇中，作家的生活观虽然也是消极的，但它同作品中广博、恢宏、深刻、形象的对社会生活的描写比起来，就显得很次要。而在贾平凹这样一些短篇中，作者对生活的主观认识和结论同艺术描写之间的比差却要小得多，因而对生活的消极认识和判断就显得很突出，这就降低了作品的思想价值，形成对读者的消极影响。

我们有必要分析一下贾平凹 1981 年小说的创作方法。1981 年贾平凹的大部分小说用的是什么创作方法？笔者以为主要不是现实主义，而是属于“表现”艺术的中国古典艺术体系传神写意的创作方法。这种创作方法的主要特点，一是重在写神，不求形似；二是作品中融贯着作者的艺术气韵。贾平凹 1981 年小说的景物描写、人物刻画，甚至情节的叙写，多不拘守客观事物的表面形貌、发展进程和外在逻辑，而是撷取作者所领悟到的事物的神髓，运以写神的笔意，给以迁想妙得的表现。这是一种成体系的创作方法，而不是一种艺术手法。这种创作方法在处理生活素材时，常常采用艺术变形的手段，就像关良、程十髮那种形体并不符合解剖和透视原理的人物画，但唯其如此才显示出独特的艺术个性，唯其如此才能达到更加传神的效果，从而使欣赏者获得强烈的感受。譬如：《山镇夜店》中山民们对大干部的神圣感，因大干部到来所发生的情绪突变，便是夸张写意的笔调；《年关夜景》中光头农民屡次以德报怨的牺牲精神和其他农民自私、愚昧、健忘的惊人程度，便不是现实主义的处理，其开头关于暗夜的写景笔墨，就是“表现”而非“再现”的笔意；《二月杏》中所勾画出的女主人公形象，给人的感受就像写意的水墨，而非写真的油画，现实主义的真实感确是不够的，但用这样的形象来表现一个被污辱、被歧视而向环境发出自卫反射，性格有点摸不透的少女，却是达到了现实主义写法难于达到的艺术效果，寄托了作者复杂的诗情，使作品流动着氤氲的艺术气韵，形成作品的独特风貌。当然，运用这种创作方法，如果艺术变形过甚，不能传神，离开了表现对象的本质特征，作品也不免失败，如《病人》《晚唱》便是如此。

贾平凹的这种创作方法并非直接因袭中国古典艺术体系的小说写法而来的，而是用中国古典艺术的美学精神，改造“五四”以来新小说的基本形式，同时吸收外国现代派文学的手法而成的。

中国小说在汉魏六朝时是很繁荣的，主流是志怪，到《世说新语》，摆脱了志怪的牢笼，艺术上也取得了新收获。它的主要特征是主体精神的勃发，常常借外物作寄托以抒发人反传统的审美情思，笔调简括而意味隽永，往往几笔画出人物某种性格侧面的神韵。它和志怪小说都不是现实主义的，都不是再现性的。《世说新语》和后来的唐人传奇，同一般的中国古典艺术如诗歌、书法、绘画、戏剧等属于一个体系，以传神和主体情绪的生发外化为特征，并流动、充盈着体现作家个性的艺术气韵。宋元以后，从口头文学崛起的话本小说，已脱离中国古典艺术体系的创作方法，开始逻辑严密地叙写情节，写景写人虽也时时出以写神的笔调，但作家的主观艺术气韵已经消失，从总体看，其创作方法同我国古典艺术体系已不一致。明清时代传奇小说没有超出唐人的窠臼，到蒲松龄写《聊斋》、沈复写《浮生六记》，中国古典艺术体系的香烟才有了新传。“五四”以后，新小说是从外国搬来的形式，这种形式在小说艺坛上取得了优势，而且地位越来越巩固，从而统治了小说领域，话本体的小说形式仍有人使用，而《世说新语》、传奇小说、《浮生六记》这条线的中国古典艺术体系的小说却销声匿迹。现在贾平凹用中国古典艺术体系的美学精神改造了新小说的写实的创作方法，在一定程度上使中国古典艺术体系小说的创作方法得到复现，作为一个珍惜本国文化价值的人，笔者对此感到由衷的喜悦。

贾平凹运用这样的创作方法并不是自觉的，开始他只追求艺术描写的空灵，多年来他一直进行刻苦的艺术探索，锲而不舍地学习中国古典文学艺术，经过吸收融化的大量创造性劳动，这种创作方法便形成了。

宋元以前，再现艺术在我国是极薄弱的，而再现艺术中的现实主义，当然也不存在于我国古代的文学艺术中。所谓现实主义是 20 世纪才输入我国的名词，我国古代文艺的创作方法，以表现艺术的写神方法占压倒性的优势，现实主义仅与个别作品发生“点”的相通。中国古典艺术体系的创作方法，既不能用现实主义规范，也不能用感情直露的浪漫主义规范。由于我国自来缺乏严密的思辨理论，我国古代文艺实践中的许多现象、概念、范畴，并没有规范性的专称名词，如果硬要给这种创作方法加上一个“主义”的称谓，也许可以称作“意象主义”。新中国成立后的新理论，以作品的内容情况把我国古代固有的“意象主义”或归入现实主义，或归入浪漫主义，这是用别人的衣服硬往自己的身上套。从我国这种文学艺术的传统看，现实主义也不应当是社会主义文艺唯一的创作方法，而贾平凹 1981 年所运用的便是经受了一定考验的非现实主义创作方法。他用的既是非现实主义创作方法，评论他的作品，便不宜硬用现实主义的标尺去衡量、去要求，这正如不能指责雪里芭蕉为荒诞，不能讪笑李苦禅画的鹰是方眼方嘴，不能断定戏曲脸谱不真实是一个道理。

现实主义的那种“真实性”在《离骚》《西游记》中难道可以找到吗？这两部作品也许可以说是浪漫主义的（其实这也是硬套了

别人的衣服），而在许多“意象主义”的中国古代作品中，现实主义的真实性被特意摈弃了。贾平凹 1981 年的小说既多用“意象主义”的创作方法，我们当然不能用现实主义的真实性来要求它，至于有些人认为，我们的文学应当一律搞现实主义，这个意见笔者是不敢同意的，因为无论哪个时代的文学都不可能走如此狭窄的路子，何况我们的社会主义文学应该有着更广阔的道路。

贾平凹的创作在几年之内几次出现大跨度的、在其他作家身上不常见的发展，在这个过程中，评论界有不少人总是用现实主义来要求他，希望他举手投足都采取现实主义的精神和姿态，这种要求是不应该的。只要作家注重深入生活，并用马克思主义做指南，至于他采用哪种创作方法，发展怎样的艺术个性，还是不要干预过多为好，对于作家，不要总喜欢大家都像做广播操一样整齐。精神的太阳照耀每一个个体的时候，都会发出不同的光彩，表现出不同的精神个体性的形式，应当允许玫瑰花和紫罗兰散发出不同的芳香。

第六章　现实主义的插曲
——论《小月前本》等三部中篇

1983 年，贾平凹的小说创作发生了从非现实主义向现实主义的转变。这种转变表现在从《小月前本》（《收获》1983 年第 5 期）开始，经《鸡窝洼的人家》（《十月》1984 年第 2 期），至《腊月·正月》（《十月》1984 年第 4 期），现实主义精神达于高峰的三部中篇中。这三部中篇随着问世的先后，其现实主义精神表现出递进的趋势，越到后来越显出现实主义的力量和深刻性，说明贾平凹这阶段的创作是在现实主义的路上迅速地走向深入和成熟的。

《小月前本》在这种非现实主义向现实主义的转变中留有过渡的痕迹，通过这部作品，作者进行了对现实主义创作的尝试、摸索和熟悉。比起 1980 年、1981 年的作品来，《小月前本》的现实感已是很强了，但其中犹留有以前非现实主义的旧痕，客观描写有时为主观的情思所冲淡，偶尔也会出现一些飘忽而不够切实的情节。

到了《鸡窝洼的人家》，贾平凹已经能够较为自如地驾驭现实主义的创作方法了。这部作品写了在农村生活变革中，两个家庭的巨大变迁和重新组合，用有些读者的话说，这是一个“换老婆的故事”。从总体情节看，这似乎是人为构创的过于追求戏剧性的生活故事，而细读作品就会感觉到这故事实在是由生活自身自然而然发展出来的，它的内部有着深刻而缜密的逻辑。通过这个故事，反映了变革中的山村的社会、家庭和人的变化。这可以算得上一部现实主义的好作品了。

在《腊月·正月》中，贾平凹又使他的现实主义创作向前发展了一步。这部作品中没有了作者长于表现的婚姻爱情内容，然而却展现了更广阔的生活面，熔铸了更深厚的社会内容，反映了农村各个阶层的人物及其在新的生活中的升沉变化和情绪波澜，表现出现实主义的坚实性和深刻性。

综合看来，贾平凹这三部作品的现实主义精神，主要体现在以下四个方面。

一、充分的现实感和时代感

在贾平凹1981年的一部分作品中，曾经表现出超时代的倾向。《沙地》《好了歌》尤其如此，这可能是作家的一种追求。这种超时代倾向是现实主义文学的大忌。随着其创作精神的现实主义化，贾平凹则放弃了超时代感的追求，使作品透发出较强的时代气氛。从环境的色调、情节的特征，到人物的神韵风貌，都显示出80年代的时代性来。这种时代性不是外在的，而是内在的，不是各种事物色相的时代性皴染，而是从极富历史惰性的偏僻山区的生活深层和细微之处显示出来的。以作品中所表现的爱情而论，尽管是农民的爱情，却是依凭时代的气象酝酿而成的，而且都以共同的生活观作为引发爱情的动因。小月和门门的爱情在很大程度上建立在对物质文明的追求和对外部世界的向往的基础上。烟峰与禾禾的结合，固然有豁达的同情心和爱慕心在起作用，主要的也还是出于对新生活的追求和摆脱旧生活羁绊的要求。再以这几部作品对经济领域的艺术描写来看，禾禾已经善于考虑资金如何迅速周转以扩大商品生产，发展资本经营的问题了；外乡农民在依靠门门推销猕猴桃时，已经懂得了推销商品需要人的智力和联络的本领，为了利用这种智能，他们毫不犹豫地慷慨解囊，付出代价；王才在小山镇所办的个体食品加工厂，已经实行了科学管理，俨然正规工厂的派头；即使是正统守旧的回回和麦绒，也不得不为搞一点家庭的电气化而竭尽努力。这一切都是属于20世纪80年代的。

二、坚实的生活骨力和作家主观情思的退后

在贾平凹以前的创作中，主体精神始终表现得异常活跃，而在《鸡窝洼的人家》和《腊月·正月》的创作中，作家则尽量冷静下来，摈弃主观的情思，用扎实的笔墨再现生活本身运动的脚步。以前的小说作品，因为重于表现性，作家常常片断地抓取生活神韵以结构作品。《小月前本》等三部中篇则适应现实主义的要求，注重于生活主干的描写，从而显示出坚实的生活骨力。

经济是基础，在农村生活中起决定作用的当然也是经济。所以反映农村生活的中长篇作品，要取得现实主义的坚实性，是不能不紧紧抓住经济状态和经济关系这个基础环节的。《小月前本》等三部作品，都自觉或半自觉地表现了经济对于农村生活各个方面的根本性作用。经济关系的每一变化，都牵动着农村生活各个方面的神经。禾禾和王才能变为农村生活中的强者，首先是他们对经济的重要地位有了清醒的认识。他们通过一系列的艰苦努力，使经济获得了活力，对农村的生产结构、物质生活、人际关系产生了有力的影响。这种显著的效果，给周围的人们上了一堂通俗的政治经济学教育课，使他们从混沌中清醒过来，他们的许多观念尤其是道德伦理观念也

发生了重大的变化。

贾平凹以前的小说包括中篇作品，都很少展现过正面的矛盾冲突，从《小月前本》才开始了对矛盾冲突的正面描述。这几部作品差不多都把改变农村经济现状的努力和对这种努力有意无意地阻挠与障碍作为总矛盾来结构作品，通过这种以经济为轴心的矛盾双方的斗争，展现了农村的各个生活面，也剖析了农村各阶层人物的灵魂、意识和性格特征。这样不但保证了作品所再现的生活的丰富性，同时也使之具备了骨力感，使读者较强烈地感受到生活的总流，而不只感受到一些涟漪和浪沫。

这三部作品比较真实自然地表现了来自各个方面的对农村经济变革的阻力。首先，它来自农民对千百年来封闭式农业经济的习惯性，这种习惯性使他们对商品化生产产生一种过敏的警惕性；同时在这种封闭式农业经济状态制约下的社会环境和社会生产方式，也形成了农民特定的处世哲学和道德观念。搞活经济、发展商品生产的各种举措，必然会超越传统的道德规范而被视为不安分、想发不义之财、丢弃了父辈勤劳的美德。《小月前本》和《鸡窝洼的人家》对这种意识方面的矛盾冲突的表现，是十分真实、十分生动的。其次，这三部作品还艺术地反映了极左思潮的流毒对农村经济变革的阻力。"四人帮"跋扈时期，自产自销某一农副产品，便会被视为资本主义活动。这种极左思想，在好多年里一直向人们灌输着，因而在不少人头脑中占据了一定的地盘。何况现在不是小量的自产自销，而是长途贩运整车整船的山货；不是弄三块五块零花钱，而是发大财。所以连王和尚这种同政治很少发生关系的本分农民，也会对出租水泵产生疑惑，甚至认为是触了法网。对农村变革的阻力在《腊月·正月》中揭示得最为深刻。这是一种社会性的病态心理，一种很微妙、积淀很深的封建意识。在具有贵族色彩和特殊社会地位的韩玄子看来，除了政权机关中的人员而外，自己应当是这一带知识最多、威望最高的人物，像地下一条虫一样的王才，绝对不该出人头地，在乡民们心中占那样的分量，分散和冲淡了人们对自己的崇拜和尊敬，这是世界秩序的混乱！所以他所受的刺激是十分厉害的，他要不惜血本，利用自己的名望、社会关系等，千方百计给王才设置障碍。由于抓住了农村经济这一主干，并以农村经济变革和反对这种变革的冲突作为推进作品情节的主要依据，这就使这三部作品获得了现实主义文学的基本品格，给读者以坚实的生活骨力感。

三、以最基层的生活表现时代潮流

虽然贾平凹在作品的表层画了几条农村改革的粗线以取悦于社会，但在本质上他并没有给这三部作品规定改革的主题，这表现了他的狡狯。因此笔者不同意有人把这三部作品纳入所谓“改革文学”的范畴；也不同意“改革文学”的提法，因为这又把文学放到为某一政治经济任务效忠的狭小胡同里去了。如果这三部作品写到了改革，那是因为改革是作品所反映的这段特定生活的组成部分的缘故，严肃的作家当然不应肢解生活。然而这三部作品中都写到了在党的经济政策打开了活跃农村经济的闸门之后，在农村最底层的经济单位家庭中冒出了一些头脑活跃的青年农民，他们立志改变自身和整个农村物质生活落后的状态，顽强地进行着各种发财致富的努力。这些作品用艺术的描写向我们显示了这样一个事实：在新的时代里，闭塞的山区和外部世界的差别，已经形成了像大气压强一样的力量，一旦有一点通路，要求沟通山区与外部世界的联系，活跃山区经济、改变山区落后现状，就会成为不可遏抑的时代潮流。站在这股潮流浪峰上的弄潮儿，就是不安于现状而有心计、眼界开阔的一代青年农民。在“本分”农民的眼光里，他们是对祖辈父辈传统美德的蔑视和背叛，有些人甚至被视为乱世英雄，然而他们执着顽强的努力，最终都在当地打开了局面，掀起浪涛，取得了令人惊异的成效。贾平凹所写的这些生活变革，不是由上边布置的、在领导者指挥下进行的改革活动。那种自上而下的改革活动是文件指导下的有组织的统一行动，那是宏伟的、轰轰烈烈的。贾平凹在这三部作品中所写的都是基层农民的个人行动，这与其说是写改革，不如说是显示基层农民对经济改革的历史性要求。这种描写揭示了深潜在山区农民中不愿沉睡守旧而要推动历史向前的革命伟力。他们的这些作为，固然是乘着党的政策的东风，但都是自下而上的自发行动。贾平凹笔下写出来的这种基层生活中的历史潮流，极好地反映了党的政策的英明和正确。我们党的政策，历来都是代表群众的心愿、反映群众的历史要求和集中群众的智慧制定的，而且总是在群众的实践活动中不断得到完善的。所以，基层农民这种反映他们历史性要求的变革经济现状的努力，更具备第一手资料的品格，是现实主义文学所选取的一个极其高明的角度。

四、从真实性中显示作家的倾向性

现实主义要求文学描写的准确性、客观性和真实性，但这绝不意味着要排斥作家的倾向性，而是说倾向性有赖于真实性，倾向性要通过真实性去体现，最忌讳的是游离于形象性描写的抽象说教的所谓“倾向性”。贾平凹这三部小说在这方面做得也是比较好的，而且一部比一部显得成熟。在《小月前本》中，作家的倾向性表现得较为复杂，这一方面还表现着他以前使用非现实主义创作方法时所持的美丑互渗美学观的痕迹，另一方面也是生活现实本身的复杂性导致了他倾向的复杂性和多元性。王和尚和才才的勤劳、朴实、忍耐，继承了祖辈父辈身上的传统美德，这样描写他们，不能不说是对他们的挚爱和赞美；而对门门流里流气的“嬉皮士”作风的描绘，也不是没有鄙弃和批判。但是，就在对前者挚爱和赞美的同时，又通过充分的艺术情节，对他们的保守、笨拙、不开化加以批评和嘲笑；在对门门批判和鄙夷的同时，又对他和小月富于幻想、极力冲向外部世界的追求，进行了热情的诗意化的讴歌。当然，作家这些爱憎褒贬的分配比率、属性和分寸，在有些地方可能会出现不当，如对小月、门门爱情中某些不纯正气味的诗意化描写，把知识界才有的一些高雅情趣加在门门这样发生知识危机、单纯追求个人享乐的青年身上，就给人不真实的感觉，也有损于作品的伦理价值。可见，现实主义文学的真实性和倾向性应当是一致的，倾向性的不当，同时也是真实性的减损或丧失。

在《鸡窝洼的人家》中，作家的主观褒贬就隐蔽得无迹无痕了。虽然整部作品以扎实的情节描写，显示了禾禾、烟峰生活观与时代的相一致，回回、麦绒生活观与时代的乖违，但这种生活观与个人品质完全是两码事。尽管作品揭示了他们高下不同的生活观，但他们的个人品质并不因此而分出高下，四个人物都纯洁、朴实、善良。这也同样是通过扎实的情节描写表现出来的。这四个人物都很严肃地对待生活，对待家庭，对待别人。两个家庭的破裂和重新组合，完全是时势使然，是事物发展的自然结果，不是他们之中任何一个人的始料所及。所谓“时势”的“势”，就是他们生活观的分化和组合。由于生活观的不同，本来“合”着的夫妻发生了“分”；同样，由于生活观的相同，本来想不到会成夫妻的男女却成了夫妻。“时势”的“时”就是机缘。如果不是实行责任制，不是新的形势给禾禾以施展抱负的天地，使烟峰感受到了外界文明的气息，那么他们也便安于依附在土地上的穷生活，原来的两对夫妻可能都会白头偕老；而由于商品生产在山区农村的兴起，本来和谐的夫妻，发现了他们的不和谐，你看不惯我，我看不惯你，进而反目，以致分居；几乎在同时或稍后，他们又在身边发现了志同道合者，命运把他们拴到了一起，就这样，两个家庭发生了新的组合，这就是所谓“换老婆的故事”。在这里作家只是很客观地再现这个“分”“合”发生的细微过程，而未掺入丝毫的道德评价。这样，这种婚姻、家庭、爱情的描写就没有被提纯为抽象的理念向读者灌输，以显示作家的倾向性，而是用艺术描写的真实性和生活的复杂性给读者创造了广阔的思考领域，不同的读者会借助生活联想从不同的角度领悟出各自的道理来。现实主义文学的深刻性也就在这种形象的丰富性中显示了出来。这种从丰富的形象情节中所表现的倾向性才是雄辩的、有力的。

历来现实主义的成功之作，差不多都含蕴着强烈的批判力量。要为生活变革谱写赞歌，如果缺乏批判的音符，这赞歌便难免是平淡的。批判精神也应是现实主义文学倾向性的重要表现之一。

反对农村改革的最顽固最有威胁性的阻力，并不在普通农民中，而是在那些由旧秩序获得优越感的人之中。如果反映农村经济变革涉及了这部分势力并通过艺术情节和形象描写显示出对这些人的严峻批判，那么现实主义的深刻性就会有某种质的加强，作品的力量感就会显著地增加。在《腊月·正月》中，作家的现实主义笔触伸进了这个领域。在农村进行变革与阻碍反对变革的两股力量的较量，在这部作品中显示了更直接、更激烈的态势。这部作品重点着墨的并不是办食品厂的王才，而是竭力压抑王才的韩玄子。韩玄子在他的家乡是一个特殊的人物，他主要不是依靠经济实力，而是依靠他贵族式的声望同王才进行较量的。他结有广泛的社会关系，既是愚昧农民中识文断字的“圣人”，又是小业主的高参，还是公社大院的座上客。他既有很重的虚荣心，又有社会地位方面的优越感，还有貌似先进的“左”视症。这几个方面在他身上交互为用，使他的形象中浓缩着强烈的社会性，并取得了一定的典型性。因此，他这种维护地位优势的明争暗斗，就牵动了这个山镇上各种势力和各个阶层的思想神经。然而他不明白，王才背后有着强大的后盾，这就是党的经济政策。王才的努力代表着人们改变穷苦处境的迫切要求，是会越来越赢得人心的。韩玄子还不明白，强调精神的万能、无视经济在社会变革中的巨大作用的错误理论，早已为清醒的人们所摒弃，谁能调动经济的活力、促进生产力的解放和发展，谁就能取得胜利。所以韩玄子带着堂吉诃德的悲剧命运失败了，他还不知道是怎么失败的。《腊月・正月》比起前两部作品来，更为浑厚深刻，更富于现实主义的批判力量，更能启动读者政治历史性的思考。

1983 年出现势头而 1984 年得到充分实现的现实主义精神，在贾平凹的创作发展中可以说是一个插曲。1984 年夏，非现实主义的长篇《商州》（《文学家》1984 年第 5 期）已经写成了；1985 年从《天狗》开始的大部分中篇，又接续起 1981 年的创作命意和艺术追求了。这个插曲，对每一个真正要深入地、实事求是地研究贾平凹的人，都将是一个有兴味的课题：为什么会出现这样一段创作变化？为什么现实主义精神一试锋芒便匆匆离去？对贾平凹这段创作应怎样评价？这是迷途上的觉醒吗？那 1985 年、1986 年他是不是又重堕野狐禅了？

这个变化有着多种因缘和并不单纯的结果，而评论者却都无视它的复杂性，对之做了简单化的评论和判断。《小月前本》等三部中篇抓住农村生活的主干，正面描述生活的运动，显示了贾平凹从社会结构变化中把握生活的能力，也显示了他的现实主义艺术功力，用现实主义的文学观来评判，这当然是一个前进。然而这些作品也多少带有我国30多年来现实主义文学所存在的某些弊病，这就是政治观念、政治动向的暗影笼罩在作品之上，不同程度地影响着对生活的真实描写。这三部作品在大部分评论中被纳入所谓“改革文学”，大部分评论文章用农村经济改革、商品生产以及目前用以指导政治经济生活的一系列流行概念构成框架和标尺来分析这三部作品，就说明了这样的问题。而且无可讳言，这三部作品无一不是宣示改革者的最终胜利和反改革者的必然失败的，而这种胜败的背后根源，主要又在于政策的作用和当政者的干预，这种对生活总流向的安排，不能不说是简单化的。评论家对这三部作品热情褒赞，而对贾平凹1985年、1986年的小说却保持缄默，潜在地说明他们对贾平凹1985年、1986年小说的贬抑。难道对贾平凹1985年、1986年的小说不该给予同样的甚至更高的评论热情吗？出现这种情况的主要原因，恐怕在于我国文坛上根深蒂固的评论积习，即对现实主义的独尊和对作品政治功能的过分敏感、重视。如果这三部作品没有表现改革者的胜利和反改革者的失败，即使它们对社会和人生的叙写再深刻，也是难以赢得这样多、这样高的赞誉的。然而只要看一看现实生活中改革的复杂和艰难就会知道，只表现这种胜败的必然性，其实是受着观念而不是实践的左右，这并没有真实地再现出生活的真面，因而在一定程度上减低了作品的历史深刻性。

这是从作品本身的得失来看贾平凹的创作发展的。如果我们进一步追溯引起这一创作变化的主客观根源，并联系作家1985年创作向1981年的回归，将会更加明白，对贾平凹1983年、1984年这段创作，是要进行深入、细致的剖析的，否则就会做出简单的表面化的评判。

1982年春“笔耕”文学组所召开的贾平凹创作讨论会，功绩是主要的，然而有缺点，缺点的根源在文学观念。与会者大部分对现实主义以外的创作方法没有足够的认识，思想上没有它们的地位，势必要以现实主义作为唯一标准来衡鉴贾平凹 1980 年、1981 年的创作，这当然牛头不对马嘴，不管他们态度如何诚恳，贾平凹也难免要受不少的冤枉批评。然而这次会上的有些意见是深中肯綮的金玉良言，这就是指出贾平凹作为一个青年作家，他的生活积累不够厚实，作品所叙写的某些生活领域又不是他所熟悉的，这必然影响着创作的思想性和艺术质量。贾平凹对这个意见是衷心地接受了，从而带来他向生活突进、深入的自觉行动。在这之前，贾平凹就有把故乡商洛挖掘为一口生活深井的打算，这次会后就明确地决定以商洛山地的生活作为自己以后作品所描写的基本对象，并决心再深入到这里去，在故土上熟悉、认识和感受新的生活和新的时代。1983 年一过完春节，他就回商洛去了，在 1983 年和 1984 年两年之内，他的足迹遍及这个地区的每一个县，有些县已经去过三四次。他在这里人熟，可以找到很好的向导。这些向导大多是对下边很熟悉的干部，他们可以一下子把贾平凹带到那些起过剧烈变化的乡镇去，带到曾经发生过悲欢离合的传奇故事的三家村去，坐在那些当事人家里的热炕上、火坑旁，和他们一起生活几天，观察了解他们的感情、心理和性格。生活使贾平凹开阔了视野，生活使他创作的原始材料越来越丰厚，生活以第一性的、实践的品格充实了贾平凹的思想和艺术感受，这种向生活的突进和深入，使他无论使用什么样的创作方法，创作都能获得新的境界。贾平凹 1985 年的创作虽是 1981 年的接续，但又非 1981 年的重复，能在否定之否定中有一个升华，生活是起了不可估量的作用的。

躬触生活，生活实体扑面而来的气息，生活所提供的新的社会信息和时代信息，作为充实的客观因素，都在一定程度上挤走了主观酿结，使作家没有暇隙对片断生活进行过多的哲学思考和诗意品味，这可能是现实主义在贾平凹创作中降临的原因之一。但是应当承认，贾平凹这三篇作品的现实主义化是带有一定的被动性的。非现实主义的创作方法尽管在理论上得到承认和允许，但实践中总不免受到各个方面的责难。现实主义独尊在当时几乎是带有一统之势的观念，贾平凹要创作，他的写作欲望像一股泉水，要向外涌、向前流，在本来可以流过去的方向上障碍太多，左冲右荡过不去，最后必然是从留有出路的地方向前流，这是贾平凹小说创作出现现实主义插曲的另一个原因。既带有被动性，精神就不是处在游刃有余的自由状态，创造力就受到一定程度的压抑，创作中就会失去许多放光彩的机会。在《鸡窝洼的人家》中有时表现出来的左支右绌，缺乏贾平凹创作中一贯焕发的灵气，根子就在于这种被动性。所以贾平凹 1983 年、1984 年的创作变化，既是自觉的，也是非自觉的；既是一种前进，也是一种退缩；既取得了一些自由，也失去了某些自由。对《小月前本》等三部中篇的赞誉声虽然很高，但贾平凹对这种赞誉却没有“顺杆上”，没有按照普通常规处理反馈信息，而到 1984 年的下半年却向 1981 年的创作回归了。

毫无疑问，在文学创作方法上应该是“百花齐放”“和而不同”的，不应当给不同的创作方法排座次、定优劣。因此，贾平凹创作在 1983 年、1984 年的现实主义化和 1985 年以后向非现实主义的回归，都是一种深化和发展，在作家的创作历程中都有其意义和价值，但作为文学研究，对这些变化的追根溯源，对每一发展的成败得失进行一些解剖分析，却是很有必要的。

第七章　商州小说的结构探索

结构，在世界小说发展中获得了越来越重要的地位。它往往超越形式的意义，使内容得到新表现，同时以其新的审美追求显示出鲜活的时代气息。贾平凹小说的结构探索，一方面体现了他永不满足的活跃的艺术追求，一方面也感应着世界小说发展的新潮流。

在贾平凹已往的创作历程中，对于作品结构的探索从来没有停止过。《山地笔记》阶段的结构探索，更多的是一种章法艺术，是为其空灵的风格服务的。这些探索从中国诗歌以尽量少的文字创造深远意境的这种结构素质，从中国画讲求布白、气韵流动等美学特性中，吸收了大量的艺术养料。贾平凹 1980 年以后的小说，在结构方面除了沉积着中国文化的深厚遗传而外，同时更多地借鉴外国文学的成果，如人物心理意识线索、电影蒙太奇手段等等。像我们在“论贾平凹的创作方法和创作思想”一章中将要说到的《生活》《野火》两个短篇，在结构方面就很有创造性。这种创造中，受外国文学的影响显然是主要的。

这一章我们只研究《商州初录》《商州世事》这两个中篇和《商州》（《文学家》1984 年第 5 期）这一长篇的结构，因为这三部作品不但篇幅较长，而且在结构方面确算得有创辟之功的体式了。

一、《商州初录》《商州世事》的结构

1983 年，当《商州初录》（以下简称《初录》）发表后，曾经引起文学界的注意，特别是在艺术感触灵敏的一些作家中，反应更为强烈。“那是《钟山》杂志举办的一次笔会，参加者还有汪曾祺、宗璞、刘心武、陈建功、郑万隆诸人。一天，主人以出版的刊物见赠，于是一时每人都是满手油墨香。忘记了是谁发现了《商州初录》，一声惊呼，于是那几天大家的话题便不觉常常地转移到贾平凹身上。”（李陀《中国文学中的文化意识和审美意识——序贾平凹著《商州三录》，原载《上海文学》1986 年第 1 期）《初录》引起“惊呼”，原因是多方面的，诸如它用史笔写出了商州现世生活中厚重的历史沉积，活脱脱的大文化形态；它显示出脍炙人口的东方风格的散文美；它做到了民族作风与现代意识无迹无痕的融合；等等。当然还有一个原因是，它呈现为一种新的结构创体。

贾平凹对《初录》酝酿了好多年，但一直没有动笔。1983 年春他重返商州，故乡游子，旧情新事，一时激动不已，《初录》于是诞生。在酝酿和写作中，他更多的是对商州历史、文化、民俗、风情、地貌、景观等的感受和反刍，并未就结构形式进行自觉的构创。《初录》特定形式的生成，实是创作过程中自然生发的结果。在贾平凹的观念中，小说与散文并没有严格的界线。收在他散文集中的《风筝》《空谷箫人》《钓者》等作品何尝不是小说，而小说集《山地笔记》中的《第五十三个》等，当初也以散文发表过。他的许多小说都是用散文笔法写出的。贾平凹本来是以系列散文写《初录》的，然而一发表，文学界则视为中篇小说，因为它的特征恰恰暗合了情节淡化、结构散化、主题多义、追求纪实性等小说新观念，而且其

中《一对情人》《摸鱼捉鳖的人》《刘家兄弟》《小白菜》《一对恩爱夫妻》《屠夫刘川海》等又确为短篇小说，这样反而没有人把《初录》看成散文了。实则，它是具有“两栖性”的，不过力主小说观念的人，是反对把它看作散文的，因为把它视为小说，就无形中生发出许多属于小说艺术的新意来，这可以给中国当代小说带来活力，开扩视野，拓展出新的天地。

《初录》结构最显著的表层特征是它的散漫性。它没有像一般中篇小说那样，以若干人物的活动组成一个贯穿始终的连贯故事，而是以“引言”统驭 14 个各自独立的短篇，各篇的人物和情节相互间不发生任何关系。然而从整体意义上看，它们又是互相关联的。这种关联在于，它们都是写商州的。每篇各有侧重地述写商州某地独特的地理形胜，神秘的历史传说，淳厚的风土民情，当年土匪的跋扈，而今时势的新变，老年的焦虑和愤怨，青年的躁动和追求……这一切既然都是写商州的，并由“引言”所统驭，读者在阅读中自然打破篇与篇的界限，形成对商州的活的、浑然的感受。它比由一个中心故事贯穿的中篇内容自然要丰富得多，这就足以见出这种体制的高效能。两年之后发表的《商州世事》（以下简称《世事》）也采用了同样的结构。

这种无情节主干的散化结构，至少有这样一些好处：第一，这种结构体现着现代化审美意识，给人一种崭新的感觉。人们读这样的小说，不至于处处被主干情节牵着走，这对阅读中的审美活动是一种解放，能更加调动读者阅读中的能动精神。第二，以主干情节贯穿始终的小说的创作，免不了受情节的牵制，对丰富的生活存在做许多舍弃和提纯，这样必然离开现实的原本自然形态，这是以牺牲真实作为代价的。《初录》的结构在很大程度上给作品带来纪实的素质，取得了新的真实性。第三，这种散化结构，笔触可以不受限制地自由伸向自然、社会和人的感情世界的每一个角落，特别是对于表现人的文化心理结构、世代积淀遗传的集体隐意识，就更为直接有力。这样，取消了有形的、人为建构的故事主干，却实现了无形的、更为本质的东西，即渗透于社会细胞的大文化，这是人群和社会发展中的生命汁液，是特定社会的遗传因子，是更为深刻的东西。

使我们感到有意味的是，《初录》《世事》的结构，无论是就其发散型，还是就情节淡化、主题散漫无归等看，都体现着现代审美意识，然而它的形式渊源，主要却是取法于我国的史书和方志。我国自《史记》以来的史书通过纪、传、志、表、书等文体，以“互见法”确定历史发展的时空坐标，完整、多侧面地表述历史的活的气脉和各个不同深浅的层面，这是中华民族卓越的文化创造。我国的地方志通过记载一个地域的历史、地理、物产、风俗、人物、政事、趣闻等，立体地展现该地域从社会到自然的完整的精神和构成形态，这和我国史书在方法论上的精神是相通的。在史书中化入地理，以时间为经、空间为纬；在方志中，又化入历史，以空间为经、时间为纬，都构成一个完整的系统。《初录》《世事》吸收的正是这种朴素的系统方法，即多角度描述的互见互补法。从这种方法中取得了非常深厚的历史感和空间弹性，产生了由一个主干情节线贯穿始终的同样篇幅的小说难于达到的效果。

《初录》《世事》毕竟是小说，所以其互见互补只是对我国史书和方志从精神上的吸收，因之显得更为灵动自由。这种互见互补是多方面的，举其大端有这样一些关系：历史与现实，自然与人事，传统与开放，神话与世俗，等等。在一般结构的中长篇小说中，作者对于这样一些关系，只能在基本把握了两者之间的定性定量和结构关系之后，给以适当的判断性的综合处理。如果这种把握失误，即造成全篇的失败。而在《初录》《世事》这样的结构中，有些篇什固然也可做融化性的综合处理，而大部分篇什则是对互补关系的一方进行恣意的极致的描写，而把最后的综合工作交由读者去完成。这不但不会使当代读者感到烦难或不满意，反而给他们发挥自己作为接受者的能动创造精神留下用武之地，作品就从这方面见出时代性的审美价值。

这种结构的用笔及效果，和一般小说结构的用笔及效果是大为不同的。如后者对历史的追述，只能以现实描写作为基点，使历史的追述受制于现实描写；而前者则可以在特定篇什中置现实于不顾，放笔对历史进行尽情描述。同样，《初录》《世事》这种结构对自然的描写，如对狼的活动，它们如何叼猪吃羊，如何反常地养育人的幼子，与人做复杂的殊死斗争，等等，进行淋漓尽致的表现。对山水、草木、羽鳞同样可以进行与人平等的描述。在这里，自然不是作为人物活动的陪衬和感情的依托而得以描述的。因为《初录》对各种关系并没有全部进行判断性的综合处理，而常常只是把两方分开进行显示，没有做僵死的凝固性的确定，所以当人们把《初录》的 14 个短篇放到一起进行阅读的时候，不同的读者对历史与现实、自然与人事、神话与世俗、传统与开放这样一些关系，都会有各自不同的活的感受。只对互补的双方分别进行充分描写，便可以使它们相得益彰，在互补中产生新质，生发出双方都不具备的东西，“综合起来读去，就会觉得在零散的外观下面是保持着一种内在的平衡的。一方面，风情民俗的铺摛因为承担了多侧面、多层次地叠现商州人内在素质的使命，能显得并不表层芜杂；另一方面，由于得力于具体入微的现实氛围（风情民俗）的支持，当作者正式落笔于人物，就只需信手拈来，勾勒几笔轻淡的素描，便足够了”（李振声《冗繁删尽留清瘦——评《商州初录》，原载《钟山》1984 年第 2

期)。一般系统论的创始人贝塔朗菲有一个著名的命题，就是“整体大于各孤立部分之总和”。《初录》《世事》这种结构的重要价值之一就是由于作者在这种结构中对大文化的各种关系未做判断性的综合处理，未进行不自量力的人为确定，使各种关系的双方常常只做孤立性的显示，所以全篇的思想、认识、审美诸价值就取得了比一般结构法大得多的总值。

《初录》《世事》的这种结构，还有其艺术和美学传统方面的价值和意义。对我国史书和方志互见互补法的吸收，是从大的方面，从方法论的角度着眼的。在具体实践上，这种结构提供了文笔方面有很大包容性的可能，使得作品可以采撷我国古代话本、笔记、游记、野史、志怪及各种古代散文的笔法，这种笔法形式就生出相应的艺术产儿，这就是中国古典文艺中特有的意象、意境、气韵等，成就了古雅通脱的东方式的散文美。

笔墨的灵动不但给社会、自然、人自身的全方位观照和无孔不入的细微表现提供了可能和方便，而且也克服了行文的单调和板滞，使作品呈现出流动多变、仪态万方的散文天地。《初录》“引言”中对商州地理大势、物产、景观、民风等的述写，是通过侃侃而谈的聊天式的语气，并在谈读方志心得，说世情推移，与关中、陕北做比较，对流言做驳难等话题下，不断变换角度进行的。《黑龙口》在概括述写中常常有形象的描写，对旅途见闻的描述，表面在写旅客和一路景象，却无处不渗透着主体的感受。文中或不时杂以幽默练达的议论，或偶尔拈来生动的情节和对话，都意味隽永无极。《莽岭一条沟》全篇以密匝匝的实笔皴染了莽岭沟中的自然风貌和居民性格，最后记叙的老草医给狼治病的故事又那样神秘恐怖、动人心魄。《桃冲》所描绘的意境具有无比的诗的魔力，而人的坚韧和自强不息与这种诗境又融合得和谐如斯。《棣花》把山村的精神生活如社火、演戏一类活动写得淋漓尽致。一街三省的“小香港”的奇特风情在《白浪街》中被叙说得有声有色、无以复加。《一对情人》等情节性篇什，就插在这些以讲述为主的篇什之中。我们读《初录》感到有兴致，不是因为受情节的驱动，而主要是变幻多姿的散文美曳逗得我们不忍释手。

《初录》《世事》的结构取得了可喜的收获，得到文学界的承认和嘉许，但如前所述，这是作家在超越时空以全方位表现商州的这一文学追求之下，无明显自觉的匠心而自然生发成的一种结构形式，所以这种形式可以看作一种新结构的雏形，还需进一步向更成熟发展，如结构间无形的、有形的经络似应更有机化，结构内部的交错和流动应当更富有秩序和章法。

二、《商州》的结构

如果说《初录》在并未对结构做意匠经营的创作中取得了为文学界所称道的成绩的话，那么《商州》从一开始就在对结构做自觉的构建，却不免于结构上的不成功。这种事功与初衷的乖违，在艺术创作中是常常发生的。

《初录》是贾平凹决定以故乡商州为生活基地，专程再返商州跋涉各县后，任情适性直写商州的第一部作品，却于不意间获取了一种新的结构形式。嗣后，他又一口气写了《小月前本》《鸡窝洼的人家》《腊月·正月》三部中篇，《初录》的结构像藏在仓库里，一直搁置未用。《腊月·正月》完成后，他想写一部篇幅更长、更全面覆盖商州的自然世界和社会历史的作品，于是又记起了《初录》的结构。但对一部长篇作品来说，作家绝不愿再重复已往一部中篇的结构法，而需要对之有所突破，《商州》的结构正是改造发展《初录》

的结构而成。所以这两部作品的结构是有同有异。两者的相同处是都用了“互补法”，不过《初录》中的14个短篇是相互独立的，它的互见互补是14篇相加起来以综合见义；《商州》有贯通全篇的故事情节，它只是将商州的史地风情、文化背景与人物活动所组成的故事情节分离开来，并对中心故事线做了切割，而使文化背景与故事情节进行互补。《商州》结构中的这种分离和互补是从《初录》来的，是《初录》结构的继续和发展。然而它们的相异也是明显的。《初录》的结构是网状的，《商州》的结构是团块的。网状结构如树之叶脉，无规无则，任其自然，浑然组成一个整体；团块结构似八节车厢组成的列车，有一定的秩序，并表现出均衡对比的形态。

《商州》共分八个单元。不叫“章”而叫“单元”，据作家自己说，这表明作品的结构像楼房一样，由一个一个的单元组成，是团块的。在八个单元中，每单元分为三节，第一节是与后两节没有直接关系的史地民俗的述写，后两节才是讲中心故事的，八个单元都是如此，非常规整。如果把《商州》的结构与一般中长篇小说的结构相比较，可以说它是把一般结构的中长篇小说中融化在情节推进中的关于文化背景的叙写提取出来，加以扩张发挥，改制成独立形态的文体形式，然后等距地插入连贯的故事情节中，把连贯的情节切割开来，就像在一出八幕长剧的幕间插入报幕人很长很饶舌的与剧情无关的插话，这样就形成团块结构。这种团块结构，是着意在打破结构的线性，给故事的发展等距地造成留阻，使分离开来的故事情节与文化背景进行非常规的、企图取得高效能的互补。至于这种意图达到了多少，我们到后文再做分析。

贾平凹说：“当今的文学，可以说是中西杂交的文学。”（《变革声浪中的思索——〈腊月·正月〉后记》）在贾平凹身上，中国古代文化与西方当代文化融合的情况是经常发生的，这一点我们在以后的有关章节中还要谈到。《商州》结构是《初录》结构的继续和发展，同时《商州》结构也是受了拉丁美洲结构现实主义的直接影响。我们在上文中已指出《初录》结构的渊源是中国的史书和方志，《商州》的结构既是《初录》结构的继续和发展，那说明《商州》结构的渊源也在中国，但同时它又直接受拉美文学的影响，这里又出现了一种中西合璧。

贾平凹《商州》的结构受到拉美结构现实主义的极大启发，但是正像他的读书法和在其他许多方面的吸收一样，并不对吸收对象进行全面的、学术式的研究，他对拉美结构现实主义也未做全面的接触和研究。即使结构现实主义代表作家巴尔加斯·略萨的几部重要作品，他也不是本本都阅读过。他只翻阅过《胡利娅姨妈和作家》与《绿房子》。《商州》的结构主要借鉴了《胡利娅姨妈和作家》的"章节穿插法"。略萨的这部小说在奇数各章中展开主干情节，而在偶数各章中则安排了各种类似我国话本"入话"中一些同题材故事的与主干故事没有直接关系的小故事。这些小故事只是用来加厚社会背景，造成全书描写的立体感。这种"章节穿插法"所造成的效果，也是切割和互补。当然，贾平凹在创作《商州》时，并没有亦步亦趋地全部照搬《胡利娅姨妈和作家》的结构，而是对这种结构做了改造。他把略萨这本书的一奇一偶两章看作一个单元，在《商州》中把这样一个单元变为三节，奇数章从前边倒到后边，裂为两节；偶数章倒到前边，不写小故事，而改为聊天式的对商州某地风土人情、今昔变迁的讲述。《商州》每单元第一节和《胡利娅姨妈和作家》的偶数章的目的，都是为在社会背景方面造成层深感和立体感，但贾平凹认为他这一节的写法在担负这种使命时更直截、更概括，而且更中国化，并能发挥他散文笔调的优长。

那么《商州》这种结构是否成功，究竟应给予怎样的评价呢？

公正地说，作家在《商州》中采取这种结构的目的并没有达到。因为每个单元的第一节和后两节几乎是游离的，它们之间没有有机的气脉，这使得这部作品不够成功。如果分离来看，两者写得都不错。就是说，试将八个单元的第一节放到一起，构成一部地理散文，将是很有特色的小册子；而剔去每单元第一节后，也将会成为一部人物并不多而展现了广阔的社会面和生活领域的好中篇。真如陆士衡《文赋》所谓的“离之则双美，合之则两伤”。这主要是没有找到两者之间无形的胶合点，使每单元第一节的文化背景与后两节的情节之间失去了关联，借用一个诗律上的术语就是“失粘”。

然而笔者以为，绝不可以因此便否定了贾平凹小说结构探索的积极意义，甚至可以说，《商州》这一具体作品虽然不够成功，但《商州》的结构作为一种新的结构模式却是有价值的，如果能使每个单元中概括写文化背景的部分与写情节的部分通过无形的经络，从气脉上得到沟通，这部作品将会产生质的变化，有一个飞跃性的提高。

可以预料，贾平凹在小说结构方面的探索是永远不会满足和停顿的。《商州》是他的第一部长篇，今后他还要给长篇的创作投入很大的力量。比起中短篇来，长篇小说的高下，结构是最重要的因素之一，他必得在结构探索方面更自觉地发挥自己的创造力和艺术悟性。在他的《浮躁》中，结构方面就有了新的探索和收获。其时他曾告诉笔者，在今后一段时间内，他将从中国画的散点透视和气韵的流动中吸收营养，摸索出富于中国美学精神的小说结构路径。

第八章　新的深化
——论 1985 年小说

贾平凹创作中受到压抑的主体精神在 1985 年再次抬头，现代意识以更加中国化的风貌高扬于作品之中。所以他 1985 年的创作是 1981 年创作的接续和深化。经过这次否定之否定，他的小说表现出新的深度，艺术方面更加民族化。综观他这一年发表的十部中篇[《天狗》(《十月》第 2 期)、《远山野情》(《中国作家》第 1 期)、《冰炭》(《中国》第 2 期)、《山城》(《朔方》第 1 期)、《蒿子梅》(《上海文学》第 3 期)、《初人四记》(《花城》第 3 期)、《黑氏》(《人民文学》第 10 期)、《人极》(《文汇月刊》第 10 期)、《商州世事》(《中国作家》第 4 期)、《西北口》(《当代》第 6 期)]，最突出的两大倾向是渗透在作品中的悲剧精神和通过性意识的焦点透视社会人生。

一、悲剧精神

情节和人物色调的悲剧化，是贾平凹 1985 年小说的重要倾向之一。《天狗》《冰炭》《人极》《蒿子梅》和《商州世事》中的大部分篇什，都表现出悲剧精神。

这些悲剧和作家对人生的探求是相关联的。人生充满了奋斗和坎坷，由于客观的社会根源和个人的遭际，悲剧命运会降临到一些不幸者的头上。《天狗》《人极》等作品就是正面呈示人生的艰危的。悲剧在《天狗》中是局部性的，小说的主人公并没有毁灭，但打井把式李正的自杀，却是同作品所叙写的中心矛盾及作为作品主人公的天狗和师娘直接地、密切地关联着。李正是农村中一个尊严的封建大男子，他在当地的超人的打井技术更加强化了他的这一性格，但由于操作中意外出现的井塌，他成了瘫卧在床的废人，不但骤然失去了往日的优越感，而且由于家庭生计难乎为继，不得不做了与其固有性格最相矛盾的抉择——出让妻子来解决全家的生计困顿。这种“招夫养夫”是中国偏僻山区也不常见的一种特殊的婚姻形式，它产生于两性结构比例失调和极度贫困。这种婚姻形式并不是轻忽苟且的行为，而是严肃的举措。在这一特殊婚姻中，老把式的徒弟天狗由于道德意识的高扬，只尽赡养责任而不享用丈夫的权利，这使得师傅李正承受了沉重不堪的精神重负，因为李正是一个对任何事情都毫不含糊的人，他受不了心理上的负债感，便胸有成竹地安排了自己的毁灭。这个悲剧的发生，既有偶然的因素出现在复杂的生活变化中，也有历史的必然，是一个把整个精神禁锢在旧的观念疆域内的人的悲剧，是经济的悲剧、伦理的悲剧。这种新旧相激中发生的悲剧，是新的生活潮流的插曲，是旧的生活逝波的挽歌。

在《人极》中，作家很充分地显现了人生的苦难，亮亮、白水这两个与光子共过患难的女人，都在历尽苦难之后离开了人世。光子是一个有着坚韧生命力的苦命人，他作为这些人生悲剧的见证人活了下来，并继续他救济苦难者的本能使命。亮亮、白水悲剧的制造者，虽然难于具体实指，但她们的悲剧却有着明显的人为性，非天灾而属人祸，说明人生悲剧常常是和政治即人的某些历史行为相关的。这种错误的政治可以孳乳出一种历史恶力。《冰炭》和《商州世事》中的《话说周武寨》把这种历史恶力表现得非常深沉强烈。

《冰炭》的情节并没有多大的戏剧性，它的结局却是莎士比亚式悲剧的大毁灭收场，富于撼人心灵的崇高美。这个作品情节中的矛盾冲突是非常深沉的，是“文化大革命”的特定生活中美与丑、善与恶、人性与兽性的潜在搏斗。白香是美善和人性的集中体现者；恶力一方有着把捉不到具体角色的深厚背景；排长是两种对立力量的交叉区，既代表了恶力一方进行着对美善的遏抑和戕残，又潜意识地腾发着对人性的欲求。他是大悲剧的直接制造者，又是这一悲剧中的牺牲者。

《话说周武寨》中把这种历史恶力表现得更为惊心动魄。作品把周、武两族大毁灭的悲剧放在一个半世纪的广阔背景上来展开。周氏和武氏家族跟大自然进行了数代的坚韧搏斗，才在荒僻草莱之地建立了生息繁衍的基地，而“文化大革命”的一场野蛮武斗，一夜之间就毁掉了祖先经营奋斗了 100 多年所获取的劳绩。两族的男子在枪声中大部分成了倒在血泊中的死尸。这个大悲剧末了又有一个小团圆的结局，在清风寨武斗的废墟上，孑遗的周家六媳妇和逃来的武家老二结合了，她的儿子也和武二侄女成了婚。两个仇家合为一家，恰好像黑格尔所说的悲剧冲突双方的和解，“永恒的实体性因素以和解的方式达到胜利”。这个和解花费了多么大的代价啊！

作为一个有着强烈的现代意识的作家，贾平凹广泛地审视了生活，看到了产生悲剧的各方面的根源。除了社会历史根源酿成悲剧外，自然作为人类一个强大的对立面，也在人类历史发展的各个阶段给人类造成不少悲剧。如果说《天狗》中井塌造成李正瘫痪、《商州世事》中《一个死了才走运的老头》所写的那场惊天动地的大洪水都作为自然因素在酿成悲剧中成为重要的因素之一，那么《金洞》则是正面展现人和自然相斗中产生的一个怪谲恐怖的悲剧。这个悲剧不是狼一味地吃人和吞噬人的猪牛造成的，而恰恰是这种野物想和人建立某种联系、强行喂养人的孩子造成的。但人和狼恐怕在今后若干世纪里还是无法沟通，所以人的孩子一旦被狼所喂养，村人包括孩子的生母都会对他失去信任，哪怕他从狼窝里逃回来如何恳切地表白他对狼的憎恶。当经过切实的验证而把信任谨慎地给予孩子的时候，他却因忍耐的时间超过极限而衰竭毙命。然而他提供的狼洞，是一个蕴藏着金矿的宝洞，因此他得到人们永久的纪念。这个在末尾加上亮色的结局不仅应和了中国人欣赏悲剧的传统的审美习尚，而且也喻示着人在和自然的相斗中，惨痛的牺牲总会带来宝贵的价值。

贾平凹笔下的悲剧，不仅表现出悲剧根源、冲突性质的丰富多样性，同时也表现出悲剧形态色调的丰富多样性。与上述悲怆、崇高、严正的悲剧所不同，《商州世事》中《一个死了才走运的老头》和《刘家三兄弟本事》这两个悲剧，集中凸现了现实生活中荒谬可笑的部分，所以虽然在内在精神上是十分深刻的悲剧，而外观上却显示出很大的喜剧性。《一个死了才走运的老头》是通过絮叨地、甚至带点幽默情味地讲述平凡故事揭示出来的悲剧。这个被贬到穷山沟里来劳改的老头，看上去卑微、窝囊，常常被村人当作开心的对象，然而他竟敢违抗上边的瞎指挥，并在洪水淹村时救了一村人的命，自己却被洪水吞没。他活着的时候发表过多么重要的意见，但谁也不愿意听，甚至他的话屡屡被实践证明是对的，人们也从不考虑其价值，而只有当他死后给予平反并说明他曾是省水利厅厅长时，人们才突然觉得他了不起，甚至像敬神一样纪念他。这个平凡的悲剧在外层是老头的悲剧，在内层却是民众群体的悲剧。只相信权势而不相信真理的根性，从内到外浸泡着人们的身心，这是多么深沉而隐蔽难见的悲剧呢！

高尚的人活得屈辱，愚昧的人活得英武，这都是时势造成的颠倒，这种颠倒就是悲剧。《刘家三兄弟本事》就是活得英武的愚昧人的悲剧。刘老大从肉体到灵魂都是丑陋的，极左路线需要打手和保镖，刘老大是合适的角色。“文化大革命”中他以充当这种角色，日子过得很舒坦，但是极左路线像洪水一样无情滥流，最后把刘老大也送上了断头台。这个悲剧很像鲁迅笔下渗透着喜剧成分的悲剧——阿Q 式的悲剧，使人感到滑稽而笑不出声，酸楚而流不出泪。

评论界很少注意《商州世事》里的悲剧，实际上《商州世事》的悲剧倾向是非常突出的。这部作品由五个短篇组成，其中四篇都是悲剧。而且和贾平凹 1985 年小说中的其他悲剧相比，这四个悲剧显得更具个性特色，也更能显示贾平凹在悲剧构创上体现中国文化精神的创造才能。

贾平凹 1985 年小说中的悲剧也有可以挑剔之处。如《蒿子梅》的悲剧性结尾，多少显出人为的痕迹。作家让高梅的作为、她的美和善的感召力，都产生了神奇的效果。她使一个杂乱的、惰化的人群环境，变成了秩序井然、朝气勃发的群体。她的形象几乎带上了神圣的光环。然而最后在护送病人的途中她牺牲了。美好事物的毁灭，纯粹出于偶然的原因，这不免冲淡了悲剧的伦理力量和审美价值。《人极》截取了“文化大革命”到党的十一届三中全会这段时间，来写几个平凡男女的人生悲剧，白水、亮亮这样几个单薄的长镜头，安排在如此大的一幅社会屏幕上，就显得浑厚感不够。

有必要探讨一下，悲剧性为什么会成为贾平凹 1985 年小说的重要倾向之一？它的主、客观根源在哪里？这在他的创作中是不是一个新情况？这种悲剧精神有没有积极意义？

第一，悲剧倾向、悲剧精神是贾平凹对社会和时代的一种艺术认识与哲理感受。悲剧不是作家头脑里凭空产生的，它来源于现实，反映了现实的某些本质内容。综观贾平凹的悲剧性小说就可以看出，这种悲剧的根源主要是政治上的极左路线，有时群众的麻木愚昧使这条路线如鱼得水，加剧了悲剧的酿成。“文化大革命”就是这种悲剧现实的集中化和剧烈化。这段疯魔的历史本身就是一幕大悲剧，它使中国社会、家庭、个人承受悲剧命运的负荷和频率增大了不知多少倍！这就是贾平凹 1985 年小说悲剧精神主要的客观现实根源。

但是光有这种客观根源，并不足以使一个作家的创作必然地产生悲剧倾向，创作的悲剧倾向肯定有着作家主观方面的悲剧性感受。在贾平凹的创作中，实际情况正说明着这个问题。贾平凹是经历过“文化大革命”的，那时他的年龄虽然还比较小，但这场政治飓风毕竟吹到了他的身边，并给他的家庭直接造成了灾难。然而这段生活并没有在他 1980 年以前的创作中形成悲剧倾向，甚至当血泪描写在全国文坛上形成被称为“伤痕文学”的创作潮流时，贾平凹还带着美好的心境高唱野乡山地的田园牧歌。这说明尽管作家经历了悲剧性的生活现实，但在当时，这些生活悲剧还未在他身上发生深刻的艺术认识和哲理感受。虽然他在 1979 年写了《纺车声声》，在 1980 年写了《头发》，记录了自己家庭在“文化大革命”中所遭受的劫难，但这是两篇带有自叙传性质的作品，都近乎朴实的实录。那时，在贾平凹艺术创作的主体精神中还没有形成自觉的悲剧意识。1980 年，贾平凹广泛地深入了社会，并进行着自己对社会的思考，成长的年龄和艺术实践中突破现状的要求，使他对社会、人生、哲理、文学道路等，都有着强烈的探索欲望。经过 1980 年的精神躁动、思索和酝酿，经过对社会生活更深入的认识和感受，悲剧意识于 1981 年在贾平凹身上产生了，这是他小说创作开始表现出悲剧倾向的转掠时期。

第二，贾平凹 1985 年作品的悲剧化倾向并不是一个新情况，这种创作倾向可以追溯到 1981 年。贾平凹 1981 年小说，虽然很少有主人公毁灭的那种纯正结构的悲剧，但大部分都腾发着悲凉感伤的氛围和人生的虚幻感，其中尤以《沙地》《好了歌》《二月杏》等小中篇为突出，都含蕴着强大的悲剧素质。我们曾指出过这些作品对生活总体把握上的不准确，也批评过出自创作主体方面浓重的消极情调，但是我们仍然肯定在这些作品的创作中作家认识生活和表现生活方面比以前深化。对文学艺术来说，准确性和深刻性是区别很大的两个概念，切不可因其把握生活的不准确，便抹杀它的独到性和深刻性。1982 年春“笔耕”文学组的会上，过分苛求了作家表现生活的准确性，却过多地忽视了作家表现生活的深刻性和独到性的一面，因而压抑了作家创作的悲剧意识。此后贾平凹的小说创作有一个短暂的间歇，这个间歇的时间将近一年。当他再开始小说创作的时候，悲剧意识因受到遏抑暂时收藏。写于 1983 年、1984 年的三部中篇（《小月前本》《鸡窝洼的人家》《腊月・正月》）中，悲剧色调已经非常淡薄了。这三部作品之后，从 1985 年的《天狗》开始，悲剧意识又回到贾平凹创作中来。所以无论从现代意识的伸张还是从悲剧意识的勃发看，都可以说贾平凹 1985 年小说创作是他 1981 年小说创作的接续，必须明确这一点，才能够对作家这一段创作的发展有实质性的认识。

第三，贾平凹 1985 年小说创作中的悲剧精神，是对美和善的价值的一种肯定方式。古今中外成功的悲剧作品，都不是消极的，而是对人类精神价值的高远肯定，对“历史的必然要求”不能实现的惋惜，对美和善的执着追求。如果说贾平凹 1981 年的悲剧作品在这方面还表现出一定的混沌状态的话，1985 年的悲剧性小说则明朗地表现出对美和善的肯定和讴歌。像圣洁的菩萨、光明的月亮一样的白香和高梅的毁灭，给人难以言状的憾恨，正像俗话说的那样，“好人命不长!”。这不仅是造物的不公，还在于丑和恶的罪愆。对丑和恶的诅咒和挞伐、对美和善的怜惜和悲悼，都会通过悲剧作品产生强大的伦理力量，坚定人们生活中向光明前景奋进的信念，而像《商州世事》中那些人在探索自然奥秘中出现的悲剧，以及由于民众的麻木愚昧酿成的悲剧，都能激励起人们的奋发精神，以触发他们在社会进步中提高自身素质的自觉性，加速在宇宙自然中摆脱“必然”取得“自由”的探索进程。

第四，贾平凹1985年小说的悲剧倾向，表现了作家一种审美旨趣。在中外文艺史上，同一时代里既产生悲剧作家，也产生喜剧作家。两种不同作家的产生，其原因除了不同的身世遭遇、对生活不同的认识和感受而外，还由于不同的审美旨趣在起作用。出于贾平凹的艺术气质和审美情趣，他是更偏爱悲剧的。虽然在他作品的局部即在某些叙述进程和情节描写中，常常有着令人解颐的内在幽默感，但在作品的整体结构和大情节上，他总是做了悲剧的安排和构想，造成悲剧特有的震撼力以作用于读者的心灵感应。这一点不光体现在上述的悲剧作品中，就是像《远山野情》《黑氏》这样的非悲剧作品，也贯穿着作家的悲剧意识，竭力展示人生的艰危和苦难。积压于作家胸中的块垒也似乎只有凭借于这些悲剧描写的载体，才能得到淋漓尽致的散发，升华为无限的艺术情味。

和贾平凹全部作品的总特征相一致，他的悲剧作品在情节和人物方面也带有平凡性，不以呼风唤雨的人物和严正重大的情节见长。然而他1985年小说中的悲剧作品，既显示了结构等艺术形态方面的多样性，当然也表现出作家在悲剧创作方面不同于他人的艺术独创性，丰富了我国当代悲剧文学的内容，以辛勤的艺术实践为我国悲剧艺术的发展做出了贡献，是应当给予应有的重视的。

二、以性意识为焦点透视社会人生

贾平凹 1985 年所发表的十部中篇，除《初人四记》等个别篇什外，都是以性意识为轴心转动其艺术车轮的。对于贾平凹和其他当代作家创作中这种性意识的抬头与伸张，我们应该抱怎样的态度？正视呢，还是回避？回避是消极的，不是马克思主义的态度，应该正视这个问题。正视，又有两种截然相反的做法：一种是像过去那样，没有道理地责备作家，甚至发动有声有势的挞伐；另一种是把文学中性意识的问题视作一个严肃理论问题正确提出来，加以认真地研究探讨。笔者认为后一种做法才是正确的态度。

在我们前多年的文学中，性意识差不多是一个禁区。所谓性意识，是指个体男女对异性的倾心、向往、追求、人们对这种意向及以这种意向为动因的实践关系过程的感受、认识和反映。由于中国的历史文化发展所造成的特殊国情，中国人对性问题特别忌讳、谨慎，文学在表现性关系时，常常采用曲折象征的途径。至于像《金瓶梅》那种赤裸裸的性行为展览，不过是对这种文学惯态带有惩罚性的逆反变态的表现。在大多情况下，文学对性活动则采取回避态度，从作者到他笔下的人物都像是不知人间有男女事。新中国成立后，性爱在文学中的被防禁，一方面是政治掩盖一切的极左思潮在文学中的一种表现；另一方面也是中国自东汉以来的男女设防、宋明理学灭弃人欲的宣传渗透于人的伦理观的结果。所以，新中国成立以来的中国文学，很少触及性爱，只是在一般社会生活的描写中间或加进一点爱情描写，直观地再现一些现实中的男女爱情。这种直观的浅层描写，是把爱情作为一般的生活存在和生活景象来叙写的，同时这种叙写还往往只表现爱情与政治生活的关系。

在根本上冲击和推动文学的，不是理论而是生活现实。80 年代中后期以来，社会生活加速发展了，封建意识受到“五四”之后的又一次大冲击；文学也发展了，文学对现实世界的表现日益深广。由于社会生活在对旧的存在的否定中发生的大逆转，意识形态的大变动和文化的大开放、大吸收，中国人特别是年轻一代的生活方式和生活情调变异的速率，几年可以达到过去历史上的几十年、成百年。性关系再不能像以前多少年那样在中国人的集体隐意识中给予忌讳了。电影、电视、商业广告令上了年纪的人颇觉不堪地、频繁地透露着这个向青少年保守了好多世纪的公开秘密。在这种情况下，文学的性禁区虽然松动得比较迟，到底还是打开了。贾平凹那个时期的许多作品，以极高的兴致在这个曾经是禁区的地面上盘桓。这些作品的总命意可以说是以性意识为焦点来透视社会人生。这样的题旨，是把性爱作为人生的一个严肃课题，在社会历史中给予它应有的位置，从而展现积淀在性爱中的深刻的社会内容。这是对当代文学的一个开拓。

人们常常顾虑，文学表现性爱会毒化生活，腐蚀青少年心灵。的确，那些低级庸俗的淫秽描写，是会起这样的坏作用，但深刻严肃的性爱叙写，效果却是积极的，它甚至会对生活中浮现的性感刺激起到“消毒”的作用。对于少数青年的性放荡和“伤害风化”，根本措施不是搞已办不到的性神秘和性愚昧，因为生活本身已冲破了这个神秘，而应当用文学对性爱的正确表现来疏导和教育他们，使其在提高精神道德修养的途径上摒弃粗野鄙俗，变得高雅和文明。所以文学表现性心理、性意识应当是谨慎和健康的。衡量文学对这个领域的叙写是否值得肯定，要看作家的创作态度是否严肃。如果不是以性描写作为精神刺激，不是把目光和兴趣留滞在性描写的本身和它的表层，用低级趣味迎合低层次的读者，而是通过性爱叙写来揭示积淀于其上的丰富深刻的社会内容，那么这样的文学实践及成果就应当被肯定和赞许。

通过性意识，主要是为了深刻地写人。深入写人是贾平凹创作中一个十分重要的思想。他在《我的追求》（《文学时代》1985 年第 12 期）一文中说，“重新到生活中去，进一步作深入的研究思考，立即感到以前所写的还远远不够，有好多问题需要在人的身上深挖方能得到明确的答案”“作为面对更大的世界的人，已不能不面对自己，重新认识社会时而重新认识人本身”。文学要写人，这是说了多年的话，但是毋庸讳言，我们文学的写人，多是停留在表层。作家的思维走向，大多是首先着眼于重大的社会变动，然后再以此为根源去推想人在这种特定的动的环境中的反应和作为。社会性的对人的观察和把握，这样的思想本来没错，但要对人进行深刻的、完整的认识，这样的单向思维路子便显出了缺陷。特别是通过与存在世界的历史发展的复杂性、生命鲜活性具备同一性的文学来表现人，只从外部世界出发，只将外部世界作为人的本体现象的唯一根源，然后以此向人揳入，以求取得对人的完整把握，这是十分不够的。这样做始终难于进入人的本体，也就无法表现出真实具体生动的人，凸现不出个体人的本质。文学要成功地写人，最起码的必须进行从外部世界到人本体和从人本体到外部世界的，动的、变化的、交流电式的艺术感受和艺术认识。

以性意识为焦点来写人，在一定程度上找到了一种交流电式地认识、审视和表现人的文学角度。贾平凹不是泛性论的弗洛伊德主义者，我们也不认为性意识是文学写人的唯一理想角度，但以性意识为焦点来写人，却能够展示人灵魂的最深层。在人类社会和人自身的世代发展中，性意识中积淀了越来越厚的社会性，以性意识为焦点写人，就像是对这种积淀来一次还原反应，从而真实地窥察到化入人体的社会因子。这样所呈现出来的人的真实性和深刻性，绝不是只从政治着眼来写人的那种文学所能望其项背的。

贾平凹的这类小说在写人时，总是抓住人对异性的本能向往，以及这种向往的各种现实化过程的心理的、美感的和道德的体验。在这里，作家非常强调每个男女对异性向往的这种自然性。对人这种本性的自然合理性的承认，直至80年代中期似乎还没有在我们的文学中得到正常的实现。这是因为在强大的封建意识作用下，在我国的国民教育中始终还没有补上人文主义这一基本课。然而人的这种自然本性却是脱离了动物性的，正是对异性欲求的非动物性即社会性，才使它发生意想不到的奇迹，演出显示人生命价值的深刻的戏剧。

一般所说的爱情，主要指未婚男女的相互追求、恋爱和结合，这是爱情最富于活力的、迷人的部分；婚后生活也是爱情的内容之一，但那已成为恬静平和的男女感情活动。1985年前后贾平凹小说所表现的性爱，主要为已婚男女婚外的情爱遭遇、变故和波折。它是对不合理婚姻的一种骚动和反射，它所表现出来的人生感情波澜比一般爱情更汹涌、更激越、更复杂，它充满了压抑和变态，“是残忍和慈善，是餍足和饥渴，是淡泊和欲望，是烦恼和欢乐，是痛苦和快感，是光明和黑暗”（［保］瓦西列夫《情爱论》），包含了人生酸甜苦辣的复杂况味。

《黑氏》对一个普通农村妇女的婚姻、家庭、爱情的历史全过程的展示，是对人的尊严、人性基本内容的昭示和肯定。这篇作品真实地表现了人的本性的伸张，说明哪怕是艰难困窘中的一个卑微的人，这种本性的伸张也是顽强的。黑氏在第一个家庭中完全是一个奴隶，这是人类在母权制被推翻之后，妻子在家庭中被贬低、被奴役、被淫虐的很典型的历史映现。在中国封闭式自然经济之下漫长的封建年月中所形成并得到特别膨胀的歧视妇女的封建意识和道德伦理观，即使到了20世纪80年代还仍然起着作用。这时候，黑氏是一个没有文化、处于意识蒙昧状态的、暴发户中的受压迫的妇女。家庭越暴发，她的地位也越低，所受的摧残和奴役也越重。在这个家庭中，她所承受的实质上体现了几千年来历史分配给妇女的不幸和厄运。在中国这样一个特定的国度里，历史和时代、时间和空间、封闭和开放，一齐映上了各自的光色。在这里，有现代文明的极致，有摆脱政治束缚和民风制约的刺目的精神放纵，也不乏阴沉的、令人窒息的封建黑影。这种封建黑影就笼罩在黑氏的第一个家庭中。在这个家庭中黑氏承担了繁重的家务劳动，又得随时（即使是已经就寝的半夜）听凭公婆的使唤，忍受他们的鄙视和辱骂。她不能过问大小家事，许多事情她必须把自己隔绝在局外（不是超脱而是被防范）。她作为一个女人的唯一作用，是在无爱的关系中被作为性肆虐的对象。小男人说，"你是我的地"，愿意怎么犁，就怎么犁。黑氏并没有摆脱这种境遇的意念，她具有中国人固有的忍耐性，然而她还是被抛弃了。在这个婚姻家庭中她没有被当作人，而是被当作一个物、一件工具。在这段人生历程中，黑氏作为一个人，并没有觉醒，特别是性爱的欲求被压到冬眠的状态。被离弃后，生活遭遇只是使她在生计方面非常亢奋，从这方面去意识和感受自我的存在及价值。她和木犊的结合带有很大的偶然性和被动性。在这种婚姻中，她获得了许多做人的权利，然而她并未得到健全的、完整的性爱。这种性爱只具备较多的生物性。因为有来顺的诱因，黑氏获得完整性爱的欲求不但没有在冬眠状态中萎缩，而且越来越伸张滋长。在这里来顺作为诱因，向黑氏提供对人性追求的满足的憧憬。他们两人的私奔虽然不是值得称道的行为，但却表明黑氏在人性觉醒的道路上踏出了实质性的一步。

如果说《黑氏》是从时间的推移纵向地再现了一个极普通的中国劳动妇女以性爱为中心的人性觉醒过程，那么《冰炭》则是横向地展示了在一个缺乏女性的特殊环境中，不同身份、地位、处境的各种男人对异性的微妙的心理反应。这种反应行为大多是潜意识的表现。这篇作品的构思也许是受了心理分析学派的一定的影响，作品中一些重要人物的心理意识差不多都表现出复杂的分裂。作品的背景是“文化大革命”，标作“冰炭”，环境是冰，人性是火。“文化大革命”便是一座冰山，故事虽然没有写抄家、游街、批斗等等，然而写出来的却足以体现这座冰山埋在水下的八分之七的部分。抹杀和剿灭人性在这里表现为主导的社会环境，与外世隔绝的地理环境又使这种人性冰冷的社会环境雪上加霜。然而就在这种走到极端的环境中，从个体人的内部则表现出对环境这种强压抑的冲决和反射。作品成功地表现了包容在压抑的环境氛围和个体人内部的冰炭不容、水火相斗。这种复杂的生活暗流，冰炭相克相激酿成的悲剧接连发生，造成对人心灵的强烈而深沉的震撼力。在这里，人性的最主要的体现是性意识。白香来到没有女人的劳改农场，“立即使这山沟光亮起来，这光亮使所有男人感到了惊奇和振奋”，她在这里的一切男人中产生了向心力。那些凶神恶煞的犯人也把她看成天上的太阳和月亮、神圣美丽的菩萨。排长是一个被“以阶级斗争为纲”戕残了人性的军人，他变成了一块冰。然而在白香面前，这块冰中却潜在地燃起了人性的烈火。水火冰炭的相激相克就在这个体人的内部进行着。白香出于人道的同情心和对艺术美的挚爱（也包括在异性选择中的倾向），冲破各种阻力关怀爱护作为犯人的秦腔演员刘长顺，这引起了其他犯人和排长的妒火。犯人逃跑的骚动和这种或明或暗的妒火搅在一起，酿成了白香、刘长顺被误杀和排长因悔恨而自杀的悲剧。这是政治的悲剧，也是人性的悲剧、情爱的悲剧。从这个悲剧中，便内在地引发出对人性的呼唤和对压抑人性的冰冷背景的深沉谴责。《冰炭》写得坚实而冷峻，给人以报告文学似的真实感。作品带有人生意识的对人心灵的强大的冲击力和震撼力，正是从这种冷峻真实中透发出来的。

《蒿子梅》也是写一个男子群体对异性的潜意识的欲求，作品却洋溢着浪漫气息。这种男子群体对女性的欲求在只能以高梅为对象的情况下，便经过社会性的摇震和平衡，使生物性的自私占有欲完全被汰除了，审美因素突出了，高梅在这个群体每个人的心目中成了美和善的化身。在这个过程中，高梅也产生了越来越自觉的性意识。作品中这样写道："人类的进步，难道也有异性之间互相刺激的因素吗？高梅不止一次地想着这个问题，她突然感到自己的存在的价值。"这是特殊条件下产生的特殊的性爱。因为摒除了性爱的生理因素和私人占有，在现行的道德规范下高梅的爱允许给予整个群体。这在卫道者眼中，总觉得不大美气，但我们谁能否认这种特殊情爱的纯洁、高尚和神圣呢？

爱和美善是血肉交织的。黑格尔说："爱就是单纯的精神的美。"（《美学》第二卷）性爱的本质就包含着伦理和审美的因素。瓦西列夫《情爱论》说，性爱"是男女间社会交往的一种形式，是完整的生物、心理、美感和道德的体验"。所以性爱中常常程度不等地射出美和善的光辉。特别是当性爱由于客观情势不允许其实现生理结合时，这种性爱中的自然因素即生物性便尽量淡化或汰除一尽，而社会性部分却奇迹般地凸现出来。实际上性爱的生物性成分这时也并非彻底退出，而是在冲突中冬眠起来或无形地转化到社会性的部分上去。此时通过性爱光孔所照射出来的光束，看上去便脱离了性爱范畴而表现为一般伦理、审美内容的善和美。在这里，女性美像化学试剂，投入到男性群体中就起反应，真实地互映出人的灵魂真面，透视出美和善来。《冰炭》和《蒿子梅》中，性意识就是通过对美和善的讴歌得到表现的。白香和高梅在一群异性的眼中成了普度众生的菩萨、温暖普照的太阳和鲜洁光明的月亮。这时她们身上所呈现的美和善的德行，在不同程度上也是性爱潜意识的升华。

《冰炭》以性意识为焦点，而正面冲突的两种力量是人道与冷酷。人道，对人的理解、同情、宽容和爱护，尊重人民内部每个人的人格和作为社会人的价值；冷酷，将人视作草芥蝼蚁，无视其人格和价值。人道是善，冷酷是恶，两方展开了复杂的鏖战。在这场鏖战中，善主要体现在白香身上；恶一部分体现在那些刑事犯身上，但主要部分却来自当时的政治，它虽然没有具体的实指对象，却显得深沉而巨大，造成环境对人的透不过气来的压抑力。白香作为善的体现，主要就是同这种恶进行斗争。因为白香排除了这种恶力外射出来的影响，所以能清醒地认识到刘长顺的价值和所受的冤抑，处处关怀着刘长顺，荡开各种阻力解救他于危难。在这个斗争中，她和排长那种朦胧的、局限在心灵感受范围的情爱，虽然使她涌动着生命活力，但仍然是服从于善的大原则的。为维护这个大原则，她和排长之间有时发生很激烈的冲突。反过来也一样，从个体人看来，排长的本质虽不是恶的，但与他的地位、处境、所受的教育相关，他的灵魂已被无形的恶力所腐蚀。所以在善恶斗争中他是让只发展到心灵相通的情爱服从于那种恶的。也是由于两个人对善恶所持的相反态度，从而使他们之间的性爱难于升华到一定的强度。

《冰炭》还写了美，这也是和性意识相联系的。这里的所谓美，包括白香的女性美和刘长顺所代表的艺术美。这两种美互相怜惜、互相感应，又常常滋生出人情美来。女性美和艺术美使这个与世隔绝的涸竭环境大为改观，使干瘪病化的心灵开始湿润和康复。在

《蒿子梅》中，经过群体的自我调节，高梅成为大家共同的爱神，保持着美为集体共有共尊的恒定状态；而《冰炭》中呈现的是一个十分复杂的环境，除白香和刘长顺而外的其他人，虽也有爱美之心，但他们爱美不会甚于自己的生命。他们对着美便产生占有欲，这种占有欲使他们的灵魂躁动不安，受到折磨。所以美在这种环境中是没有安全保障的。白香和刘长顺的被击毙，是一系列因素造成的善美毁灭的大悲剧；排长自杀则体现了一个正常灵魂被恶力腐蚀而走向绝境的悲剧，同时也体现了美和善在精神和道义上的胜利。

《蒿子梅》中充溢着作家浪漫的审美理想。作品中有一段写高梅心理活动的文字，看来很难与人物血肉相贴："她深深懂得，爱美之心人人有之，越是美好，越是与这些男人接近，越是美好得庄重、高尚，越是吸引来更多的美好，而使一切邪念畏退。"这些思想概念，这种思维方式，并不完全属于高梅，不过是作家借着人物直接宣示自己的思想命意。在高梅身上的美的感召和照耀下，油田钻井队从环境到人、从人的外表到内在精神，都变得美起来，各种邪恶也自然地辟易。美的这种神奇的精神力量是和男女双方潜在的性意识融合一体在起作用的。

《蒿子梅》和《冰炭》显示了不同的格调，然而两个作品的共同之处是通过性意识颂扬主人公身上美和善的素质及其精神魅力。类似的情况在《天狗》中也是存在的。师娘作为天狗道德和审美的观照对象，是被仰视的。天狗的灵魂中对之不敢存有狭隘的占有欲，而是需要膜拜和贡献。所以天狗对师傅以德报怨，以全部身心担起这一家的生活重担，对师娘不去做生物性私欲的占有，不仅仅是一种道德克制，更重要的还是对美和善的一种朝圣感情，一种尊崇的表现。

《远山野情》写的是人生艰难途程上两个善良心灵的相互照耀。

特别是香香在外乡人吴三大品德的激励下，产生了行动的升腾，从非人的丑恶环境中超拔出来，是作品更重要的旨趣。在这个过程中，香香内心产生了对吴三大炽烈的爱情。吴三大是一个普通的男子，他能在污秽的环境中出入泥滓而不染，这便对一个伤残枯竭的心灵产生了美善的强烈的启迪力。和《冰炭》中的白香一样，香香作为一个已婚者，能于婚外产生对别的男子的爱的倾向心，原因在于其本身是富于美善素质的人，有对美和善的强大的施放欲，也有与外部的社会美相感应的欲求，然而她的跛子丈夫（这种生理缺陷在很大程度上带有象征意义），从灵魂到肉体都是粗俗、卑琐、丑陋的，她和这样的丈夫心灵是无法沟通的，但她对丈夫却保持着基本的忠实，将婚外的情爱严格阈限在自己心理感受的范围内。

在贾平凹表现性意识的小说中，美和善多体现于女主人公，《远山野情》中则有男女主人公平分秋色之势，而《人极》有着最宽广博大的泛爱之心的却是男主人公光子。这篇作品仍以性意识为文学焦点，光子的仁爱心肠主要施行于两个女人身上。应当看到的是，光子同情受难者的情怀不是居高临下的，他从不以救世主自居，苦难的命运使他和被同情者一起挣扎于生活的牢狱中。这种宽广而平实的仁爱心，甚至使他丧失了性爱中的生物性欲念，像一个阉人。他先和白水后和亮亮的结合，丝毫不为满足他对异性形质的欲求，而只为着更切实地施行他的仁爱。他想的总是别人，常常达到忘我境地，像一个殉道者。周围的人很难理解他，对他有不少訾议，他也不去分辩。这篇作品称作《人极》，意思当谓善人之极，这在大旨上和其他作品一样，寄托着作者对于人性的道德理想。

英国 18 世纪哲学家休谟在《人性论》一书中说，“任何主要的欲望都可以伴有与之相关的从属的欲望，而且如果有其他欲望与那些从属欲望平行，那么这些其他欲望也就与主要欲望发生关系”“由类似关系和平行欲望这两种关系，就发生了美感、肉体、慈善之间那样一种关系，以至可以说这三者是无可分离的”。这些关于性爱、道德、审美通转的论述，可以帮助我们从哲学上理解性爱与美、善的关系，也会使我们明了贾平凹写人性的美善，何以要通过性爱这个聚光的焦点。

和美善相对立、相依存的是丑恶。性意识是一个多棱镜，通过它不特可以歌赞美善，同时也能够透视出社会生活的黑暗阴影。《冰炭》把对“文化大革命”的批判深入到人的意识深层，它的深沉冷峻的笔触当然要比那些一般再现的火辣辣、凄惨惨的表层描写深刻得多。把背景放在农村改革年代的《远山野情》《天狗》《黑氏》等，适与人们认为是颂扬改革的《小月前本》《腊月·正月》《鸡窝洼的人家》形成对照，那些被视为歌颂的因素再看不到了。在《天狗》中，农村生产责任制的实行引发了原始手艺经营的回归，惩罚这种回归的是性爱出让的悲剧。在《黑氏》和《远山野情》中，我们见识到的是农村握有权柄的人假改革之便以逞其恶。信贷员将握在手中的国家信贷资金作为个人获利的股金，大发横财；生产队长买通县矿业局，损害国家坐牟暴利，在乡村作威作福。金钱反过来又使这些人的恶德不断膨胀，在具备性机能的情况下，便搞性的占有和淫虐，发泄兽欲，摧残人性，毒化生活，形成善美的敌对力量。而在这伟大的变革时刻，却还有些底层的农妇，困窘到不得不以肉体作为代价去谋求基本的生计。如果说颂扬改革能激发人的力量，那么暴露改革中的阴暗面，则可以使我们头脑清醒，增强前进过程中的韧性战斗精神。律之以贾平凹以往的创作历程，应该说这是一个深化。作家当年从歌颂性的《山地笔记》进入所谓“复杂处世”作品的创作时，曾引起过不小的訾议，但冷静想来这种前进是何等可贵。现在我们也不希望作家一味地唱改革进行曲，而认为他所做出的更加深沉复杂的变奏，是应当予以肯定的。

性意识深深地渗入中华民族的集体隐意识之中，构成中国人文化心理结构的因素之一。性意识表现于我们民族文化心理结构的最显著的特征是性羞涩、性隐讳、确认性爱关系的不可变性，以及由此派生的对无爱情婚姻的隐忍和苟且。恩格斯在《家庭、私有制和国家的起源》中说："如果感情确实已经消失或者已被新的热烈的爱情所排挤，那就使离婚无论对于双方或对于社会都已成为幸事了。"按情势和人类道义，有些妇女是应当离婚的，香香说她的丈夫不是一个男人，这就是说她在这个家庭中和既定的配偶失去了最起码的性爱条件。跛子丈夫卑俗猥琐，不但不能保护自己的老婆，还对淫虐其妻者敬畏巴结。他已经变态到只看见钱，为此对妻子从肉体到心灵的被摧残都熟视无睹。但是香香对这样的家庭却没有想要去冲破。对爹娘指腹为婚安排的这种命运，她虽然埋怨、诅咒，但却安之若素。和吴三大的邂逅相识，使她见识到一个从未遇到过的男人，并在内心对之产生了强烈的情爱，然而她的奢望也不过是能和他在背矿中共同做伴，相濡以沫。直到她最后出走，她也没有想到要堂堂正正地通过离婚手续结束这没有人性温暖的无欢无爱的家庭，而去建立一个新的家庭。这种心理和行动措置，都是中国式的。

对于中国下层妇女对婚姻、家庭和性爱的心理、态度和处理方式的文学表现，在《黑氏》中显得更为充分。对于那个折磨她身心的小男人，黑氏从未敢于想到主动离异，而是竭力维系其夫妻关系，对家庭婚姻的处理的主动权完全由小男人操纵。对于她第二次在被动中建立的没有正常爱情的家庭，她和《远山野情》中的香香有着很相像的态度——宁取私奔的手段，也不走通过法律程序的公开途径。在中国人的意识中，私通固然不光彩，而离婚则是一个震动更大、更受歧视的行动。所以受传统习惯约束的下层中国妇女很少有勇气去离婚，她们宁愿苟且地活着去寻找隐蔽的、受人鄙视的性爱补充。香香、白香、黑氏的表现无不如此。

中国劳动妇女的婚外性心理，也表现着浓厚的民族文化心理特征，这就是性爱的内藏和变形。由千百年来的道德习惯所驱使，社会环境不给不幸婚姻家庭以出路，离婚不问青红皂白都会成为舆论谴责的行为，加上封建儒学、理学说教的从一而终、男女大防的宣传已渗入到中国人道德意识的深层，婚姻不幸者既走不通离婚一途，寻找婚外性爱又如临深渊、如履薄冰，这使得婚外性爱在社会和主体意识强大厚重的压抑力之下，便内藏和变形。香香在花骨嘟峰等待吴三大背矿归来的暇隙中捏两个雪人和做梦的意识、潜意识活动以及对吴三大不和她一块去背矿的恚愤，都透露出她对三大炽烈的爱，但对这种爱她却始终未直接用语言和行动表达过。白香对排长也是一样。师娘对天狗的爱则在环境的压抑之下折变为近于母爱的形式。天狗在被师娘招赘为夫之前，两人之间是存在着朦胧的性爱的，这种爱在乞月的夜里曾有过诗意的表露。这种性爱的根源除了对异性的爱悦之外，主要是人的仁爱、慈爱、怜惜，人和人的温暖关照。以此为根源萌生的性爱在外界环境和自身伦理意识的压抑制约之下，便采取了与根源最近的形式（长幼之爱）表现出来，同时在师娘那种长者的“拿大”和天狗的乖觉中，加一点淡淡的调侃。

> 女人拿指头点天狗的圆额角，说：“你什么时候活大呀，三十六的人了，跟娃娃伙玩那个！”天狗在这女人面前，体会最深的是“骂是爱”三个字。自拜师在这家门下，关系一熟就放肆，但这放肆全在心上，表现出来却是温顺得如只猫儿，用手一扑索就四蹄儿卧倒。也似乎甘愿做她的孩子，有几分撒娇和腼腆，其实他比这菩萨仅仅少三岁。

这种性爱是严格阈限在道德的疆界以内的。

中国传统的道德观中，包括中国特有的性爱观念。这些观念的根源也是性羞涩、性隐讳。诸如性爱关系的不可变性、对性行为轻率放纵者的深恶痛绝、男子对朋友妻女的尊重和保护等，都是传统道德观的重要内容。《天狗》的前半部主要写天狗与师娘的潜意识的性爱；后半部写道德意识与性爱的尖锐冲突。当外部环境确定了天狗与师娘的夫妻关系后，他的道德意识一下子茁发起来，于是非常自觉地摒除了这夫妻关系中的性爱成分。这是个二律背反的逻辑。潜意识性爱蛰伏，是环境压抑的结果，它的发展方向是寻找缝隙和变形后向外释放，当压抑解除后就会进入意识疆界而取得实在的现实性。但是对天狗这个具体的人来说，由于道德意识的强大，当环境压抑消除后，性爱并未高扬，反而全部化入道德意识中去。性爱在无此合法关系之前在跃动着，而恰是在夫妻关系确定之后，天狗才自觉地摒除了性爱。其实仔细分析起来，这里摒除的并非全部性爱，而是性爱的生物性即肉体成分，这虽是性爱的浅层的东西，然而却是性爱的原始冲动力，是性爱最基本的动因。在中国的传统道德意识中，对这部分是最隐讳的，对婚外性爱的这部分是深恶痛绝的。婚外性爱只要不触到这个禁区，就不是道德的彻底丧失。招夫养夫之后，天狗与师娘已非婚外相爱，即使过完全的夫妻生活，也无碍于道德。不过在天狗看来，在师傅瘫在床上的情况下，自己与师娘确定为夫妻关系，不是不道德的，但如果使这种夫妻关系取得全部实质性的内容即发生两性关系，那就是不道德的。这里天狗对自己的道德要求比世俗的标准升了级。这种道德升级的动因，既包括对封建道德的认可和强化，同时也包括对师傅的强烈的人道主义同情心。他并不看重实际效果，而注重于成就自我的人格和完善自我的心灵。但他这样做不但不能给师傅带来精神慰藉，反而给师傅造成更大的痛苦即一种难堪的负债感，这一点天狗也是认识到的。这又产生了一个二律背反，即天狗越是施行对师傅的人道主义同情，就越使师傅痛苦，越会背反同情的初衷。尽管如此，天狗还是继续实行他的道德强化。可见他这样做主要还是为着心灵的自我纯洁和道德的自我完善。这篇作品在天狗、师娘、师傅三人之间织成的人生中复杂的感情、道德的精神网络，深刻地表现了中国人在协调群体关系时浩大的道德意识。这种道德意识中包含着宽大的仁爱胸怀、严苛的克己修养和利他的牺牲精神，有着极可宝贵的精神价值，同时也负荷着需要扬弃的沉重的历史包袱。道德是一个历史范畴，是发展变化的，但这种变化是渐变，非常缓慢。道德又是一种历史现象，不与政治经济的变化同步，一种道德并不随它所由产生的社会经济结构的解体而立即失去价值。为着发展精神，推动历史，中国人需要对民族的精神遗产及其在民族文化心理结构中的积淀做慎重细致的分析。最坏事的是拿外域的精神现象向本国乱套，并做出简单肤浅的处置。这不但会伤害民族的活的、完整的精神肌体，也会损伤人类的精神价值。在分析《天狗》时，不深入到民族精神领域的深层去探察人物行为的根源，是很难把握到行为的实质内因的。对此，外国人是根本无法体验和理解的。

对人做深度的文学描写，必然达到与存在同一的真实性。富于这样文学功力的作家和这样的文学成果，现在日见其多，这是现代意识日益武装了作家的结果。然而评论往往还像以前对待呈现着作家单一倾向的那种文学那样来律量新文学。用评论者单向的逻辑思维来歪曲作家的艺术思维，把作者看成作品中某些人物的同党，断定作家是拥护什么、反对什么，歌颂什么、暴露什么，这种旧文学带来的评论积习实在应该在新文学面前休息了。例如在评论《天狗》时，把天狗的思想行为看成贾平凹认为的最正确或不正确的思想行为，就是这种评论积习的表现。

人是社会关系的总和，不能把人理解为只是社会的被动映现。作为“人学”的文学，应当重视与存在世界相对应的人的主体这个领域，把这个领域作为自己还远远没有充分发挥功能的对象世界，以体现自己的最新价值，显示自己的最新活力。贾平凹的小说创作实践说明，在文学中通过性意识写人、写人生、写社会，是可行的，搞得好可以挖掘到人的主体领域的更深层，对社会人生的审视和表现可以更概括化。更概括化，不一定效法目前某些作家所追求的那种超时空描写，最好还是透过具体时代和具体环境以显示富于概括性的哲学、历史、社会、文化的丰富内涵，但是这种时代、环境的具体，却不能就事论事。在这方面，贾平凹 1985 年的小说创作虽然还未达到让人十分满意的水准，但毕竟迈出了很大的步子，为我们文学的发展做出了贡献。

第九章　五年探索的集大成作品
——论《古堡》

1986 年贾平凹把精力主要用于长篇小说《浮躁》的创作，这部长篇于 1987 年在《收获》上发表，并由作家出版社推出单行本。所以，1986 年他除发表了在上一年写的《火纸》（《上海文学》1986 年第 2 期）、《水意》（《钟山》1986 年第 2 期）两个短篇和中篇《古堡》（《十月》1986 年第 1 期）而外，再无更多的作品问世。在这三个作品中，两个短篇虽然也不无新意，但用的基本还是老套路，中篇《古堡》却取得了新的文学成绩，使他的创作有所突破。它是贾平凹自 1980 年、1981 年以来创作探索的综合体现，是他五年来各种创作探索的集大成作品。

《火纸》和《水意》都是赴安康生活期间撷取的素材。《水意》中的老寿老爹本在州城的药铺当司药，老伴病故后他叶落归根回到村里来，益发像得了恋土病，觉得就自己的村子好，所以坚决反对儿子脱离农村。然而他的儿子退伍军人满满却在村里待不住，常年在月河淘金挣钱，并决定在州城买一座房子做生意。月河上驼子老爹的女儿云云，也是个向往着州城的年轻人，她爱上了满满，赶到城里参加了工作。这篇作品的独到内容是描写了洪水淹村的大灾难发生时，那种撼人魂魄的场面和气氛。除此而外，这篇作品与作者此前的作品相比，新意并不多。《火纸》写出了很浓的诗境，它的主要思想是挞伐封建主义的妇女观的，鞭笞了王麻子对女儿丑丑的禁锢，最后导致丑丑凄惨地死亡。这篇作品还以相当大篇幅写了茶馆老板孙二娘。这是一个有弹唱技艺、生活上存在着瑕疵的人物，然而她又非常仗义，甚至带着点侠气。这个人物虽有一定的生活真实性，但使人感觉更多是来自书卷之中，孙二娘没入江流中悲壮毁灭，她那色调无比浓烈的葬仪，给作品增色不少。从《水意》中满满的身上，我们看到了《鸡窝洼的人家》中禾禾的影子，云云也像是《小月前本》中的小月或《商州》中的珍子；《火纸》中的阿季使我们想到《天狗》中的天狗和《小月前本》中的门门；王麻子和《水意》中的老寿老爹，虽然不是从未离过土地的庄稼人，但本质上他们都与王和尚没有多大差别。这就是说，《水意》和《火纸》中的人物，差不多都是作者以前作品中人物在不同程度上的重复。从这两篇作品中，我们似犹可摸到贾平凹结构短篇的一种方法，即把三条相互不通的结构线索联络到一起，构成一个既有主线又具有一定复杂色彩的作品。这三条线就是主题线、推动线和调剂线。《水意》的主题线是变革生活与保守的冲突，即恋土的老寿老爹与挣脱本土冲向新天地的满满的矛盾；推动线是洪水的涌来和人们的抗洪活动；调剂线是满满和云云的爱情。《火纸》的主题线是封建意识与反封建要求的冲突，即阿季、丑丑与王麻子的矛盾；推动线是火纸生产；调剂线是孙二娘。

我们曾说过贾平凹是一个艺术追求多转移、多成效的作家，但是从 1981 年的《二月杏》《好了歌》，到 1984 年的《小月前本》《商州》，再到 1985 年的大部分中篇，直到 1986 年的《火纸》《水意》，我们也窥破了贾平凹小说的一种最常见的情节程式。这种程式用一句话来概括就是：风骚娘儿流浪汉。即在一个有美色、多感情而遭遇坎坷的少女或少妇与一个没有父母亲属、过着流浪或半流浪生活的单身汉之间，产生了爱情，历经种种磨难，有些终于得以结合，而不少则是悲剧的结局。如二月杏与大亮（《二月杏》）、珍子与刘成（《商州》）、小月与门门（《小月前本》）、香香与吴三大（《远山野情》）、黑氏与来顺（《黑氏》）、亮亮与光子（《人极》）、师娘与天狗（《天狗》）、丑丑与阿季（《火纸》）等无不如此，无不表现为这样的模式，而作者自己在这段时间内，却并未明确觉察到有这样的模式存在。这种情况说明，贾平凹的创作在一定程度已出现了某种停滞。生活是千姿百态的，如果生活一进入作家的思维门户，就被创作主体改制为某种模式，使千姿百态的生活在发展逻辑（不是指唯物主义的大规律，而是指具体的生活形式）方面出现一定程度上的一律化，这当然说明作家的创作出现了某种潜在的危机。1985 年、1986 年之交，贾平凹已经意识到了这一点，他在努力摆脱这种模式。当然，在此之前他的创作也不是无一例外地都呈现为这一模式。在某些阶段，作家所接触到的生活对创作思维的强烈冲击，加上作家艺术思想上一些新的收获和新的思路，也会促使有些作品脱离作家还未明确意识到的创作模式，中篇《古堡》就属这种情况，本章我们着重对《古堡》加以论析。

我们说《古堡》是贾平凹五年来小说创作探索的集大成者，是因为这部作品不但较好地体现了作家这些年的一些重要探索和追求，而且能将这些探索和追求和谐地融合在一个完整的作品中，表现出一种升华和突破。贾平凹自 1980 年、1981 年所感受的现代意识在这部作品中表现得更为强烈，对于大文化在社会生活内部的历史沉淀的显示更为色彩浓重。这两个方面在一般人看来是意识形态发展和存在的对立的两极，在《古堡》中却同时化入并自然统一于描写对象之上。它从各种题旨命意的不同深浅层次的艺术揭示和对生活存在的自然形态尽量较少提纯的叙写中，从渗透于生活形象描写中的关于哲理内涵、时代氛围、人生奥秘、历史运动等的自觉思考中，都显示了作家思维空间的空前广阔。如果把《古堡》与篇幅相当的作者的其他中篇相比，它的厚重感是明显的。这种厚重感不是从忠实写实的再现中，而是从意象主义的多义表现中呈现出来的。它虽然部分地继续了1980年《山镇夜店》《夏家老太》等作品的命意，却又非那些作品命意的重复，无论深度和厚度都远远超出那些作品。

《古堡》表现出贾平凹小说创作的升华和突破，还在于作家能把思维空间的开阔性、艺术对生活的全方位观照、题旨命意的多义性和丰富性，同对主导旨归的强调结合起来。作家的思维是开阔的，命意是丰富的，然而又不是散漫无归，开阔的表现中有其神经的兴奋点，在多声部的无主题变奏中，深层却响彻着一个沉郁的旋律，这就是对国民素质和民族出路的思虑、忧患和求索。《古堡》继续了《鸡窝洼的人家》《腊月·正月》关于变革与守旧的矛盾冲突的揭示，表现了来自各方的变革阻力，如旧秩序的得利者牛磨子对开矿的竭力干扰，人们身心中的强大惰性使之对走新路感到无比繁难，民性愚昧对变革所造成的巨大障碍，等等。而与《鸡窝洼的人家》《腊月·正月》等作品比较起来，《古堡》更加重视了对民性愚昧的描写。比起历史前进的其他阻力来，这是一种更为深刻的历史惰力。整部作品向我们揭橥：愚昧浸入民众身心的每个细胞中，它像甲壳一样妨害着民族精神的解放，所以，民族的出路在革除愚昧。但是，革除愚昧极难，虽然民族精神重荷的古堡，在惊心动魄的天火中也坍塌了一角，但它仍然坚实地雄踞在天峰之巅。这种民族前进步履之艰难，比较集中地反射于张老大这个形象上（他使我们想起了《年关夜景》中的那个光头青年）。他是一个殉道者，几乎将身家性命作为代价为全村的共同富裕而辛苦劳瘁，然而却被村人所忌恨，最后因车祸进了监狱。张老大头脑清醒，眼光高远，他对弟弟说："说到底还是咱这地方穷嘛，穷极了就见不得谁碗里米汤稠；别人的稠了，不是想法子和人家一样稠，倒要一个心眼让别人和自己一样稀。瞎就瞎在这里。"这是这个村的民性，也是商州淳朴山民性格中的劣性，更是中国国民的劣根性。张老大这个先知者的悲剧，从反面映照出愚民的悲剧和民族的悲剧。

具体分析起来，《古堡》的深厚感的根源大体有以下几个方面。

第一，这部作品使人感到非常深厚，首先是由于它真实可信地表现了民众愚昧的普遍性和深入性。民众的愚昧行为几乎无往而不在，愚昧作为精神枷锁不是个别人的不幸，而是像笼罩着整个群体使他们昏睡不醒的毒雾。这种愚昧状态在不同人的身上有着等差，同时又是与他们的忍耐、勤劳、仁爱、嫉恶等品德融合在一起表现出来的。作品对民众愚昧的普遍性和深入性的揭示，使我们意识到这不是某人偶发的时症，而是带有民族集体性的痼疾，即使在最新一代人身上也难于幸免。为村民公益而遭难的张老大，不但得不到感戴和同情，反而被众人责骂，面对宣布他徒刑的布告，麻木的村民却蜂拥着去抢撕据说可以避邪的盖有红印戳的纸片；相信白麝出现有灾的不仅是活了几个时代的老奶奶及大部分村民，最重视此事的还是青年猎手光大和年龄更小的张家老二；80 年代的小青年张家老二和光小也十分认真地到道观为亲人卜问相命；黄花少女小梅怀一腔虔诚给九仙树烧香祈祷家人的安全；利用续家谱制造宗族仇隙的是多年执政而在新形势下失势的牛磨子；电影摄制组这种在偏僻山乡难遇的稀罕事物被村民们深信不疑地派上了镇村冲邪的用场……

第二，《古堡》的深厚感还来源于它强烈的时代气氛和现实精神。它不是静态地展览民众的愚昧，而是把这些愚昧行为放置在扑面而来的时代氛围中，让它以富于时代特性的具体形态在运动中得到呈现。贾平凹 1981 年的少数作品曾经有过超时代的倾向，但他很快就抛弃了这种追求。《古堡》和贾平凹自《小月前本》以来的大部分作品一样，时间背景也放在农村改革之后。虽然在对愚昧渊源的追溯中由于对大文化的历史积淀的表现，使得这部作品在内在时间上具有很大的历史覆盖力，但它对现实生活的再现却是非常充分的，对现实中弊病的暴露和批判是清醒、精赅和中肯的。副乡长为拆正乡长的台，支持张老大办矿是那样振振有词，慷慨痛快；而一旦由于无理要求遭到拒绝，又报复得穷凶极恶，毫无遮掩。通过副乡长这一形象及其作为，官僚机构中的钩心斗角、以权谋私、任用私人、排除异己、打击报复等恶习就得到集中的艺术反映。税务人员的非法活动，显示了国家机器的松散和损坏，就连张老大这样的正直硬汉，也不得不迁就税务人员的敲诈而以宴席来解决问题。税务人员的话说得绝妙至极："政策嘛，政策就是个红薯，人情就是火，火大了红薯就是软的，火小了红薯就是硬的！"村长所代表的又是另外一种基层小官形象，他虽然没有害人和谋私的恶德，却害着另一类官僚顽症——遇事推诿，远害全身，套话满嘴，跟风行事，唯长官之命是听，最爱搞形式主义。对在农村改革中下台的队长形象，贾平凹在许多作品中进行过严厉的挞伐，《古堡》中的牛磨子可算得其中有特色的一个。他的好日子已经一去不复返了，一旦丢了官成为一个普通百姓，他的无赖品格便简直发挥到了极致。造谣、敲诈、要死狗，利用封建意识和迷信思想煽动村民反对开矿，刻毒地中伤，放肆地发泄，无所不用其极。时势的变更给他带来了无穷的苦恼和悲哀，甚至使他患了严重的肝病，但他的德行使得读者很难施给他以同情。

电影厂在《古堡》中对于强化时代气息具有十分重要的作用。

电影厂采景组和摄制组的活动从第四章第一节开始，一直贯穿到作品的末尾，其作用大略有三：一是起一种点染作用。声光化电的炫目震耳，电影制作神秘感的打破，男女演员生活方式的前锋化，这一切对一个向来闭塞的山乡来说，样样新鲜。这种色彩强烈的现代化事物，和山区的愚昧落后形成最大的反差，从感官上高效能地加强了生活描写中的时代色调。二是和铺天盖地的愚昧落后力量相比，锐意革除愚昧落后的张老大的力量就显得太微弱了，电影厂人员的到来在这种悬殊对比中起了一种十分重要的平衡作用。没有他们在精神、物资、舆论诸方面的支持，张老大尽管尽其全力，对强大的愚昧落后的民风民情也是无可奈何的，办矿的局面是无论如何也打不开的，作品第四章以后的情节也将难于推进。另外，无论在道义所向还是审美色彩方面，电影厂都起着不可缺少的调剂作用和平衡作用。三是电影摄制组所拍摄的故事，对《古堡》的旨归命意具有象征、提破的意义。就是说摄制组在作品中超越了它本身作为一个叙写对象的意义，起了一种胶合的作用，把它所拍摄的内容与《古堡》所写的内容联结起来，从而使《古堡》的内容描写得到升华。摄制组所拍的故事放在《古堡》中是戏中戏，大故事中套入小故事（“小”是从概括介绍而未具体展开，故篇幅较小来说的），而这个小故事是大故事的影子，它能唤起人们对整个《古堡》内容的深层含蕴的体味。

第三，《古堡》的深厚感还有一个重要根源，就是作家非常自觉地对特定人群社会的历史沉积和文化背景的全面开掘。矗立于天峰和烛台峰之巅的古堡，以其古老、威严、神秘统摄着村民们的精神世界。这部作品命名为“古堡”，正意味着这一古老建筑的象征意义。浓重的封建意识、文化沉积，落后的生产力和经济生活，构筑成既古老又坚固的精神堡垒，使民众处于愚昧中沉睡难醒。对《古堡》第一章第一节的艺术作用，我们应当有足够的估价。它不同于一般小说的引言，有点像题叙，但与一般的题叙也有所区别。它是整部作品对生活做全方位观照的艺术暗示，并给整部作品所展示的生活衬上了非常深厚的文化背景。在《商州初录》《商州世事》《商州》等作品中，贾平凹对商州史地风俗、文化积淀的讲述已做过各种途径的试验和探索，取得了较丰富的经验，所以《古堡》第一章第一节这种讲述功夫就显得很深很纯熟，只两千字就以极灵动自然的笔墨将××村化入浓厚的文化浸泡之中。鼎足耸立的天峰、地峰、人峰，三峰之间神秘奇异的烛台峰，威严的古堡，群兽的哭嚎，繁多的忌日，神奇的九仙树，古老的道教，成精的白麝，这一切构成一种统一和谐的氛围。其中每一事物似都是写实的，又都像有无比丰富的象征寓意。这是由意象构成的深厚境界，而不是西方艺术那种费解的抽象。

道观中道长与小道的活动在《古堡》中是贯彻始终的，或写道长讲《道德经》，或写他讲商鞅故事，或侧面写小道士的性心理，或写他们在天火余劫中的惶恐。道教活动不仅作为文化背景的因素之一在《古堡》中被写到，同时通过道长的行为还使道教活动向其他古代文化通转，从而展示更为深厚的古代文化背景。道长是深山中的学者，正如他对导演说的："山人平日除习道家经文外，也喜欢读些别的书。"他在《古堡》中充当了一个特殊的角色，通过他的言行把道家、法家、阴阳家等古代文化，全都化入《古堡》的文化背景中去。商鞅被商州山民奉为先祖，作为一个历史上著名的变法人物，体现着历史发展过程中激烈的社会斗争。这种历史意蕴，直可映照到而今商州的生活变革。《古堡》中差不多每章都写到道长讲《史记·商君列传》（以下简称《商君列传》），细心比勘就会发现，整篇的《商君列传》被拆成六部分，分别插入除首尾两章之外的其他各章之中。第二章中，是以道长的口气将《商君列传》中商鞅入秦前那部分的意思略做变动向孩子们讲述的；第三章中是道长吟诵《商君列传》，全引《商君列传》中商鞅入秦得秦孝公赏识这部分的原文；第四章中是导演听道长为小道讲商鞅故事，乃忠实于原文的翻译，为商鞅陈述变法的道理；第五章中也基本是翻译，是道长给老二、光小讲述商鞅变法时制定的各种法规；第六章中是《商君列传》中商鞅于变法时惩罚不法贵族至商鞅死前部分拣选重要事件来讲的；第七章中为孩子们在田野中游戏学道长说商鞅故事。因为变化自然，《商君列传》全文插入《古堡》不但没有赘疣感，而且非常得体而有兴味，把积淀着中国古老哲学的道教和体现着古代重大政治斗争的商鞅变法的过程叠映到商鞅后裔所生活的商州新时期的变革生活中，大大加深了现实生活的厚度和历史纵深感。

另外如云云的老奶奶经常把阴阳相混、把生者与死人拉入同一生活天地里的幻觉呓语，也加深了历史和现实各自的延伸，使人觉得中国的历史和现实的步子都是那样缓慢。这种历史皴染法似从马尔克斯《百年孤独》受到很大的艺术启发。又如第六章第二节中男人们在篝火边忘情失态地发狂做巫舞的描写，确是一段极神极奇的文字，它虽是艺术的虚构之笔，却有着很大的学术价值，是文化学、人类学、心理学、民俗学、舞蹈学等都可资参证的资料：

> 老二远远地坐在山坡上。那里完全可以看得清摄制组的大院。他第一次看见城里人跳舞，心热，眼迷，抑制不住的嫉妒和一种万般滋味的冲动。后来看到村人砸了一阵那紧关的大门，陆续骂骂咧咧散去，也感到了本地人的可怜和羞辱，就跑下山来，在矿洞那儿的土地上仰面躺下喘息。但那大院里一阵一阵飘过来的音乐声，使他又不能静

> 静地躺着，就如同狼一样地跳起来，拉了枯草枯树枝，在洞口燃起火，自个乱跳乱吼，发泄自己的冲动。这喊叫声，蹦跳声，使那些逗起了冲动却无法排泄的村中光棍汉，都跑了来和老二一起乱跳。后来，他们就跳起往日过会时祭神驱邪的巫舞。已经是寒冷的暮晚，他们全脱了身上的棉衣，甩掉了帽子和包头巾，将那些废纸撕了条子，一条一条贴在脸上，举着钎子、镢头绕篝火堆跑。皆横眉竖眼，皆龇牙咧嘴，似神鬼附身，如痴如疯。旁边的人就使劲敲打铁器，发出“嗨！嗨！”吼声。后来就你从火这边跳过去，我又从火那边跳过来，用火灰抹脸，汗水流着，冲开灰土，脸恶得如煞神一般。这是性的冲动，原始的力的再现，竟将摄制组那边的音乐渐渐压下去，后来就无声无息。

这进一步超越了商州社会生活在浅层向历史的上溯，通过其功能主要在发泄而不在审美的类原始舞蹈（这是最纯最真的舞蹈），把人类自身的深层发展一直上溯到原始阶段，引起我们潜意识中对人类蒙昧时代的回忆。这段描写和第八章中所写的壮观的“送纸火”的祀神活动，都透出荆楚巫风的影子，使我们感受到浓厚的楚文化的气息。我们曾说过，商州是楚文化与中原文化的两栖地带，这一看法从《古堡》的这些描写中更加得到了印证。

第四，以上三点都属于社会历史方面的内容，要全方位观照生活，只限于社会历史方面是不够的，《古堡》给我们以深厚感，还因为它的内容超越了社会历史的叙写而放大到包括对人和自然关系的展现。直至目前，贾平凹还没有着意完整描绘过人和整个大自然的关系。《商州初录》《商州世事》中所写的人同狼的周旋，只是自然界中的一个小族类和人的关系；《古堡》也只写了另一个小族类——

麝和人的斗争。麝在《古堡》中的活动是贯彻始终的，所有八章中都写到了。可见这种动物在这部作品中不是作为表层自然景观信手写到的，而是承担着重要使命的作品内容之一。

在《古堡》中，人和麝不是一种以人为中心的人对麝的役使利用的关系，而是两方都作为自然一员的平等关系。这种关系已退入原始古朴阶段。人捕杀麝不是出于实用功利的目的，不是为了寝皮食肉或索取麝香，而是把它看为一种不祥的神秘力量加以灭杀的。这表现了人的愚昧。因为所谓麝的不祥原是人主观赋予的。另外，《古堡》还通过赋予麝以人性和写人的动物性，把人和麝都进一步拉向浑一于自然的平等关系。作品多次写到小青年张老二在性冲动中失去人的自控力，在刹那间动物性压倒了人的社会道德感，以致在恢复到人的正常状态时因悔恨而自裁。相反，在麝的夫妻、母子、兄妹之间却相濡以沫，充满了人性的温情，并因人杀了它们的亲人而对人怀着浩大的怨恨。在这里人兽的界线模糊了，两者的关系平等了。唯其平等，才使人肯于对自身做最深层的反思。作家在作品中如此写麝，全非现实主义的笔触，而是现代意识观照下对自然的主观人化。这种对麝的人化和愚昧村民对麝的神秘化，虽然都是一种非现实化的意识活动，但就对人本质力量的自觉而言，恰好是一种对立。前者是清醒的，后者是蒙昧的；前者是站在自然之上的艺术的、审美的态度，后者是匍匐于自然面前的盲目的、恐惧的态度。动物世界，它们的心理、感情、思维等，还是一个等待探索的神秘领域。探秘是一种现代意识，《古堡》的写麝就是一种探秘的实践，这其中既有创作主体对自然对象的感情烛照，也有神话意识的暗影，还有近乎对动物感情世界的科学假说。作为现代艺术创造活动，这是非常富于哲学意味和美学价值的尝试。

与全方位观照生活的总特征相适应，《古堡》在描写、结构、摹写人物等方面，也有着不同于一般小说的非常突出的艺术个性。贾平凹对于现代审美意识有着极灵敏的感悟，但由于1980年、1981年在这方面的追求过于峻急，不易为广大中国读者所接受，所以在其后的小说创作中，使现代审美意识获取具体化的民族形式，就成为贾平凹付出心血的一项创造性工作。他把小说现代审美风潮与中国的美学精神相融合，折中地创造出一种在艺术上既富于民族性又具有现代性的小说来。《古堡》就是这方面做得较好的一部作品。

譬如小说现代审美风潮之一为情节淡化，尤忌情节的线性发展，也不大看重典型形象的塑造，而竭力创造一种创作主体烛照的“氛围气”以及构成这种“氛围气”的群体形象。《古堡》在这方面是成功的，它创造的氛围气就是一种古老文化浸泡之下的群体愚昧。然而贾平凹从来很少走到极端，他成功地创造出了这种氛围气，却又没有轻视情节和人物，只是让情节不断转换，不同的情节线平行推进，类似电影蒙太奇，但也不搞得破破碎碎，群体愚昧的氛围气也没有沉闷到无一丝清风和光明，愚民之中产生了卓尔不群的张老大，他的努力虽带有极大的悲剧性，但毕竟给生活带来了希望。当然这个形象是有着过重的理想化色彩的，民众和他在精神上的过大的落差使得他的殉道精神有太重的理性特征。光大在《古堡》中算得上一个有个性的“圆形人物”；牛磨子虽有些漫画化，却不失为有典型意义的一个人物。此外如老奶奶、剃头匠、道长、老二、光小诸人物，其主要作用在于创造特定的文化氛围，与现实主义文学所写的人物是有区别的。

《古堡》的结构，实际上运用了结构现实主义那种几个不同故事线平行推进然后汇合的“通管法”，但由于对这种结构法做了改造，就看不出“通管法”的痕迹，而成为一种更为自然的结构形式。在《古堡》中，张老大办矿、道长的活动（主要是讲《商君列传》）、磨的活动、电影摄制组的活动等，实际上都在按各自的逻辑向前推进，各具一定的独立性，但由于从一开始就揭示了这些故事线相互间的联系性，所以对这些故事线只需平行推进而不做最后总汇，它们也会成功地成为一个和谐的统一体，成为出色的结构。

象征是《古堡》比较突出的美学特征。这个与东方神秘主义哲学相联系的我国古典文艺中一条古老的审美路径，由于同西方现代审美意识相感应，在今后的文学中将获得新的价值而重放光华。在《古堡》里，古堡不仅仅是一种景观，而成为超物质的具象化的精神。它不是一个固态的死物，而有着无限的延伸性，给人以生命感，直与民众的深层意识相联结。惊心动魄的天火神秘而崇高，看上去简直要把宇宙翻个个儿，然而“三天后，天下起了一场大雨，烛台峰和天峰瘦了许多，一片焦炭似的。那古堡除了坍倒了一个角外，却依然存在”。历史上多少次席卷九州的历史风暴，造成了动乱和浩劫，却并未能使中国封建的精神古堡有所撼动。《古堡》中那个把阴阳相混的老奶奶，我们并不觉得她是写实之笔刻画的一个年迈糊涂的龙钟老人，她只是使我们感受到历史的步伐是多么缓慢！恋旧意识是那么浓厚！张老二的那只有着发达的性机能的狗的身上，不正映现着它的主人动物性的影子吗？纵贯全篇的商鞅故事，像是电影的画外音，商鞅的悲剧暗示着张老大变革生活的企求的深刻悲剧性。由于象征手段的较普遍的运用，就化蚀着整部作品的写实性，使不少描写对象和情节不同程度地超出了写实笔墨的单项含义，而成为有所虚化的意象。这种意象的连接弥漫，创造一种具有历史、文化、时代等内涵的氛围气便得到实现。

20 世纪 80 年代末 90 年代初理论界活跃了许多，青年文学理论工作者的思想更为开放，但是我们的旧文学观念在总体上并没有解体，特别是文学批评的价值观念没有多大改变。和《鸡窝洼的人家》

《腊月·正月》等作品相比，《古堡》不但毫不逊色，甚至在某些方面还要更高一些，然而因为它没有像 1984 年的几部中篇那样对改革的歌赞单纯而专注，所以触不到极重文学政治功利的批评界的兴奋点，使得文学批评界对这一作品的反应很冷漠。这不能不使人感到遗憾。

第十章　一部成功的长篇
——论《浮躁》

一、《浮躁》在时代的坐标上

在《浮躁》之前，贾平凹发表过一部长篇《商州》。《商州》借鉴拉美结构现实主义的经验，在结构上进行了大胆的尝试。毋庸讳言，这次试验不大成功，作为一个在艺术创作上订出高远目标并有着全能自信的作家，贾平凹在长篇创作上不会就此罢休。不过，此后一年他还是沉住气，仍致力于中篇的写作，为更深入地认知他意象世界的商州，并通过商州感应时代的气象和血脉做了较充分的准备。1985 年冬，他又着手写长篇了，但是一开始，他还是没有找准创作方法的基点，已经写出 15 万字了，却决心推倒重来。成名之后的贾平凹，写出的文字还很少作废过，所以他对此曾长时间地耿耿于怀。另起炉灶的工作是从高温的 7 月份开始的，为了排除各方面的干扰，他秘密躲在户县，经过近两个月的艰苦工作，完成了《浮躁》全稿。

这是一部成功的作品，获得 1988 年美孚飞马文学奖，这次获奖作品的评选是由中国作家协会组织的一个独立评委会完成的，他们经过半年的认真工作，从十年间中国出现的优秀长篇小说中层层筛选，同时还广泛听取了中国文学界的意见，最后决定将这项文学奖授予贾平凹所创作的长篇小说《浮躁》。评委们认为，在当代中国进行改革开放的巨大浪潮中，长篇小说《浮躁》站在时代的高度，把握住了当代改革巨变的脉络，以及在经济、政治、文化、道德、心理等各个方面所经历的复杂曲折的斗争，作品所描写的虽然只是中国偏远山区的生活，却相当典型地反映了具有传统文化氛围的当今农村现实。作品从金狗和雷大空这两个富有文化意义的个性形象的对比中，深刻地揭示出现阶段农村基层的改革，不仅要与田有善、巩专员这些利用封建宗法意识结成的落后势力进行搏斗，而且要从自身的文化心理中，摆脱旧意识的束缚和浮躁的精神状态。长期以来，宗法制的落后封建文化传统，仍然不同程度地积淀在社会意识的各个领域及文化心理结构中，这不能不成为当前改革的严重阻力之一。金狗和雷大空的生活遭遇与爱情生活的波折都反映出社会生活多方面的改革中，人的改革是不能回避的重要课题之一。评委们认为，正是由于作者对当前现实状况的敏锐独特的把握，使《浮躁》成为新时期文学带有标志性的重要作品之一。评委会主席唐达成在新闻发布会上宣布了评委们的这些认识，“无论在生活面的开阔宏大方面，还是在思想内涵的深刻丰富方面，较之以前的作品，都有了更大的发展与超越，因此把这样一部反映当前中国农村改革生活的优秀作品推荐给外国文坛，这对于国外读者进一步了解中国当代文学，都是十分合适的、十分有意义的”。在外交场合，作为半官方身份，又面对全国文学界，话只能这样说，也只能说到这种深度。

贾平凹在新闻发布会上讲话说：“我长年生活在中国的西北，那里是中国比较艰苦的地方，但正是由于这么个地方，更能从另一个角度体察到我们这个民族的兴衰变化。我感受着也在参与着我们民族经历了种种磨难之后的新的变革，为取得伟大的成就而欢呼着，也同时为存在的种种困难而焦急着和努力工作着。《浮躁》就是力图表现中国当代社会的现实的，力图在高层次的文化审视下来概括中国当代社会的时代情绪的，力图写出历史阵痛的悲哀与信念的。小说写到的仍是我许多作品曾经写过的一块叫商州的地方，它是我的故乡，更是我的小说的世界。我描写它的时候，希望人们意识到那块土地所蕴藏的意义，企图把这种意义导向对于历史、对于传统，对于现实的民族生活，对于种种人生方式及社会人性内容的更深刻的醒悟和理解。"

贾平凹的话多少也带有辞令性，较他以往文章中那些抒写灵性的话要严正得多，但这对于我们了解《浮躁》，仍不失为最有价值的依据。

的确，《浮躁》是贾平凹创作历程上一部最重要的作品。它是贾平凹创作的一次大综合。十几年来，贾平凹大量的短篇和中篇，共达 300 多万字，在每篇作品中他都进行着思想艺术的探索和追求，对人生、对社会有那么多的感悟，那么多新构创的表现行之有效，形成了人们可以强烈感受到的突出风采和艺术个性。这一切虽然不难从他的中短篇中追寻出连续性和变化轨迹，但呈现在单篇作品中却未免是分散的、点式的。贾平凹需要大综合，一经综合，五个手指就握成了拳头；一经综合，他的创作就可能发生某些质变性的进展。《古堡》有意无意在做这种综合，而且也取得了一定的收获。然而《古堡》的综合显露着圭角，未能形成深厚、自然、圆活的一股大气而为更多的读者所感受和接受。《浮躁》的这次大综合则庶几近之。

说这部书是贾平凹以往创作的大综合，主要指它把作家多年来练出的功夫自然浑一地体现于其中，使这部作品比作者此前的任何一部作品都恢宏广博，生活容量大，内蕴也比过去的任何一部作品深刻丰富。所谓大综合并不是机械地加合，以往的各种探索追求在融合为一个硕大的、有机的艺术生命整体的时候就发生了一种升华，显示了前所未有的新质，产生了前所未有的厚重感。我们所说的作家多年的探索和追求，并不指纯文学的文字和艺术上的功夫，而主要指对生活的收纳，对历史的反思，对宇宙、人生、社会的哲理性和文化性探求。在这些方面，贾平凹极其敏感和好动，主体腾发着热力。当然，由于各种复杂因素的促成，他写《浮躁》不能不用基本写实的方法，使他不能畅意贯彻自己的诸多探索和追求。因为这些探索和追求得伴随着相应的创作方法，在艺术创作活动的愉悦情状下进行和实现的。然而尽管如此，却由于这种探索和追求的勤勉和执着，虽然是相乖违的创作方法，也能化入潜意识，在艺术劳动过程中不知不觉地发生作用，融渗到作品的血脉和神经中去，使《浮躁》形成自然浑茫的大综合，对现实主义的发展做出了贡献。

《浮躁》所透发的时代精神，主要的倒不是它直接叙写了改革开放的生活，而在于它准确地抓住了新的时代里中国社会生活内在精神的神髓，即中国历史大转折时期社会裂变中的痛苦和艰辛，以及从这种阵痛中所显示的热切朦胧的希望和信念。所以这种时代精神主要体现在人的意识和情绪上。贾平凹是用“浮躁”这一概念来概括新时期中人们的主要心态的。他在书的第 22 节末尾通过金狗所写的分析雷大空公司的文章概括说：“人的主体意识的高扬和低文明层次的不和谐形成了目前的普遍的浮躁情绪，应该引起我们足够的对于人的改革的重视。”

在我看来，“浮躁”主要是理性失衡的结果。由于商品经济发展和西方文化的冲击，传统的思想观念在摇撼中失去了稳定，人们的道德观、价值观、生活观都程度不等地发生了变异，理性把大片地盘让位于感性。特别是在青年人当中，理性与信仰淡化、生命冲动亢奋强烈，浮躁就成为主导性的精神特征。“浮躁”在习惯语言里是一个贬义词，所以它表明作者认为改革主体的人素质尚差，需要提高。同时，“浮躁”作为一种时代情绪，它也是一种生命冲创力的表现，有着冲决旧秩序、为新事物呐喊开路的积极作用。

“浮躁”作为新时期一种普泛的心态和情绪，弥漫于社会各阶层人之中，金狗和雷大空浮躁、痛苦，田中正、田有善和巩宝山也浮躁、痛苦，虽然他们对改革抱着截然相反的态度。他们组成既同一又冲突的一对矛盾。金狗等人衷心拥护改革，要在改革中做弄潮儿，但处处遇到障碍和阻隔，他们要办成一些事，又不得不对田、巩有依赖性；田、巩虽然对改革感到惊恐，从内心反对改革，但却可以凭借权力和老辣的手腕，利用改革扩大自己的利益，使改革步履艰难。以历史唯物主义的眼光看来，这是历史转捩时代的必然的社会冲突，是一种悲剧性冲突，正如马克思在《〈黑格尔法哲学批评〉导言》中说的：“当旧制度还是有史以来就存在的世界权力，自由反而是个别人偶然产生的思想的时候，换言之，当旧制度本身还相信而且也应当相信自己的合理性的时候，它的历史是悲剧性的。当旧制度作为现存的世界制度同新的世界制度进行斗争的时候，旧制度不是个人的谬误，而是世界性的历史的谬误，因而旧制度的灭亡也是悲剧性的。”当然，我们是处在社会主义的初级阶段，改革开放是中国共产党领导全国人民实施的一个带有根本性的历史行动，是“自我调节和自我完善”，但马克思这段话对于认识当前的社会改革，仍然是一把科学的理论钥匙。如果说《浮躁》还有浮浅之处，就在于它过多地强调了“个人的谬误”和“个人的恶德”，没有深刻挖掘田、巩忠心耿耿维护自己信念中的既有秩序，但实际上却顽固地、可悲地在阻挠社会的前进的根源。

在反映改革阻力和破坏力量的时候，《浮躁》具有浓厚的谴责色彩。这里“谴责”一词是与鲁迅称之为晚清谴责小说所具备的特征联系起来而使用的。书中的许多情节如第 9 节所写的河运队选举的纵横捭阖的权术表演闹剧，第 14 节所写的金狗与书记坐小车下乡见闻，第 26 节所写的纪念亭落成典礼，等等，都有极浓的谴责色彩。金狗从仙游川一个农民，到组织河运队、与两岔镇政权打交道，再到做了州报记者，与巩宝山接触，出入田有善的府第，与东阳县委书记一同下乡，就通过书中主要人物的经见，大大拓阔了生活面，反映了各阶层的众生相。让人物在生活中游走经见，通过他的经历和视角展现社会、政治生活中的丑恶，这其实是一种世界性的文学角度，俄国的果戈理就是这方面的大师，涅克拉索夫的长诗《在俄罗斯谁能快乐而自由》，用的也是这样的角度。《浮躁》让金狗由下而上再由上而下翻几个跟斗，接触了各层权力场中的内幕，目睹了他们形形色色的“鬼八卦”，就实现了文学谴责的使命。这种谴责当然是中国式的，带着东方中华民族特有的幽默和愤懑。从这种文学谴责中，贾平凹强化了作品的善恶判断和伦理倾向，使以前创作中那种超然的、对善恶无意褒贬的态度大大减弱了，而作品的批判精神和思想力量却相应增强了。

在金狗、小水诸人与田、巩封建宗法势力这一对冲突中，作家的立足点无疑是站在前一方的，这不光因为前一方代表着历史前进的方向，后一方做着历史前进的绊脚石，还因为贾平凹无论为文为人都有着强烈的平民意识。平民意识折射到文学上便成为一种哲理、一种审美系统。平民意识贯穿在贾平凹以前的所有散文、小说作品中，也表现在《浮躁》中。平民意识使作家永远把艺术的根系扎在民众之中，平民意识牵制着作家不会贵族化，使他的艺术创作和不竭的泉源相通，永远勃发着鲜活的生命力。

二、金狗、雷大空形象的时代意义

《浮躁》塑造了八九个有血有肉有个性的人物，这些人物相互发生联系，按照自己的性格、欲望、观念去行动，去爱去恨，就组成了白石寨县、两岔镇和仙游川村社会生活的一方生动世界。当然最值得剖析的还是书中的主人公金狗，其次是雷大空。这是因为他们是两个当代文学人物画廊中富有新质和典型意义的形象。铸造出这两个人物的，除了中国特有的历史文化外，最主要的是这个特定的历史转折的时代。如果用树木做比喻，《浮躁》写出的不是仅仅有丰姿、有个性的孤立的树，而是写出了树的特征与它的根系、土壤、气候及其他生长环境的联系，从而便写出了它的坚实性和生命力的外延特征。这样的人物性格，不可能出现在新时期以前的其他有影响的当代长篇之中。他们身上的复杂性和生命冲创力是时代赋予的，在刘雨生（《山乡巨变》）、梁生宝（《创业史》）身上是不可能出现的。

金狗、雷大空的艺术涵盖力也较贾平凹以前作品中塑造出来的新时期青年农民形象有着明显的前进。以前作品中的类似人物尽管也具备形象的复杂性，他们与时代碰击之后，内在的气质性格也呈现了具体生动的变化形态，如门门、禾禾、王才等，都带有历史、文化、地域、现实等因素所造成的形象的复杂性，但这些人物与《浮躁》中的金狗、雷大空比较起来，却不免显出各自的单一性。就是说，门门等人的复杂，是一种带单一倾向的复杂；金狗、雷大空的复杂，则是一种大结构的复杂，性格结构分子式大排列上的复杂，是有大筋大骨的复杂。

金狗的出生带有相当的神话色彩，母亲在州河淘米身亡，却生他在米筛之中，奇迹般地漂在水上。这样，金狗的生命就和这条“古怪得不可捉摸”“性情暴戾”“全中国最浮躁不安”的河结下了分不开的缘分，也可说，州河就是金狗，金狗就是州河。这是象征意象的笔法。金狗胸前又有形似“看山狗”（一种奇鸟）的一块青痣，人们说他是“看山狗”托生的。“看山狗”被土著视为神鸟，殆为当地古老部族的图腾。这种类似后稷诞生似的神话性描写，已不能说是完全写实的，它成为塑造金狗形象的一笔极为重要的寓意性描写，给这一人物打上了不平凡的刚健、强悍、诡谲的底色。金狗在成长的历程中经受着艰苦生活的磨砺，同时也时时透出他不安分的禀性。深潭险浪对他有无限的吸引力，他自小就喜欢在船上混，后来他参了军，“盼望有仗打，他不怕死，可以去当英雄”，后因裁军复员。但当兵开阔了他的视野，给了他更多的见识，连田中正也认识到他“不是平地卧的角色”。只有这样一个不平凡的人物，才能在改革开放的时代里弄潮，才有胆识、有精力、有谋略和当地主要的政治势力田、巩两派周旋搏斗。

禀赋、经历、所受教育和敏于行动的精神，使金狗成了热忱拥护改革的基层农民中的一杰。他超出他们（他的父亲矮子画匠、摆渡为生的韩文举、水上谋生的七老汉、他真正爱着的小水、老实憨厚的福运等），恨他们之中有些人身上的麻木、狭隘、怯懦，但他从感情上、精神上和利益上代表他们。中卷一开始写金狗一进城就“在强烈的自卑中建立起自己的自尊”，慑服了城市的泼皮，那种亢奋情绪和不冷静的行为，完全是目睹城市氛围后激起乡下人的归属感所使然。金狗意识到自己在基层农民群体中的优越后，便产生了强烈的社会责任感和历史使命感。他热情、亢奋，拼搏抗争、纵横捭阖，使用计谋，就是要打破陈陈相因的稳定的经济结构和社会关系的既定秩序。田、巩等被封建宗法观念侵蚀了思想灵魂的基层官僚所极力维护的，正是这种既定秩序。他们虽然对党的对外开放政策甚为隔膜或感到惶恐，但他们灵机一动，却利用改革开放为自己家族政治集团谋取利益和巩固地位。金狗虽然利用两个集团的矛盾，使他们在一定程度上都伤耗了元气，但因他们握有基层政权，在很快产生了“抗药性”之后，便令金狗一筹莫展，而且他们随时会向金狗施放暗箭。这样一来，金狗代表底层民众改变处境的努力就变得异常艰难。金狗的力量正是来自他意识到的社会使命，一种与邪恶相斗的正义感受使他精神上异常亢奋。金狗的不平凡还在于他取得了一系列胜利之后并没有踌躇满志，而是产生了更深的忧患。每一次的胜利使他发现并感受到自己的才华和价值，他便会不由得在对手面前产生内在的傲岸，但当他认识到自己的地位和遇到斗争的艰难时，他又不得不在内心萌发自卑感。摆不脱的自卑感和强烈的自尊心使他成为一个复杂的矛盾统一体。斗争中手段的不得已的诡谲和小胜利之后的大失败又不免使他忧郁、困惑，产生了夸父逐日似的悲剧感。他转了一大圈，最后又回到州河上去搞水上运输，似乎才找准了自己的合理位置。但这时的金狗已不再是当初的金狗了，他已经经过了一个升华，进行了一次否定之否定。

金狗的浮躁来自何处？首先，来自对对象、对他所要改变的处境和现状的认识不足，他身上的悲剧色调根源也正在这里。由于强烈焦灼的使命意识，他失却了对现状和新旧因素力量大小的冷静清醒的分析和审度，功利心切，急于取胜，便不免带着一种鱼死网破的盲动。另外，更为主要的是金狗虽是受过一定教育并在外闯荡过的一个商州知识青年，但他也难于逃脱传统文化的因袭重负，他的身上还留存着相当多的农民意识。虽然他的奋斗方向与改革开放的推动中国社会前进的动力是一致的，但却总是带着一种狭隘的报复心理，没有更广远的胸襟，所以他的注视点主要还是集中在田、巩两派家族政治势力的身上。再次，属于个人素质的问题。毫无疑问，金狗是青年农民中的佼佼者，但他常常表现为重重的心理矛盾和人格的分裂。在理智和认识上达到的高度常常被感情和行为所破坏，特别是在婚恋问题上表现得更为突出。他全身心爱着小水，但却不能完全理解她和体贴她，情欲的急切则使他轻忽地放弃了小水。他本不爱英英，却在报复心理和情欲的促使下和她发生关系。他与石华的爱情原有着一定的合理成分，表现着他对城市文化的倾斜，但如依凭于清醒的理智，在石华有着稳固家庭和自己心灵还为小水所占有的现状下，则不应逾越关系的堤坝。

浮躁作为一种时代心态，是不应简单给予单纯的肯定和否定的，应把它放到时间和环境背景下给以全面的评价和认识。对于当代的中国城乡来说，浮躁是带有必然性的情绪和心理态势，它使改革的脚步每每徘徊不前，许多重大的步骤乱了章法，前功尽弃。然而浮躁也给了人们冲破传统秩序的胆气与活力，在金狗身上，浮躁也应做如是观。浮躁使金狗取得了一系列胜利之后，终归失败，但也只有以这种失败的代价，才换取了浮躁气的克服而趋于冷静和深沉。作品以浮躁为主调所塑造的金狗这一形象，印证了改革的复杂和艰难，说明了中国农村从事改革的先进分子，要推动历史前进，改造现行的生产力和生产关系，打破旧的传统秩序，必须首先提高自己的素质，打掉自己身上传统文化心理的重负，自己首先成熟起来。

从形象结构的浑厚有力和对时代精神的涵盖的意义上看，金狗是有着相当大的新质和时代典型性的，是在新时期中国当代文学人物画廊中应当引起注意和重视的形象。

雷大空和金狗是站在同一营垒中的人物。他们有着相同的生存环境，处在同样的政治经济地位中，有着相同的进攻目标，他们是一对异姓兄弟。大空的生性是聪明的，但由于父母早逝，幼年失去教育条件，因而就其文化水平、人格修养和对事物的洞察能力、应变韬略来说，都处于较低的水准，有些方面根本谈不到，不能和金狗相比。然而他仍不失为改革时代农村中的一个风云人物。他没有金狗那种浓重的道德意识，也许正由于此，他很快适应于商品经济的大潮，游泳其中，如鱼得水，买空卖空，很快发迹暴富。他显示了暴发户的许多特征：不得志时，“衣不蔽体，羞丑不顾，蓬头污面，遭人作践”；而一旦腰缠万贯，则“抛贫贱于天边，吃山珍海味，住高级宾馆，天上有乐你都享，地上有乐你也揽”。他有着一身草莽气，和田、巩相斗完全像山大王的所为，目标就是要大富起来，以钱压住对方的权，“做个田中正第二”，他其所以能和金狗、小水、福运和睦相处于同一营垒中，是因为他暂时还牢记着自己的根是扎在基层农民中，同时，还有着一腔草莽英雄都具备的封建义气。他赞助七万元办教育，既是要换取政治资本，也是这种“义”的体现，同时还带着在田、巩面前兜威风的成分，正如他对金狗说的：“你得承认，我是把气出了，把光争了！”雷大空也有打破传统的旧秩序的朦胧意识，但打破之后怎么办，他想的只是压过当今的权贵，并没有先进的蓝图，因而他的冲闯方式只能是以毒攻毒。

雷大空的形象也充满了时代色彩，没有改革开放就不会有雷大空。比起金狗来，他似乎更加精力充沛，有着更突出的浮躁气。他在打破旧的沉寂、冲乱旧秩序的“破坏”这方面是起着积极作用的，他从反面为改革显现了可贵的殷鉴。但他的主要作为注定了他的毁灭。作家通过金狗之口写给大空的祭文，对大空做了基本准确的评价：

铮铮耿直，硬不折弯，可敬你虽明知是火，飞蛾偏要赴焰，雄雄之气，莽撞简单，可叹你急功近利，意气褊狭陷进泥潭。你是以身躯殉葬时代，以鲜血谱写经验。呜呼，左右数万里，上下几千年，哪里有这样的农民？固有罪有责，但功在生前一农夫令人刮目相看，德在死后令后人作出借鉴。泥沙俱下，州河泛滥而水大好行船，浮躁之气，巫岭弥漫而山高色壮观。

雷大空这一形象不乏喜剧性的滑稽感，也有着明显的悲剧色彩。他像一个小丑，又像一个英雄，他使读者鄙弃，又使读者敬佩。感到可恶，又感到可爱。无怪金狗、小水对着死去的雷大空“想你爱你恨你怨你怜你”。雷大空也是时代的产儿，也是当代文学人物画廊中一个值得称道的艺术形象。

三、《浮躁》的文化含蕴

虽然《浮躁》还不像《古堡》《商州初录》等中篇执着于文化的旨归，而采取严格写实的态度来讲述事件的进程和人际的纠葛，但它无论是外在的文化景观还是追踪人物的文化心态根系方面都呈现了浓厚的文化色彩。如地理文化：层次分明的山水地理分布一经叙述便被堪舆学赋予毫无孑遗的观照，远处高耸的巫岭和不静岗相映照，不静岗上建有佛寺，岗下开阔的沟地里是仙游川，沟口两个石崖相夹，左青龙右白虎，州河从这里流过，被土著津津乐道为是出天子的风水宝地，所以就出了田、巩两族。州河南岸是两岔镇，与不静岗遥遥相对，故事就发生在这特殊的地理环境里。如术数文化和宗教文化：由和尚和韩文举来表现，和尚不食人间烟火，每每像是对人，又像是自诘，嘟嘟囔囔宣念经文，他在书中是红尘世界的参照，似乎他的存在本身就是对扰攘尘世争斗的否定。韩文举每遇摆渡之时，在船上掷币翻书，占卜天时人事、朝野变化。因为韩文举扼据的是这里交通的咽喉，他的言行的影响力便可覆盖乡里。如民俗文化：源流古远的“成人节”，婚礼的“送路”“看十天”，新媳妇倒骑毛驴游村拯救病危的新郎，过本命年勒“红腰带”，横死在外的人要先在村外“浮丘”，等等。如图腾文化：船工在平浪宫祭小白蛇，“看山狗”被当作神鸟，禁止捕杀，以“看山狗”文身，又图其像于箱柜门户之上。《浮躁》中叙写最突出的还是上述诸类神秘文化。当然不是说这些文化景观在作品中罗列得越多越好，文化在特定的地域和历史中有其必然的规定性，文化景观的展示必须服从完整系统的活的文化生态，成为这种文化生态的血肉筋脉的有机部分。《浮躁》在这方面是成功的，文化景观内在于现实生活，自然妥帖，没有成为装饰的赘疣。

如果说文化景观、文化氛围的展示还看得见摸得着的话，文化心态则完全是隐性的。贾平凹倾注了兴趣的文化是在野文化和民间文化。这和他描写的对象是相吻合的。他笔下的佛教文化尽管都是释家的字眼，但那神韵却总是道家的特征，至于和尚以外的其他人物，则都受制于民间文化的陶铸。列宁的两种文化说，是提取了文化的抽象的质而言的，如果我们换一种方法或角度，同样注意到有两种文化，就可以发现一个相当重要的事实，这就是中国文化实际上存在着上层文化和民间文化，或官方文化与在野文化。道家文化当然属于上层文化，但它又是在野文化，而民间文化当然也是在野的，由于上层与民间并没有一堵绝对的高墙，由于各种人物命运的升沉，两种文化之间也有流动和相互影响，但两种文化始终是泾渭分明的。《浮躁》中每个人物心理气质都或轻或重打着文化的烙印，即除了政治经济关系的制约而外，人的观念、嗜好、追求，以及各自的气质韵调都有着文化的背景和渊源。这种文化当然是民间文化。

浮躁也是文化特征在特定时代中的必然表现，由中国文化所塑造的人格和观念在遇到异质文化的撞击时，就面临着裂变和选择的痛苦，越是要考虑群体命运和行动前途的人，这种痛苦就越浩大。金狗在《浮躁》中当然是情绪波澜最激越的一个人物，原因是他在人格和价值观上，心灵经受了最强烈的文化冲击波，出身的低微和苦难的童年使他扎实地浸泡在底层人群中，接受了仙游川文化的熏陶，建立了牢固的平民意识，苦难者之间休戚与共、相濡以沫的道德观对他的影响是深刻的，由此引发出对权贵的仇恨报复的心理。而他的经历和时代机遇却很快打破了他这种文化底色的稳态，学校的教育多少开阔了他的眼界，参军后又经受了书本以外的文化启蒙，这些都使他跳出了地域文化的阈限。更重要的是改革开放后西方文化的引进，造成强烈的文化碰撞，松动了民间文化给他树立的文化心理特别是伦理道德方面的牢固观念，引起了他的生命骚动，激活了他到社会中击涛搏浪的勇气与活力。

雷大空父母早亡，缺乏教养，但他身上同样有民间文化的浓厚气息，这主要是侠文化。卖老鼠药时的语言煽惑，广州贩银元的闯江湖精神，帮助朋友两肋插刀，剁田中正脚趾挥斧见血，资助公益事业慷慨解囊，这一切行为或挟风带雷，或传奇诡秘，摒弃犹豫，侠肝义胆，毫无疑问都是在商品经济兴起之后，在新环境中传承着山野之地源远流长的侠文化的流风。这些作为虽然在新时代中显示了恰切的时代色彩，但在质上则是古老未动的游侠文化在新土壤中奇特的萌生，多少有些堂吉诃德式的滑稽和悲剧感，他的毁灭也带有必然性。

韩文举也许是《浮躁》中文化意味最浓的一个人。他知阴知阳，是鬼神彼岸世界与人间此岸世界的通官，他会像报道新闻似的讲述一些善鬼成仙之类故事，也会从“金钱课”断定天要大旱，以两犬对言判定金狗要遇牢狱之灾。韩文举是仙游川中国神秘文化的集大成者，因而便成了这里最有权威的文化咨询者。在政治经济地位上韩文举属下层百姓，所以他有着最多的牢骚，发牢骚成了他重要的生活内容之一。但他对政治大事又特别关注，而且常常将此与神秘文化结合起来以取得更大的慑服力。然而这不是作为行为抉择的依据，而是成为他的谈资，成为他巩固自己农村文化权威的重要资本。他有着小百姓怯懦的一面，常常对权贵显出媚骨，而背过身去又狠狠地嘲骂、恶毒地诅咒，由于终生未娶，性功能的释放，便采取对妇女调谑的途径，从这些地方，我们常常看到阿 Q 的影子。中国神秘文化是从古到今笼盖自中央到地方、自皇帝到奴隶士农兵工商各阶层人文化心理的中国势力最大的一类文化。尽管它没有儒家文化的显耀、道家文化的超逸、释家文化的庄严，但各派文化常常得或多或少地向它汲取营养，才能赢得更大的市场。这种文化较少见诸文字，却一代一代口传心授，铸造了中国人的文化心理结构。出于种种原因，某些身份的人常常对中国神秘文化做出挞伐的宣言，但即使这部分人，心灵深处也仍然盘纠着神秘文化的精灵。在贾平凹身上，由于生命审美化和对无限的追求，神秘成为不绝如缕的生命活力并转化为审美本能，这一点我们到第十九章还要评论。

在过去 30 多年的文学中，往往摒弃了文化的叙写，文学主要被提纯为与政治相关的社会生活，以为这样才抓住了本质，实际是被阉割、被肢解了的残缺畸形的社会生活。实际上文化也是社会历史生命流程中的质的东西。《浮躁》中对文化的叙写不但为社会历史发掘了深刻的根系，也使完整的活的社会生活的再现得到了保障。

作为 20 世纪 80 年代中国文化发展中的“寻根文学”作家之一，贾平凹受到川端康成和马尔克斯的明显影响，和这两位诺贝尔文学奖得主一样，他在自己的文学中稳稳地站在本民族民间文化的根基上和氛围中与世界对话，这种非规范的在野文化浸染了民众的精神，造就了民众的性格和气质。也正是由于这种在野的民间文化呈现着带有原型性质的民族心理气质的原生形态，较少受官方上层意识形态的浸融，故容易与世界相感通。贾平凹用他的文学实践证明了，他的艺术是成功的。

四、现实主义的开放

《浮躁》的基本倾向是现实主义的。贾平凹在创作《浮躁》的时候，在生活和素材的积累方面，已经具备了成熟的条件，而在写法上却并未找到明确的新路子，这时候作家出版社又闻风来抓这部稿子，在“等鸡下蛋”的情况下，他就更没有余裕来进行艺术上的试验了。在这种情况下，他只能大体上采用人们习见的写法，注重独创的贾平凹是不大甘心的，甚至是痛苦的，他在《浮躁》序言之二中说，“它让我吃了许多苦”，“我再也不可能还要以这种框架来构写我的作品了。换句话说，这种流行的似乎严格的写实方法对我来讲将有些不那么适宜，甚至大有了那么一种束缚”。其实他之所谓苦，并非情节推进上的左支右绌。他住在户县改这部书的两个月里，经常看电视录像，一盘一盘下象棋，并没有苦到挤牙膏似的绞尽脑汁爬格子，只是说这种严格写实的格局在极大程度上遏抑了他的艺术能动性，也影响了他艺术大综合的主动追求。他之所谓苦，主要指写作规模这样大的作品，却未能时时领略那种以主观追求为依凭的艺术宣泄的创造快感。

因为写实是《浮躁》的主导倾向，所以当时在北京召开的《浮躁》讨论会上，理论界从这部作品引发出一个文学发展态势方面的理论观点，叫作“现实主义的高层次回归”，以此概括全国文学发展的合理倾向。这不但意味着《浮躁》是完全现实主义的作品，更主要的还在暗示现实主义是唯一正确的创作方法：你看，几年来作家离开现实主义瞎闯一通，是走了一条弯路，走不通，现在终于浪子回头向现实主义“回归”了！其所以在《浮躁》讨论会上讲这个观点，意谓事实胜于雄辩，贾平凹就是明证，《浮躁》的分量不是超过了贾平凹以前的所有作品吗！论者的意思很明确：贾平凹以前的作品常常是非现实主义的，而分量都不及《浮躁》。这不但说明现实主义是作家的最后抉择，也说明只有回到这条正路上来，才前途光明！

他们眼睁睁无视《浮躁》卷首贾平凹的自白和往后的打算，除了上引的话外，在同一序中贾平凹还说：“中西的文化深层结构都在发生着各自的裂变，怎样写这个令人振奋又令人痛苦的裂变过程，我觉得这其中极有魅力，尤其作为中国的作家怎样把握自己民族文化的裂变，又如何在形式上不以西方人的那种焦点透视法而运用中国画的散点透视法来进行，那将是多么有趣的试验！有趣才诱人着迷，劳作而心态平和，这才使我大了胆子想很快结束这部作品的工作去干一种自感受活的事。”这些话都表明，作者写《浮躁》用基本写实的写法是带有很大的被动性的，他真正有兴趣能调动起生命活力的是非写实的艺术方法。

在笔者看来，现实主义独尊是要不得的，曾独尊了几十年，不但未能发展中国文学，最后是现实主义异化为反现实主义。这样的情况，以“四人帮”跋扈时期为甚。“四人帮”倒台后，理论界提出恢复现实主义传统，用意是真诚的，但所开的药方是错的，犹如营养不良还不让多方摄取养分而主张偏食。试想，从来有谁说过不要现实主义？一直是现实主义喊得震天响。现实主义不是在遭反对中丧失的，恰恰是在一味独尊中异化掉的。现在企图继续沿着独尊的路子一味走下去，能有好结果吗？再说，是不是只有现实主义才是正确的创作方法？事实证明，不是。理论界翻新过不少观点，而在创作方法方面，理论界一些占据要津的人，却始终如一地坚持现实主义独尊。他们总是不大愿意正视我们的文学现状，对于作家们离弃现实主义取得的文学成就，他们总是用“发展论”这个法宝给以解释。明明不是现实主义，却还要说，这是现实主义——发展了的现实主义；如果作品出了纰漏，就说这是违背现实主义的结果。其实作品的成功与失败是有着多方面的主客观因素的，创作方法对作品的成败并不起决定作用，任何创作方法都存在或成或败两种可能。具体说到贾平凹，他以往的诸中篇的创作，现实主义和非现实主义的创作方法都用过，而非现实主义之作居多，都被公认为成功作品。《浮躁》虽基本属现实主义，但《浮躁》既是承袭他以往创作探索的大综合，不是对以往创作的“反动”，就不能以《浮躁》的成功否定以前的非现实主义创作。以前的非现实主义创作是成功的，功不可没，而且在《浮躁》之后，贾平凹的创作跳出了痛苦又回到了非写实的抉择。这都有他明确的文字表白，不是笔者的臆断。

现在说到《浮躁》本身。从表层看，《浮躁》基本是写实的，艺术上主体的气质不再时时跳出来显露头角；但作品的深层却隐化着人生的、哲学的内蕴，甚至给人某种神秘感。这种内蕴是通过客观描写对象蒸散的，它实质上物化了作家接触世界（自然、人事）过程中的类似禅意的感受。这层内蕴增强了作品的厚度和层深感，也强化了审美品格。在这一点上，《浮躁》和《红旗谱》《创业史》这类现实主义长篇显然不同。笔者也认为从总体上看《浮躁》是现实主义的，但已逸出了人们心目中那种现实主义的阈限，它不是向现实主义的“回归”，而是对现实主义的偏离。即使是回归，也不是向人们心目中那种现实主义回归，而是向《红楼梦》这种现实主义的回归。《红楼梦》的现实主义占着主要成分，但它还有中国古代文学艺术中普遍存在而理论上还未给予总结的“意象主义”等，所以现实主义其实并不能涵盖《红楼梦》的全部。说《浮躁》是发展了的现实主义也罢，说它包含着现实主义以外的成分也罢，都说明《浮躁》没有固守前辈作家开垦的那块现实主义地盘，而进行着作家自己新的垦殖，这对文学创作方法的发展和理论探讨，都提供了可贵的实践依据。

有必要联系《浮躁》的具体情节笔墨进行一些分析。金狗入狱后，小水天天在监狱墙外高唱州河号子的描写，无论从实情看，还是从人物性格的真实性看，都不是现实主义的笔墨，可以说是浪漫主义的，它使我们想起了《天狗》里乞月时师娘的歌声。尽管《浮躁》全书基本是写实的，狱外唱号子却完全是浪漫的，是贾平凹以前浪漫主义文学的继续。

另外，神秘性确是贾平凹向往的重要审美追求之一，他这种追求不是外在的嗜好，而是完全发自生命的深层。所以即使是现实主义的创作，也脱不开这一追求，而且这类描写会和全书水乳交融，不会产生不和谐的感觉。神秘性的描写有大写实插入的神秘事物，也有现实的神秘化。前者如韩文举占卜、河鬼与道长对话、“成人节”夜里老婆婆们的诵经会、韩文举目睹二狗对语预兆有牢狱之事等等。后者如这样一段文字：

> 一九七六年，报纸上、广播上接连报道唐山地震，河南发水，东北某县降下大块陨石，这和尚就私下说不好了，天翻地覆，国要乱了。果然毛泽东、周恩来、朱德相继逝世。这还罢了，到华国锋上台二年，州河岸下了一场冰雹……大者如拳，小者似蛋，白花花像铺了一层石头。不用和尚说，村民就知道华国锋不行了，真的不到半年，世事

> 又是另一番世事。乡下人有乡下人的哲学，城里的文明人不承认，村民却信服。

这后一方面的叙写，就像古代正史中《天官书》《五行志》《灵征志》一类记载，天人感应，如响应声，灾异文化对中国老百姓的影响是深远的。《浮躁》中的神秘性描写放在现实主义文学中，一方面固然有着审美追求的因素，另一方面反映的也确实是商州现实人生的原生形态，把这些抹光抹净其实才是不完整的现实。所以神秘性的描写增强了内容和艺术的深厚度。对贾平凹这个具体作家来说，如果删除这些，就只剩下生活的显层面，而失去了隐层面，文学会变得干枯单薄。

还有很重要的一点，是《浮躁》的总体象征。说总体象征，是这种象征贯穿全书，并与主人公金狗相联系。用以象征的载体有两个：一是州河，一是“看山狗”。

先说“看山狗”。“看山狗”在全书第1节中就正面写到了：

> 接着就是狗咬，声巨如豹的，彼起此伏，久而不息。这其实不是狗咬，是山上一种鸟叫；州河上下千百里，这鸟叫“看山狗”，别的地方没有，单这儿有，便被视若熊猫一样珍贵又比熊猫神圣，作各种图案画在门脑上、屋脊上、“天地神君亲”牌位的左右。

这种兽声鸟形的奇特动物，给人一种神秘恐怖的印象。这种鸟只在仙游川有，别的地方不但没有，就是把它拿到那里去饲养，它也难活。这实际上是当地土著部族的图腾，有抗邪的功能。书中每写到“看山狗”叫，必然就有事情发生，金狗就是这种神鸟的化身，他是人中的“看山狗”，是仙游川的一杰，他出生人世，也是来抗邪惩恶的。还是在《浮躁》开始一节，就写了金狗为“看山狗”所变，胸前青痣为“看山狗”之形，他的父亲就采纳了仙游川民间文化知识最丰富的韩文举的意见，起名叫金狗。抗邪的“看山狗”象征抵抗社会邪恶的人金狗，在书中是一种总体象征，犹如《红楼梦》绛珠仙草向神瑛侍者还泪之说，便成了象征宝黛爱情故事的纲领，统摄着全书。关于“看山狗”象征抗邪恶的金狗，在下卷第 27 节又重重地点了一笔，金狗“使那些官僚主义咬不动吞不下，哭不得笑不得骂不得打不得”，他成了“官僚主义的克星”，推勘根源，便说因为他是“看山狗”托生，一时州河两岸所到之处便掀起“看山狗”崇拜热，“在门框上画，说是拒神鬼于门外，在牲畜棚上画，说是镇狼虎得安宁，病疾者装一张画纸，可禳灾祛邪，远行者装一张画纸，可吉星高照。以至白石寨、荆紫关、州城的那些卖鼠药的小贩也挂起招牌是‘看山狗灭鼠剂’”。这种象征不但加厚了环境的文化氛围，也使金狗的形象变得厚重了许多。

再说州河。贾平凹谈《浮躁》时曾自白说：“这里面也采取吸收了好多象征性的，比如关于河的描写，河里发了几次水都是有一定讲究的。第一次发水是游击队进城把城墙冲倒了，第二次发水是金狗进城也冲过一次，关于河里涨水不是随便涨起来的。”（《与王愚谈〈浮躁〉》）象征有 定的模糊性和不确定性，给读者阅读欣赏中留着很宽广的发挥能动性的感受联想领地。州河是金狗的象征，他的生命在州河中问世，母亲淹死于河中，而这个新生儿却安然无恙。当他从农村进城时，州河又发了一次大水，奔腾泛滥，不可一世，直将城墙冲塌了 13 根石条。向历史上溯，李自成攻进州城时，州河泛滥一次，田老六游击队攻城时，州河又发水把城墙冲去一块，这样看来，州河又代表着冲决旧秩序的革命浪潮。在《浮躁》的尾声中，预告州河将要暴发最大一次洪水，暗示了改革将掀起更大的波涛，生产力发展和社会进步的前景是令人振奋的。

上述的非写实因素在《浮躁》中是明显的、突出的，而且完全是东方式的、民族的，但与世界审美大潮的现代主义的旨趣的确是共振的、相通的。我们在肯定《浮躁》基本为现实主义的同时，应当注意到这些非现实主义的成分，并且应当如实地分析其特征和对创作方法的丰富和发展。

在《浮躁》之后，诚如贾平凹在序言中宣告的那样，其创作就基本转向非现实主义了。

第十一章 《浮躁》后的三个系列
——论1986年至1990年小说

贾平凹的《浮躁》是1986年6月完成的，这之后除《太白山记》诸篇为陆续完成外，其他中篇的写作时间是：《龙卷风》1986年9月；《故里》1986年10月；《瘪家沟》1987年2月；《烟》1989—1990年；《美穴地》1990年4月；《白朗》1990年5月；《五魁》1990年冬。

这些小说，《龙卷风》《故里》《瘪家沟》为一组，写于80年代，结构用散点透视法，为行文方便，姑名为“散点透视系列”；《烟》《美穴地》《白朗》《五魁》为一组，写于1990年，主人公都有土匪缘分，暂称“土匪系列”；《太白山记》可称“以实写虚系列”。这些作品都很难纳入理论框范进行评说，本章非常小心地来进行一下尝试。

《小月前本》《鸡窝洼的人家》《腊月·正月》写于1983年、1984年，长篇《浮躁》写于1986年上半年。无可否认，这些作品与贾平凹1981年、1982年、1985年的小说是两种不同写法和不同色调的作品。先不说哪一种作品的价值更大，对贾平凹来说，1981年、1982年、1985年的小说与他的艺术气质更为相合，写起来更加自由和适意，充满创造快感，也更容易对中国文学做出独特的、新的贡献；而《腊月·正月》《浮躁》等作品不全合他的艺术气质，写起来失去了一些自由和创造灵气，乖违了他的创作心境。所以在《浮躁》之后，正如贾平凹在《浮躁》序言中宣称的那样，他又接续起1985年那条线，来进行新的探索了。这就是《浮躁》之后这些小说的产生。

也正如贾平凹自己经常比喻的那样，举世都用大刀长矛，火器武器的出现就是一种带有质变性的大变化。《浮躁》《腊月·正月》等作品在同时代人的眼里固然是不错的，但贾平凹自己却觉得不过尔尔，仍旧是大刀长矛。1985年及《浮躁》之后的小说，虽然未必就是火器，但却是抛却大刀长矛而进行的新式武器试验，更何况这些新作的价值，同时代人未必就能认识到，也许它们的光芒，以后时代的人才能看到。

下面我们就分别来谈这三个系列的作品。

一、以实写虚系列

《太白山记》写在医院里。它是由20个短篇组成的。前12篇在《上海文学》发表时，后边附有金吐双写的《〈太白山记〉阅读密码》。金吐双实际是贾平凹的化名，所以这篇文章只能看作是作者创作意图的表白。文中说："贾平凹患病住院，已经住得很久，以他所言，世界观也改变了，再加上他崇尚气功，脑子里整日是怪异念头，这些全体现在《太白山记》上了。时下的文字作品中，时髦着潜意识的描述，方法多是意识流，以一种虚的东西写实的东西。《太白山记》却是反其道而行，它是以实写虚，将人之意识变成实体写出，它的好处不但变化诡秘，更产生一种人之复杂的真实。气功学说里有意念取物，观者看到的是物在移取，而物之移取全在于意念作用，

《太白山记》正是这种气功的思维法。”

《太白山记》的总体特征是冷峻诡谲，如果用社会历史评论派的眼光看，这是些没意义的胡扯淡的作品。然而我们认为这是一种开拓，是创作思维的开拓，也是向人意识深层的突进。这些作品没有具体指向性的主题，它提供的含义是朦胧的、不确定的、无限的。它写出的虽然是具象的，但它就像《易》的爻辞，有不竭的象征含义，这便成了东方式的抽象。既是抽象，就必然富于哲理素质。读《寡妇》，甲读者读出了寡妇性意识的跃动，乙读者读出了丈夫阴魂作祟，丙读者读出了孩子的特异功能，丁读者读出了人性的压抑。你可以说《猎手》是在写人的兽性，也可以说写狼能成精，还可以说是写生态平衡的破坏会给人带来惩罚。连同读《观斗》或许还联想到《搜神记》的“鲁牛哀得疾，七日化而为虎，形体变易，爪牙施张，其兄启户而入，搏而食之。方其为人，不知其将为虎也；方其为虎，不知其常为人也”，“从此观之，万物之生死也，与其变化也，非通神之思，虽求诸己，恶识所自来”。

笔者认为《〈太白山记〉阅读密码》虽不失为开启阅读迷宫的一把钥匙，但它也有缺陷和矛盾。它指出，“有人一时说不清《寡妇》《公公》《丈夫》《挖参人》《杀人犯》等短篇的含义，而一口咬定《猎手》是讽刺了人之兽性，《香客》是讽刺了人之主体性失落，《村祖》是讽刺了人之性恶。可以说，对。但仅仅是这些吗？岂不是一些新的‘聊斋志异’吗？那简直有些味同嚼蜡了。当然，作品是不能有具体指向性的”。这种阐释应当说是对的，强调了作品的多义性和开放性。但又说“为什么写小儿，题目却是‘寡妇’；写儿媳，题目却是‘公公’；写妻子，题目却是‘丈夫’?！不放过每一个字的描写，恍然大悟，全写的是寡妇的意淫意识，是公公的意奸意识，是丈夫的意欲意识”，这又将每篇的含义指向一处，扼杀了作品的多义性和开放性。

读《太白山记》可以读它的深层的哲理意蕴，也可以读它表层的怪异描写。表层的怪异描写能使人获得别样的审美感受。如同华山，你当然最好能上到各峰，细细体味各峰之幽之峻之险；也可以站在孟塬或飞机上观赏华山完整的丰姿。有人上华山，坐在南峰，横空出世，有遗世欲仙之感，精神与自然相契合；有人则把这些奇景当活画来看，赏心悦目，得到了享受；更有甚者悟出了所谓“宇宙之永恒、人世之艰危”，竟双双从西峰跳下去。这就是华山引出的不同结果，都是真实的。这正是华山的伟大处，因为它不是哲学著作，不是盆景，也不是一张风景画，它是具体的活的完整的华山。

《太白山记》是新志怪，它的目的不是像《搜神记》那样，意在“发明神道之不诬”，它是文学，其“新”就新在是用现代人的思维和意识写出的，也要用现代人的眼光和观念去读。

二、散点透视系列

这个系列的三篇作品，其叙述形式给人以松弛的、不经意的、散淡的感觉，但由于人虚伪的社会角色的退出，便以人生的原生态，总体上显示了人生的艰难，引起人并不剧烈而却是深沉的悲凉感和灵魂震颤。

笔者以为，这三篇作品在创作方法上受着马尔克斯《百年孤独》的影响。当然这些作品的主导风骨和内在精神还是稳站在中国文化的根基上的，所吸收的只是一些方法和表现途径，这主要就是以散化的结构染写一种浸透着固有文化的社区生活氛围，通过这种氛围以显示对宇宙人生的感觉、探寻和叩问。这个探寻和叩问的对象及目标是非常大的，所以染写的氛围是带有时空的弥漫性的。一方面，人与自然相互交通：有着八具仙女石的白洞；内外相套而长满杂树的两个椭圆形暗红色土岭，前头流着胭脂河，立着瘪神庙；每年4月5日，从源眼向外冒鱼的未名湖；生云笼雾的龙山，刮着硬风的虎山……这一切对当地的生态和当地居民的命运，冥冥之中似乎都有某种左右作用。另一方面，时间过程放得很长，几代人，生与死，阴间与阳间，此岸世界与彼岸世界都被弥合得没有了明确的界线，起这种弥合作用的起码有这样两个因素：一是两栖于两个世界的人物，对两种世界进行沟通；二就是新神话或称类神话。

《瘪家沟》中的老寿星老贯，是这里所有人的爷爷，全村人尊封的老先人。“他慢慢地不知道自己是活着还是死了，也不知道自己与别人说话是活着在说死人，还是死了在说活话”，他常常平静地面对着活人，同时又面对着死人，使人毛骨悚然。同篇中的侯七奶奶，也是一个沟通两种世界的人。如果说老贯爷沟通的是人与鬼、阴与阳的世界，侯七奶奶沟通的则是人与神、地上与天堂两个世界。她在死前五天就预报了死的时间和情景，中午12点她要进天国，那一天天很晴朗，会出五个太阳。她死得从容、舒坦、明确、有计划，不慌不忙地洗头洗脚，穿好寿衣，到亭午，平和慈祥地睡到寿棺里到天国去了。小说写老贯爷和侯七奶奶，重要的不是塑造人物形象，而是通过这样的人物给读者造成一种弥漫多维的空间感。

新神话在这二篇作品中带有普遍性。在《故里》中，白洞里环壁的八具钟乳石逐渐变成了八个石质的仙女。就像“天命玄鸟，降而生商”，赵艮单方面追求一位军人，执着专一，意识转化为物质，她居然怀了孕。何氏的坟墓一夜之间跟赵一仁刘氏的双合墓又合为一体。在《瘪家沟》中，牛过秤死后在阴间贿赂任了冥职的瘪家沟当年的贫协主席，得以二次还阳。死了的赵玫像变成厉鬼对李益进行报复的霍小玉，给抛弃了她的田大京及其妻子之间制造了无名的矛盾。《龙卷风》中的鬼市上，人鬼间的货物交易使尽了心智，竟像如今的对外贸易一样。

这种新神话并不说明作家相信鬼神的存在，它只是一种艺术的途径，造成氛围空间的广阔性，折光地表现人意识的复杂和幽眇，表现人意识与无限时空的融通。

“神秘”是贾平凹商州系列作品一直追求的一种审美对象和审美效应。这是一种生命追求和对世界无限性的探寻，在这里，生命意识、审美活动、哲学追寻这三种严肃的心理行为融为一体。这三篇作品中的魔幻色彩，既是一种表现路径，也是作家追求“神秘”的一种具体实践。

这三篇作品在中国固有文化浸染下的神秘氛围中，显示了人生的空寂和痛苦，都给人一种禅意的人生感。在《故里》中，几千年小农自然经济所打下的文化烙印在每个人身上都是深入骨髓的，而且每个人的人生都表现有这样或那样的悲剧性。赵一仁作为一个德行和威望都笼盖乡里的老堰长，越到后来越感到活人的艰难，他的儿女成群的家庭中充满了横七竖八的矛盾，传统文化心理的顽强和这种文化在新时期无可奈何的裂变，使他在等待着长眠到建好的坟墓里时，灵魂还得不到安宁。赵和暴发了，富裕的亢奋使他的妻子从华山西峰上翻下去失掉了一条胳膊。赵玄是个雷大空式的人物，最后是吃了枪子儿。赵艮被执着强烈的单相思断送了一生。赵怡的漂亮和富贵震动了整个的玄虎山，然而最后人生、家庭、爱情等各方面严重的失落感都向她袭来，她像一个灵魂出窍的夜游病人。

这是作家在对人生的玄秘和困惑进行深沉的探索和叩问。贾平凹在所写的《四十岁说》中说：“人常常是尴尬的生存。我越来越在作品里使人物处于绝境，他们不免有些变态了，我认作不是一种灰色和消极，是对生存尴尬的反动、突破和超脱。”这就是对这个问题的答辩。

三、土匪系列

如果说“散点透视系列”的三篇作品是叩问人生的话，“土匪系列”的四篇作品则更多地接近了人的生命本质。在还不能对它们做出更多的共同概括的情况下，笔者只有就每一篇具体谈谈自己的读后感。

《烟》这篇小说，很难估量它的优劣，还是不做这样的评估性判断为好。但可以肯定，这样的作品当时很难为一般读者所理解、所接受。据说贾平凹是在参加了在终南山里举办的一次禅学训练班之后写成这篇小说的。如果说一般文学重在表现人的感情的话，《烟》则专写人的意识活动。人在某种功能状态下，可以模糊地感知前世，并在梦中预知后世。这篇小说运用气功思维，可看成《太白山记》创作思维的继续。石祥前世、现世、来世身份及人格的迥异而互不联系，意在说明生命转换的偶然性和无序性，“王侯将相宁有种乎?!”，通过人的特异功能，写人的意识超越时空以流动，从而把不同时代、不同身份、不同社区的社会生活组编在一个艺术屏幕中，渗入到一个人身上，无主题地显现超越时空、广阔无垠、色彩丰富的社会生活画面。在这里，烟是一个联结一切的艺术神经，因为这篇作品专写人的意识，而烟作为一个刺激神经的物质存在，诱发了活跃的思维活动和超时空的意识运动。

“土匪系列”重在探索人性。小农经济造成的闭塞使封建中国成为独立割据的温床，绿林好汉山大王在各自的统辖领域里就是一个土皇帝，可以任性而行，所以无论人性的美好追求还是堕化都可以发挥到极致，这正是贾平凹以土匪系列小说探索人性和人的生命张力的根源。

《白朗》的主角白朗从内到外都透着美。他的仪表和风采使众多女性心旌摇曳，然而他却始终不近女色。打官府以济贫，为弟兄可将身家性命置之度外，充分表现着他大侠大义的英雄本色，这种人性之美，主要成分是社会伦理的，完全是东方的、封建的，在过去的旧武侠小说中已经表现得很多了。就是这个德高、貌美、艺强的大英雄，最后全军覆没，人格追求彻底幻灭而遁入空门，所以《白朗》是一曲英雄的悲歌。

此篇在描写、谋篇、布局、构思传奇情节方面，见出贾平凹的新功夫。贾平凹小说长于叙述而不重染写，而本篇对生活氛围浓墨重笔的皴染，则显得很出色。平心而论，除了通过心理活动以叙事的写法和描写笔触的生活具体化方面有别于历来的绿林传奇而外，《白朗》在思想和整个故事色调方面，对以前的绿林小说没有多大的超越。

如果顾及全篇，从作品艺术形象的能动作用和创作主体的感情趋向来看，《美穴地》的主题立意并不在风水，而仍是写男女之欲、男女之情的，风水充其量只是一条推动线而已。

贾平凹 1981 年小说写男女，重在表现世情艰危中观念认识左右下的男女行动，《二月杏》《好了歌》都是这样；1985 年小说中的男女之情犹多纠结于伦理道德的追求，《天狗》《远山野情》《冰炭》就是如此。《美穴地》则没有了这些，或稍留些痕迹，男女之情更切近于人的生命追求。柳子言做爱之时的思想活动，在伦理道德方面曾有自诘自问，这只表现为一定的惶惑，并非像天狗那样对伦理做苦苦的追求，这犹如知法畏法而惶惑，并不是对法的顶礼膜拜。至于四姨太，身上就无伦理道德之痕迹，左右她的是生命本性的追求，姚掌柜、苟百都、柳子言这三个男人的意识重心也都是性和女人。

对女人，贾平凹其时接受的主要是西方文艺复兴时期的那种人性论思想，反对压抑女性的性追求。女人美并享受这种美这是人性，压抑它是非人道的。贾平凹有幅画，画的是蜗牛从壳里探出身子来，这是一个美女，壳儿束缚着她、禁锢着她，使她很痛苦，外面的世界对她具有无穷的诱惑力。那蜗壳上隐隐约约印着一张男人的脸。这些老男人、弱男人、丑男人，如武大郎、《美穴地》中姚掌柜之类，自己不能消受女人，却把女人禁锢得那样严（武大郎则有武二郎来代行禁锢），这是一种罪恶，这比土匪还可恶，姚掌柜比苟百都更可恶。依贾平凹画上题字，所谓“淫妇”就是这样逼出来的。

正如标题所示，《五魁》的重心在写一个独特男子五魁。五魁以牺牲自我对美善女性做奉献为幸福，而不做任何索取，不萌生丝毫的性的欲望，不敢有一点占有欲。在贾平凹的人物系列中，五魁是天狗的再现和补充。对于美善女性他们是仰视的、尊奉的，就像善男对于菩萨那样。这种男子形象，是对轻视蹂躏妇女的封建男权思想的反动，与上文说到的反封建的人性论思想是相一致的。因此，从内在本质上看，五魁与贾宝玉甚多相通，虽然他们在外在形态上有着截然相反的差异：一个为主，一个为奴；一个是上层社会的公子哥儿，一个是下层社会的劳作苦力；一个举止文雅潇洒，一个低着头爬行。但如果看本质、看深层、看神韵的话，这是一个贫苦农民中的贾宝玉。

有人强调，五魁对女人只以保护为天职而不动人欲，最后使女人与畜类交合，这对五魁的中国式道德追求有强烈谴责。这当然没有全错，但是既然整个作品是对人性的探索，存在对人性的某些困惑和迷茫，那么，只强调这一谴责，就把深刻的命题肤浅化了。笔者以为小说重在表现人性运动的过程和从过程中呈现出来的复杂性，并不重视责任的判断。作品使我们只能引出这样的逻辑：个人的社会性和生物性固然应当以前者为主后者为次，当人为其社会性的存在价值艰难跋涉的时候，其动物性则完全退缩和蛰伏，而当前者已追求到手，人为追求自己的价值和尊严的跋涉已退出日程，这方面已完全处于松弛的无负荷状况下时，后者即生物性便走出蛰伏区，滋生、成长、高扬，如果这种生物性不能在常规的美的界域里找到泄导，它就要溢出常规的阈限而以丑的形式得到宣发。五魁在这种困惑和迷茫面前，以前那种一心一意低心下首保护美善女性的行为，完全失去了精神支撑，作为一个完整有序的人彻底坍塌轰毁，就造成了惊心动魄的悲剧。于是他质变为另一个人，一个搞了 11 个压寨夫人的土匪。

第十二章　奇苦极郁产生《废都》

在研究贾平凹的过程中，几次遇到这样的情况：每当他文学上发生重大变化的转折阶段，笔者追寻这种变化的根源，往往费很大的思考而不能找到这种根源。这时候，笔者潜入深邃的中国文化、哲学、美学的发展长河中去，把这些作为土壤、空气和水分，考察他的生命之树的内质在这种文化生态条件下所能发生的合乎逻辑的运动变化，便能找到令人兴奋的答案。

贾平凹写出了《废都》，这是一次最重大的文学变化，这是1993年。作为贾平凹的研究者，笔者当时也像上面说的那样做了，并得出了这自以为是科学的、独特的答案。但这种思路越清晰，越不愿公布自己的看法，当时只是说《废都》出版为时过早，其实像这样的作品，什么时候才允许自由出版，恐怕得等几十年。当时出版了，发行了数百万，虽然有令不准再版，其实是一个成功。到现在，时间过去了数十年，要真实地、畅开来谈，也还很难。

20世纪80年代初，评论界认为贾平凹的小说、散文没有思想。后来他的思想逐渐显露出来，而且有独特性。到《废都》前后，他的思想就带有一定的深刻性，而且想得开阔、超拔、警辟，这就发生了问题。说开阔、超拔，意指对国家民族命运的感应和忧患，而且思维超前，超越了常人频繁接受的思维规范。当然我们也不能说他是一个思想家，因为他这种意识和超前思维，不是思辨理性的产物，而是艺术家的灵敏感性获取的结果，带有很大的朦胧性。

贾平凹为什么写了《废都》？是什么契机使他写了这样一本书？它的民族文化心理根源是什么？怎样用生命哲学来解释这些问题？笔者通过三点来回答这些问题。一、奇苦极郁产生《废都》；二、为什么写女人、写性；三、为什么用魔幻。

一、奇苦极郁产生《废都》

“奇苦极郁”这四个字，是清代红学家潘德舆评《红楼梦》时说的，他说曹雪芹写《红楼梦》是因为他有“奇苦极郁”在文字之外，而借《红楼梦》这一著作得到宣泄。二知道人把这种“奇苦极郁”叫作“孤愤”，说在宣泄这种孤愤时，蒲松龄用狐鬼，施耐庵用梁山好汉，曹雪芹用儿女。这种理论，司马迁说得更深刻，他说，自古以来的伟大著作，都是遭遇苦难的人写出来的：“盖文王拘而演周易，仲尼厄而作《春秋》，屈原放逐，乃赋《离骚》；左丘失明，厥有《国语》；孙子膑脚，《兵法》修列；不韦迁蜀，世传《吕览》；韩非囚秦，《说难》《孤愤》；《诗》三百篇，大抵圣贤发愤之所为作也。此人皆意有所郁结，不得通其道，故述往事，思来者。”“意有所郁结”就是“孤愤”，就是“奇苦极郁”。左丘明双目失明，写了《左传》《国语》，司马遭腐刑，写了《史记》，所以清代的红学家说曹雪芹是“盲左腐迁”。继承这一理论的后来又有“穷而后工”。所以即使一个天才作家，如果一直处于顺境，就写不出伟大深刻的作品；而当他在人生历程中出现大的苦难，精神、生命出现危机的时候，他对宇宙人生会产生一种异乎寻常的认识和感受，所以取得这种认识和感受的代价是十分巨大的。要是一般人或意志薄弱的作家，这时候便会垮下来，如诗人顾城便选择了生命毁灭。司马迁遭到宫刑后，几乎也想轻松地一死了之，但他经过思想斗争，意识到他自己对于历史对于民族所肩负的重大责任，于是苦难便转化成一种巨大的精神力量和创造力量，这就成了中华文化的幸运，产生了伟大的文化巨制《史记》。一般来说，一个人遭到现实的无情打击，生活发生突然的逆转，就会发生摅发愤懑的强烈要求。这种摅发欲，在一般人只是很浅显地直接把愤懑倾诉出来，像祥林嫂那样；比较深沉的人，便可能做各种折光的变形，从而显出一定的深刻性。如果这是一个能够运用文字的人，就会产生写作的欲望；假如他恰好有着灵敏的艺术神经和文学表现天才，他的愤懑又极深广，不朽的文学巨著就可能从他的笔下创造出来。

贾平凹在1992年、1993年创作《废都》的时候，正是精神和生命状态的危机关口，可以说是“奇苦极郁”。这种情况他在《废都》后记中有着详尽切实的自白，“灾难接踵而来”，病魔、丧亲、官司、流言，“几十年奋斗的营造的一切稀里哗啦都打碎了”。写到此，他专门把一句文字独立为一段说：“这个时候开始写这本书了。”你看，“奇苦极郁”不就成了创制《废都》的动力吗！只有在这个时候，他的意识、思想、思维、艺术感觉、审美癖好、宇宙观、社会观等等，才能发生独拔众流的、超绝的升华。

二、为什么写女人、写性？

在中国文学中，不少命运乖蹇的作家在他的经典作品中都表现出一种值得研究的美学现象，这就是把自己的生命苦闷和生命郁结转化为在文学中对女性的追慕和礼赞。屈子为楚国贵族集团嫉忌排挤，报国无门，忧愁幽思而作《离骚》。他在这篇悲剧抒情长诗中，写他乘云霓以求宓妃，望瑶台而思有娀之佚女，趁少康之未娶，冀求有虞之二姚。但闺中深邃，哲王不寤，徒怀一腔深情而无由抒发表达。曹植的《洛神赋》也是在政治失意、抑郁感愤的心情下写出来的，赋中发自肺腑地盛赞洛神那种“皎若太阳升朝霞，灼若芙蕖出渌波”的美不可言的丰采神韵。然而人神异道，难于交接，恋情深长而怅恨无穷，悲剧的诗情是笼罩全篇的。《离骚》和《洛神赋》都是虚写的浪漫诗作，比较起来，《废都》虽是实写的小说，但以女性为载体摅发苦闷则是同一艺术路径。

笔者虽然每每并不苟同某些西方理论，但对一些文学天才在作品中以女性释放生命苦闷这一现象，却颇愿接受弗洛伊德的力比多理论，认为以艺术途径、以女性为介质咀嚼复杂生命况味，释放生命苦闷，是一条带有邃密性的天才路径。在现实中，造成贾平凹生命苦闷的因缘是多方面的，有着广泛的社会原因，但在很多时候都有女性的因由。所以他有着许多与《离骚》的抒情主人公极为相似的感情遭际。所遇或“高丘无女”，或“信美无理”，或“高辛先我”，或“成言悔遁”，或“违弃改求”，或“理弱媒拙”。虽不乏美妙惬意的幽情，但更多的是谐愿之后的空虚无着。通过这些描写，深刻地揭橥了特定历史时期中国知识者的精神空虚、灵魂漂泊和前路迷茫。

三、为什么用魔幻？

贾平凹在《废都》中还用了魔幻的笔法。这一方面是吸收外国文学的艺术营养，受了拉美“魔幻现实主义”作品如《百年孤独》等影响的结果，同时也可以说是庄子笔法。《庄子》中用了所谓“寓言”“重言”“卮言”，其中“寓言十九，借外论之”，占十分之九的寓言是借助别的事和别人的话以阐发自己的观点，原因是“以天下为沉浊，不可与庄语”，不能正面庄重地表述己见，故“以谬悠之说，荒唐之言，无端崖之辞”，这样文章才奇诡怪谲，汪洋恣肆，“独与天地精神相往来”。《废都》写一头进了西京城的牛，它被人挤着奶喝，目睹着人的种种荒诞行为，深沉地对人进行着思考。牛的沧桑、浑朴、沉实、深刻的哲学家特征，更反衬出人的麻木、愚痴、自私、苟安。牛清醒而人麻木，这就取得了艺术折光的奇诡警辟。如果不用魔幻笔墨，牛的行为、“人格”、哲思由人来承担，这种效果就会落空。

再如书中牛月清之母思想活动在阴阳两界之间，这本来是老人脑海中记忆的淆乱，是生理机能的老化。《废都》在艺术描写中把这种似是而非强烈化和奇幻真实化，造就成一种神秘诡谲的氛围，组成西京在圮废中的晦暗色调。这些都可以在作家的痛苦和对世界的感受中找到依据。

在《〈白鹿原〉评论集》首发式上，笔者曾说过，《白鹿原》的产生是一个谜，我倡议从文艺心理学方面对这部书进行研究。即使对《废都》，文艺心理学角度的研究也是很薄弱的。本章只是一种尝试。

第十三章　追寻的悲哀

——论《白夜》

一

《废都》问世搅动文坛及社会产生的热风刚刚平息，贾平凹又写成一部新长篇——《白夜》。

《废都》标志着贾平凹对都市已经有了相当的归属感。在文学世界里，他已经走出了商州山地。过去，他的潜意识中一直存在着对城市上层社会的敌意和对城市各种景象的饱游饫看，后因知名度日高，受到城市各阶层人的仰慕，便渐渐淡化了往日的敌意，并对城市产生了归属感，也乐于以都市人自居，而不大愿意说是“山地的儿子”了。

《白夜》继《废都》之后，不但进一步确立了贾平凹的文学新领地——都市文学世界的根基，并且稳步丰富了这一世界的景观。《白夜》仍是写西京的，较之《废都》，社会层面有所扩充。如果说《废都》更多地显示着作家生命、人格、经历、情绪的近距离体证的话，《白夜》则拉开了这种距离，显得更加冷静和从容。都市生活在《白夜》中虽然仍点缀着魔幻，仍不是现实主义的真实的全景再现，但比起《废都》来，却略微放开了摄取生活的角度和视野，从文人圈子延伸到打工者的蜗居和贵族遗老的宅院。

人们还记得，早在 1986 年，贾平凹写成第一部有影响的长篇《浮躁》的时候，即在序言之二中宣称，他以后不会再用写《浮躁》那种流行的、严格写实的方法去写作品了。他觉得那种写法使他感到很苦，他要“运用中国画的散点透视法来进行”，那将是有趣的、自由的、充满着艺术劳作的愉快的写法。这种艺术憧憬，很快在《废都》中得到实现。所谓“散点透视”，不单是一个视觉问题，它还带有反史诗、反传奇的性质，即化解和剔除传奇性、戏剧性的情节，打掉叙述人那种居高临下操纵全局的做报告架势，而用凡常的、平和的、聊天式的口吻来叙说生活的自然状态。我国在唐代就萌芽、宋元时期成了气候的“说话”，主要是在瓦子书场中面对听众市场形成的一种小说形式。它最重要的特征就是以曲折诱人的情节吸引听众，这便成了我国古代最正宗的小说形式，即章回小说。这种小说的形成根源和听众对象，决定了它的民间文学基因。《三国演义》《水浒传》《西游记》都深重地秉承着这种艺术遗传的血肉。其后，《金瓶梅》虽然外壳上仍用了话本的形式，但舍弃了惊险、壮阔、离奇的戏剧性情节和史诗的气势，而把视野移向了琐屑平凡的家庭生活，叙述的声口情态也从报告式转为聊天式。《红楼梦》在《金瓶梅》辟出的这条路上走得更加辉煌风流，有着更多的新创造。与民间渊源的文学体系相区别，《金瓶梅》和《红楼梦》可以说是属于另一文学体系的文人小说，其中融贯了在《三国演义》等书中还很淡薄的作家主体的艺术气韵。新中国成立后的长篇小说，在一定程度上又向报告式回归，不过它们更多地承袭了西洋小说的气质，这种承袭从“五四”时期就开始了。贾平凹从《废都》开始的所谓散点透视写法，自觉摒除了报告式，而采取聊天式。这种聊天式叙写，采用最当代的平常语言，外观上倒显出中国作风极浓的文人气质。贾平凹这样写，得力于他纯熟的语言功力。这种写法看似容易，实则很难，于平易中寓有丰富的创造性，从而也成就了作品的独特性，故立即在当代长篇小说之林中呈现出卓尔独立之姿。贾平凹在《浮躁》之后的中篇中就试验应用而在《废都》《白夜》中全面实现的聊天式散点透视叙事写法，脱胎于中国古典小说《金瓶梅》《红楼梦》，这种叙事风范，既不拿作文架子，容易消弭叙事人与读者的距离感，又灵便机动，推倒了许多限制，所以又便于表现作者才情。这里说的是“脱胎”，脱胎并不等于搬用，它是很需要创造和天才的。这犹如要用脱胎于传统国画那种染写山水、屋宇、花鸟、人物的笔法，来画现代生活，必然会出现格格不入的尴尬，会把现代生活画得不今不古，失去时代的神韵。贾平凹的独特创造，是用脱胎于古典的叙事笔法来写现代生活，却无意不可入，随物赋形，得心应手，举重若轻，读来如行云流水，感到畅美。这绝不是用“搬用”可以做到的，中国文坛上的搬用者难以计数，为何只有《废都》《白夜》搬出了独特，搬出了鲜活与规模？所谓“脱胎”，是指吸收以往某种成功文学范式的神髓，作为创造精神新物的样态角度的支撑。它的价值重心在于新的时代内容所促成的新的创造，这种创造是需要天才和魄力的，绝不是一种照葫芦画瓢的模仿力。

对于一部长篇小说来说，散点透视最主要的是整部作品的特有结构。这种结构与聊天式反作文的叙述语言相一致，它师法生活本身流程状态的无结构，情节间的承接无端无绪，呈现着自然性和偶然性，很少看出人为安排的痕迹。当然，《白夜》有它欠缺的地方，这主要是缺少块头较大的情节，像戏班在金矿演鬼戏那样能撼动人的大的生活场景在书中比较少，色彩饱满、充分淋漓的厚重情节也比较缺乏，它虽是一泓深而广的湖泊，却因为湖面平静或仅有粼粼细浪，便会使一般只有大波涛才能引起兴奋的观赏者，没有驻足盘桓的耐心。

二

我们把《白夜》的基本思想命意概括为“追寻的悲哀”，这也许是作家对时代的一种独特感受。西京城里各种职业、各种身份、各种志趣的具体的个人，越是乘着世风而强烈地追寻的人，所得的越是一个虚空。然而，从书中我们并未感受到佛教的色空观，也觉不到一丝从作家主体情思中透发出的感伤和灰色，根本没有一股能煽惑人的形而上的观念力量。我们所看到的只是生活本身的流动，只是依凭我们最普通、最一般的理性逻辑能力，做出了“追寻的悲哀”的概括。如果这个概括不十分离谱的话，我们首先看到的，就是贵族与游侠的苦恋。这是《白夜》重要的旨趣之一。

在贾平凹的文化意趣世界中，一个情结始终萦绕着，这就是对历史的怀恋。这一情结又总是被糅进最新的生活中去，而不做孤立的呈现。试读他 1985 年以来的中长篇，就知道恋史情结的确是贾平凹潜意识中挥之不去的一个顽固的幽灵。在《白夜》中，通过贵族与游侠的苦恋，历史与现实显示了深邃而绵长的联系。《白夜》在体现这一联系时，贵族自然做了历史的承载，而游侠则涂着现实最浓烈的色彩。贵族与游侠的苦恋，便在深广的历史背景上，演出了精神觅寻而怅惘无得的悲剧。

这里的所谓“贵族”，并不是严格意义上的称谓，和 18 世纪的法国贵族绝不可同日而语，只是其祖先往昔在乡里相对而言曾有过财产、名望、精神文化诸方面的优势。经过民主革命和社会主义革命以来诸如“土改”“反右”“社教”“文化大革命”等政治运动的剔削荡涤，贵族的优势不但荡然无存，而且在精神上反比平民矮了三分。所以贾平凹笔下的贵族，主要是恋史情结孕育出来的产儿，是作家的一种艺术创造。但艺术绝不是纯主观的产物，因之贾平凹笔下的贵族也并非完全的子虚乌有，而是其来有自的。它第一个方面来源于生活角落里平民中所追存的贵族遗风，第二个方面来源于半个世纪中逐渐产生的新贵，第三个方面才是刻意挖掘出来的孑遗的贵族光影。新贵不是贾平凹意象世界中的贵族，甚至存在着贵族的负面，但它精神上的优越感和对平民俯视的姿态，则有着同构的形态。

《白夜》中的虞白作为贵族，便有了较厚重的分量。她作为这部书的主角之一，心比天高，而容纳贵族精神的环境已经失去了几十年，这使她的精神游魂似的无所依归，好韶光已过，现在她只有进行着与游侠的苦恋，以显其精神之独特。

再说“游侠”。游侠在中国历史中作为一种社会力量和人文精神，不可不谓源远流长，可以说已构成一种贯彻古今的文化。司马迁曾从价值论的角度，给予游侠以高度的评价，以为“侠”的社会价值与精神价值皆可与“儒”相抗衡，他们的行为虽然不合乎正统的价值尺度，而“其言必信，其行必果，已诺必诚，不爱其躯”，即使让亡者得存死者得生，他们也“不矜其能，羞伐其德”，高行义举是十分令人景仰的。司马迁动情地慨叹：“吾视郭解，状貌不及中人，言语不足采者。然天下无贤与不肖，知与不知，皆慕其声，言侠者皆引以为名。”作为一个始终保持着平民意识的作家，贾平凹自80年代以来的作品中，一直徘徊着游侠的身影。当然，在新的特殊时代里，这些变了形甚至变了种的游侠，已与朱家、郭解大异其韵了。天狗（《天狗》）、五魁（《五魁》）、光子（《人极》）、吴三大（《远山野情》），都是富于侠肝义胆的浪人，又都献身于受难的女性。这是贾平凹笔下游侠人物的主调。到了长篇《商州》中的秃子，这一主调虽然仍保留着，却又加进些丑的色调而向下沉降。后经雷大空（《浮躁》）而到夜郎（《白夜》），游侠带上了应有的刚气，但却回不到吴三大那种纯净雅正的含蕴。他的意识中因袭着民间传统的伦理和观念，但同时他又受着时代雨露的沾溉，使我们觉得，他是由广远的历史文化和当今时代联手，共同运作意匠塑制而成的。在下节的文章中，我们再具体分析夜郎这一形象；这一节的题旨为“贵族与游侠的苦恋”，来集中探讨一下虞白形象的意义。

“寻寻觅觅，冷冷清清，凄凄惨惨戚戚”，在表现西京各阶层居民精神觅寻而怅惘无得的这幕大剧中，用李清照的这些词句来描述虞白的精神追寻历程，也许不无恰切。在中国当代几十年的巨大变革中，虞白这一形象体现了贵族精神绵韧长命的一面。在《废都》中，我们看到牛月清、赵京五徒然居住于先祖的深宅大院中，都逐随世俗的波涛，成了世俗的市民，为着俗务而奔忙劳碌。虞白则与此不同，她苦苦地固守在贵族的精神领地中，苦苦地寻觅求索，不使自己裹入浩荡的世风中。虞白出身于资本家家庭，虽然随着1949年的全国解放和50年代初的工商业社会主义改造，虞家的辉煌被摧垮了，但虞白由于禀赋着优良的遗传，天生丽质，又接受了高等教育，这样，她就在新的时代里作为资本家子女，保留了来自门第的一定的精神优势，不但可以不在连续的政治风云中处处做阶下囚，而且有资本保持某种贵族的孤傲。她与西京民间艺术博物馆居住于同一大宅，因为这个博物馆正是虞家以前的宅第和园林。这种巧妙的偶然，又从环境方面加厚了虞白的贵族质地。表面看起来，日常的生活起居，她与世人相俯仰，没有什么大的不同，但在精神上，她则是一个旷世的孤独者。她不可能找到知音和同调者，只能眼看着光阴飞逝，年华水流。但是无论怎样的孤独者，实际上都不可能自足封闭，必然要找寻自己的精神出路。除了豢养一条颇通人性的狗以冲减孤独外，虞白在具有艺术迷狂精神的剪纸老太太的导诱下专注地拥抱艺术，给孤寂的生命以合宜的安排。当然最重要的，写得最见独特性的还是虞白与作为新时代游侠的夜郎亦真亦幻的恋情。

虞白对夜郎的恋情，用刻骨铭心来形容也许并不过分。但冷静地分析，这种爱情只能是短暂的，而且可以说是虚假的。它的虚假在于它骨子里的功利性，这一点也许连他们两个人都不一定意识到。从夜郎一方看，他把恋爱已纳入他闯世界以陟升其社会位置和社会角色的大目标之下，他与虞白相恋是被一种类似小偷闯入民宅的快感所驱使的。作为一匹野马，他就是要往新的地平线驰骋它的野性，而不愿轻而易举吃足下现成的嫩草。他没有受过于连·索瑞尔那样良好的教育，却有着几分于连式的野心。从虞白一方看，她的确爱着夜郎。她为什么爱夜郎？我们却找寻不到真实可信的感觉。对一个并无出众之处，只有一把鬼钥匙的农民，一个长着一副马脸的盲流，虞白怎么会对他一见钟情？还不是为了在一种青春的迟暮感中出奇制胜地爱一个在一般人看来绝不会去爱的人，以此来显示她精神的独特吗！在这场情爱活动中，虞白是一个彻头彻尾的矛盾体。她爱夜郎是在显示自己精神的独特，显示就是要人们看见，但同时她仍然要保持贵族的高傲，所以她又绝不愿意承认自己爱着夜郎。细想，这种矛盾也并不难统一，无论独特还是高傲，都是贵族脾气所使然，这样，矛盾的两极就在贵族这一本质上统一起来了。一方面是高傲，另一方面又是自卑。高傲是贵族的自尊，自卑是青春已残的自省。作为农民的夜郎绝难适应一个怪僻而敏感得近乎病态的贵族之女的感情波动，而一个感情细腻的贵族女子恐怕也驾驭不住夜郎这匹来自荒僻山乡的野马。他不会恪守爱情专一的信条，这却是无论怎样标示独特的虞白也不会接受的。于是两个人终于分手。

见到夜郎也许是虞白青春生命的最后一次闪光，但无可否认，这是一次误恋，所以对虞白来说，这也是一场悲剧。这种悲剧的背景，是半个世纪的历史和改革开放的现实所提供的。没有这特定的历史和现实，也不会有这样的悲剧的发生。就是说，虞白要是没有贵族惨重的失落，要是没有时代搅动她的意识并给她注入虚弱的浪漫，她是不会爱上夜郎的；而夜郎要是没有遇上这意识淆乱开放的时代给他插上闯世界的翅膀，他就是见到虞白也不会有去爱的勇气。所以，与其说是两个个体的误恋，毋宁说是历史和时代的误恋。

三

如果说虞白的精神主要是历史的留遗的话，夜郎的精神则主要是现实的孕育。说“主要”，当然就有“次要”不容忽视。正如前文所说，夜郎的身上含蕴着深厚的历史文化，是耳濡目染了民间传统的伦理观长大的。他的父亲被生存的重负压弯的脊梁，一直成为一个幻影萦绕在他的记忆中，使他非常痛苦。但他毕竟是一匹野马，他没有被这一切压趴下。相反地，低下的社会地位倒给了他一种反弹力，使他对身居高位的弄权者有一股本能的仇恨。他一进城便成了情场上的闯将。但他并无成熟的爱情观，也没有清醒的爱情意识，该珍爱的爱情轻忽地抛却，不实际的爱情却企冀苟得，因此他的爱情命运只落得“追寻的悲哀”。

夜郎离开农村来城市闯世界，目的并不在发财致富，而是要求得精神上的勃发甚至冒险，他要乘着传统秩序堕隳的世风，于乱世中做逍遥游。他不甘心自己低下的社会地位，觉得自己应该与城里的其他人一样地位平等，所以他要像游泳一样奋力划向上游。说到底，他是一个农民。农民中有两种人，一种是紧紧地恋着黄土，胆小守旧，填饱肚子就十分满足；另一种是胆大不安分，对富人有无名的忌恨，他们的理想是平均世上的贫富。夜郎的父亲也许属前一种人，但夜郎无疑属后一种人。历来揭竿造反的也都属于这后一种人。对夜郎的爱情状态，也只有放到他作为这后一种人闯天下的总背景上来认识，才能看得清楚。

在对爱情的处置上，上述意识支配了夜郎的行动，他要把婚姻爱情作为首要的奋争疆场，通过爱情以挣离同侪，提高人的等次归属。上述意识甚至武装了他的感情，他的爱情活动，便不由自主地把陟升地位的理性意识通转成一种对高层次异性的感情愉快。所以他追逐虞白也确实出于真诚，而且钟情到寤寐求之的程度。也正因为如此，他轻弃了颜铭而追逐虞白。夜郎并不是不爱颜铭，他的心也曾经被颜铭所占有而与颜铭同居，直至对方怀了孩子并毫无反顾地与他结婚。但他在这种情况下却因为多疑和心悬虞白而抛弃了颜铭，没有丝毫的责任心，无师自通地实践着“杯水主义”。

夜郎凭着被祝一鹤赏识，认识了不少权要人物，加上他本人的余闲和活力，在西京很自然很容易地建立了广泛的关系网，以此作为他这匹游侠黑马驰骋的疆野。其后祝一鹤在政治斗争中败北，由身居要津的官员变成了植物人。夜郎在祝一鹤失势后继续尽心照顾他，显示了他的游侠人格，但祝一鹤在社会上的残余影响被他作为工具继续使用。夜郎的主要朋友是警察汪宽和鬼戏班班主南丁山。汪、南二人作为夜郎的投影，分别映射出夜郎人格的正反两个侧面。南丁山与夜郎联手则同构共振，他激活着夜郎身上的流氓无产者禀性；汪宽是雷锋的僵化，缺乏时代的灵动，但他身上关注人群社会并助人为乐的那种巨大的善性，则净化着夜郎的灵魂，夜郎能与汪宽始终保持兄弟般的朋友关系，说明他自身本来就潜存着善的素质。夜郎为朋友的事奔走效命两肋插刀的精神，带有封建侠义性。夜郎与宫长兴的斗法，并不能纳入社会革命群体的大轨道中去。宫长兴固然是一个弄权的贪官，但夜郎侠客式地与宫长兴的斗智斗勇，主要是为泄个人的私愤，并非为了社会进步。这一行动对夜郎来说，既然成了一种使命和乐趣，他就重在行动过程的兴奋感受，而不去考究手段的高下和对整个社会的利弊了。他和宫长兴斗法所使用的手段，有些是正当的，如通过信访局；有些是不正当的，如冒用传呼机制造混乱给宫长兴造成难堪；有些则近于黑道，如通过盗窃以揭露宫长兴的贪污受贿。不管他使用怎样的手段，最后都一一失败，结果是将镣铐引到自己的身上。夜郎通过正当途径揭发宫长兴而归于失败，说明了当代政治斗争的不分明性和复杂性，这也是他不能把自己的行动纳入社会革命群体大轨道的原因之一。

夜郎这一形象具有一定的典型性。一个充满活力并负载着文化沉积而无坚实追求的生命个体，在信仰轰毁、观念淆乱、价值观多元的时代里，成为一匹盲动的野马，他没有目标地仅仅受着本能野性的驱使瞎跑着。这是特定时代里生长出来的悲剧人物。这种文学典型，其生活原型在时代中的产生，和俄国文学中所创造的“多余的人”的产生一样，带有时代必然性。在这样突然转型和各种观念处于文化整合过程的特定时代里，只有坚强丰实的主体，才能不为纷乱所迷惑而把自己造就成有价值的存在，夜郎不能成为这样的人。

四

在《白夜》中，“追寻的悲哀”带有普泛性，贯穿在差不多每一个人身上，成了一种时代氛围。夜郎和虞白的这种追寻，还具有一定的精神性和深刻性。就其本质而言，虞白和时代是矛盾的，夜郎和时代有相冲突的一面，又是乘了时代的风云驱驰他的性灵的。

对于邹云和宁洪祥来说，其追寻主要是物质的。站到人本质的基点上来看，他们的追求无疑浮浅而盲目。然而他们对于这一个时代的人来说，具有相当的代表性，所以他们都显出与时代同一的和谐性，在时代中如鱼得水。但是不管虞白、夜郎，邹云、宁洪祥，吴清朴、汪宽，或者其他什么人，命运都给他们安排了悲剧的结局。

邹云有着光彩夺目的形貌，强烈追求富贵和享乐，在这样的时代里，这样的形貌与追求相得益彰。她不太看重精神和人格，她结识了吴清朴，她的周围本来有一些难得的朋友，靠着自己的条件和与吴清朴的共同劳动，她所追求的富贵完全可以由自己营造成功。但是她“弃周鼎而宝康瓠”，急于得到富贵而投入暴发户宁洪祥的怀抱，于是她急遽地陷入悲剧的深渊，毁了她自己也毁了曾经相爱的吴清朴。除了咎由自取而外，还有造成悲剧的凶手吗？如果说有，这个凶手便是时代，商品经济大潮和物欲横流的世风，给了她膨胀的欲望和走向悲剧的驱动力。

暴发户宁洪祥的悲剧在改革开放初期是有相当的典型性的。中国的现代化需要一部分人先富起来，以较集中的经济实力来推动社会经济的发展。能够充当经济前锋的人，其行为每每需要反传统。但传统并不是一个应当完全抛弃的臭鸡蛋，文化和传统是孪生体，中国文化前行的逻辑决定着作为社会的人，其素质高者往往秉承着较多的文化传统，所以历史便不免把一批批素质低劣的甚至道德沦丧，但正因为如此便敢于弄潮的人物，置于改革开放的社会经济的潮头上。他们发展着社会，也危害着社会，这又注定着他们的短命。宁洪祥正是一个这样的发得火爆活得张狂的短命鬼。

在汹涌澎湃的商品经济大潮中，宁洪祥和邹云，一个是弄潮儿，一个是乘潮女；一个猎色，一个逐金。相求相应，一拍即合，共同向悲剧的深渊进发，吴清朴再大的真情，也不可能把邹云再拉回到自己的身边去了。

吴清朴的悲剧，是知识分子的时代悲剧。他热爱自己的考古事业，但他一度不得不放弃自己的事业而经营饭店，这除了为着迁就爱情而外还有着时势造成的无奈。文化人的事业道路不通而下海经商，企图以此安稳生计，为正正经经干事业创造后盾。但文化人下海鲜有不被海水淹得一塌糊涂的。吴清朴为迁就邹云而下海，但下海后还是失去了邹云。他在心力交瘁中毅然回到考古队，也许因为生活对他打击太重，使他极度伤心而精神恍惚，为自然物——葫芦豹蜂蜇伤惨遭身亡。吴清朴死得凄凉，死得痛苦，死得孤独寂寞。他的遭遇反映了一代善良知识分子的悲剧命运。

吴清朴惨死时，老朋友中只有汪宽邂逅而在身边，大约天意安排一个半生以扶危济难为己任的人，即使在自己人生程途的惶惑中，也还要来行使自己所认定的使命。人们都以“宽哥”这个亲切称呼来叫汪宽。这可以说是《白夜》写出的一个时代感很强的独特形象。说这个人物形象的时代感很强，是指他在作品中起着一种逆态显示的作用。时代使他显得陌生可笑，从这种可笑中我们加深了对时代的印象和省察。所以这里所谓时代感很强，实际上是指他和时风很“隔”，非常堂吉诃德。1963 年 3 月 5 日毛主席号召“向雷锋同志学习”，汪宽一定学得非常认真，从此终生贯彻不渝，一心一意地做好事，解救弱者的危难，而把自己的私事置诸脑后，先天下之忧而忧，俨然一个共产主义殉道者。他身上潜存着大善，谋私成风的世俗中他便显得迂腐鲁钝。他学雷锋学得不够灵动，不适变通，同时缺乏火眼金睛以辨识坏人，也没有足够的威猛以震慑邪恶，只会做好事，这当然算不上一个称职的警察。作家写宽哥背上的宿疾——牛皮癣越来越严重，背上角质化的厚皮使他像卡夫卡笔下的格里高尔，几乎将要变成甲虫了。这是寓言式的魔幻笔墨。宽哥兢兢业业实心实意地奉行为人民服务的崇高革命道德准则，但他处处受到生活的嘲弄，最后的结局是取消了他的警察资格。丢了警察这个在他看来极其神圣的崇高职业，他惶惑迷茫地离开西京在乡野间游走，又遇上了吴清朴的惨死。汪宽的悲剧在类型和色彩上，并不同于上述三个毁灭了生命的人的悲剧，而是一种略带喜剧性的使人欲哭无泪的悲剧。这种环境逼仄使人变为甲虫的格里高尔式悲剧，在社会转型的时代里，是有着相当的普遍性和典型性的。

“变形记”的悲剧，使汪宽变成了甲虫，祝一鹤则变成了一条蚕。在知识贬值的时代，虽然大多数知识分子也只能腹怀知识在生存线上挣扎，或在冷清的书斋中耐住寂寞，但总会有一些人大着胆子冲向新的人生领域去找出路。吴清朴停薪留职去开饭馆，祝一鹤则打入了官场并很腾达了一阵子，但最后仍是败北，精神上的刺激使他中风卧床，最后成了植物人，失去了意识，整天嘴里流着涎水。但他也从此没有了烦恼，慈眉善眼半卧在床上，养得白白胖胖，像一条要上蔟的蚕。失去了人生的烦恼，同时也失去了人生的意义和价值。这是又一种不同的韵调的悲剧。各种人的悲剧，各式各样的悲剧。浑浑噩噩地活着倒还罢了，越追求越陷入悲剧。这是作品本身所再现的事实。但作家只是从容冷静地叙说生活，他没有调动文学手段来渲染气氛和煽动情绪。犹如布莱希特戏剧体系的“间离效果”意欲起到的作用，作家刻意走一条一反以往文学习惯的新道，不但在审美方面给欣赏者以新的感觉，同时也使读者不跟在作家后头按作家安排的既定的指向去进行其文学活动，而是冷静地发挥各自的思考机能。

人们有权利提出一个问题：这是一个伟大的变革时代，是一个急遽迈向更高文明的时代，中国的历史脚步以前所未有的速度在行进着，把这个时代整个感受并表现为一个悲剧的时代，难道是可以的吗？难道不是一个大歪曲吗？历史永远是前进的，从人文的角度、精神的角度看，从人们对所熟知的事物包括制度、社会经济结构、生产关系、人文景观等的正常留恋看，从这些将被取代的旧事物、旧制度上所纠结的精神价值将被抛弃看，正是在最重大历史转折关头，新制度将取代旧制度的转型时代，才产生最深刻的悲剧。回顾世界文学史，许多最伟大的史诗性悲剧作品不都产生在这样的时代吗？所以不是我们这个时代可不可以写成悲剧，而是这一文学悲剧是否具有与时代相称的厚重感和深刻感。正是在这一点上，《白夜》显得缺乏力度，上述一系列悲剧多显得轻淡和浮泛，不能引出巨大深邃的震撼力。

五

我们在以上就人物进行分析时，都是采用从书中提取出来的一些东西。虽然所提取的是带有本质意义的东西，但对一个有机的完整的艺术品来说，这样的提取，已经抛掉了全书整体的活的神韵。“根之茂者其实遂，膏之沃者其光晔”，和一个生命一样，一部艺术品的精神韵味是发自内里的，这种精神韵味的产生，是各种复杂的综合因素造成的。形成《白夜》整体神韵的因素当然也是多方面的，但再生人和鬼戏却带有决定性的意义。

对于世界的神秘性的关注和审美兴趣，对于宇宙人生的终极究诘，是贾平凹生命的重要内容，贯穿于他艺术活动和非艺术活动的整个生命过程之中。将阴性世界与阳性世界沟通起来，则是他这种生命活动的主要成果，作为一种感受世界的主题旋律，在 1985 年以来的作品中反复咏叹。《古堡》《废都》中老太太对阴阳世界的弥合和感知、《龙卷风》中人和鬼在鬼市贸易中的相互斗智欺诈、《瘪家沟》中侯七奶奶对天象和自己死期的预知以及牛过秤的阴魂在阴间走后门等等，都显示着此岸世界与彼岸世界的等齐和连通。不过，这些描写在以前的作品中都只是局部的情节，到了《白夜》，再生人和鬼戏作为情节，则结穿全书，造成弥漫全书的氛围。

全书是以讲再生人的故事开头的。已经死了十多年的戚老太太的丈夫，一天却回来拿一把铜钥匙开门认家，但他的儿子认为丢面子，不肯相认，戚老太太羞恨上吊，再生人也失去再生下去的信心，于街口自焚再死。警察汪宽在救火时，从灰烬中捡了那把再生人的铜钥匙。这把钥匙后被夜郎拿去，做了与虞白的定情之物。还是这把钥匙，使夜郎患了夜游症，似乎他背负着再生人的使命，经常晚上去开竹笆街七号的门。夜郎又是演鬼戏的，“再现”着小鬼、大鬼、民鬼、官鬼、善鬼、恶鬼间的生命跃动。他人不人鬼不鬼，成了一个活在阴阳两界的人物。他的艺术效能像果戈理《钦差大臣》中的赫列斯达柯夫，通过他或严肃或玩世的活动，通过他的特殊导游，让读者感知鬼魂世界活脱脱的世俗人性，以及人群社会鬼蜮特色的一面。

鬼戏是阴阳的连通器，不但展现着鬼的世界，而且演出时人鬼是混一的，人们要加入到鬼的生活中去，是鬼们婚嫁办喜事时的吃客，而且演鬼戏的主要目的，就是要请鬼神界的权威来惩压潜伏在阳世中作祟的邪鬼。

鬼戏还是文化的弥合剂。贾平凹写商州的小说中一直都有着浓厚的文化内涵，尤以民俗文化的浓郁生动见特色。而对在从容的历史脚步中留遗下来的城市社会文化，贾平凹远没有像对农村民俗文化那样熟悉。《白夜》是写城市的，在《白夜》中，西京城里的文化氛围，除了民俗博物馆的屋宇廊房（虞公馆的遗存）这些固态的死物和陆天膺的名士式生活方式（而这些实际上也是农村世族地主庄园中的文化特色），主要就靠鬼戏班的目连戏来营造，而鬼戏和鬼戏班的活动特征，也都是属于农村的。不错，中国人的根子以及由此决定的思维方式和文化心理，本质上都是农民的，像西京这样的古城，也就是一个大农村而已。这样看来，《白夜》中的城市文化的染写也许是成功的。但不管怎样说，这部作品中文化氛围和文化含蕴的造成，是十分借重于鬼戏的，《白夜》对鬼戏和鬼戏班花费如此多的笔墨，写成如此的规模，都是值得的。

六

这一节，我们要在《白夜》中追寻作家的人格心理。笔者以为，书中可以与作家自我的生命和心灵相共振的人物有三个，这就是夜郎、陆天膺、库老太太。夜郎体现着作家的爱情躁动，陆天膺抒发了作家对人格风度的企冀，库老太太象征着作家审美化的生命特征。

自从胡适提出《红楼梦》是曹雪芹的自叙传之后，赞同这个说法和反对这个说法的人一直争吵不休，争吵的根本原因在各执一端。曹雪芹在写《红楼梦》的整个过程中，都把自己的灵魂附在贾宝玉身上，通过贾宝玉的心肠、脾性、作为、追求，来摅写自己的一腔真情和满腹块垒；但贾宝玉的个人履历、社会环境、亲属关系等等，绝不会和曹雪芹完全重合，《红楼梦》绝不是18世纪的报告文学。这说明大凡作家倾注了心血的长篇，主人公虽然是作家的天才创造，作家是主人公的造物主，而作家创造的这个人物的身上往往萦绕着作家自己的灵魂和人格精神。金狗、庄之蝶、夜郎的体内，都涌流着贾平凹的血液，散发着贾平凹的情怀，特别是体现着贾平凹的爱情体验和情欲焦躁。

贾平凹尽管有着放眼世界的艺术视野，但他的浑身上下浸透着中国人的气质，他像一台陈旧的 PC 机，对洋的人性硬件概不兼容，对即使很随和的西方人文软件也不支持。作为文人，他有着浓厚的士大夫气。虽然还未放纵到魏晋名士的怪僻和潇洒，却已经很有点个性主义了。他注重的当然是精神，即使有了与大款相敌的财富，他也不会浸泡到物欲中泯灭了自我。而直至目下，他却还受着环境的诸多方面的制约，自己也没有修炼到能够凭虚御风的道行，所以他还没有取得自由，还不能在滚滚红尘中使精神做逍遥游，因此他憧憬一种既不脱离茫茫人海，而又是闲云野鹤的新士大夫生活。在《白夜》中，各种人都有痛苦和烦恼，都难逃悲剧的命运，而只有陆天赝保持着士大夫式的独立人格，过着自在洒脱的日子，来了酒瘾便开怀畅饮，有了兴会便挥毫画虎，有朋友聊天，有娇妻相伴，与世无争，自足自乐，真是20 世纪90 年代隐居于都会中的高士。然而这恐怕仅是贾平凹真诚地虚画出来的一个乌有先生，在实际生活中是很难效法的，且不说那个不肖公子已经着实让陆先生伤透脑筋了。

《白夜》中写的库老太太，是一个有着特殊的艺术才能的民间艺人，开始是被民俗博物馆请去创作剪纸，后来则和虞白生活在一起，两人相依为命。这是一个生长在农村的普通妇女，一个不识字的文盲。但她一旦进入艺术创造，便显出非凡的艺术才能和迷狂的投入状态。这时候，她的剪刀上好像产生了魔法，一系列匪夷所思的刀法和意想不到的毕加索立体派式的万物造型，便从她的剪刀下涌流出来。伴随着剪刀的运作，她还不假思索地从嘴里即兴吟唱出带有神秘色彩的铿锵流利的歌谣。奇怪的是她不经意说出来的话，常常成为奇验的预言。她吟唱着歌谣剪成的剪纸被人拿去治病，则病体霍然。好像回到了艺术主要由巫觋把持的古老的青铜时代，女巫成了原始艺术殿堂上的主角。笔者以为，在《白夜》中，从事艺术的女巫式的库老太太，是贾平凹对自我生命的一种艺术观照。

笔者曾经论证过贾平凹的生命审美化。生命审美化的含义之一就是生命体验贯穿于主体的大部分意识活动，脱离了理性判断和功利目的，对世界、对生活进行体味和审美观照，这成了主体重要的、惯常的生命需要。对世界无限性和永恒性的终极究诘造成贾平凹对宇宙人生产生神秘感，这种神秘感主要应属于审美范畴，同时艺术对存在的追踪、冥合，以及这种冥合的不期而遇、不可期性等等，常常使艺术也给人以神秘感。所以库老太太实际承担了体证贾平凹生命勃发特征的角色，当库老太太进入艺术迷狂状态时，作家则和她发生着极为契合的生命共振。

七

把一部新长篇放到当代文学的大背景下和作者的创作历程中，做总的判断性的评估，这当然是可以的，人们也经常这样做。但这样的事很难做好。话说过后要不了几年，回头一看觉得当时很唐突，眼界很窄，话说得太绝对，当时何不多留点余地。虽然如此，我们还是要按照习惯对《白夜》做一番总估价，作为本章的结束。

《白夜》在当年的长篇小说中是表现出较突出的独特性的。除了写法以强烈的民族性和操纵驾驭语言的纯熟叙述功力而显出卓尔不群的风姿外，它既非常切近现实，又没有把生活框死，而从发散性的叙说生活中，造就为一个可以无限感受的艺术生活体系。它既从文化艺术气质上显示出收纳古今的深厚浓郁的民族品格，又具有可与世界对话的一定的前锋性。

《白夜》是对由《废都》所创试的聊天式散点透视写法的一种必要的巩固。这种写法除表现为发散的章法结构外，还摸索出相应的语感和叙写体系。这种语感是升华了、雅化了的聊天式语言及从容平和的节奏，而排拒欧化的翻译语言。叙写体系是以脱胎于宋元“说话”的叙说情态驾驭当代口语，整体的叙述化，淡化描写。这种试验在中短篇当然比较容易，长篇就十分难。打比方说，你采用一种爬山方法去爬寻常的山甚至华山泰山，可能都容易成功，但当你参加国际性的攀登喜马拉雅山竞赛，每前进一步都与刷新世界纪录相关时，你的新爬山法敢否在全部攀登途程中一以贯之，就非常难说了。《废都》用聊天式散点透视写法基本成功了，但还未臻圆熟，贾平凹有必要对这种长篇小说新写法加以巩固和完善，《白夜》在履行这一艺术重任时，可算得不辱使命。它进一步证明了，这种在当代独树一帜的长篇小说写法是可行的、成功的。比起《废都》来，《白夜》在生活面的开掘、素材提炼、情节转换承接、语言操纵驾驭等方面，都有所前进，整体看来较为自然圆融。以语言为例，《废都》的语言还时不时杂有文言虚词和文言语法，带有脱胎于旧小说的汰除未尽的毛发，读起来多少给人以作文的感觉；《白夜》则以流畅的当代口语贯彻始终，这样从结构到语言没有任何跳出来的技巧，没有作文的痕迹，读者只从侃侃的聊天中感受到生活的流动，较好地达到了作家所追求的效果。

《白夜》的缺陷主要产生于对现实主义的依违两可。作为一部十分切近生活的长篇，作家很难摆脱他一直意欲摆脱的现实主义；作为一部切近生活的长篇，也不能无视广大中国当代读者对生活于其中的社会生活的感觉惯性。这使得作家产生这样的顾虑：过重的魔幻笔墨或其他非现实笔墨，是否难于为读者所认可？所以除了较外部性的再生人和鬼戏而外，非现实的叙写就显得很有节制，不敢逸纵，所写出的如夜郎的夜游、汪宽的鳞甲、祝一鹤的女化和蚕化、虞白的生虱、库老太太的特异功能等，必使其不逸出现实真实为度。其中如虞白的生虱，目的在闪现贵族身上的原丑一面，略同于作家当年写高干之女阿娇出浴时亲睹自己身上难看的伤疤。人身上长出寄生虫，这固然没有非现实到怪异化，却又从顾及现实性偏离到外壳真实而实际的大不真实了。其他某些魔幻之笔，也有类似的情况。现实主义、非现实主义，或者两者的掺和，这都可以，但必须在感觉上给人以新的震撼，从这种震撼中产生有机的整体感。以非现实主义创作方法为旨归，其实正是要离开现实主义的常规的真实感，而不能有囚徒紧守着牢狱越狱便怕被枪毙的精神状态。请想一下《废都》中的老牛这一非现实主义安排如何给读者造成心灵震颤的新感觉，就知道《白夜》在创造的路上是向后退缩了。可见开创新天地和石破天惊的划时代文学创获，除了有胆有识，还必须有清醒的意识和高度的自觉。

第十四章 《怀念狼》怀念什么

《怀念狼》所要表现的，是重大的、带有浓郁人类忧患的世界性主题。

在当代知名作家中，贾平凹素以多产著称，20 世纪 90 年代以来除散文写作而外，他一年多一点时间便有一部长篇问世。这些长篇都是把我国现实生活进程中一些关乎民众生存困惑、国民意识、民族精神特质等的重大问题，作为作品究诘的题旨，而且越来越趋于形上追求。但这些长篇都不可视为问题小说，因为贾平凹的创作都是由感性地体悟和把握生活开始的，他的小说从来都以感性的生活运动作为艺术的血肉，所以不会有图解观念的弊病。贾平凹的优长在这里，问题也出在这里。和具体的感性生活相较，他形上地提升生活的创造力便显得心有余而力不足。具体生活在他艺术思维中的诱导张力左右着他，也限制着他艺术翅翼的形上飞升。

他的上一部长篇《高老庄》虽然写得圆熟自如，是相当成功的作品，但作为驱动作家写作此书的原初主题即“人种老化”的重大题旨，却没有有力的揭橥。《怀念狼》通过人狼关系的具体化意象（“象”），所欲表现的更高题旨（“道”）则是对人类役使自然、对抗自然的罪愆发出警示，就天地人组成的这一宇宙系统的失衡和淆乱，对人类加以棒喝。客观衡鉴此书的长短，可以说人狼关系写得非常出色，仅凭此，它的文学价值也在一般当代小说之上。但用对贾平凹这一具体作家所应提出的高度来要求，我们便嫌此书较多地沾着于表层的“象”，而未达到表现“道”的应有的形上高度。

在本章中，主要谈三个问题。

一、《怀念狼》所用的艺术方法

贾平凹写这本书，用的是“以实写虚”的方法，这一点他在后记中已经指明了。“以虚写实”好理解，“以实写虚”对现在的一般读者来说比较费解。其实，对熟悉中国古文化的人来说，“以实写虚”并不陌生，它就是“易象”的那种传接思维方式。易在表述宏阔而纷纭的宇宙自然社会的变化规律时，其所以能做到“弥纶天地，无所不包”，就因为它没有用一般的语言，一般语言的包容性太小，故为易所摒弃，易用的是“象”。言不能尽意，而“圣人立象”却可以尽意。例如乾卦，本来是说事物由弱小一步一步发展壮大直至顶峰而向对立面转化这一普遍规律，用的却是具象的龙——潜龙、现龙、惕龙、跃龙、飞龙、亢龙。从表象上看，说的是龙，所涵盖的却是万有变化的普遍过程。易的象，相当于文学上的象征，而比文学的象征更具哲理品格，“芥子纳须弥，毫端现宝刹”，易象外延的涵纳性是无穷的。《怀念狼》“以实写虚”，“实”是写在字面上的具体事物，“虚”则是形而上的“道”。具体地说，“实”即书中所写的人狼关系，人和狼长期以来的相斗纠葛，“虚”则是展示天地自然众生（包括动植物）这个和谐系统的失衡和淆乱。人狼关系，仅是一个形而下的大意象，通过这个大意象要表现的是形而上的人类关怀。

需要研究思考的是，这种“以实写虚”为什么没有完全成功？为什么沾着于“实”而未达到应有的“虚”？除了上文所说的作家受制于生活感性的强大诱导力（其中包含着创作主体方面的创造思维惯式）外，主要的是作家没有意识到从“实”到“虚”时，“实”和“虚”之间必须要具备有效的转换梁津。这种转换梁津，在文学中当然带有物质性，但它在作品中对阅读所起的思维引领效能，却是作家的非凡艺术创造力所赋予的。我们不是作家，不可能代替作家做十分具体的预设，我们只能再用“易象”来做启发。易在“实”与“虚”即“象”与“道”之间，是创造性地设置了这种转换梁津的，没有这种转换梁津，“实”同“虚”便搭不上界，“象”便无法走向“道”。这个转换梁津是什么？就是卦，即由阳爻（—）和阴爻（– –）所组成的八卦和六十四卦。有了伏羲“仰则观象于天，俯则观法于地”“近取诸身，远取诸物”，从而画成的高度简化、高度概括宇宙万有的八卦，易就为从“实”到“虚”、从“象”到“道”铺平了道路。这是一种东方化的、体现了巨大创造智慧的思维符号和哲学符号。依凭于这种符号，人们在乾卦由下而上的爻辞中，虽然读到的是活生生的“龙”，但不再执着于龙的感受，而在思维中自然而然把这种具象的龙的状态转化成一种道理，而这种道理又有着与西方思辨哲学相异的效能，即又可以很自然地把这种道理回归到各种事物之上去，而不丢失感性。要知道形象大于思想。卦本身也是一种“象”，这是它作为从“实”到“虚”、从“虚”到“实”的一种类似人体神经的有机的系连物。贾平凹既然创造了文学的“以实写虚”法，就应当创造出类似易卦这种“实”与“虚”亦即“象”与“道”的有机系连物，真正的“以实写虚”才能有效实现。

二、《怀念狼》中贯穿的一个哲学观念

贾平凹在这本书中，所持的是一种泛灵论的元气变化说。它的意思是：自然界和社会中的万事万物的本原是“气”，“气”是一种无形无声无色的精微物质，它能聚能散，能运动变化，它除了有阴阳以外，还有着各种不同的性质，而同气相求，不同物质的气，聚而形成不同德行的东西。万事万物（包括无机物）都是有灵魂的，而每一自然物由于特定的秉气和时空机缘，其灵魂可以转移附着，由此物转为彼物，由此类变为彼类。这种观念中万物有灵的认识是世界各民族原始思维所共有的东西。贾平凹在艺术中常常有着对中国传统神秘哲学最灵敏的感应。他未必全面研读过这方面的古籍文字，但却往往与之不谋而合，或者他这方面的感知渠道是在民间。关于泛灵论元气变化说的思想和实例，最典型的记录在《搜神记》一书中：“千岁龟鼋，能与人语；千岁之狐，起为美女；千岁之蛇，断而复续；百年之鼠，而能相卜：数之至也。春分之日，鹰变为鸠；秋分之日，鸠变为鹰：时之化也。……应变而动，是为顺常；苟错其方，则为灾眚。……人生兽，兽生人，气之乱者也；男化女，女化男，气之贸者也。鲁牛哀得疾，七日化而为虎，形体变易，爪牙施张。……从此观之，万物之生死也，与其变化也，非通神之思，虽求诸己，恶识所自来。”《红楼梦》第二回贾雨村对冷子兴大谈的就是这种哲学，他说：“清明灵秀，天地之正气，仁者之所秉也；残忍乖僻，天地之邪气，恶者之所秉也。”如遇清平之世，清明灵秀之气漫无所归，遇不得其时的残忍乖僻之气自深沟大壑中逸出，两种气两不相下，既不能消，又不能让，搏击掀发，急切寻找发泄机会，男女如秉此气而生，则成情痴情种、逸士高人、奇优名倡一类人。

这种观念在《怀念狼》中所在多有，如金丝猴变女人；狼变成城市中碾死人的汽车；杀了48个人的文龙是狼变的；推儿子撞车诈钱的郭财也是狼变的，而且死而复归为狼；傅山剥二号狼时，狼魂附一子而生，生下即有毛有齿；穿雨衣的猪就势一滚，就变成一只狼；等等。《怀念狼》（作家出版社2000年6月第一版）在第24页中写道：

> 万事万物都是有着生命和灵魂吗？遂想：所谓的灵魂不灭是什么？奶奶生前常说的轮回又是什么呢？是不是当一个人死亡之后，灵魂和躯体就分离开来在空中飘浮？如果能对应的话，在飘浮中遇见一只蜜蜂将一棵草木的花粉掺和于另一棵草木的花粉时，那灵魂就下注，新的草木就产生了，而当这新生的草木最后死亡了，灵魂又飘浮于空，恰好正碰着一只公猪和一只母猪交配，灵魂又注下，新的猪就产生了。如果这是可能的话，那么，生活在这个地球上的一切都平等，我这一世是人，能否认上一世就不是只猪吗，而下一世呢，或许是狼，是鱼，是一株草和一只白额吊睛的大虎。

在太古神话中，有怨气的炎帝女儿女娃变成了精卫鸟，夸父的拐杖化成了桃林，所以《怀念狼》中这种灵魂浮游偶附的泛灵思想，也可以说是带有神话原型的性质。

三、《怀念狼》的主题思想

《怀念狼》的主题是：人类背离于天地生人这一完整统一和谐的

大系统（统一和谐准确地说是生克制化），而走向与这个自己原在其中的大系统的对抗，加上其他原因，这个大系统便历史性地失衡和淆乱了，失衡淆乱之后，所带来的灾难给人类自己以惩罚。

完整的人狼关系应想到三点：第一，在天地自然中，万物是平等的。《怀念狼》用一些可视为非现实的笔墨，写了人和狼的平等性。站在人的立场上看，狼是恶的，无人性可言，实则人也有狼性，甚至比狼更残忍。他可以把自己的孩子推向飞驰的汽车去诈钱；可以在《二泉映月》的音乐声中从活牛身上割取牛体的每一部件。而狼也有人性和善性，它们知恩当报，诚心地去哀悼为它们治过病的老道；在同类死亡时它们哀号祭奠，悲痛欲绝，极尽礼数。就其善恶而言，人对狼不应有任何优越感。第二，物之敌我、阴阳、刚柔两方，对立统一，互为依存，相摩相荡，相依相斗，推动世界的发展，给世界带来活力。一方灭绝，另一方亦自行萎缩。诚然，惠施是庄子的论敌，而惠施谢世，庄子悲哀，因为没有了论敌，他便无法驰骋辩才了；郢人质死，匠石悲哀，因为没有了配合对手，他再无法呈现“运斤成风”的绝技了。从自然构成法则看，人与狼是相斗的，也是相互依存的。人狼相斗时代，狼要吃人，人极警觉，猎人亦极勇武。到狼成为稀少动物，猎人无所用武，不是害头痛，就是变细腿，甚至成为行动维艰的软骨病人。人是离不开狼的。第三，如果不是参死禅，可以说人和狼是可以互相转化的。《怀念狼》中写了大量人变狼、狼变人的故事，至书最后，英武一世的猎狼队长傅山连同雄耳川的人，全都变成了“人狼”。这荒诞魔幻的一笔，是作家对人类沉痛的棒喝。

但是人所参与的天地自然失衡淆乱的进程，到了现代便是不可遏止的，一旦这种行为达到能使人类自省的阶段时，这种进程便以迅疾于从前千百万倍的加速度进行。这是一种崇高的宇宙衍变。天地不情的宇宙自然眼中，是一种无悲无喜的劫变，是非常自然的因缘呈现，而在人类警觉和醒悟后的意识中，这种劫变则是悲壮而恐惧的。怀念狼就是怀念天地生人的宇宙和谐。

科技是人类的机巧，科技越发展，干涉天地自然和谐的力度越大，天地生人这个大系统的失衡和淆乱就来得越快。这个道理我们每个人都能感受到。人和天地万物应是怎样的关系？应当怎样对待天地万物？在这个问题上，先秦时代两位先哲荀子和老子的看法和主张就是对立的。“大天而思之，孰与物畜而制之；从天而颂之，孰与制天命而用之”，荀子这种“制天”的主张，后来就发展为“人定胜天”。“人定胜天”就是人类想要挣离并对抗天地生人大系统的一种狂妄意识及行动纲领。老子则主张“无为”，老老实实当好宇宙一员的角色，所以要“致虚”，“守静”，“万物并作吾以观其复”，否则“不知常，妄作，凶”。老子认为应当保持天地生人这个有机大系统的和谐统一，而不能干涉天地自然，干涉了就是“妄作”，就“凶”。《庄子·天地》中写汉阴抱瓮老人反对用物理的杠杆原理来偷巧，说：“有机械者必有机事，有机事者必有机心，机心存于胸中，则纯白不备。”这种言行受了两千多年的历史嘲笑，细想来他很清醒，很高远，很超前。直到当代，西方才有些有识之士提出了相似的主张和学说，如金斯堡、里夫金等人，可以说是西方的当代老庄。

正如《怀念狼》中所写的，科技的发展和物质生活的优裕并不能给人带来精神上的幸福感，而只能促成生态失衡、物种灭绝、环境污染、能源枯竭、道德沦丧。《怀念狼》一开篇，贾平凹又发了一通城市使人雌化和委顿的牢骚。以前，人们在品评这类文字时，往往浅薄地理解为乡巴佬对城市的心理排拒，其实这是对现代文明的高远批判。难道现代文明所带来的人类异化的尴尬还不足以使我们触目惊心吗？但是必须认识到，科技的发展如离弦之箭，是人力无法遏止的，当代老庄的哀叫不能动科技发展和人类疯狂消费的一根毫毛。成立生态保护委员会的护狼行动，适足以促成狼的灭绝。还好，贾平凹在《怀念狼》中没有以救世主自命而开具救世药方，而显示了天地生人大系统失衡淆乱的不可逆转性，这是深刻的。

第十五章　贾平凹小说创作中的现代意识

一、贾平凹创作中现代意识的发展概况

由于城乡改革对中国社会结构的强烈冲震，由于封闭已久的国门向世界开启而出现的中国同国外世界大文化的高速对流，中国的现实生活及中国人的生活方式已发生了巨大的变化。在这个过程中，带有世界性的现代思潮也必然作为一种社会思想因素冲击并铸造着中国人的观念和意识。于是现代意识在中国的各个生活领域和意识形态领域迅速滋长起来，尤其强烈牵绕着社会科学和文学艺术，成为徘徊在这些领域中赶也赶不开的幽灵。

现代意识是一个很大很泛的概念，它的内涵是很难界定的，但是我们也许可以这样说：现代意识实质上表现了世界历史发展到现阶段，人类对世界的猛惊和反思。作为现代人，他们更加放开眼界和思路来认识、思考宇宙、社会和人自身，从而产生了最新的观念。人生的真谛是什么？人的价值在哪里？人在高度发展的现代文明面前处于怎样的位置？人与自然的关系究竟是怎样的？人类发展的前途将会如何？人类的现状、未来和过去，处于怎样的联系中？这些

在人类发展历史中曾经不止一次出现过的问题，现在在更高的层次上更集中、更尖锐地提了出来。这就是说，现代人已经非常自觉地站在人类认识世界的制高点上，鸟瞰着时间和空间，比以往任何时候都富于历史感和全球意识，更深更广地观照世界，认识并表现人自身。在此同时，人类的审美意识也不断增强，审美活动在当代社会生活中占有越来越重要的位置，因此也形成了越来越丰富鲜明的现代审美意识，成为现代意识的组成部分。

现代意识对作为意识形态的文学的影响，使新文学除艺术构成形态渗透着现代审美意识而外，还表现为题旨方面的高层化、综合化。生活描写和人物主体性的显示虽然会更加细微和凸现个性，而作家的主导意向、主要精神追求，则是关乎人类重大问题的思考，作品命意旨归趋于综合和抽象。这样，两极趋向的统一就成为当代文学的发展流向。

贾平凹作为一个感应神经异常灵敏的中国作家，在同辈中较早地呼吸和领受着这种时代气息。1980 年、1981 年两年，贾平凹身上就已浸染了浓厚的现代意识。感受力的强大和理性思辨能力的柔弱是贾平凹一贯表现出的不平衡，作为一个才华出众的作家，他这一时期的现代意识是朦胧的、非自觉的，然而又是浓厚的和强烈的。这种现代意识突出表现在他这两年所写的几部探求人生而具有浓烈忧患色彩的小中篇如《沙地》《“厦屋婆”悼文》《好了歌》《二月杏》等之中。这些作品探求人生意蕴的意图是强烈而执着的，尽管这种探求并不成功。因为作家被社会的巨大黑影所困扰，心灵上笼罩着浓重的悲剧感而看不到社会人生的美好和光明。

所以 1980 年至 1981 年，贾平凹创作的复杂性也在他萌生、领受现代意识方面表现出来。一方面它表现了受现代精神文明和世界精神成果的沾溉，从封闭到开放的中国年轻一代作家的视野和思维得到扩展；另一方面也从感伤和彷徨中暴露了贾平凹的不成熟。因之，1982 年、1983 年贾平凹在后一个方面受到訾议，这是理所当然的；但不公正的是与此同时，他在艺术上的重大收获和对现代意识的感应与汲取，也被否定、被压抑。作家的精神平衡经过这个摇震，失去了恒态，现代意识有短暂的蛰伏。然而经过一番反省和调整，贾平凹很快建立了自己的精神平衡，于是在 1984 年、1985 年的创作中，他的现代意识在观照中国的生活变动中变得更圆熟、更沉稳、更深刻、更中国化，对现代派生硬搬移的那种痕迹没有了，现代意识化为自然的民族文化的血肉。

在这个过程中，贾平凹从拉美文学和日本川端康成的创作中受到极大的启发。这个启发是，一个眼光高远的作家，他的视野应当横扫六合，他必须把自己的文学创造事业放置在全球文学新潮和全人类文化意识的大背景下来思考、来进行。但同时，他的艺术的根系必须深扎在本国文化的深土中，他的创造既不是封闭自足的土特产，也不是与本土相脱离的洋品种，而是现代意识照耀下极富于民族个性的精神生产，这样的精神产品是与世界先进文化精神相沟通的。贾平凹在答《文学家》问时曾这样讲到他从拉美作家和川端康成那里所受的启发：“我首先震惊的是拉美作家在玩熟了欧洲那些现代派的东西后，又回到他们的拉美，创造了他们伟大的艺术。这给了我们多么大的启迪呀！”“川端康成作为一个东方的作家，他能将西方现代派的东西和日本民族传统的东西糅合在一起，创造出一个独特的境界，这一点太使我激动了。读他的作品，始终是日本的味，但作品内在的东西又强烈体现着现代意识，可以说，他的作品给我的启发，才使我在一度大量读现代派哲学、文学、美学方面的书，而仿制那种东西时才有意识地转向中国古典文学艺术的学习。到了后来接触到拉美文学后，这种意识进一步强化，更具体地将目光注视到商州这块土地上了。”中国的历史传统和文化沉淀，并不仅仅作为现代文学的载体，现代意识和中国传统，两者各自既有其内在的思想精神，又有其外在的形态和格调，两者并不是轻而易举就可以融合的，然而在中国，现代意识如果不与传统相融合，它就只能是飘浮着的游魂，只有与中国传统结合了，才能成为文学的鲜活生命与灵魂，才能在中国文学的土地上茁发成富有生命力的精神大树。对于这一点，贾平凹有着清醒的自觉的认识，并以之指导着自己的文学实践。

贾平凹创作中的现代意识有着自己的特点，也有着自己的局限。贾平凹虽然敏锐地感应和领略着现代意识，但当进入文学构创时，现代意识和体现民族文化心理的旨归相碰撞、相排拒、相折中、相改造，使得现代意识在民族文化格调中内藏和不露形迹。虽说作家对人与社会、人与人、天人之际这样一些关系在苦苦地追寻着，始终连绵不绝，但和对民族文化心理结构的表现相比，作家对现代意识的表现就显得缺乏应有的力度和浓烈色调。另外，和贾平凹一贯表现出强烈的艺术追求相关，他创作中的一般现代意识和现代审美意识比较起来，后者显得更为强烈，更为鲜明，更多创造性。

贾平凹创作中的现代意识包括对人生底蕴的追寻，对人性、人本质的探求，对民族精神、民族文化心理的历史根源与历史联系的映现等，而这一切又都是通过现代审美意识进行的，这样就构成了贾平凹创作中现代意识的总结构。

二、对人生底蕴的追寻

这是贾平凹 1981 年创作中一个十分集中的命意。从学校走向社会，对社会复杂的世相世态的接触和感受，曾使贾平凹产生了强烈的惶惑感。人在社会的海洋中生存，到处是苦难，甚至像场噩梦，但人又非常恋生，难道这种苦难以及伴随着这些苦难所产生的情绪和感情波澜却是值得体味的美的东西吗？人生的意义和价值究竟在哪里？作家的这种追寻和思索既是一个极大的难题，而又未借助于人类伟大的思想成果，没有依赖人类最科学的宇宙观，只依凭艺术感受机能对社会人生做直观体验和朴素把握，自然难于找到正确的答案。这就决定了贾平凹1981年小说探寻人生底蕴时所表现出来的总色调：人生的无穷忧患，使人感伤哀婉，最后无可奈何地以忘怀世情和虚假的无为，作为人物的出路和作家思想的归宿。《沙地》中的刘诚一生清白正直，但不幸的命运始终跟定着他。他挣扎苦斗，时时用独立的自我去对抗存在，然而他并没有追求到什么。他的特殊身世和遭遇使他越来越忘怀世情，最后在土屋中一把火了结了人生。《"厦屋婆"悼文》中的厦屋婆不同，她的每一段生活历程，都和世俗（甚至和政治）紧紧牵系着。她有着极强的可塑性，社会恰像一个随心所欲的泥塑艺人，不断塑造着她的性格和气质，使她几次变为迥异于前己的一个人，而在疲劳的晚年，她也成为一个平和的出世者，与刘诚殊途而同归。《二月杏》《好了歌》则通过爱情、婚姻、家庭，映现了世情的艰危、人生的多难，调子缠绵而哀婉，给人心灵笼一层感伤的诗情。

贾平凹1984年的三部中篇（《小月前本》《鸡窝洼的人家》《腊月·正月》）曾经获得热闹的赞誉，这种赞誉在很大程度上来源于评论者对作品政治功利的价值特别敏感和重视。小月恋爱对象的变更、禾禾回回的换老婆、韩玄子在乡里地位优势的丢失，都与农村改革的潮流联系在一起，表现了这种潮流进程的不可阻挡。从这几部作品情节和人物的叙写中，我们可以找到个总模式：给遏抑改革潮流的角色安排了可悲的下场，而站在改革潮流前头的人物，虽然历尽艰辛甚至遭到唾骂，最后却无例外地成为胜利者。以这样的模式来歌赞改革者，贬抑反对派，是这三部作品之所以赢得评论者青睐的关键所在，但这样的模式却恰与我们都了解的现实相悖谬。固然，这三部作品发挥着作家以往的文学优长，取得了更深广地表现生活的新的艺术收获，但同时也不可避免地表现出某种被动，比起 1981 年的创作来，现代意识有所减弱。创作的主体意识盘桓于农村改革的生活现象，人生底蕴的追寻自然受到冷遇。

贾平凹随时找寻着对这种被动应付的摆脱。很快地，他又获得了主体内外的自由境界，现代意识又被召唤回来，第一个说明这种变化的作品就是《天狗》。1985 年作品的命意成为 1981 年作家小说命意的接续和复现，对人生意义、人生价值的追寻，又成为作家高歌低吟的主旋律。

然而，贾平凹 1985 年创作的这种追求并不是 1981 年创作的重复。这是一次否定之否定，一次螺旋式的前进，说明作家经过一次精神摇震，在反思和意识调整后克服了一些盲目性和浮躁气，变得更加老成、持平和达观，但也没有失去以往勇敢追求的锐气。1985 年的几部重要作品如《天狗》《黑氏》《冰炭》《人极》《远山野情》等，仍可以窥见 1981 年作者那些小中篇中显现人生艰危的色调，但是灰暗代之以浓烈鲜明的对比色，人物在命运和社会黑暗面前那种无可如何的感伤没有了，放弃是非观念的混沌态度没有了，心灵中有追求的火光照着。善恶美丑在特定人物身上虽然呈现着复杂的组合，但在创作的主体意识中显然对美丑善恶没有等量齐观和不置褒贬。美善被热情地讴歌着，丑恶则受到挞伐。人生充满了苦难，但人生同时是美好的，人类社会中对受苦难者的同情、悲悯、救助，苦命人之间的相濡以沫、同舟共济，对人本质力量价值的重视和追求，这一切都有着强大的伦理价值和审美素质。所以，在冰冷世界中怀着一颗烈火般美善心灵的白香，生活在污秽的泥淖中而灵魂向着高洁的人性境界升腾的香香，拥有一颗菩提之心的天狗的师娘，都被作为圣洁的菩萨、照耀万物的太阳来讴歌，还有《人极》中那达到善人极致的光子。这些人物普济众生的过程，就构成了贾平凹小说的情节内容，作家的审美理想也找到和谐的寄托，这说明现代意识在贾平凹的创作中经过和现实的碰撞，经过与中国传统伦理观中积极合理因素的融合，变得更成熟、更中国化、更符合现实生活的本质真实了。

现代意识的幽灵徘徊于中国当代文学中，其内因在于中国现实生活的现代化定向，但当时我国的现代化还刚刚起步，不可能产生强大的成熟的现代意识，作为上层建筑的现代意识只能产生于相应的社会经济结构中。事实正是如此，成体系的现代意识发祥于科学技术和物质文明高度发达的西方世界。意识形态不是科技，不是机器，只能经过民族化的“处理”过程和自变过程，才能在新的国度里扎根和发生效应。现代意识在贾平凹创作中从 1981 年到 1985 年的变化，实质上就是一个中国化的重要过程。经过这个中国化的过程，贾平凹创作中的现代意识才可以被中国广大读者所理解、所接受，也才能发生应有的伦理效应和审美效应，才不致像《病人》《晚唱》那样的作品，给中国广大读者极大的隔膜感了。

三、现代意识与文学写人

文学的核心使命是写人，这是在 19 世纪批判现实主义文学中就确认了的观念。文学在现代意识的照耀下，并没有削弱对人的剖析和表现；相反，这种要求更进了一步，更进入到人本体。在当代文学中，人的情绪更为深刻和激越，人的思考更为自觉和博大。人当然是受制于社会的，人是一切社会关系的总和。但当代文学不是像批判现实主义文学那样总是从社会环境的驱动力去寻找人的典型性，当代新文学中的人具有更强的主体意识。十分关注人的主体意识和人在时代氛围中的情绪躁动，把这一切竭力表现得可扪可触，是当代新文学的重要追求。所以在新文学中，人的那种异于以前的对社会人生的最新感觉、思考和人生追求，已经成为一个相当丰富深刻的精神世界，难怪当代新文学对人还未达到这种自觉时受社会环境的驱动所呈现的那种典型性，不再像以前文学那样看重。贾平凹1981年以来的作品中，这种趋向是明显的，如1981年小说中主人公最后无一例外的那种齐物无为、与世无争的生活态度就是一种很强的主观意识。虽然这是把作者当时对生活的消极态度移加在人物身上——我们已指出过这种思想情调的不当和这种写法的失败——但这体现着贾平凹创作中的现代意识，却是毫无疑问的客观事实。

在贾平凹1985年的作品中，人物自觉的主体意识并不突出，但这并没有减弱对人本体的剖析和表现。也许为了强调人的本性，作家有意弱化了人的意识活动，无论在《黑氏》还是《冰炭》中，人的本能欲望的暗流、人性的无意识伸张，被表现得何等深沉有力。而在《天狗》《人极》和《远山野情》中，却非常强调人的伦理价值，人物正是在对人的伦理价值的追求中，放射出动人光彩的。这些作品在展示主人公身上的美善素质时，我们看不到他们有什么明确信念的支撑和自觉观念的指导，美善的素质沉积在集体隐意识中化入他们的灵魂和血肉，他们依凭这种人性本能成就了自己高尚的人格。他们没有一丝一毫救世主的气味，都是平实自然甚至带有某些瑕疵的普通人。这两类作品虽然并没有减弱描写中的生活具体感，虽然不乏生动的细节描绘，但对人性、人本质这些更大更高层的表现，却是十分自觉的。这种概括力和艺术抽象力，显示了当代新文学的文学价值和思想活力。

我们在第八章中曾经指出，贾平凹1985年小说创作中的一个显著特点是通过性意识的焦点透视社会人生。性意识作为人的本性的表现之一，往往在人类产生新的自觉的历史时代便有所高扬。欧洲文艺复兴时代和我国明代思想家拈出“情”以对抗性命之学的“理”时的文学，都证明了这一点。贾平凹1985年小说创作的这一特点，正是现代人转向对于人自身认识的这一现代意识在文学中的表现。

以性意识为焦点写人，这虽是一个冷僻的文学角度，然而却是可行的，因为在人类社会和人自身的世代发展中，性意识中积淀了越来越浓厚的社会性。所以，性意识是一个多棱镜，能够极真实地折射出复杂的光谱，使我们窥察到化入人本体的社会因子，同时展示人灵魂的最深层。

四、“寻根”是现代意识的表现之一

站在流动着的时间的高处，放开眼界俯瞰人类社会及本国的历史发展，更自觉地把握人类社会的历史联系，把以往、现实和未来作为一个流动的系统去感受，去认识，这是现代意识照耀下产生“寻根”文学的创作主体方面的根源。

贾平凹被认为是“寻根”文学作家群中的一员。这个作家群的成员分散在京、湘、秦、晋各地，他们不约而同走上这一文学大径，这并不是偶然的，而是受现代意识武装的结果。“寻根”文学作家都不是嗜古成癖的学究，而是一些头脑灵动的青年。“寻根”不是眼光的封闭，而是视野的开放。这里有一个对“开放”的正确理解的问题。眼睛只向外，并不是开放的最高境界；把开放只理解为向外的定向，这是肤浅狭隘的认识。开放是辐射式的，它对收纳面不做任何的限制——既是空间的，也是时间的；既是向洋的，也是向中的；既是向今的，又是向古的。这样才能吸取人类物质和精神的一切成果，才能把思路放到整个人类社会发展的完整背景上去，也才能把握到人类文明发展的逻辑、秩序和规律。“寻根”文学的出现，“寻根”文学作家群的形成，说明一些敏锐的中国青年作家领悟到这样一个规律：在当代中国，现代意识只有和中国文化传统相结合，找到它得以存在和发扬的民族之躯，才能化为本民族意识的血肉，才能获得精神价值，否则只能是无所附丽的游魂而不能掌握群众。“寻根”文学作家既不是对本国文化抱民族虚无主义、眼光一味向外的“西崽”，也不是固守陈旧国粹的“遗少”。他们是知己知彼、精神开放的文学骄子。他们的意识能出能入，出而复入，高速地完成了一般人对内对外的审视、思考、判断这一观念更新的过程。

由于“左”的思潮的作用，多年来的中国文学成为这样的状况：就其所表现的生活内容和生活形态看，被做了极大的提纯；而作为一种审美性文化遗产，我国文学的传统艺术风貌和美学精神（不是指章回体、重故事等，而主要指写意和表现性），越来越被遗忘和摒弃。“寻根”文学也旨在革除我国当代文学所患的这两种痼疾，从而加强文学表现生活时的历史感和民族作风，这表现着自觉的现代意识和民族文化意识。

用“寻根”来命名这种文学，并不确切，因为这是一个学术式的用语。在文学创作中，这个“根”不应当着意去“寻”，“根”之于社会，像染色体之于人一样，会“遗传”在一个民族的社会生活、文化心理、风俗民情和集体隐意识之中，作家只要抛弃以前那种提纯生活的做法，不加穿凿地表现生活，“根”自然就在其中了。如果在创作中对“根”着意去“寻”，那就会成为另一种提取、另一种偏颇，造成文学另一种不真实，所以文学的“寻根”本质上是一个真实性问题。虽然如此，虽然民族之“根”、文化之“根”不应当着意去“寻”，但有这种“寻根”意识和无这种意识却完全不同，无这种意识，就难于从30多年的文学痼疾中自拔出来，达到对现代意识和民族文化意识的自觉。

“寻根”文学是一个模糊的范畴，在“寻根”文学作家中，不同的人对此有着不同的感受和追求，理论界对“寻根”也会有各种不同的阐说，上述所谈，不过是笔者所理解和认为应当努力实现的“寻根”文学的内涵。贾平凹作为“寻根”文学作家的一员，其追求也大体如此。这里让我们看一看他在这方面的文学实践。

贾平凹在追求作品的历史感方面，突出地发挥了比照的艺术效能，从两种或两种以上事物的对比关系中发掘生活的内在含蕴。

首先，选取商州这块封闭土地作为自己的表现对象，把它放在改革和开放的背景之下加以表现，其中就暗含着这种比照。封闭的土地保留了浓厚的历史陈迹，然而由于中国改革风潮的强劲，这块封闭的土地也受到了冲击，从人们的心理到人际关系都发生了深刻的历史变化，撼动了家庭的平静、父子的和睦，昔日的头面人物有时却失去了威势，不起眼的角色却可能成为被人刮目相看的风云人物。人们的衣食住行都迅速改变着素质和结构，“活性元素”的人与“惰性元素”的人的追求和打扮并存，给乡镇的景观染上了滑稽的情调。在这方面贾平凹发挥了自己染写风俗的纯熟技巧。小月与才才订婚是包一场电影，而木犊出门时还要在地上画符，在大门后念神秘的咒语。小月和门门放天灯既映现了山乡古老的娱乐内容，也寄托着80年代青年的浪漫遐想。正月天的一场社火搅动着改革者和反改革者多少人的心绪，丹江岸边妇人们乞月的歌吟唤起了人们世代的忧愁和梦幻。院子里出现了肉球的“太岁”，检验着人们的气度和意志；阴阳师打井前故弄玄虚的禹步和念“敕水咒”的声调，给农村实行生产责任制进行着多声部的历史伴奏。中国农村新时期的生活中，沉积着多么深厚的历史遗传，震动大地的改革步伐中，绊锁着如此沉重的民族镣铐！对象越是古朴，用现代意识去观照，就越能从历史反差中给人深厚的历史感和郁勃的时代感。

其次，新旧两代农民理想的激烈冲突，也显示着深刻的历史运动，这也是一种对比关系。《木碗世家》中黄家父子的生活观是那样对立，难于统一。儿子是一个懂得信息学的新型农民，父亲却由几千年小国寡民的生产方式和生活方式铸就了性格，自然经济的经营习惯，以温饱为满足的生活志趣，几千年的生活教诲，都已经化入他的躯体和血液中。让我们听听他的一席高论：“儿呀，我算是服了你了，这世事是你们年轻人干的。可凡事都有高有低，只能急流勇退。钱是挣不完的，万不能太出人头地，树大就要招风！现在家里有了钱，日子不会受穷了，你就要从此打住，不可一步走过了，招来祸事。”中庸哲学已经被他深深领悟而化为活的生活指南了。儿子喂猪、养奶羊、养荷兰鸡，直到买辆公共汽车搞个体客运，每走一步都遭到父亲反对，但胜利的总是儿子。然而直到最后，父亲还是抱住他旋制木碗的营生不放。一个人长期信奉的生活哲学，是历史打在他心灵上的烙印，并不一定在失败面前便轻易放弃，父亲总以为旋制木碗“这手艺是铁打的，吃不撑死，也饿不扁肚，细水才长流，本分才和平”。在老船工王和尚和女儿小月、乡村文化人韩玄子和儿子二贝之间，都发生着类似的矛盾，这些矛盾中都渗透着历史变化的丰富内涵。

第三，作家有时还把历史的发展过程加以浓缩，利用对比关系显现其中的内在联系，以表现人在历史面前的盲目性。《话说周武寨》从清嘉庆年间直写到20世纪70年代末，前后共是150多年，社会制度和国家政体经过帝制、共和到社会主义，而全文只有万把字的篇幅。周家和武家，以无赖讹诈起家的，新中国成立后定为地主，旧社会搞得家破的是贫农。于是地主被专政，贫农大发展。至“文化大革命”，两族分为两派，斗争达到顶峰，在你死我活的武斗中两败俱伤。周家只留下一双寡母孤儿，武家剩下武二和侄女，他们从饱闻了血腥的身世中汲取了教训，两仇家旧恨一笔勾销，合为一家，又卖酒为生，繁衍后代了。这里作家拉开距离审视历史，颇有点冷静观世的味道，对于“文化大革命”的批判是独特而有力的，对“左”倾的批判也显出清醒的理智，但是把旧时代社会阶级斗争的必然性和积极意义给予抹杀，却非历史唯物主义的态度。尽管如此，作品从对历史的浓缩中取得了深厚的历史感，这却是很值得重视的文学收获。

贾平凹创作中的现代意识，又是通过现代审美意识得到表现的。这种现代审美意识给当代读者提供了新的审美价值，使他们的文学接受活动能够成为较大地感受和实现主体精神的能动过程。笔者以为小说中现代审美意识的崛起，一方面是创作主体意识的强化，另一方面也是更加尊崇客体世界的表现，是文艺史发展到现代阶段人们在更高层次和全新意义上对文学真实性的追求。小说中的现代审美意识包容也是很广的，具体说来主要是：作家视野的开阔和视角的多方位；追求纪实性，不搞净化，显现出描写对象的自然形态；作品命意的多元化和不确定性；作家艺术思维呈多向性；作品结构取发散型，力避闭合；情节淡化，注重写人物的心理、意识和情绪；作家对人物的褒贬尽量退后，人物在作品中不承担宣示作家思想的使命；等等。

现代审美意识在贾平凹1981年的小说创作中表现得最为强烈，在《二月杏》《好了歌》中达到了高峰。由于对现代审美意识的追求过于峻急，比较难于为中国广大读者所接受，所以贾平凹在此后反省和调整自己的精神和创作思想时，不得不使现代审美意识有所敛藏，并在创作中对其进行民族化的改制。在贾平凹 1985 年、1986 年的中篇中，现代审美意识并没有退却，而是以更自然、更中国化的形式渗透在作品中，道德伦理的判断有所加强。而在对生活的全方位观照方面和纪实性的追求方面，《商州世事》《冰炭》《人极》等作品表现出新的发展。

第十六章　论贾平凹的散文

与写小说相比，写散文似乎更能见出贾平凹的才情和艺术素质。他的散文确实写出了特色，写出了个性，在全国能自成一家。但是他给散文没有投入更多的精力。

贾平凹散文，集中写于1981年到1983年，这前后，只写过些零星篇什。这些散文分散发表于全国各地刊物，其后由百花文艺出版社、上海文艺出版社分别结集为《月迹》《爱的踪迹》两书。在这两本书出版之前，笔者对贾平凹散文读得不多，原因是刊登这些作品的诸多刊物很难齐全得到，所以读到的仅是“邂逅”的几篇。只有到两本散文集出版后，方才集中地读到了他的大部分散文。然而，这样读法原是有弊病的，正如吃西安的“宫廷饺子宴”，山珍海味做馅的玲珑妙品，数十百种一种接一种端上来，急风暴雨，应接不暇。前十种倒还品得出各自的妙味，待到后来，眼也花乱，舌也麻木，纵是易牙妙手所为，也难于品出佳味了。贾平凹《三游华山》一文，所揭示的正是审美中的这一微妙道理：“好东西不可一次饱享，慢慢消化才是。”纷至沓来的美文，使审美神经变得钝滞，所以读后所写成的这章文字，其论述亦恐难于中其肯綮。

首先概括出笔者对贾平凹散文的几点直感。

一、贾平凹散文说略

1. 贾平凹散文之所以能自成一家，最主要的是它挣脱了30多年来散文那又大又重的枷锁。散文戴着那样的枷锁，总是要直而露地宣示某一现成思想，或记述某些先进人物，写一写江山的壮美、风景的秀丽。多年来的大部分散文，从思想到艺术形式都是单一的、定型化的。贾平凹散文的突破，首先是对这种单一而普通的（即人们通过别的教育途径业已接受过了的）思想内容的突破。他的散文有着广阔的内容天地，举凡对社会人生的独特体察、个人内心的微妙情绪、鼓荡于胸中的爱和恨、偶然感悟到的某些哲理等等，都是他散文所写的内容。这样的突破，就不仅仅是写法上的花样翻新，而是散文精神上的根本变革，给当代读者以全新的精神和面目。

和作品内容相联系，贾平凹散文艺术上的新因素自然也非常突出，这使得他的散文具备极强的审美素质，比起之前多年的散文来，有着更浓重的美文品格。这两个方面的突破，使贾平凹散文在文坛上获得了地位和新价值。

2. 情思的坦诚、率真，不拿架子，不故作高论，不鼓努用力，使贾平凹散文赢得了读者。对说教的反感，对真实心灵活动的乐于窥察，是新时代读者接受文艺作品的特征之一。贾平凹在散文创作中具有一颗赤子之心，在这里，作家是没有隐秘的。作为一个艺术家的心灵世界，无论是高雅的抑或俚俗的、博大的抑或纤细的、崇高的抑或卑微的，都敢于通过艺术途径坦露于读者之前。这种笃诚与天真，一下子就消除了作家和读者的距离。

这一点想来容易，其实难为。生活在复杂的社会里，不少人自觉不自觉地学会给自己的言行遮些假面，提笔在白纸上写黑字时，总是要把自我搞得纯净、超迈、无疵无瑕。有了这样的积习，即使极力想率真、坦诚，待发之为文，仍免不了站在高处，把自己和读者划开，呈现一副纯净面目。对这种纯净面目，读者自然是敬而远之。这种纯净面目既是假的，在有眼光的读者看来，其实是面目可憎。

在我国，20 世纪中后期，由于各种复杂原因，拿架子，遮假面，不露真心，已经成为散文的痼疾。30 年代的大部分散文尚不如此，试取六七十年代散文与 30 年代散文做比较，就会看出这种分野，就会发现我国散文的这种痼疾是如何的入于膏肓。现在贾平凹散文着意矫变此弊，实在是看准了我国当代散文停滞的要害，这也是贾平凹散文能够成功的一大关键。

3. 贾平凹散文的思想命意，常常呈现着模糊性和朦胧性。这是作家探索传达审美感受的有效路径的一种新实践，也是从以往散文命意的单一直露渐为读者所厌中吸取了教训。美唯明丽，必失之浅。《西京杂记》写卓文君云："文君姣好，眉色如望远山。"曹子建写洛神曰："翩若惊鸿，婉若游龙，荣曜秋菊，华茂春松。仿佛兮若轻云之蔽月，飘飖兮若流风之回雪。"中国诗、画描摹江山，每以烟云笼之，赋予无限凄迷，则深邃朦胧，摄人魂魄。这是说对具体对象的描写。同样，整篇作品的主题意向，也是忌讳单一直露的。因为主题意向单一直露，一览无余，便失去了隐秘、婉曲、含藏对读者造成的魅力和诱惑性，也是无视读者欣赏中的思维能动性和审美创造的表现。在当代，在全民文化层次普遍提高、人的精神得到自由勃发的新时期，在文艺的观赏者摒排说教和思想灌输而十分注意于感受个人审美创造的时代，贾平凹散文命意的模糊性特征，恰好感应着这样的时代风尚，恰好与呈现多元化和辐射状的世界审美潮流相合拍。

4. 除了游记作品而外，贾平凹大部分散文的结穴，都归总到哲理的阐发。这种哲理阐发，并非现成哲学结论的形象性注脚，并非美文写成的讲义，而是出自作家的特异感受和体察生活所获得的独到见解。这种感受和见解不是古往今来哲人言论的重复，它的价值重心常常不在某一结论的终点，而在引发这一结论的艺术过程。这个艺术过程是属于作家个人的，那些极富韵致的、为阐发理趣而蓄势的闲笔，其审美价值是远远高于那些给人所共知的见解做图解的散文的。因为它是创造的、鲜活的，是有血肉和个性的。审美价值主要在于引发哲理的艺术过程的散文，在我国古代为数并不少，如欧阳修《秋声赋》、苏东坡《赤壁赋》、王安石《游褒禅山记》等都是如此。贾平凹正是从这些散文中汲取了美学营养，发展为表现现代意识的新时代的散文的。

5. 艺术感触的细微灵敏，强化了贾平凹散文的艺术感染力。不少人认为散文创作比写小说更能显示贾平凹的艺术优长。这主要是就散文能直接抒写作家主体情绪和艺术感觉这一点着眼的。结合贾平凹艺术感触的细微灵敏来看，这种说法是有一定道理的。苏东坡说过一段很精到的话，完全是来自艺术实践的经验之谈。他说："求物之妙，如系风捕影，能使是物了然于心者，盖千万人而不一遇也，而况能使了然于口与手者乎！"贾平凹艺术感触细微灵敏，并能够以文学自如地表达出来，这使得他的散文在表现人的感情意绪的疆界里，可以深入到每个细小的空间，洞幽察微，表现许多前人没有表现过的内容。

读贾平凹那些出之以摹写的实笔的散文，直如麻姑搔痒，痛快淋漓。如他的一些游记作品《陈炉》《夜游龙潭记》《宜君记》《走三边》《白浪街》等，若所写的是你去过的地方，你定会在其中读到你曾经强烈感觉到了但说不出来的一些风情韵味。即使未到过那里的读者，也能从作品中强烈地感受到这些风情韵味，因为作家把这些难于捉摸的东西表现得那样充分、饱满、透彻。又如《秦腔》一篇，对古老剧种秦腔及其流行区居民与这一剧种相统一的那种气质、性格、风尚，对这一剧种的酷爱等等的描述和表现，简直达于极致而无以复加。而有另外一类作品，却以空灵纤婉为特征，像《静》《月鉴》等，所扑捉的那种知识分子特有的情味，花飞似梦，雨细如愁，淡雅而微妙，大有宋词的情韵，其至深处，所悟每近禅味。这种细微的写意性笔触，我们在多年的散文中是看不到的。

6. 形式的多变，色彩的丰富，也是贾平凹散文的特点之一。有的是长于铺采摛文；有的却如写意山水画，空灵虚远，善做布白。有的娓娓讲叙，如对相知；有的却潜沉在内心诗情的玩索中，显示出强烈的自我精神。有的用繁复的线条在勾勒一个画面；有的却从一个视像生发出大篇的遐想。贾平凹小说有散文化的倾向，而不少散文又有着小说素质。小说和散文都笔调灵活，思维率然，构思通脱。贾平凹散文的叙述主人公有着自我的成分，但常常又不全是作者。在散化的描写中，偶尔出现了人物活动的细节，这细节于不经意间信手牵出，灵动简洁。贾平凹散文很少有冗长单调的叙述和描写，又大部分篇幅短小，韵味隽永，绝不把话说尽。

贾平凹有着多种艺术表现才能，他的艺术追求又总是变动不居，这是他的散文富于艺术多样性的基本根源。另外，他对于古今中外文化又有着极强的消化吸收力。他既继承了中国古典文艺浓厚的美学精神，又有着较强的现代意识，这一切都给了他的散文以滂沛的活力。

7. 贾平凹的散文也有可以挑剔的地方。虽然说他的散文表现出艺术多样性，但总的看来，气象不够博大，纤细婉约之作居多，如果用散文大家来要求，这自然是不够的。另外，在众多散文中，有些作品之间，或命意，或章法，或词句，有时出现着重复。还有个别篇什情调过于纤巧，不够浑成，甚或给人为文造情之感。这些缺点，殆由产品过丰所致，其实是不难克服的。

二、散文命意中对美的探求

集中读贾平凹散文，倒是发现了他散文中一个执着歌吟的声音，这就是对美的探求。贾平凹不是美学家，他也无意对美做理论的研究。作为一个富于才情和探索精神而永不满足、永有痛苦的艺术家，这种对美的探求是一种本能的精神活动即生命感受活动，是生命活力的表现，也是以求美眼光对生活进行反思的结果。对此进行研究，有助于对作家更深入地认识，所以我们专门把这一点提出来，在本章加以探讨。

贾平凹散文中所探求的美，紧紧关联着人生，主要的不是艺术美和自然美，而是社会美。或者说即使对艺术美与自然美的探索，最终也必然导向社会美，使对艺术美、自然美的探索发生向社会美的通转。要从贾平凹散文中给他这种美学探求做一个简要的概括的话，这就是：美是平凡的。

美是平凡的，或者说平凡的事物中存在着美，这是作家用青春的人生体验出来的一个美学命题。它不是概念的而是具体的。作家是用活生生的人生，用散文的丰盈的血和肉，用胜过哲学思辨的艺术形象，经常在呼喊着这个结论。

贾平凹的散文有着各种不同的类型，下面分别就各个类型的作品，看一看他是怎样进行这种美学探求的吧。

《丑石》《一棵小桃树》《溪》《文竹》等，都是托物言志的作品。作家在这些作品中，都是通过写一个事物来寄托他的美学情思，不但揭示了美存在于平凡事物之中这样一个道理，并且痛心地抒写了对于平凡事物的怜惜之情：这种平凡之美，总是不被常人所发现、所理解，而是每每备受摧残。

一棵瘦弱的小桃树，长在院子的角落里，大家都笑话它，说它没出息。确实，它的花“开得太白了，太淡了，那瓣片儿单薄得似纸做的，没有肉的感觉，没有粉的感觉，像是患了重病的少女，苍白白的脸儿，又偏苦涩涩地笑着”，甚至连恋花的蜂蝶也不屑于飞近它。但是“我”却怜惜着它，牵挂着它，把它看作美好的梦，对它有着绵绵的长情。在这里，作者是不是在礼赞林黛玉式的病态美呢？不是。他是在为小人物立传，在为他们做不平之鸣。因而作家在写小人物的平凡美的时候，总是同时写了他们的奋斗和抗争。他们的这种奋斗和抗争，自然是带着平凡事物的特征的——缄默、不显眼，然而又执着、坚韧，就像小桃树一样，在风雨中“千百次地俯下身去，又千百次地挣扎起来”，终于会在顶端留下来一个航道上指示灯似的花苞。

美是平凡的，这种平凡中又寓着不平凡。它具有不凡的属性，却有着平凡的美德。《丑石》所描写的那块石头，默默地卧在门前，人人嫌弃它、咒骂它，但实际上它是一块宝贵的陨石。正像那位天文工作者说的：“丑到极处，便是美到极处。正因为它不是一般的顽石，当然不能去做墙，做台阶，不能去雕刻，捶布。它不是做这些小玩意儿的，所以常常就遭到一般世俗的讥讽。”这就是古人说的大智若愚。追异猎奇是世俗的通病，持世俗之见者往往好以貌量物，懒于追寻事物的真正价值，弃周鼎而宝康瓠。在我们的现实生活中，一个有理想有情操的人，把全部身心投入事业的人，必然没有兴趣做花哨雕饰之举，故多为世俗所嗤笑；而那些抚拍钻营者，却为不少人所艳羡，这不是美丑的大颠倒吗！《丑石》实际上是贾平凹的自况。在这类作品中，所写之物、叙述主人公、作者，大都是三而一、一而三的。

《溪》以形象状写平凡之美是非常充分的。“它碗口般的粗细，自不说少那横冲直撞的模样，连哗哗的声音也没有响过；温温柔柔的，羞涩得使人可怜”。天上有太阳，地上有黄风，但它并不会干涸，也没有从沙石中漏掉，没有被泥土吞食，几十年都缓缓地、悄悄地流淌不歇，从不疲乏，从不厌烦。就是这样的小溪，有时却闪现着迷人的美：

> 夕阳正涂抹着它，是一条金色的线条，天愈暗下来，它愈亮得分明；太阳终于在地平线上一闪，田野里黑黝黝的，只有它的银白，银白，似乎要使一切都照亮起来。一群野鸭子在那里出现了，先是无数的黑点，盯着它，好像要永远不动似的；眼才一眨，那黑点儿倏忽大起来了，听见了啪啪的嬉水声，偶尔几声嘎嘎。

这是何等神奇美妙啊！就是这样的小溪，却长年不声不响地给树枝、草叶、花尖输送着液汁，这又是多么崇高的牺牲精神。

《文竹》集中抒写高洁之美易受摧残的思想。高洁之美与平凡之美是相通的，它们共同的品格是不附就，不喧闹，不出风头，不追名逐利。峣峣者易折，皎皎者易污，对高洁之美，人们也许能看到它，却又不理解它，不倾心向往它，不少人反而有摧折它的癖好，从而使高标见嫉，蛾眉遭妒。作家的这些感受同样来自生活，所以这类作品既是美的探求，也是生活的探求。

《月鉴》《月迹》是借景抒情、借景喻理的作品。这两篇作品都是写月夜的景色，然而各自的意境又是迥异的。《月鉴》的意境是用烦闷失意的情绪浸染出来的，苍郁而凄迷；《月迹》却透着一片童稚的纯真，意境透明而朗润，见出作家写情造境的艺术功力。

《月迹》足以使每一个读者回到天真无邪的儿时去。在这明净平和的童话境界中，人们的心境也是静谧、安详而美好的，这时候，团圞的明月便适足以体现美的极致。三五赤子在老奶奶的诱导下，在院子里，小河边，满世界去寻找月亮，于是他们发现，“葡萄叶儿上，瓷花盆儿上，爷爷的锨刃儿上……哪一处的水里……弟弟妹妹的眼睛里”，都有月亮。这样，我们从作品中引出这样的结论，并把这个结论看成贾平凹美学探求的成果，也许不是牵强的，这个结论是：美是到处存在着的，美是属于每个人的，只要你去追求它。

正因为美是平凡的，所以它才是普遍的。美不是矜持桀骜的，而是平易近人的。美不是为少数超人所专有的，每一个——包括小人物在内的——人，只要他不是暴戾到践踏美、排斥美，美都是可以属于他的。这个观点，差不多渗透在贾平凹每一篇进行美学探求的散文作品中。

《空谷箫人》《风筝》是偏重于写人的。不少人写过红尘闹市，贾平凹却爱写冷落的僻地。在人迹罕至的山野，在山村水磨坊的冷清清的小屋里，却存在着最纯真、最善良、最美丽的心灵。

《空谷箫人》中那个箫人，他在都市里染上了无以名状的烦闷，便跑到山里来释愁解闷。他好像也皮毛地知道山野自然之美，但白云、青竹、碧山、绿水并不能疗救他躯体脏腑中所感染的病症，只有砍竹女郎那璞玉般的心灵，才像X光一样照出他的痼疾来。

在副标题为“孩提纪事”的《风筝》中，风筝象征着孩子们最美好的希望。他们命名它为“幸福鸟”，当他们失去了它的时候，就感到莫大的不幸，但是大人们都不理解他们。后来他们在水磨坊里遇到那个城里贬来的不幸的女人，孩子们先是见到她认真地、小心翼翼地拯救了一条困厄在冰层中的鱼儿，嗣后这个心地善良的人又作为孩子们的同情者，以她温暖的心，把失去希望的孩子们的冷却的心暖热，把美分享给他们，给了他们新的美好憧憬。这样善良淳美的心灵，总是忘却自己巨大的不幸，却关注着他人他物的哪怕极细小的不幸。她虽然是弱者，但她懂得美，理解美，据有着美，因而，她又是人生的强者。

《空谷箫人》和《风筝》都是从叙事抒情中写人，这和托物言志的作品不同，和《月鉴》《月迹》那样写景喻理的写法也不同。因为叙事有致，写人见性格，这两篇作品便有着小说的特征。

贾平凹散文中，还有着写实的游记，《陈炉》《夜游龙潭记》就是这样的作品。作者既然认为美是平凡的、普遍的，他常常能在一般人并不看重的天地里发现极动人的美，所以他的记游对象，没有选择人们都倾心的名胜，而是选择了一些并不起眼的地方——铜川的陈炉、宜君，丹凤的龙潭，陕北的三边、清涧等。这样的审美见解并不难找到同调，例如清代的沈复在《浮生六记》中就说过："名胜所在，贵乎心得，有名胜而不觉其佳者，有非名胜而自以为妙者。"讲的正是这样的见解。

贾平凹这类游记作品虽然是写实的，但陈炉、龙潭等在作家的笔下再现的时候，却经过了作家审美情趣的烛照，而不是纯客观的实录。试录两段《陈炉》中的文字来印证：

> 墙壁是瓷的，台阶是瓷的，水沟是瓷的，连地面也是瓷片儿竖着一页一页铺成的。站在这里，一声呐喊，响声里便有了瓷的律音，空清而韵长。

在常人也许感到单调烦腻的这样的环境里，贾平凹却按照自己的美学观点，发挥他的艺术感受而挖掘出美来。这样的美，完全出自作家心之所得。

（这地方水这么缺贵）如今，水的问题解决了，政府从外地抽了水来，但这里依样没有浪费水的习惯：……洗脸水总是刚刚盖住盆底，依墙侧着，一家人，老的洗了，少的洗，脸洗湿了，水也便完了。

这种洗脸法，定会使自幼住在大城市里的人感到难堪，对他们当然算不上美了。而作家精练的几笔所抓住的这个生活细节，出现在艺术中，便是一种美了。习惯性有时表现为一种历史的惰性力，有时也透发着生活之美。它的美，不但映衬着昔日生活的艰难，同时也表现着劳动人民的淳厚的美德。

在不少散文中，贾平凹都透露出一种郁抑忧伤之情，这代表着当今青年彷徨、思考、追求中所显示的一种时代病症。贾平凹这种郁抑忧伤的根源，有对年华易逝的惋叹，有对事业上个人成绩的不满足，有不被人理解的孤独感。这些多愁善感的情绪，我们当然不应当一概予以肯定。然而应该说这些情绪是真实的和有代表性的，而且贾平凹归根到底没有在这些情绪的袭击中沉沦。他对生活和生活美执着地爱着、追求着，从自然的生机中得到奋发的启迪，从而走着向上的一路。

三、贾平凹散文的生命意识

正如贾平凹在文章中多次说过的，散文是最容易表现情绪的，中国散文的兴衰史都是真情存亡的历史。的确，有无真情是检验散文高下的一大标准。好的散文都能最直截地坦露作者的灵魂，可以使我们窥见作者的思想、情感和志趣，甚至把捉到他的整个人格。在本书第一章开头我们曾说：“贾平凹有着丰富而活跃的主观世界和内心生活，其创作呈现着强烈的个性追求，作品始终被顽强的主体精神所统驭。”这在他的散文中当然有更突出的体现。贾平凹散文能自成一家，引起文坛注目，其价值主要在哪里？有人说语言好，有人说造境独特，有人说好在气韵不俗。其实这都属表层的东西，并未抓住贾平凹散文价值的根本。笔者以为，贾平凹散文最重要的价值在于，他的散文充满了真情，这种真情主要指作家独特的主体精神。贾平凹独特的主体精神主要表现为一种生命冲创力。以这种冲创力为根本，伸张着作家的精神自由，歌颂宇宙间一切有机物无机物的生命活力，探索宇宙人生的各种奥秘（这是一种属于人的生命本能），从时空意识形成静观的艺术观和特有的审美意象，以生命体验拥抱艺术，这一切构成了贾平凹散文的精神真髓。唐代大文学家韩愈谈意识修养与写文章的关系时用植物和灯烛作比喻说：“根之茂者其实遂，膏之沃者其光晔。”贾平凹散文之语言、造境其所以独特，艺术气韵其所以充盈，正来自他顽强的主体精神和强烈的生命意识。

1. 主体精神的伸张

生命意识在创作主体身上最集中地体现为主体精神自由的伸张，它是个体深层生命活力的升华。贾平凹散文中所表现的这种意识，并不是超人式的高蹈和无视客观的独来独往，而是回归于自然、融化于自然以取得人的精神自由。从贾平凹许多散文中我们可以引出这样一个命题，那就是：天然就是生命，失去天然就失去生命。一粒粒沙石置于河滩之中，它就射出迷人的光彩，一旦捡到人的手中顿时黯然无光。

“鱼在水里，有动有神，来来去去，可谓悠然，若捞上岸来，便会翅不如毛，尾亦无力了。鸟在云际，有容有声，高高低低，可谓自若，若坠入水去，便要有翅不能飞，有爪不能划了。世上什么东西生存，只有到了它生存的自然之中，才见其活力，见其本色，见其生命，见其价值。”（《观沙砾记》）

兰草长在野谷水泽之畔，得天地自然的灵气，姿态无穷，一派天趣，一旦栽为盆景，虽然叶更嫩花更繁了，“样子是似乎美了，但美得太甜，太媚，格调也就俗了”（《访兰》）。这就失去了天然，失落了自我。而人要保持这种精神自由，便不可懒怠委随。

《云雀》一文带有寓言的素质，一只关在笼子里的云雀，整日渴望着笼子外天空的自由，它被好心的孩子们偷放出去，但由于恋着笼子里的米谷和清水，却在一天之后自己飞回笼子里去了。它得到了现成的食物，放弃了最可宝贵的自由。在这里，它已经变成了一只和大自然相脱离而失去灵性的鸟儿了。可以看出，作家这种归真返璞的自由观，是受了《庄子》很大的影响的，连表现这些意识的艺术途径，都颇有《庄子》的作风。

这几篇作品都是托物寄意、借物抒怀的。《鸟窠》《梦》二文则直接发出了作家对自我精神自由的追求呼唤之声。《梦》将梦中那无限丰富、无拘无束的世界和白日里自己那亦步亦趋、猥琐胆怯的影子相比较。影子映现了自己的灵魂，作家非常厌恶这没有自由、失去生命活力的“可怜的怯怯的灵魂”，而愿意永远浸沉在梦境中的。他慨叹说，“像我这样的人，在这浩浩茫茫的世上，写了那么几本小书，一不能顶吃，二不能抵喝，到处受人白眼，受人冷嘲，我还惜乎我的生命吗?”“我该放着胆子去做梦好了，尽兴儿去做，尽情儿去做”。要役使灵魂学那“社会的交际呀，对上级的态度呀，对矛盾的立场呀……那我还能是我吗?”为了“让我是我而活下去”，“于是乎，我盼望着夜，盼望着夜里的梦，我让身儿、心儿，一并交付了梦，让在梦里畅畅快快地恢复我，寻找我的真正，我的生命了”。这似乎有作为弗洛伊德的信徒而追寻“力比多”之嫌了。然而综观贾平凹散文就会知道，所谓永远做梦，不过是一种艺术的假语村言而已，他走的既是庄子的艺术途径，自不免通过“谬悠之说、荒唐之言、无端崖之辞”以抒写其怀抱，呼唤精神自由和生命活力。如果认定说要做梦便真盼做梦，那真是痴人前说不得梦了。

《鸟窠》将天上地下关联对照，不满于人的精神束缚，神往鸟儿的自由，怅恨人鸟之不能交通，写出了童稚一颗寂寞的心。孩子希望人像鸟儿一样能飞往天空，娘却说人是要安分的，“人为什么要安分呢？娘的话，我却听不懂了，想地上有山呀，房呀，湖呀，河呀的阻挡，所以鸟不住在地上吗？天上没有阻挡，空空旷旷的，但人要安分，所以才不能长出羽毛的翅膀吧?！我真想再一次上那白杨树去，住在那窠里，叫那小鸟儿做哥哥、姐姐，叫那老鸟儿做爸爸、娘娘，长一对羽毛的翅膀儿”。真是匪夷所思，却又天真得可爱，神往得动情。

2. 生命活力的颂歌

了解了贾平凹的主体精神和生命意识，再读他的散文，就一下子豁然贯通了。对于世间万有的生命活力的歌颂，像贾平凹散文的一条生命线，贯穿于他的几本散文集中。《一棵小桃树》《文竹》《溪》都是对弱小事物深层生命力的讴歌。《泉》《木耳》《落叶》都伴着悲剧的情思，最后是发现了不竭的生命暗流，高扬了自强不息的生命意识。《木耳》中一片原始森林里的栋梁之材不能为世所用，一场雷电之后遭到毁灭。然而一年之后，奇迹出现了：一群群黑蝴蝶似乎在朽木上扇动着大大的翅翼。作家之情不能自已：“这是怎么回事？这是向我们作着一种生命的显示呢，还是作着一种严肃的提问？古时的梁山伯和祝英台，生不能美满于世，死而化蝶双飞人间，这木耳，难道就是这栲树不死的精气所凝，生不能成材出坳，死也要物质不灭，化蝶飞出这个远僻的可怕的地方吗？这可怜可尊的木耳，腐朽的躯体里竟有了如此神奇的精灵！”这首生命的颂歌，像刑天舞干戚、夸父逐日等神话一样悲壮感人。《黄陵柏》把从陕北桥山贫瘠的黄土中、石崖上寻找着各种生命出路而顽强存在的柏树的各种生命形态提取出来，予以礼赞。这个“柏谱”本质上是一个生命谱，它是生命的颂歌，中华民族柔韧性的颂歌。在这种赞颂中，作家作为中华民族的一员，也自许为一棵柏树，他反躬自问：“面对着我民族的始祖，我会是一棵什么样的柏呢？”如果说《木耳》在精神上类于神话，《十八碌碡桥》就确是撼人灵魂的神话了。十八个桥墩的碌碡，世代背负着行人，沟通着要道而默默无闻，一场大洪水之后，它们奇妙地一齐跑到河的上游去。它们似在以此显示自己的价值，因为失去的事物，人们才能发现其价值，伟人的私生活对人产生魔力，而卑微的人只有干出大事来才能耸人听闻，这是造物安排的一个互补，是美神所搞的一个平衡。十八个碌碡的这场行动，奇特而神秘，显示了强烈的生命情调。《草记》是平实写真的，并无浪漫的色调。沙漠里的“佛手肿”，靠着种子的绒毛飞向四方繁衍子孙，在干涸的大漠上生生不息，“虽然没有一只蜂儿来传递花的爱情，没有一只鸟儿来遗播籽的繁衍，生活给了它瘠贫，也同时却给了它奋斗，一结籽就生出绒的翅膀，自己去谋生路了。也正是环境太不好了，它并不去以色以香诱惑蜂儿鸟儿，它靠的是自己生的欲望，靠的是飞的力量，自然这样可能落地而生，也可能落地而亡，要不，怎么会有这么多的白绒团儿各自在寻找自己的归宿呢？”生命之歌在贾平凹散文中进行着如此丰富的变奏。《小巷》写盲人的生命创造力。《太阳路》进行着生命历程的记录。《桌面》是对生命路线图的解析，“万事万物在天地宇宙间或许是有着各自的生命路线”，作家因此引起对自己生命路线的审视。

3. 探秘的生命本能

贾平凹散文经常把天地自然间的神秘呈现出来，并执着地探索这一奥秘，这是一种生命本能。他“读山”，山脉所流动的内在力，终寻不出个规律，远看千汇万状的山石，迁想妙得，随主观而赋形，令人不可思议；山上的路，看得见两头，又终觉难于走尽，令人不解；山上晨雾暮霭，浓浓地滚动，片刻间又匀匀地轻笼着林木，一眨眼又会尽散，无踪无影；山间的光明和黑暗一样，使人看不清任何东西，使人久久迷惘，大惑不解。贾平凹对山这本大书读得滋味无穷，“只觉得它是个谜，几分说得出，几分意会了则不可说，几分压根儿就说不出。天地自然之中，一定是有无穷的神秘，山的存在，就是给人类的一个窥视吗?”（《读山》）。他要穷究风是什么，于是植一丛竹以扑捉风的形象。微风使竹丛像一个少女，弥漫着一种爱、一种欲，暴风又使竹丛像一只秃头折翅的雏鸟、披头散发的失夫女人。“风这么没有规律，它是依什么意志而变化的呢?”真是不测的神秘！最后的答案是：“风是通过竹的眼睛看万事万物对自己到来的反应变化而完满天地和宇宙自然的意志的，而竹又在这种完满中变为天地和宇宙自然的一个分子。实在是一种奇迹，我观察着竹丛观察得久了，这风竹上的意志的完满又通过我的眼睛，传递于我的心灵，使我竟也得到了生命的觉悟和完满呢。”（《风竹》）这是作家表达他的特殊感受所发的艺术语言，而不是科学语言。它也许可以说是唯心的，但却非常充分地表现了作家具有泛灵色彩的生命意识。《大洼地一夜》以狩猎者雪夜里在林中的迷路、恐惧、各种盲目的行动，写了人在大自然面前的渺小和大自然的神秘莫测。但文章的结穴仍把人归于自然之上，神秘的首先应当是人，“知道了大自然于人不可知，正是我们从此可知大自然了”。作家在《地平线》中写到他儿时一次天真执着的追求：对着渭北大平原灰白色的地平线，拼命地想要穷尽它。一位老丈告诉他，那是永远走不到的地平线，地平线是个谜。然而在失败之后他并没有对自己的行动感到后悔：“正因为是个谜，我才要去解，跑了这么一程。它为了永远吸引着我和与我有一样兴趣的人去解，才永远是个谜吗？”作家以不息的生命追求和探秘精神的议论殿后，使这篇童话式的短文给人以深沉向上的启迪力：“从那以后，我一天天大起来，踏上社会，生命之舟驶进了生活的大海。但我却记住了这个地平线，没有在生活中沉沦下去，虽然时有艰辛、苦楚、寂寞。命运和理想是天和地的平行，但又总有交叉的时候。那个高度融合统一的很亮的灰白色的线，总是在前边吸引着你。永远去追求地平线，去解这个谜，人生就充满了新鲜、乐趣和奋斗的无穷无尽的精力。”说得很好，这可作为作家在艺术中追求的神秘感并不是把人们引向非人间的彼岸世界的消极作为的证据，而恰恰说明它是作家顽强的生命意识的一种表现。

4. 从时空意识到艺术观

探索天地奥秘的不息的意识活动，对宇宙时空无限性的认识和感受，促使作家对世界具有高远的、完整的直观，从而导引出作家的艺术观。贾平凹认为的最高的创作境界应当是冷静观世的，即对世界的观照应拉开距离，取俯瞰之势，以避免身在庐山之虞。他说：“我明白了我的孱弱所在是胸腔太窄，没有呼吸到广大世界的空气，眼睛也太小了，全然是在月光之中。古往今来的大家们，他们的心胸是博大的，他们的博大的胸怀在充满着博大的爱欲，注视着日月、江河、天堂、地狱，以及这种爱欲浸润下的一草一木、飞禽走兽、鬼怪人物，这种博大使他们天地人合而为一，生死荣辱，离愁别恨，喜怒哀乐，莫不知之分明，萦绕于心，使他们面对着这个世界建立了他们特有的意识和特有的形式。”（《世界需要我睁大眼睛》）这种冷静观世的全方位艺术观，正好与中国的艺术美学发生共振，即艺术地表现世界时，不胶着于一个固定的死角度，而是放开视野并扫视地直观把握对象，用主观感受去统摄对象。北宋学者沈括给这种艺术观有一个命名，叫“以大观小”，即把大对象看成可以玩于掌股之上的小玩意儿。他在《梦溪笔谈》中说：“大都山水之法，盖以大观小，如观假山耳。若同真山之法，以下望上，只合见一重山，岂可重重悉见，兼不应见其溪谷间事。又如屋舍，亦不应见其中庭及后巷中事。若人在东立，则山西便合是远境。人在西立，则山东却合是远境，似此如何成画！”这把西洋焦点透视批得一钱不值。当然这还是说的有限的山水屋宇，对于更大的世界、流动的历史，中国文学艺术同样是“以大观小”的。中唐诗人李贺的想象力太丰富了，他曾设想自己登上月亮并驾驭着时间看地下的地理和人事，数千年的历史变化就像跑马灯一样，而九州不过像九点烟尘，大海也不过像一杯水一样，这真达到了“以大观小”的极致。

贾平凹散文每每有这种“以大观小”的眼光和文笔。他的《读山》便是远距的、流变的观照，然仍不满足，说：“我总恨没有一架飞机，能使我从高空看下去山是什么样，曾站在房檐看院中的一个土堆，上面甲虫在爬，很觉有趣，但想从天上看下面的山，一定更有好多妙事了。”他《登鸡冠山》，“从山上看下去，县城被层层的山箍着，如一个盆儿，这是往日住在县城里不能想象的，而且城中的楼很小，街极细，行人更觉可笑，那么一点，蠕蠕地动。万象全在眼底，我觉得有点超尘，将人间妙事全看得清清楚楚”。很显然，这已经超越了在鸡冠山顶俯察丹凤县城的意义而引申到对整个世界的完整观照了。这是艺术观，也是宇宙观和人生观。《风雨》对大风的描写就完全是静观的，对于一场掀天动地的大风，作者情绪丝毫不为外物所骚动，心理上没有一点反应的不平衡感，就像是另一个星球上的人类站在自己的球体上欣赏地球上这幅自然景象，心情是超然的、闲适的。

5. 阴性的审美意象

创作中注重主观的作家，差不多都有自己特有的审美意象系统，屈原之于美人香草，李白之于仙侠，李贺之于鬼魅，即是这种关系。幽静孤单的心态，加上探秘的生命冲动，这些主体的心理因素，觅寻着与客观世界的切合点，就构成了贾平凹的审美意象系统。有人说中国文化属阴性文化，那么贾平凹这种审美意象系统也可以说是阴性的，这一方面指它有增殖的功能，另一方面指它禀有阴柔美的素质。贾平凹的审美意象主要是女人、月、水、石。

女性一般感情细腻、禀气婉柔、性情幽静（所谓“静如处子”），这和贾平凹婉约派词人般的才情正好吻合。女人的情绪和心理在贾平凹的审美世界里带有永远不能穷尽的神秘感，给他的生命探秘提供了无边的领地，所以便成为贾平凹的审美意象。这一审美意象更多地活跃于贾平凹的小说中，最初是如花如水的少女，1981年后则变为遭罹各种不幸及婚外爱情纠葛的少妇和中年妇女。如果从贾平凹小说创作中抽掉女性，作为作家的贾平凹将会成为一个使我们感到陌生的人。所谓审美意象并不完全等同于描写对象，而是作家在艺术中感受世界和进行审美活动的形象依托，来源于作家的深层意识，常常为作家所不自觉。贾平凹专写女性的散文篇什虽然并不多，但女性作为他特有的审美意象却是经常在他的散文中出现的。那些直接写女性的散文自不必说，就是许多无情之物，作为艺术表现的对象，也常被赋予女性的素质。小桃树纤细柔弱，它的花“开得太白了，太淡了，那瓣片儿单薄得似纸做的，没有肉的感觉，没有粉的感觉，像是患了重病的少女，苍白白的脸儿，又偏苦涩涩地笑着”（《一棵小桃树》）。龙潭瀑布“一道白水淌下来，却悄然无声，柔弱弱的，像一位寂寞的寡妇，使人添几分悲凄”（《夜游龙潭记》）。山中的竹“没有风的时候，绿得庄重、温柔，像端坐在堂上的少妇。微风掠过，就打一个酥酥的惊悸，一山都在羞怯怯地颤”（《空谷箫人》）。湖边的垂柳“像是齐齐站了美人，转过身去，披了秀发，使你万般思绪儿，去猜想它的眉眼”；湖面上，“水纹依然离得我们很远，像美人的眍着的脉脉的眼，又像是嘴边的绽着的羞涩涩的笑”（《静》）。至于文竹，几乎被作家看成了司管文艺的女神，“人都说我的文章有情有韵，那全是她的，是她流进这字里行间的。啊，她就是这般地美好，在这个世界里，文竹是我的知己，我是再也离不得她了”；在梦里，文竹竟变成了一个美女，“仄身伏在门上，抖抖削肩，唧唧嗒嗒地哭泣了”（《文竹》）。

月，清光照临着下界，千年万年，圆了缺了，它的美好和神秘使古往今来多少人思绪无穷。“江畔何人初见月？江月何年初照人？”“青天有月来几时？我今停杯一问之”，多少诗人因月而滋生了宇宙意识。月所含蕴的审美色调与女性颇同，在《天狗》中月亮和善良温情的师娘被叠合到一起。从《月迹》序中，我们似可以比较明晰地窥见月亮所以成为贾平凹审美意象的一些消息：

> 我常想，我们这个时代，该是一个月亮的时代呢。月亮是美丽的；美丽的月亮照着我们所有的人，也给了我们所有人最多的情绪和最多的幻想了。
>
> 但是，月亮是亲爱的，月亮有时却也是不可摸透的；使我为渴望着探索到它的秘密而被折磨着、悲哀着。

想我们“该是一个月亮的时代”，这就想得怪僻，完全是作者的主体意识，但这也告诉我们，月亮成为贾平凹的审美意象，原是有创作主体的心理逻辑的。

贾平凹正面写月亮的散文就有《月迹》《月鉴》《对月》等。在《月迹》中，月是美的象征，它无往而不在，只要人去追求它，它就是属于每个人的。《对月》以第二人称面对明月喻理、抒情、言志，大有“明月几时有，把酒问青天”之慨。“这是一个多么奇妙的谜语！从古至今，多少人万般思想，却如何不得其解”，“你出现在世界，明明白白，光光亮亮。你的存在，你的本身就是说明着这个世界，就是在向世人作着启示：万事万物，就是你的形状，一个圆，一个圆的完成啊！”这种对世界事物的太极图式的解释，也是作者一贯的主观模式。《月鉴》对月升做了非常独特、非常出色的描写，那神秘变幻的色彩，那在草坝子上染成的流变的氛围是无比的神奇。月光爬过人的头发睫毛所形成的幻想的触感，使人骨儿麻酥酥的。月下清风，使夜色愈加神秘。最后作者从月亮使地上的万物在黑夜里显出每一细微的形迹，悟出月亮是天地间的一面镜子，也是他的坏脾气对之造成无限痛苦的妻子，也是自己的一面镜子，“啊，妻就是我的镜子吗？妻就是我的月亮吗？我大口地呼吸着，将草坝的气息蓄满了心胸，张开了双臂，似乎要拥抱这轮中天月了。我深深地祝福这天地之间有了这明白的月亮，我祝福在我的生活里有了这亲爱的妻子。”在这里，女性和月亮这两个审美意象，又一次叠合起来。

对于水和石作为审美意象，这里就不做论析了。

6. 以生命体验拥抱艺术

贾平凹热爱艺术主要的并不是因为艺术具有一般的娱乐功能，不是因为艺术可以给予人以浅层的精神怡悦。贾平凹热爱艺术是因为只有艺术最便于伸展和泄导他的生命意识，使他得到生命体验。

他是以生命体验拥抱艺术的。贾平凹认为，“散文易于写感情和理性、灵与肉、变化与永恒、生与死的冲突等哲理问题”（《浅谈儿童文学中散文的写作》）。在《溪流——〈贾平凹小说新作集〉序》中他说：“我甚至觉得，我的生命，我的笔命，就是那山溪哩。”山溪虽然细小，但它的根深深地扎在山下，山下一定有着大海，在汹涌，在躁动，所以山溪的生命是充实的、富有的，“它从石板上滑下，便有了自己的铜的韵味的声音；它从石崖上跌落，便有了自己的白练般的颜色；它回旋在穴潭之中，便有了自己的叵不可测的深沉”。贾平凹多次写道：“流，就是出路和前途。”他是以水的流动来象征生命活力的。

《秦腔》一文以痛快、淋漓、充分、酣畅取胜。秦腔作为一种地方艺术，经贾平凹富于生命意识的笔一写，各种关于地理的、历史的、民性的因素，便以其生命遗传，化入它音符和形态的细胞中去了，使你确信，这种地方戏曲，有着最坚实的生命风骨和最深的根系，它是无论如何也不会危机和消亡的。《清涧的石板》把人的生存力转化到石头上去，找出一种美来，而石头的力感又反馈于人，强化了人的本质力量，美与力从而得到和谐统一。《读山》从山石、山路、山光、云雾、细雨这些无情物中，读得了它们无限丰富的生命情调，正是这种生命情调转化为浓烈的艺术情味的。“我坐在一堆乱石之中，聚神凝想，夜露就潮起来了，山风森森，竟几次不知了这山中的石头就是我呢，还是我就是这山中的一块石头?”这种庄生梦蝶之想，还不是因为他生命意识向外物的注射和与外物生命情调的交流吗?《冬花》是以生命体验观画的，东山魁夷的一张画，天上一轮虚虚的月，地下一株圆圆的树，别无他物，“朦胧而又安静，虚空而又平和”，这是一种禅境，使人从内到外陷入沉静，忘怀世情，而感受到瞬间的永恒。这同样是一种生命感受，但恰与大海的鼓动呼啸、动植物的生命勃发相反，它给生命的流变只提供超时空的背景而来了个最大限度的虚镜头和慢镜头，唤起人意识深层的生命体验，造成一种高品格的阳春白雪的审美意境，所以便在以生命体验拥抱艺术的贾平凹这里产生了这样的效果："这是什么缘法呀，画儿，我一见到你，我就想哭呢。"想哭，不是伦理的认同，不是人道的悲悯，而是禅意共振的战栗。《静》也是有禅境的，这种禅境，以妻子的画做了总结，画的是一痕土岸，岸上一株垂柳，柳下孤零零一只船。只不过在禅境中加进点女性和淡淡的爱罢了。《"卧虎"说》所礼赞的是一种引而不发的力的暗示，是从单纯朴拙中所获得的活脱脱的生命感，是给欣赏者留了能动创造领地的艺术写意路径。正因了此，这种生命感就无所阈限，而是丰富的，随着欣赏主体的感受而增殖的，这正是贾平凹所寻觅、所追求的艺术境界。

第十七章　论贾平凹的诗

我们曾经说过，就实质上说，贾平凹乃是一个诗人。这不仅仅指他富于诗情，还因为他经常动手写诗。在发表小说之前，他就写过不少诗，但都未得到发表。他虽以写小说出名，但极看重诗，他在诗集《空白》后记中说：“我更多的是写小说和散文，但倾心的却是诗；并不故作多情，我读诗的时候，确实身心极易处于激动。但是，诗如火一样耀眼而令我难以接近，时时虽在写，却不敢公开于世，全是为某位朋友所写，为某宗事所写，为某处山水所写，情得导泄了也便心灵平衡安妥罢了。我只是傻想：中国人感知和把握世界是整体论的意识，诗则贯通其中，是有意而无形的；今生即就是做不了诗人，心中却不能不充盈诗意，活着需要空气，就更需要诗啊！”自1980年以来，贾平凹陆续在《诗刊》《星星》等刊物上发表一些短诗，但似未引起诗坛注意。直到1985年《诗刊》第11期发表了他的《一个老女人的故事》，才真正像在诗坛的天空中升起了一颗星，让人们看到了它的亮光。而后另一首诗《我的祖先是从山西大槐树下来的》发表于《诗刊》1986年第8期，进一步证实了他的诗才。

说到写诗，贾平凹说得很谦虚：“我是拿了板斧到鲁班门前来舞的十足的无知无畏的小子。但既然诗人们在山林中挖出了我这个小坑，祈愿这个小坑沁出一泓泉水来，也能在风清夜静之时，反映出天上的那一柄弯月和两颗三颗大而亮的星子。”（《空白》后记）这谦虚中已经隐隐露出了他写诗方面的宏志。依笔者看，贾平凹对于写诗是颇自负的，他曾经多次说过，“既然这个世界不能没有诗，但写诗的不一定是诗人，是诗人不一定就写诗”（《刁永泉论》），“诗人并不仅是做诗的人”（《我的诗书画》），“诗人可以有诗作，诗人也可以没有诗作，只要每时每刻的心中蓄满诗意”（《黄土论语——读和谷〈原野集〉》）。这正是夫子自道。

要来品评一番贾平凹的诗并不是容易事，原因是他的诗品类很杂，写法不一而足，有政治的、哲理的、爱情的、送别的、咏物的。篇幅长者如《一个老女人的故事》达150余行，短者如《题“上边政策”》只有三行、《题黄甫峪溪》仅有九字，这种状况似还不可以看作风格的丰富多样，而是未在诗国中找到自我时的一种乱闯和“扑腾”。那些短诗中的艺术闪光，往往是偶一为之，过后不见在创作中沿此径继续向前。所以我们很难从他的诗中概括出可以涵盖他所有诗作的统一的精神来加以论述。这里仅就他两首最长也是最见特色的诗《一个老女人的故事》《我的祖先是从山西大槐树下来的》（以下简称《老女人》《祖先》）来论析贾平凹诗的基本特质。

读这两首诗，首先有一个印象：贾平凹和当今诗界不合群，他执拗地离开大家，自己在山崖和荆棘中踏一条新路朝前走。这是他一贯所表现的自立精神。开新路当然费劲，但唯其如此，他才去干，他才体验着从创造中所得到的精神满足；唯其如此，他的生命活力才从自身外化为一种物质的实体；也唯其如此，他才在很难跻身的诗坛上取得初步的地位。

中国新诗自“五四”始曾有过二三十年代自由探索的活跃时代，

至40年代由于救亡和政治斗争的紧迫，新诗不能不失却了多样的个性。当然也抗争，也呐喊，也讴歌工农，也吟唱自然；艺术气质方面或吸收民歌，或融合古诗词，以至引进满纸顿跌的楼梯式，但那内容无非是一种阶级的声音，那时的所谓“民主”“自由”与现在我们追求的“民主”“自由”内涵很不相同。时势造就了40年代至70年代的诗，不可以指责任何人。80年代八面来风，中国人的思想从隔绝状态进到了世界思潮的连通器中，个性冒出来了，声音多起来了，情调复杂化了，追求广了，也深了，诗坛出现了多彩多姿的局面。当然人们也喊“诗歌危机”，那主要是从读者的多寡着眼的。如果从新诗发展的历史流程看，80年代的前进和活跃是带有突变性的。正是这样的局面和背景，为贾平凹写诗走新路提供了条件。贾平凹的诗既自觉地走着区别于40年代至70年代诗的一途，也明显地区别于80年代兴起的带有朦胧倾向的诗，而以思路开阔深沉、风格平冷浑厚为特色。

《老女人》与《祖先》都是大诗，是对整个民族历史和发展出路的思考。这是文化的思考，心理意识的思考。如果说40年代的诗内容主要是救亡的话，《老女人》《祖先》所焦虑、所忧患的何尝不属救亡，不过40年代的诗是热的、浅层的救亡，《老女人》《祖先》是冷的、深层的救亡罢了。前者所需的是鼓动、呼号，后者则需要启发、震惊。这是“寻根”的诗，谁说“寻根”文学是溺于民族的原始古朴性中去求得安静呢？这里我们不是看到了为了革除惰性和鲁钝所做的民族的大检讨吗？这种把话扯得很远的刨老根，正像为着跳得更远而向后退缩以加大助跑的冲力一样，其中含着何等急切的心情啊！在《老女人》中，当河水淹村的时候，那些愚昧的居民竟想不到失去了生命还要浮财干什么，死抓着大小包袱不丢，“包袱是他们血汗的储存/储存将他们淹死在水里”。他们趋利而弃美，以仇怨报恩德。老女人用生命造出一个彩色的百花带，村人却说这是她的阴魂，是不祥之物，动手去挖这些花，给她的坟上钉桃木楔。当他们受死去的她的福泽靠丹皮发家致富后，头脑里又复生出祖先原始的交感巫术意识，用她坟上的土来催生繁衍牡丹，“于是人人都去坟上抓土/坟堆便被抓平了”。这样一个麻木愚昧的民族，不从根子变革素质难道可能自我振兴吗？

《老女人》是叙事诗，但它并不像一般现实主义的叙事诗，它只是借叙事的形式来抒写诗人对整个民族的针砭。诗中的主角“老女人”并不是作者理想的化身，也不是超拔于群体的先觉者，遭遇和环境把她驱赶于群体之外，才使她在孤单索寞中遗忘了群体的根性而追求美，从而成为能反衬出群体劣性的对立参照物。全诗在揭示着老女人的生命悲剧，这个悲剧是以群体的作为、德行为依据和根源的；但同时老女人的悲剧也映衬出群体更深沉的悲剧。老女人的悲剧与群体的悲剧，前者美而辛酸，富于诗意；后者丑而滑稽，带着喜剧性。但这种喜剧性只是表层的东西，深层潜藏着更深广的可悲性。这两个悲剧是互相依存、互相映照的。

《祖先》的构思是由民俗材料触发的。长辈对子孙说：我们的老家在山西大槐树底下，我们是从大槐树底下来的——全国许多地方的人都保留着这种密码似的传语。另有故事说，秦晋两省人各援引谣谚以争高低。陕西人说：“陕西有个钟鼓楼，把天摩得咯卒卒！”山西人则说：“山西有个大槐树，把天摩得咯吱吱！”又传说“炎黄子孙二门齿为铲形，眼内角有泪褶，初生儿臀部有青斑，皆为祖先经常受苦难的印记”。对民俗最为敏感的贾平凹便从这些历史信息中发出“寻根”的情思，写成《祖先》一诗。这首诗从各个不同的侧面，对由历史沉积成的种族根性，进行了追寻和反思。通过这些民俗性的材料，贾平凹并不是要写民族学的阐释性的诗，而是以这些材料为载体，艺术地传达他对自己种族的历史性感受和人类学情调的认识。所以绝不可以胶柱鼓瑟地把这首诗视为历史的实录，而只能看作艺术家创造的“第二历史”。有历史常识的人只要看此诗序中所言“宋末，元人入侵中原，屠杀人民”，便知这原是作者想当然的事情，因为所谓“宋末”无论指南宋末还是北宋末，都无元人入侵中原之事。北宋末是金人入侵中原，南宋末元人所入侵的是江南。公元1234年蒙古人攻占金人统治的中原，此时距元灭南宋尚有40多年，况且此时中原遭难的亦不独汉人而已。

诗中所写的“祖先”，是一个多灾多难的种族，原是从做囚犯再次“起家”的，被用绳子捆绑着像牲灵一样任人驱赶，汹涌的眼泪向肚子里流去了，咬嚼仇恨的门牙变成了铲形。这种大得不可限量的忍耐力多么深沉，像缄默的火山一样含蕴了多大的爆发力啊（1—8节）！但是这种伟力却蛰伏着极难启动，而且总是在麻木中消耗一尽。这又是一个有着多大劣性的种族啊，像贪吃的小鸡“没有吃的就乌了眼互相鸽啄/有了吃，就是站在麦堆上/也还是用爪子挖着，刨着”，窝窝囊囊地活着，只剩下了生殖遗传的本能（9—13节）。然而，谁也不能把这个种族消灭，想吃掉他们的反而被他们消化掉了。他们以柔克刚，虽然柔得像水，却也能掀起浪涛将负载着的大船倾覆（14—17节）。

贾平凹写诗，走的究竟是怎样的新路？有哪些创辟的劳绩？笔者以为最重要、最核心的艺术精神是注重整体，着意挖掘最深层的诗意，而将表层诗质刊落一尽。这两首诗每一行都是大白话，由四行组成一节，便有了某种浑厚的诗味，待读完全诗，你将为一种深沉的诗力所震撼，心灵最深层躁动起来了，引起你对本种族历史、现状和前途的思考，萌发出种族自强的崇高欲望。

重整体把握和总体表现，这是贾平凹的一个美学思想。他曾经说过，“世界是哲学的，要表现这个世界，须得是整体的”。他以表现黄土地为例说：“不要说山麓缓倾斜带状的平原，不要说山间黄土的盆地，单单以黄土的三大地貌区之一的黄土高原来讲，地貌是极其的复杂。它有黄土原，黄土阶地，黄土掌地，黄土杖地；有黄土冲沟：树叶状的，掌状的，花瓣状的，根系状的；有黄土峡谷，黄土墙，黄土柱，黄土桥，黄土洞，黄土漏斗；单个的，连环的，串珠状的；还有黄土梁峁：平顶的，弯曲的，之字形，梳篦状。这一切，若是仅仅身在地面，是不可能全然黄土地的；只有从地上坐飞机起飞，高高于太空瞩视，万般便了然于心了。和谷是需要在认识上坐一次飞机了。那么，对于黄土地的解释，将是总体的、民族的、历史的、文化的，它的积淀是会如同黄土地一样旷达和深厚。这便是古人说的道的通和大通了吧。”（《黄土论语——读和谷〈原野集〉》）所以注重整体，刊落表层诗质，是贾平凹写诗时的一种自觉的美学追求，而谨防他认为不高明的那些作品所呈现的弊病，“似乎句句是诗，读后则玩味索然”，这是因为“诗意的东西，并不仅仅是诗味的语言”（《关于散文的日记》）。其实这个道理我们的古人也讲了一部分，“炼字不如炼句，炼句不如炼意”。贾平凹写诗，把心思主要用在对全篇诗思的开掘上。《祖先》《老女人》都是通过一个集中的审视点、一个具体的寄托物，做整个民族的反思，以凸现“寻根”这个高层的大意思。

重整体这一总的美学追求，使得贾平凹的诗在面目上明显区别于新中国成立以来的各家诗，也从而具备了自家独特的艺术个性。这种艺术个性主要表现为几种对立统一关系。

第一，以单纯求丰富。由于这两首诗命意深厚宏博，按惯常的构思路子，必写成气势雄放的社会历史抒情诗或卷帙浩繁的现实主义史诗，这皆非贾平凹之所长，也是厌弃熟路的贾平凹所不取的路子。他对这两首诗的深厚宏博的命意的获得，以及表现、摅发这种命意的艺术欲望的产生，都有着与众不同的轨迹，他要通过独特的审视点和独特的寄托体以达其艺术目的，便选择了以简求繁、以单纯求丰富这高难一路。《祖先》中没有具体的个体人物，而群体是被聚合成的半抽象人物，述写这一半抽象人物的历史遭遇和历史行为，就使这首诗有了叙事的外形和抒情的实质。毋庸讳言，因为缺乏带着自然形态的含蕴丰富的个性形象，《祖先》的命意比较直露，使得它所能给予读者的启发感悟大为减少，未能实现其丰富性。而《老女人》则真正做到了以单纯求丰富，接受者除了对民族根性的体味外，还会产生强烈的人生意识、人生的忧患感。人啊，生得何等盲目！死得何等寂寞！阴间与阳间的距离是如此切近，人界和鬼界有时竟混而为一。诗把美与丑真实的冲突和结合冷冰冰地呈现到读者面前。在这里，无论认识准则、道德观念、审美活动都更真实地经受着新的实践的验证和熔铸。所以这种丰富性不是驳杂性和多样性，而是可以随着读者的感受力滋生新质的增殖特征。

第二，以浅求深。这两首诗都发了前人未发的新意，但它呈现给读者的无论就总体形态还是局部构成看，都是平凡无华的。诗句是异常的平淡通俗，找不到一句打埋伏的艰深话。没有曲折惊人的情节，没有以写实之笔塑造的典型人物，也没有哲理的宣示。《老女人》只以看来粗疏、飘忽、断续的墨道勾描了一个平凡女人的人生相和周围群体的情态，《祖先》也只以概括挥洒的笔触对一次历史大移民做了静观和思考的回顾，然而读者从两首诗中却领受到丰富的象外之意，引起对民族根性的反省，对本种族的未来发展的关切和民族振兴的崇高欲求。这是一种浑厚的精神体验，一种博大的感情波澜，一种崇高的审美活动。这就是说，两首诗不但没有以艰深文浅陋，反而从浅近明白入手，通过平凡的路径把读者带到深邃的思想境界中去。“看似寻常最奇崛，成如容易却艰辛”，这是以浅求深，也是以易求难，其中包含着作者多少功夫和修养啊！

第三，以冷求热。《祖先》和《老女人》都是为民族为人生而充满忧患的诗。读完全诗我们会体认到作者的心肠是多么的热。然而在行文中间，一路冷冷道来，丝毫也不动感情，像是一个久历医道的名医在客观地记录病人的病情。谁见过病历记录上用“啊”字，用感叹号？高明的医生对诊断和施治始终是严肃和冷静的，如果医生因病人病势严重和精神痛苦，自己也大声疾呼，流泪不止，他反而会使患者及家属失去信任感。“槐树下是一个集中营/集中着一群人的骡马/赶骡马的不是鞭子/是明晃晃的刺刀和叱骂//一个人背上按一个印章/这就是元朝的臣民/男男女女用一根绳子拴了/像拴了一串秋后的蚂蚱”。这是《祖先》中集中写大移民中囚徒生活的两节诗，虽然略有形容而绝无渲染，笔调是客观的、冷峻的。“年轻时她曾是一个美人儿/两个男人为了她动了刀子/一个被另一个捅死/另一个挨了公家的子弹//村里人都在挖布告上的红印/说是可以避邪/她也挖了一个/走到哪里人还是唾她‘扫帚星’”“她终于死了/死得如她活着一样/小屋的椽被人抽去搭了牛棚/四堵墙推倒是一个坟墓”。《老女人》中的诗句大率如此。作者越是不动感情，不露声色，不折不扣地客观叙说，心肠似乎冷如铁石，读者的心灵越是受到震动。

贾平凹在他的文论作品中透露过这个消息：“不能不写到野蛮和残酷，不能不描绘足以惊心动魄的一幕。但如何地写？是借助那气氛渲染，让天也黑，地也暗，风也吼，雷也鸣，还是作者跳起来，奋声疾呼，慷慨陈词？我试验了，那效果常常适得其反，有落套沦俗之嫌。于是，我略悟到，愈是别人都写的，尽量少写，愈是别人不写的，详细来写，越是要表现骇人听闻之处，越是笔往冷静，不露声色，似乎随便极了，无所谓极了。这种大涩、大冷、铁石心肠，才能赢得读者大润、大热、揪心断肠吧。”（《关于〈冰炭〉》）笔者在和贾平凹的一次聊天中得知，这一点，他主要是从沈从文作品中得到的启发。

在《老女人》客观、单纯、浅显、冷峻的诗句中，极有节制地偶尔出现一点色调与整体命意非常统一的意象或象征，就显出特别高的艺术效能。“坐在那一片墓地里/她是死者的墓碑”，同辈在洪水中死了，了解死者的只剩下她一个人，她又善良厚道，时时记着他们的好处，这岂不是死者一块活的墓碑？同时“墓碑”作为一个与死亡有联系的意象，它象征着老女人从内到外的孤寂、悲苦和同晚辈的隔膜，对那些趋利而寡恩的晚辈村人，她简直是另外一个世界的人了，她更多地属于阴间的死人。“她久久地看一群蚂蚁/为着一个死苍蝇厮杀”，这两句诗使我们想起了黄庭坚的《蚁蝶图》：“蝴蝶双飞得意，偶然毕命网罗。群蚁争收堕翼，策勋归去南柯。”一幅简洁的蚁蝶图，画尽了人群社会的争斗及邀功争利者的丑态。老女人看蚂蚁为一个死苍蝇厮杀，象征一个淡漠于世情的人静观人群社会所得的感受。人们为门楼、八仙桌奔忙，死抓着大小包袱眼睁睁淹死在水里，钱使他们腰粗了，眼浅了，这种汲汲之情，与争死苍蝇的蝼蚁何异！作为象征，它的意向是复合无尽的、弹性的，它也射出创作主体对世情的愤疾、忧患，对愚昧民众哀怜憾恨之情。可用以赚钱的花长得慢使村民眼中出血，为施行交感巫术连恩人坟上的土也抓平了，真如尸腥味引逗蚂蚁神经兴奋，使它们没命地争夺。有一篇评论文章把这一象征之笔说成仅仅是写老女人的百无聊赖，这是用写实的律则来衡鉴这首诗。果真如其分析，那这两句诗删除掉反而会更好一些。“黑夜小窗亮着/像一只淌血的眼睛”，这并不是一般的比喻，而是有着丰富的含蕴：心灵的创伤、高地上清醒的俯瞰、诗人人道的悲悯……“小屋矮矮地像一只蛤蟆/一颗星星木木地照着”就更是可以使读者产生丰富的联想和感受的象征之笔，而很难加以概念的阐说了。

《祖先》和《老女人》中，都有这样一些诗句：两句诗看起来是矛盾的，放到一起使矛盾得到统一，从而生发出深刻的含义。这样的诗句，我们称之为“悖句”。“一个汉人可以顶三个外族人能干/三个汉人却顶不住一个外族人能干”“元人仇杀汉人/元人离不得汉人”“托起一条大船在头上行驶/柔软里却酝酿了覆船的力量”（《祖先》），“她还活着/活着和死了一样”“花的好处见得多了/好处也就没有了”“她终于死了/死得如她活着一样”（《老女人》）。贾平凹的别的诗中也多用这种“悖句”，如《情诗二首》中：“她爹太爱她/爱得用棒槌打她”“最爱的是她那一只狗/最恨的也是她那只狗”“她什么都没有/她什么都有了”（《长安》1986 年第 4 期）。“悖句”不是随便构创，也不可以滥用，而是从诗的整体命意中提炼出来的，因而成为诗中的诗眼。诗中撒出几个“悖句”，就时时向读者在提破着全诗的主导精神，并显示这种主导精神内涵的深刻性和丰富性。这虽然看起来是一些小手段，但仍是从整体出发的，是注重整体的一种表现。

在小说、散文、诗、书法诸方面，贾平凹都不甘寂寞，都想取得成就，他说：“我现在还不是诗人，但我从今往后，力争去成为一个诗人。”（《贾平凹诗选》自序）看来他在写诗方面确有一腔宏志的，是还要去“扑腾”的。然而，一个人的精力总是有限，作为一个始终关注他的事业的人，笔者很担心于由于他精力的分散而影响他事业的高度和深度。

第十八章　论贾平凹的绘画

1990年冬，贾平凹突然作起画来，而且创作欲十分旺盛，有时一天可画两幅。当然以前他也画过画，除过在十几岁时在水利工地当宣传员时整天写写画画外，70年代后期他用钢笔作画配诗，搞出一批诗意清冽的“回忆录”性质的作品。80年代中期只画过《云与水》等少数几幅画，现在笔者书房中悬挂的一幅卷轴，画面两边写“仰观象于玄表，俯察式于群形”；中间上方是两条缠结的龙，下方是古代祭祀的场面，皆颇抽象。也是贾平凹那时的作品。而本章要谈的只限1990年、1991年两年间的绘画，原因是和以前的画比起来，这时的画整个上升为另一种境界，作画劲头又大，以至形成他艺术生活中的一个冲击波。你到他屋里去，壁上常常张挂着水墨未干的作品，他在引导你欣赏之时，常常露出得意之色。笔者再不敢将他此时的画与以前的画等齐看待了，而且朦胧意识到，这些东西也许会成为后世研究者所津津乐道的题目。这些画以及这些画的传说给本已十分神秘的贾平凹又增加几分神秘。

1985年，他在一个内部刊物上发表《云与水》及《我的诗书画》时就说，“我之所以作诗作书作画，正如去公园里看景，产生于我文学写作的孤独寂寞，产生了就悬于墙上也供于我精神的生活。

既是一种私活，我为我而作，其诗其书其画，就不同世人眼中的要求标准，而是我眼中的，心中的”，“我是在造我心中的境，借其境抒我的意”。这些话是我们进一步进入贾平凹艺术世界一把有用的钥匙。论贾平凹绘画容易引起不少人的讪笑：那是画吗？值得煞有介事地论析一番吗？大凡有这类看法的人，与艺术的真谛总有些隔膜。他们之所谓艺术，是指那些已经程式化的带了僵死外壳的东西。要知道对世界的独特体悟，造境与宇宙自然相通相感，这才是艺术的高境界，这些人并没有紧抓这些最可贵的东西，所看重的常常是艺术最忌讳的匠气。在世界艺术发展的河流中，为了达到我们所说的高境，有胆识的艺术家常常打破、摒弃成熟的技艺，另找寻一种众人陌生的似乎稚拙无技的形式。贾平凹的笔墨技法的确是谈不上的，他对这一点也总有羞惭之意，但是他的画又是和原始艺术或儿童画不同，并不依凭于原始思维或儿童式的朴素构图行事。他是一个经过浓浓的文化浸泡的人，对艺术有着长期的丰富的探索，又有着极强的艺术悟性，对绘画又有所留意，所以他的造型功夫和笔墨技巧虽然很差，但每幅总能创造一种意味浓厚的形式，可以使人们玩味和欣赏。而最可贵的还是他的画大都在宣示和抒写他的哲理发现和对世界的独特体悟，表现一个艺术家独有的性灵。在这一点上，他压根儿未进入习见的成熟技巧修养，而通过非规范的、现找的形式，也许对达到上述的高层目标更便捷、更准确。

贾平凹1990年、1991年共画了50多幅画，为了防止别人索要，他给画编了号。让我们粗略览一番这些画吧。把这些画分成若干组进行一些理论概括，其实很困难，因为这些画一幅是一幅的意思，一幅有一幅的面目，我们还是就每幅具体的画来谈，只是在互相之间进行一些联系和比较，这样庶几可以把握到这些画的特征及真意。

《门》这幅画，贾平凹把它编为1号，画面上是一个繁体的

"门"字，利用此字的象形特点，形成了两扇森严的门。门的上半部分是蜘蛛结的一个大网，从网的中心系下一根丝，丝上吊一物，像一只蜘蛛；门的下部分空白处题有长款："生与死有门，荣与辱有门，官与民有门，佛与魔有门，人与猴有门，父与子有门，鸟与鱼有门，○与×有门，软与硬有门，水与火有门，生与熟有门，大与小有门，高与低有门。万事皆有门，门里门外定乾坤，有谁识得门前是蜘蛛是太阳，回答对了便入门，不对了就在门外站着吧。""万事皆有门"，"门"即规律，即质的规定性。门里门外，一门之隔，却是两个世界，其质大异。但是人们常常忽略或混淆这一点，以致善恶不分，以假充真。即以艺术而言，从事艺术职业几十年也许还在门外站着，而资浅者只要悟出奥秘，却可即时得其门而入。这幅画像一个谜语，带着游戏的意味。虽然它表达了一种带哲理色彩的思想和作家多年艺术实践的体证，但由于过分缠夹在"门"字上，气象不够开阔，少点混茫，构思也嫌太巧，算不得大手笔。但它多少掺进了一点现代味，艺术思维和一般的绘画有明显区别，有着贾平凹的个性。

同样是阐发哲理，《钓鱼》（27 号）一画就呈现出单纯的老到。钓者用最简括的线条勾成，举双臂持竿，仰头惶惑，而被大数倍的一条巨鱼人立吊起。长款夹画而题，章法灵动，80 余字，实是一篇小散文："夜里梦见一人于岸边钓鱼，鱼上钩，甚喜，急拉竿，鱼大若人数倍，竟直立，吊人而起。梦醒之，窗已大白，思之良久，呵呵而笑。起身作画记此，示吾女儿，女儿曰：'噫，人可怜哩！'人当然可怜，吾儿记住，方能自在活人也。"贾平凹作画只用朱墨两色，此画全用墨线，只用红色点人与鱼之目，大约表现欲望之急切。此画用笔纯熟，没有闲墨，有着浓郁的文人画的味道，属他画中的上品。

《钓鱼》全用线条白描，另一阐发哲理的《弈者》则主要用泼墨。泼墨构成弈者兀坐的上身和衣袍，像一座静止的山，山体青苔依稀可辨，山顶勾出人头，髡顶悬鼻，一副道风。背后立一枯树，怀前置围棋盘，盘角之旁，两只蚂蚁正争斗不已。左上方题款：“弈者思道，苔藓上身；吃喝虫议，争斗不休。90 岁 12 月 4 日，杂事相扰，心事不宁，作画而平心气和也。”题款使我们想起黄庭坚的《蚁蝶图》诗，其中有对世态的激愤，也有人格的追求。此画透露出对道家“致虚极，守静笃”的人格理想的礼赞，用夸张手法把人精神的静物化为渗入了时光流程的山石青苔。构图上用对比的手法，人体之黑与棋盘之白，弈者之静之伟与虫蚁之动之微。此画的构思和风骨应当说是不同凡响的。

贾平凹崇尚道家，从《孔子问道》一画可见一斑。此画作横幅，两人物形象之皴染勾勒都随墨发挥，摒除制作气，取神而遗形。老子拥袍袖手，端然坐于左端，孔子匍匐撅臀向老子跪于画之右端，夹画长款题《道德经》文句，画用淡墨，乍看上去宛若古壁画之遗迹。此画为贾平凹一朋友出题索画，他画完之后，在三处缝隙中分别再题款钤章道：“此画送韩君夫人”“送女浅浅韩”“收之藏之为吉矣”。朋友回忆当时的情景说：“至此，我倒抽一口凉气，作叹：欲得此画乃妄想也！”贾平凹对他成功的画是十分珍视的，对索画者的吝啬之态也表现得极见个性。

贾平凹追求的人格理想在画中是以他崇尚的历史人物来抒发的。这主要是屈原、嵇康、苏轼等，其画有《屈子沉江》《屈子问天图》《竹林有嵇康》《东坡出游》《东坡携妓游山林》《满腹经纶苏东坡》等。《屈子沉江》构图平平，画面太繁，一群鱼围着屈原，表述的是一种艺术家独特的奇思妙想：“91 年 2 月 15 日读《天问》，突通灵觉，屈平先生于水中未腐，若去江边看一轮红日在水中，那必是屈子也。”《屈子问天图》画蘑菇云发自地面，像原子弹爆炸，云下地面黑中透出全白人形，为屈原佩剑行吟，此画用“以实写虚”法，将屈原抽象无形的浩大的宇宙意识、对无限的追求、冲牛撼斗的愤懑和怨气，有形化为蘑菇云、龙卷风。此画全呈西画韵调，缺乏东方式的书卷气。《竹林有嵇康》的构图极为大胆。所谓竹林，则是等距离密密地排陈着箭杆，嵇康半卧其间。题款诗为五言，写在画的下部：“竹林有嵇康，醉卧长不醒。红脸若朗日，天岂存黑明。七贤还是谁，寻时则八名。你已入林中。90 岁冬夜平凹作之，时茶正煮沸也。”对魏晋名士那种简率通脱的自由作风和卓尔不群的人格价值的向往之情，跃然纸上，颇愿加入他们的行列。《东坡出游》的艺术性很高，浓墨染成的东坡身躯非常高大，头部较小而略仰，似目注远方，高冠翘须，给人以仰镜头的感觉，手持的弯弯曲曲的长杖颇有草书的意味。为了使画面主要为主人公所占据，题款紧紧靠在左方边上：“吾爱东坡好潇洒好率真，不拘一格作文章，出外好奇看世事，晚回静夜乱读书，当今谁是苏二世呢?”

贾平凹画表示人格向往的不光是古人，也有今人，石鲁即是。《石鲁》是贾平凹听来的一则故事，但显然对他的灵魂有震撼力。此画文图并重，各占一半。画上部为一笔记式散文，下部画石鲁“发长半尺，上耸如草如焰，双手抄后，拉一木棍”，执着地要买苦胆。贾平凹在《作画记》中说：“或许石鲁并没有疯，因为他感应自然、体验生命的思维与当时社会不同，众人看他才疯了，疯的其实是认为他疯了的人。”此话颇深刻，两位艺术家的精神是相通的，尽管他们没有见过面。

在贾平凹，艺术实为生命体验。他向往石鲁异于常人的思维，说：“我很羡慕有这种思维，但我不愿以疯来建构，更恐惧思维疯的产生背景。眼下气功兴时，我求拜过许多气功师，要给我开慧眼，看鬼、看神，看别人看不到的世界情形，以来突破我的写作。”他也向往有鬼气的李贺，说：“今画李贺，我还是不怕鬼，爱鬼，则更希望能得些李贺的鬼气以匡正我的思维定式。”《鬼才李贺》中李贺之形与石鲁颇同，全身佝偻，贾平凹在《作画记》中说：“记得数年前见到大作家汪曾祺先生，他说李贺是黑纸上写白字，先生的话使我顿开茅塞。今日为李贺造像，当然是一团黑气涌涌而来，他是没地位之人，家境贫寒，潜心了艺术可能人缘不会好，过早地就驼了背，眉眼就画在黑团之中吧，那头寻诗所骑的毛驴却是极瘦极瘦的了。”

《石鲁》《鬼才李贺》都显示着以艺术为生命的艺术家情操，宣发了崇尚自由、崇尚创造、反抗世俗的自白。

由于崇尚独创，贾平凹每每用绘画做翻案文章，如《唐僧取经》将唐僧画为一只猛虎，《武松杀嫂》画英雄为美人之美所震慑，释刀于地，便是如此。这是两幅贾平凹很得意的作品。《唐僧取经》画过两次，1991 年 1 月 21 日画一次，1991 年 10 月 16 日又画一次。当以 1 月份那幅为佳，虎昂首张嘴，更多威奋之势，佛闭目安详，头枕虎臂卧于虎背，也较另一幅多血多肉鲜活灵动，题款曰：“夜读《西游记》，得知取经以诚，伏怪以力，忽想唐僧原是一只猛虎所变，驮得西天之佛归来救我之民众也。又遂想，善的东西必以恶而生之，恶能新生，善能养生。吴承恩先生写唐僧面美若妇，不如丑凶妙也。吾写《西天取经图》世人要骂，骂你自己不懂佛也。”他在《作画记》中更进一步阐发说：“我理解的唐僧是一分为四的，也就是说四而合一，孙悟空、猪八戒、沙和尚只是作为唐僧的另三个侧面，取经行走了那么多地方，遇到了那么多魔怪，应该说，唐僧是凶猛者。由此想到，凶的东西，则可开辟一个新的世界，而美好的东西如佛，则只能在开辟了新的世界后来平和与安详这个新的世界。”这种想法也许很有道理，有深刻性，但一般人则难于接受，只有如贾平凹的

"怪才"才会闪出这样的思想。其实这仍是他从生活中体悟出来的。贾平凹搞文学，定了相当高的目标，艰辛而又充满了精神怡悦的创作历程，也颇类西天取经。他成名之后，和他能沾上的，多少人想吃唐僧肉！其中不乏牛魔王、黄风怪之类，而更多的是以美女的姿态出现的，但到节骨眼上常常露出妖怪本相。对此，他总报以宽厚，他的门生中又似缺乏悟空、八戒一辈恶丑者，因此他往往吃亏，他是希望自己变作一只猛虎，但这恐怕仅是一个理想。他在《作画记》中记述了这样一个细节："此画作于深夜，屋里还待着三个来访人，画完后见其中一人亲自又要沏一壶新茶来喝，我说：'为不浪费茶，再喝一杯你们走吧，今日我困了！'又打了一个哈欠。第一次平静了脸赶客，觉得自己也有了虎气。"这种虎气是多么不足道，能指望自己成为猛虎么？难！

《武松杀嫂》之画，主要以墨泼染，略事刷捽而成。其嫂颔首，略举广袖，细目秋波视人，武松摆头避之，释刀于地。说是翻案，其实以现代人眼光看来，武松如此行为合情合理。贾平凹发表于《文汇报》的《作画记》用1000多字描摹了武松杀嫂时复杂翻腾的心潮，惊叹这女人"是上帝和魔鬼的杰作"，他觉得刀出奇地重，提不起来。贾平凹用他惯有的冷幽默写了武松内心的叹息："咳，咳，这是个景阳冈的老虎就好了！"你看，美女的慑服力比猛虎还厉害。

贾平凹还画有一幅《景阳冈之后》，画武松颈戴行枷，瑟瑟发抖，一副窝囊相。他要画出英雄作为血肉之躯的真实的人的一面，英雄也爱生命，也怕死，落难之后完全成了另一个人。依孙见喜说，这是"把月亮的背面展示给世人看的。敢将英雄翻转来看，本身就是英雄举动"，这话有深刻性。笔者以为这一类画还有着更丰富的思想含蕴。《石秀》一画当与《景阳冈之后》同看。画作立幅，右部及上部为一株树的干枝所占据，树旁立潘氏无头之躯，颈血下流污地，其身几与树同高，地下血泊中滚一美人头，旁立一小人，赤身暴肉，胸部及四肢多毛，持鬼头刀，他的全身，大小等于潘巧云的一条腿，右下角题款是："石秀杀了潘巧云，世上少了真丈夫！"贾平凹在不少地方写过，能恨能爱，能真正爱女人，爱得深，这才是一个完整的大丈夫，情种与英雄并不矛盾，《贵妃赏蝶》《花袭人》两画都是他以情种自许之作。在他眼中，武松、石秀都是残缺的英雄。武松杀潘金莲，石秀杀潘巧云，试想，一个大男人杀死一个手无寸铁的弱女子，有何光彩可资炫耀？

贾平凹将中国文化浸染下的男子分作两类：一类是柔性的，脸白，多是能爱能恨之人；一类是刚性的，肤黑粗憨，多为武夫。前者如贾宝玉、刘备和戏曲中的小生；后者如武松等，则为鲁莽之徒，梁山泊的头把二把交椅轮不到他。对于前一类男人，贾平凹往往以自己的人格精神去做体证。天狗、五魁属这类男人。贾平凹曾经想写一个真正的完整的大英雄，把这两者统一起来，有刚有柔，能杀能爱，是魔王又是情种，是山大王又是美男子，这样的大英雄就是白朗。

八九十年代台湾演员秦汉以几部电视剧风靡大陆，迷倒万千女性观众，却很少听到男人对他的赞词，有一女性断言："男人都嫉妒人家！"这话有眼光，很值得玩味。如果向贾平凹意识深处勘察，笔者有一种判断，即他自己有了柔性男子的归属感之后，则对刚性男子的强悍刚毅，潜意识中不免有着嫉妒，因此用了自己手中的笔杀他们的威风，画中将他们的英雄气刊落一尽，心理上这才稍稍平衡。不过这点贾平凹未必承认。

平凹有些画是记录他对妻子的深情的，表现了他的婚姻家庭观。《夫妇图》在形式上极有现代味，甚至取法了立体派的一些特点，可阐发的则是很传统的稳定和谐的夫妻观。《梅妻石夫》一画是许多人乐道的，如果单看那画，也不见有何过人之处，不过扶疏的梅树枝下，一须发如草的男子枕竹简而卧，而与夹画题款相应，就充满了爱心绵长者的人生况味："成功男人背后都有一位牺牲者的妻子，然而成功的男人皆呆如石头矣。原本是刚强而美艳的梅已枝干似柳了。若纯梅不行，若素柳也不行，梅柳之妻则愚夫可成石，石则涵玉，玉则上补青天，下镇黄土，是吗？人间妻不好做矣！"另一小款作："91 年 2 月 11 日平凹作画 38 号献俊芳 36 本命年，本丈夫以此画为寿礼讫大吉大利。"《八月十四日》则以连环画式的横幅，记述了夫妻间的感情波澜。全画悉用干笔，章法犹书道之狂草，开始为焦烈的太阳，最后则是和谐的太极，其间人物之情态，或怒发上冲，或二目圆睁，或俯首低眉，贾平凹称之为"心历图"。画端题款曰："此日与爱妻吵架，吾每每挑起矛盾，每每以失败告终也。天下恩爱夫妻方吵闹。能吵能闹的知识丈夫是吾，爱之过甚而吵闹是吾，没得胜是吾，吵闹之余能作心历图亦是吾。"活画了一个受妻娇纵、随便发泄的知识丈夫和先礼后兵据理不让的妻子的性格，而能把这种恩爱夫妻间的感情辩证法坦荡简练地化为艺术，洋溢着一种士大夫情味。

以上将贾平凹 1990 年、1991 年的重要绘画作品都触及了，对画面描述之外，也都予以简单的评说。本书限于条件不用图录，但经过这种描述评说之后，相信读者对贾平凹绘画会形成不太虚浮的印象，且能把握到这些绘画的主要特点。下面对本章做一简短的总结。

第一，平凹从未进行过绘画技艺方面的基本训练，他是全靠悟性作画的，这无疑影响着思想、感受和内心情绪的表达。但没有技艺也少了许多镣铐，可以无拘无束地创造独特的异于前人的新形式。

第二，贾平凹绘画主要目的不是画给别人看的，也不是要当画家，他可任情适性地抒写积郁，诉说情怀，阐发自己的哲学思考，表现对宇宙人生的感应。所以他的画有着相当丰富的思想内涵和强烈的现代感，超越技艺关，直取与情思、性灵同构的形式，表现出独有的艺术个性。

第三，贾平凹的大部分画都题有长款，他有着较高的书法修养，画中书法与绘画相互映照，相得益彰。在这些画中，书法成了画幅不可分割的有机组成，题款的文学性又给整幅画提了神。

第四，贾平凹作画用的是传统材料，但渗透着现代意识。他的画基本不走再现的路子，属于表现艺术。这种表现既取法于中国画的大写意，也吸收了西方现代派的形式和意味，大部分画都通过抽象后的物象，以象征见意。除了《大孤独》等个别画作是西方的作风外，每幅画都有能引起审美感受的形式，象征寓意留给读画者广阔的思维空间。

贾平凹绘画是有价值的，表现出一个艺术家超人的天赋和在艺术上不甘做奴的独立人格。

第十九章　生命审美化
——对贾平凹人格气质的一种分析

贾平凹被视作当代文学怪杰，他的整个人格有迷人的神秘感，因而又被称作“贾平凹之谜”。自卑与自信、天真与老到、超逸与世俗、恪守旧道德和宣传反封建，同时组成一个矛盾的统一体。要分析贾平凹，解开“贾平凹之谜”，如果抓不住问题的枢机，就可能只在表层盘桓，最终仍将不能清晰地把握这个作家。本章提出并论述的“生命审美化”，即抓住了贾平凹人格的核心。

在本书第一章，我们谈过贾平凹的性格心理，那是一个与本章相近的论题。而对这一类问题的阐述，现在比那时大约会有一定的发展和深化，原因在于：其一，进入 90 年代，贾平凹渐近中年，社会、艺术、人生都更加频重地逼近他的灵魂来促使他体认，就像人生的学校在课程上给他特别加了码，使他在人格气质的老君炉中被加速烧炼，因而变得更厚重深邃了；其二，贾平凹作为一个对象，多年来笔者更自觉地对之进行了一些观察、了解、思考和体证。

笔者以前也朦朦胧胧地有贾平凹“生命审美化”这种意向，但这种认识只在感性中跳踉，没有豁然升华为一个闪亮的、明确的意思。现在提出“生命审美化”来论析贾平凹，也只有在作家本身发展和对作家认识深化后才有可能。

所谓“生命审美化”，包括两个方面的内容：一方面指主体对生命历程的回味，并将这种回味沉积于审美意识中，参与审美活动；另一方面指生命体验贯穿于主体的大部分意识活动，它的主要特征是主体脱离于理性判断和功利目的对世界做沉静的体味和审美观照。所谓大部分意识活动，即不限于创作过程，而是渗透到主体的差不多全部生活中。这种对世界的沉静体味和审美观照成了主体重要的、惯常的生命需要。

不是所有人，也不是所有作家都是“生命审美化”的。笔者过去说过贾平凹是一个艺术型的作家，在一定程度上正是指此。不过那样表述，似乎只是表层意义上的作家类型区分，没有与作家的生命张力联系起来，容易被误会成仅指作家对形式的钟爱和探求。对“生命审美化”的作家来说，美就是人生，是一种生命活动和生命过程，它宽于、大于艺术。所以他的生命运动有时是发之为艺术，有时则不是，而只是一种行动。在这种行动中，个体得到了极大的审美满足，但这种行动并不留下凝固的艺术品，不依凭物质材料可以重复地传导和展示，而是一次性的。

细细想来，艺术家这种生命体验行动，虽然不直接产生艺术品，但只要它被人们意识到了，它作为主体生命体验的美的价值便产生了作用，这种价值常常被接受者（观赏者）加合到已往或将来本主赋予凝固形式的艺术品中去。作家、艺术家的罗曼蒂克，特别是异于常人的奇特行为如狂怪等（实际是生命体验的极致），便加厚了与这些行为不相连属的该人的艺术品的审美质量。凡·高、八大山人、郑板桥、石鲁的画，张旭、怀素、康有为的书法，屈原、李白的诗，卡夫卡的小说，都有这种情况。这种“加厚”是无形的，并未改变凝固作品的组成和物质形态。这种“加厚”是通过接受者（观赏者）的心理路径得到实现的。

庄子说："天地有大美而不言。"生命审美化因其宁静、超越功利和浑朴感性的特征，而与天地自然相冥合，也便成为摆脱形式缠夹的"大美"。所以生命审美化是多途径的，就大的方面而言，大体有这样两途：一是借助于物质材料（包括语言文字），形成凝固的艺术品；二是不借助于笔墨材料，直接对生活进行审美观照，不形成凝固的艺术品。

这后一种途径是一种特殊的艺术活动，因为它是一种生命体验，生命体验是深层的艺术活动。魏晋名士们的言行就是这种行为。他们有痛苦，痛苦形成了生命张力。他们对这种痛苦的宣泄没有直接诉诸呼喊，而是通过曲折的审美途径即所谓"魏晋风度"，悲的情怀，美的表达。他们的惊世骇俗的特异言行，也像艺术品一样韵味无穷，一部《世说新语》就是这种特殊艺术的精妙记录。至于诉诸笔墨文字的艺术品，作为摅发主体生命体验的载体，也有着许多不同的情形。一般说来，这种生命体验如转换为理念而通过语言文字直抒胸臆地宣发出来，其美学品格将是比较低的；如以具象形式却又紧紧纠结着原有的理念，虽然具备了艺术的外观，但美学品格仍然不会高。只有创作主体的生命体验和对世界的审美观照达到物我两忘而尽量少插进理念阻断，以世界存在的形式表现出来，这才是真正的艺术品。

悲的情怀，美的表达，艺术家的愤懑痛苦，常常通过曲折的途径而得到摅发。中国古代文论中有不少是阐发这个道理的。司马迁说，古代的重要典籍《周易》《春秋》《诗经》《离骚》《国语》《孙膑兵法》都是受苦难者抒发愤懑的作品，"诗书隐约者，欲遂其志之思也"，"此人皆意有所郁结，不得通其道也，故述往事，思来者"。这些典籍，虽有抒情的诗歌，但也有历史和哲学，并不都是作者愤懑的直接表现。司马迁以此做体证，表达他写《史记》实是生命的燃烧。他在遭李陵之祸后，痛苦至极，最轻松的办法就是结束生命以解脱，但他没有走这条容易的路，而是写《史记》传世，以完成史官巨大的使命，“论书策以舒其愤，思垂空文以自见”，以文采表于后世，亦即通过创造第二存在的历史进行生命体验，在审美过程中成就其生命价值。对生命的钟爱就是对美的钟爱，在这个过程中他观照历史所得到的创造愉悦，可以完全抵偿他所受的苦难。

司马迁“发愤著书”说，因为具有相当的哲理深刻性，作为一种美学观，为后代的理论家所接受和发挥，如李贽《忠义水浒传序》说：“太史公曰：‘《说难》《孤愤》，贤圣发愤之所作也。’由此观之，古之贤圣，不愤则不作矣。不愤而作，譬如不寒而颤，不病而呻吟也，虽作何观乎！《水浒传》者，发愤之所作也。”蒲松龄自题《聊斋》说：“集腋为裘，妄续幽冥之录，浮白载笔，仅成孤愤之书。”其余序指出，蒲松龄少负异才，以气节自矜，但始终落拓不偶，“平生奇气，无所宣泄，悉寄之于书”，所以书中多涉諔诡不经之事，这正如屈原呵壁问天，“琦玮僪佹，以泄愤懑，抒写愁思”。这一线下来，清代的二知道人则说：“蒲聊斋之孤愤，假鬼狐以发之；施耐庵之孤愤，假盗贼以发之；曹雪芹之孤愤，假儿女以发之：同是一把酸辛泪也。”而司马迁写《史记》、施耐庵写《水浒》、蒲松龄写《聊斋》、曹雪芹写《红楼梦》，都不是胸中愤懑的直接宣泄，而是通过审美途径，以世界存在的形态，曲折地表现出来的。正是从这种曲折中，作家才得以沉静地进行生命体验，从而达到生命深层对世界的直观感知。美也由此而产生。

以上的话，似乎已经绕得比较远了，但不谈清这个问题，我们就没法认识贾平凹。

贾平凹一些可能不被人视作艺术活动的行为，实则属对生活进行审美观照之举。

在“生命审美化”中，审美主体的生命历程可以化入之后他任一时期的审美活动中去，成为诱发主体美感所独有的因素，形成一种审美通转现象。“生命审美化”越强的人就越是如此。而据笔者的经验，一个人童年时代的生活，无论是美好的生活体验，还是伴随着苦难历程的感官经历，听觉的、视觉的、味觉的、触觉的，都会在其一生的生命体验中，频繁地出来参与这个人的审美活动。我们看看贾平凹的实际经验，“慰藉以这颗灵魂安宁的，在其漫长的二十年里，是门前屋后那重重叠叠的山石，和山石之上的圆圆的明月。这是我那时读得很有滋有味的两本书，好多人情世态的妙事，都从它们身上读出了体会。山石和明月一直影响着我的生活，在我舞笔弄墨挤在文学这个小道上后，它又在左右了我的创作”，而当体味着山石明月的时候，便“悟出许许多多不可言传的意会”，把这些化入作品中，“我觉得这合于我的心境。我觉得这合于我眼中的美的世界、美的人生和美中的我”（《山石、明月和美中的我》）。

这些话一般人都不大会理解，都会视为是作家故炫诗意的胡言浪语，其实这就是我们所说的“生命审美化”。观赏石头是贾平凹一个特别的癖好，书架上放着各种各样的石头，这恐怕也是“生命审美化”的一种表现，书架上的各色石头通过贾平凹的审美意识与伴随他童年生活的山石得到沟通。

贾平凹在外观上处处都要和常人一样，显得极其平凡，但他“生命审美化”的形迹则掩藏不住而显露出来。他对童年在故乡所吃的初级原始饭食如“糊汤”“搅团”“老鸹膣”之类，至今嗜之不衰。推源中国美学史，最初对味觉之类极为重视，所以“美”字由“羊”组成，此种美便向视觉听觉通转，“情味”“韵味”“风味”等表述美感的语词，总是离不开一个“味”字。吃童年时代的饭食，并非仅仅追求食味感觉，它主要是对童年的生命体味，通过美感的联系、通转和孳乳在潜意识中复合为一种复杂的审美活动，召唤起难以言状的乡情。

不特如此，有一年贾平凹搞到几个耀州窑烧制的蓝花粗瓷大老碗，这不但是陕西农民惯用的食具，而且能给人浓烈的历史感和文化感。从此，在现代城市的文明生活中，贾平凹便对那些玲珑精巧的食具器皿弃置不顾，每顿哪怕吃一小碗饭，也要盛在这种耀州老碗里吃。这不是矫情，这是“生命审美化”。

贾平凹写文章，如果把每个字都放进稿纸的格框里，他的文思就会滞涩。他的习惯是用稿纸的背面，草稿是用芝麻大的小字斜行写出，然后仍用背面稿纸誊抄。从这个习惯里，我们同样窥察到他的生命追求和人格顽性，这其中有卑怯畏缩，也有不受约束、崇尚自由的倜傥之风。在本质上仍带有审美的性质。

“生命审美化”在不同作家、艺术家的身上会有浓淡强弱的不同表现。成就作家、艺术家的条件和机缘很多，因此“生命审美化”很深很强的人，未必都会成为作家、艺术家，而在职业从事文学艺术创作的人中，有些人的这种“生命审美化”也并不浓并不强，所以“生命审美化”不是成就作家、艺术家的唯一条件。但是有一点可以肯定，这就是：只要是大艺术家，其“生命审美化”一定是又浓又强，并贯穿其整个生命历程的。

现在我们通过贾平凹的创作来谈他的“生命审美化”。

男女之情是贾平凹作品写得最多的一个内容，其中有关的男子，约略可以分为这样三类：第一类，也是最重要的一类，是作家做自我观照即表现自身生命体验的男子；第二类，是带有流氓气或匪气的，是作家做外向体察而再现的男子；第三类，是前两类相杂糅的，即外向体察与反求诸己复合而成的男子。如果要举作品中的人物实例的话，则第一类的男子有天狗（《天狗》）、秃子（《商州》）、光子

（《人极》）、柳子言（《美穴地》）、五魁（《五魁》）等；第二类的有小男人（《黑氏》）、雷大空（《浮躁》）、村长（《远山野情》）、苟百都（《美穴地》）等；第三类的有吴三大（《远山野情》）、门门（《小月前本》）、金狗（《浮躁》）、禾禾（《鸡窝洼的人家》）等。

这里只说第一类男子。这种男子是由中国的特殊文化造就出来的，也可说是从中国封建文化中异化出来的。中国封建的意识形态是压制和歧视妇女的，在性问题上，女子仅成为泄欲的工具。贾平凹笔下的这类男子，对中国封建男权思想有其逆反的性质。他们对妇女极其尊重和仰慕，视之为菩萨，把低首下心为她们服务、给她们快乐视作自己的幸福，又绝不对她们萌生玷污、占有的邪念。他们最重“情”，柔情似水，却又汰弃“欲”，以欲为耻。这对压制歧视妇女、有欲无情的封建男权意识是一个反动，因而具有反封建的、民主的性质。但是，这类男子仍然受着中国文化的制约，如儒家行为规范中的“非礼勿动”就成为他们人格的有机成分，使他们具备儒雅的君子风范。就是说，他们的意识和行为既有着反封建的成分，又有着向封建意识就范的成分。另外，他们在气质上不能不说是一种变态，这种变态就是女性化，这同样与他们对封建男权思想的逆反相关联。因为对女性的同情和对女性人格的倾向心，使他们在气质上发生对男性阳刚之气的异化而变得女性化。这种女性化由潜意识逐渐走向明晰，到曹雪芹笔下塑造出来的贾宝玉，甚至有了怪诞的理论，说是“女儿是水作的骨肉，男人是泥作的骨肉”；甄宝玉说“这女儿两个字，极尊贵、极清净的”，“但凡要说时，必须先用清水香茶漱了口才可”。从这里，我们将不难理解他们脱去男性阳刚之气而女性化的深刻根源。

贾平凹笔下的第一类男子如五魁等，虽大多在外部气质形貌上与贾宝玉不同（贾宝玉是贵族中的公子哥儿，而他们则是下层的苦力，地位的低下和生活的重压使他们往往卑微猥琐，绝无贾宝玉的高雅风流），但在内在本质上，在对女性的意识和态度上，则与贾宝玉全无二致。从人格深层的神韵看，五魁等就是贫苦农民中的贾宝玉，这些人的灵魂中都化入了贾平凹自己的人格。正如他在《四十岁说》中说的：“爱情的故事里，写男人的自卑，对女人的神驭，乃至感应世界的繁杂的意象，这合于我的心境。”想必曹雪芹写贾宝玉也正是如此，这是创作活动中的“生命审美化”。

我们曾经说过贾平凹在作品中对神秘感的追求，我们并认为神秘应当是一个审美范畴。神秘作为一种美感，能在审美中产生诱惑和魔力，给人深邃、悬念、难于穷尽的感受。神秘其所以是深层的美感，是因为它体现了人的生命的本能，表现着人对世界的无限、永恒的追求和探索。不少人都知道，贾平凹对中国神秘文化特别是民俗文化中带有神秘色彩的内容有着浓厚的兴趣，除了经常表现于他的作品中而外，还表现在日常生活中，当他在“静虚村”参禅打坐或对事物进行灵力判断的时候，便达到了物我两忘的境界。这也是不诉诸笔墨的艺术活动，是非创作活动中的“生命审美化”。

这样，对贾平凹这样的艺术型作家来说，无论是诉诸笔墨的艺术创作活动，还是不诉诸笔墨的对世界万事万物做审美观照的生命体验行为，实质上都是艺术活动。也许他经历着许多痛苦和忧患，然而做生命体验的禀性使他永远与美同在，因为摅发忧愤的生活体验乃是一种审美活动，其结果往往会产生伟大的艺术。正是审美活动在贾平凹这样的艺术型作家生命进程中的普泛化，被我们称之为“生命审美化”。

至此，我们说贾平凹是以艺术为生命的，人们将易于接受而且不致有别的误会了。如果在文章一开始我们就把这个论断写出来，一定会有人认为是率尔夸张或轻佻的美化；或即使承认这一论断，也会理解为这指作家仅是钟爱形式的唯美主义者。对这一点，即以艺术为生命的问题，我们还可以从玄虚的理论中拔出来，而用朴素的事实来进行验证。

1988 年秋，贾平凹正在西安南郊住院，医院对他的病很重视，也管理得比较严，就在这时，他接到中国作协的通知，说美孚石油公司决定把 1988 年“飞马文学奖”授给他，10 月 26 日在北京颁奖。考虑到身体情况和医院的意见，贾平凹不打算去参加颁奖活动。笔者当时正好要去北京改稿，就和韩俊芳、孙见喜一起在京同作协领导及外联部同志商量了这件事。作协领导认为，这是一项国际奖，得主又只是一人，又要举行新闻发布会和隆重的颁奖仪式，贾平凹不出席是不行的。作协对此做了妥善安排，让贾平凹来去乘飞机，到京后安顿在前门饭店，对外保密，到时只出席主要活动就行了，这样就不会受大的劳顿。在颁奖活动过程中，作协领导、评委会的同志、北京文学界的朋友，都叮咛贾平凹要全力养病，珍重身体，最好能把写作停一个时期。这些叮咛发自肺腑，恳恳切切，表现了热爱天才的心肠。这些话，贾平凹完全能理解，也带着感谢之情接受了，但暂停写作他根本做不到。《浮躁》之后他写了《故里》《瘪家沟》《龙卷风》三部中篇；1988 年盛夏酷热，他因赶写长篇《忙忙人》累病住了院；从北京领奖回来，在病房里写了《太白山记》和《人迹》中的人部分篇什；其后，又写了《烟》《美穴地》《白朗》《五魁》等中篇。听他在《人迹》跋中说的话吧：“整日的独躺独想，起先以为是一种最残酷的刑罚，到后来便觉得有吸大烟的效果，因为夜里睡得安稳，现在不会迷糊，你想啥就来啥，睁着眼睛好像又在梦中，完全处于逍遥游，所以便疑心庄子一定是患过大病躺过病床的。”这岂不是“生命审美化”吗！同一篇文章中的另一段话，恰好可以给“以艺术为生命”做注脚：“写这些文章，家人和朋友一经发现都极力呵斥，以为我这是不死而催死。其实我很爱我的生命，病不是我写作所致，病中写文章也不受累，写文章如同打针吃药一样都是为了我活着的需要。”这已经说得相当透彻了，无须笔者再来饶舌。

读者们心里经常这样嘀咕：三十几岁的贾平凹在十几年里写了四十多本书，他是不是很苦？现在再来回答这个问题就比较容易了。既然审美活动已经成为他贯穿于整个生活的生命需要，艺术创造活动也就成为最大的精神满足，不但不会感到苦，反而会得到身心深层的愉快。这种愉快不是创造成功之后踌躇满志，恰是与创造活动同步的一种过程。所以他没有含笔腐毫的艰涩，在长年的生活中，他照样游乐，照样下围棋、打麻将、看录像、和朋友聊天，不放过电视节目中的每一场足球赛，并经常写诗、写字、作画，因为这对他来说都是艺术活动。诉诸笔墨的艺术活动与不诉诸笔墨的艺术活动有时并不能分得很清，两者运动着转换，互相渗透，相得益彰。

对“生命审美化”的作家来说，写作品是一种精神享受，即审美享受。审美怡悦并不为艺术欣赏者所独享，艺术品的创作者必先于此而领受了深刻的美感。创作者与欣赏者生发于艺术品的审美感受，其结构、情调都会有所不同。对表演艺术而外两者因不共时而互相悬隔着，但两者却共同系连在同一作品之上，都有审美神经通向同一艺术品。所以对贾平凹来说，不受既定框范制约而保持适意心境的创作，就像看戏、打猎、喝酒、赏月一样是一种享受，当然不会感到苦；而受着诸多制约的不自由状态下的精神劳作，会使他感到苦不堪言。贾平凹在《浮躁》序言之二中说：“我再也不可能还要以这种框架来构写我的作品了。换句话说，这种流行的似乎严格的写实方法对我来讲将有些不那么适宜，甚至大有了那么一种束缚。”我们在第十章中分析说，在序中贾平凹说他写得很苦，“其实他之所谓苦，并非情节推进上的左支右绌”，而主要指他在这部书的写作中，“未能时时领略那种以主观追求为依凭的艺术宣泄的创造快感”。类似《浮躁》这种创作情状在1983年、1984年就出现过，这就是我们在第六章指出的：“应当承认，贾平凹这三篇作品的现实主义化是带有一定的被动性的。非现实主义的创作方法尽管在理论上得到承认和允许，但实践中总不免受到各个方面的责难。现实主义独尊在当时几乎是带有一统之势的观念，贾平凹要创作，他的写作欲望像一股泉水，要向外涌、向前流，在本来可以流过去的方向上障碍太多，左冲右荡过不去，最后必然是从留有出路的地方向前流，这是贾平凹小说创作出现现实主义插曲的另一个原因。既带有被动性，精神就不是处在游刃有余的自由状态，创造力就受到一定程度的压抑，创作中就会失去许多放光彩的机会。”

这种情况是由创作主体的气质类型所决定的，不同的人格气质会产生不同的审美结构、不同的审美路径和对某一特定创作方法程度不同的自由感。例如对于严格写实的创作方法，贾平凹虽然也能够运用，但在运用这种方法进行创作时，他常常不得不离开静虚的审美心态，离开对世界物我合一的审美观照，而去进行他没有兴趣的理念活动，如政策的确切参照、对事物外在形貌和发展逻辑的审度等等。用绘画做比喻，他习惯于抓取神韵的中国写意画，以求在画中宣发主体的情绪和艺术个性，并追求个体感应宇宙人生所生发的禅意，而不习惯于从形到神、从表层到内部都具真实感的西洋画。

最后，必须把这样一个意思表达清楚：本章是从文艺心理学的角度，如实地描述贾平凹创作中的审美情状，并不是从社会学角度进行作家及其作品的价值判断。

很明显，《小月前本》《鸡窝洼的人家》《腊月·正月》《浮躁》这些作品，得到社会广泛热烈的赞誉，这是谁都看到的事实，而且起码在当时，这些作品的社会价值大于《天狗》《黑氏》《美穴地》《五魁》等作品。但是超越于社会功利而从文艺科学的高度来进行冷静的研究则可看出，前一组作品是贾平凹创作中带有被动性，感到自由较少，审美愉悦不够多、不够强烈，因而丧失了不少创造灵气并伴有痛苦感的作品，在一定程度上乖违了他的创作心境；后一组作品则与他的人格气质相应合，是他创作中自由适意、能领略到高度审美享受的作品。这是千真万确、无可置疑的。请看贾平凹在《四十岁说》中的自白："生命完满愈好，通往大境界的法门之程愈短，如果是天才，有夙愿，必会修成正果，这就是大作家的产生。"

研究作家的人格气质和审美意识、审美情状及其与艺术创作方法路径的关系，的确是一个意义深远的课题，所以希望上述的一些话能够被搞理论批评的朋友们正视，而不要轻率地看成是一个性情怪僻的评论者专唱反调的捣蛋。

第二十章 论贾平凹的创作方法和创作思想

贾平凹是一个很注重艺术的作家。如果宣示思想主题是文学的唯一目的，艺术只是消极的手段和途径的话，文学对贾平凹便不会有什么吸引力，他也许至今还不是作家。在贾平凹看来，作家既要用作品传达自己对世界、对社会、对生活的认识和感受，也要创造艺术美，把创造艺术美视为作家的天职，只有把这两个方面融为一体，给读者以新鲜的精神馈赠，作家才是问心无愧的。所以在贾平凹创作的各个阶段，他的生活探索和思想追求，总是与艺术的探求一起进行的，每一阶段对生活的认识和见解总是同时产生出新的艺术格局，创造出相应的艺术表现路径来。否则，他就苦闷，就不安。

因为这个原因，所以他很少有那种配合宣传和追逐思想风潮的作品。当然贾平凹不可能完全摆脱风潮的影响，只是说他的大部分作品不受这种干扰，个别作品受一点影响，一般也是局部性的。现实生活冲击他的头脑，从而产生了他自己感到独特的、新鲜的思想和艺术的时候，他才发之为创作。他的作品常常有思想与艺术不平衡的现象，一般的都是艺术的冲击力、感染力大于思想震撼力，也有个别时候因为他很自信于从生活中提炼出来的某种主题，急于以作品加以表现，其艺术往往表现出被动性和实用色彩。

下面我们探讨一下贾平凹的创作方法和创作思想。

一、创作方法

创作方法是一个理论界正在深入研究的、比较复杂的问题。但我们大致可以肯定，由于文学创作中主观与客观各自不同的地位变化以及两者所占成分多少不同而形成不同的结构关系，就成了不同的创作方法。我们根据这个基本原理以及历来的传统认识，把按照客观现实的本来面貌做真实的再现性反映的文学称之为现实主义文学，而把注重作家主观感受，只表现现实生活的神髓而并不追求形似的文学划为非现实主义文学。在非现实主义创作方法中，又依据艺术思维中主体性对客体对象的不同改造、不同变形，以及主体精神的不同呈现方式，区分为许多不同的创作方法，如我们用来称谓中国古典表现艺术体系的“意象主义”、新中国成立后我国文艺理论中视作唯一可与现实主义并列的“浪漫主义”、西方现代主义各流派等等，都是非现实主义创作方法。

贾平凹是一个艺术追求多转移的、有着很强的自变性的作家，他使用过不止一种创作方法。就大的方面讲，他既用过现实主义的创作方法，也用过非现实主义的创作方法。具体地说，第一阶段（1979 年和 1979 年以前）的创作和第三阶段（1983 年、1984 年）创作中的《鸡窝洼的人家》《腊月・正月》都是现实主义的，而第二阶段（1980 年到 1982 年）的创作、第三阶段的《商州初录》和第四阶段（1985 年、1986 年）的创作，则是非现实主义的。仔细研究起来，第一阶段创作中的现实主义和第三阶段创作中的现实主义又有所不同。《山地笔记》中的作品从定性上说，主要虽属现实主义的，但却带有很大的浪漫主义成分。特别是像《回音》《泉》《笛韵》等作品，都带有叙事诗的性质。这一时期的其他作品，也都呈现着幽美的诗的意境，萦绕着一种醉人的情思，创作主体总是活跃于字里行间。然而在这些作品中，对于对象的描写基本上还是再现性的，未做艺术的变形，所以我们仍然把这些作品划归于现实主义文学的范畴。至于在《鸡窝洼的人家》和《腊月・正月》中，主体则尽量退后，而让客观生活按照它本身的面貌和逻辑呈现在读者面前，这就是比较正规的现实主义了。

1980 年到 1983 年上半年这段时间，贾平凹创作的主要倾向是非现实主义的。这种非现实主义化，有着多方面的根源。主要的是作家感到现实主义客观再现的写法，不能够非常直接地、高效能地表现自己从现实生活中所感悟到的思想主题和生活精神，只有采取非现实主义的写法才能奏效。所以贾平凹的这种艺术精神和文学形式上的追求，并不是唯美主义的对纯形式的兴趣，而是强烈的生活探索、思想追求之后的必然要求。

贾平凹对于中外文学进行了广泛的吸收。他从中国古典文学艺术中继承到一笔丰厚的遗产。对于中国古典文艺美学精神的把握，在当代青年作家中似乎很少有人超过他，这使他能够在非现实主义创作方法中创造出一种很独特的小说体系，这种小说体系接续了《世说新语》、唐人传奇、《聊斋志异》、《浮生六记》这条文人小说即“意象主义”小说的线。在中国现代小说中，贾平凹先是由衷地喜爱并细心赏读过孙犁的全部小说，嗣后又对沈从文小说做过细致的体察和探讨。对外国文学，他既读海明威的作品学其简洁，也读福克纳的作品学其繁散，而从日本川端康成的创作中则得到更多的启示。这种启示，最主要的就是如何在本民族文化基因和文化心理的基地上来表现现代人的意识、情绪和心理。

读贾平凹 1980 年以来的小说我们就可以感受到，他使用的非现实主义创作方法，对于有效地揭示特定的思想主题、可感性极强地表现当代生活和当代人的心理，对于继承中国独特的美学精神、形成特有的艺术风格，的确是起到了现实主义创作方法所起不到的作用。《野火》（《奔流》1981 年 1 月号）、《生活》各自不同的特殊结构，都收到了以少胜多的艺术效果。《野火》中，对着林中一堆熊熊燃烧的篝火，外调走私案的三个不同身份、不同年龄、不同性格的人，都在驰骋着自己的意识活动。他们的意识活动和心理活动，各自织成了一幅色彩斑斓的网片，这三个网片从外观形式上看，各自独立，但从内在内容上看，却能连缀到一起组成一张生活的大网。通过这三幅网片的独立编织过程，深细地揭示了三种不同的个性和心理，也展示了三个不同家庭从浅层到深层、从物质到精神的隐秘的生活内容。这比起通过一个结构完整的故事来表现这些内容的写法来，就既经济，又独特，艺术笔力也显得深邃而遒劲。《生活》交叉地展现两个不同时间里的生活镜头，从对比中“无言”地暗示出作品的主题，对生活暗流中不易察觉的痼疾进行了针砭。《阿娇出浴》《玉女山的瀑布》以主人公心理活动为主线展开情节，更便于剖析人物的灵魂。《山镇夜店》和《夏家老太》也是以心理活动为线索去写情节，目的却不在塑造心理活动者的形象，而在通过这一人物的视觉画出愚昧山民的群像，在夸张写意中对山民们在权势作用下前后态度的迥异进行强烈的对比。《二月杏》《好了歌》取法于中西，写女主人公时都追求一种哀艳神秘的色调。二月杏、李玉玉这种人物形象，正象征着作家此时的美学追求和对生活既热恋又困惑的微妙感受，对于这种感受的表现，现实主义的创作是难于奏效的。

贾平凹 1983 年春所写的《商州初录》也是一种非现实主义的写法。在这部作品中，他基本实现了“单纯出世”（其实应称作“冷静观世”）的第三种创作境界。这部作品的写法主要是吸收消化我国古典文艺的美学精神所形成的。从志怪小说中，贾平凹学会了以平实的神秘感抓取读者的向往心；从《世说新语》，他学会了简练、隽永和传神；从《山海经》《水经注》和地方志，他学会了对大小地理空间的鸟瞰和统摄；从话本和民间故事，他学会了面对听众娓娓叙说的艺术；从晚明小品，他学会了行文的自由通脱；从《浮生六记》，他提高了以叙事写情的本领。《商州初录》作为小说，更接近我国“小说”一词的原本含义，即汉魏时代的“小说”范畴。贾平凹 1980 年、1981 年小说的非现实主义创作方法，是对古今中外小说博采众长而成；《商州初录》的非现实主义创作方法，则是主要承袭中国古代小说散文特别是“残丛小语”的笔记小说的写法而成。

二、创作思想

1979 年到 1982 年年初，贾平凹的大部分作品署为写于“静虚村”。这个“静虚村”是实有其处呢，还是“假语村言”？这不但对于许多读者是一个小小的谜，而且关乎作家的创作思想，需要加以解释。“静虚村”并不完全是子虚乌有。1978 年冬，贾平凹的爱人从丹凤调到西安，他原来六平方米的房子住不下了，就在西安北郊离城五六里的方新村租了农民两间厦房，一直住到 1981 年年底，才在城里分了一套楼房。所谓“静虚村”就是方新村，贾平凹 1982 年 3 月 5 日发表于《文学报》的《静虚村记》，此年发表于《泉城》第 1 期的《房东》，都是写他寓居过的方新村的。然而“静虚村”并不完全指方新村，方新村并无“静虚村”这个别名，何况贾平凹在他如今书房的门上还题了“静虚村”几个字。“静虚村”是贾平凹理想中的创作境界。

“静虚村”最浅的一层意思是安静的创作环境，“户庭无尘杂，虚室有余闲”。1979 年以前他在闹市住的时候，差不多每天都有些有事没事的人去敲他的门，于是那个小空间里的一点空气，总不能由一个人好好地呼吸，写小说的思路当然常常要被打断了。搬到方新村后，攀谈者不便来了，也没了闹市喧嚣扰攘的声浪，村巷中大部分时间是静悄悄的，院子和屋里的空地都不小，写作时不愁没有踱步子的地方——真是既“静”又“虚”，无怪乎贾平凹要把这里称作自己写作的“静虚村”了。

当然这仅仅是客观条件所造成的创作的“静虚”，这种静虚总是靠不住的，他需要造成主观的静虚。逐渐地，他练出了一种功夫，就是在有着不顺心的事情的时候、在屋里开着电视机的时候、在旁边有人聊天谈笑的时候、在孩子哭闹的时候……他都能不受干扰，平静地伏在桌前思考、想象、抒情、描写，一句一句地写下去。

不过安静的创作环境和不受干扰的心境，这仅仅是贾平凹最低理想的创作境界，仅仅是外在意义的静虚。“静虚村”最核心的乃是体现作家处理生活与创作、生活与艺术的带有哲学意义的一种创作境界，或者说是一种艺术实践的修养目标。

在 1982 年“笔耕”文学组所开的贾平凹创作讨论会上，贾平凹曾对自己的创作做过极简略的剖白。他把自己的创作分为三个阶段，也称三种境界：第一种境界是单纯入世。这指写《山地笔记》前后，当时年纪轻，心灵单纯，以童年的眼光看取生活，作品写得单纯而抒情，多写生活美，但比较浅。第二种境界是复杂处世。随着年龄的增长，接触社会面广了，交往的人多了，阅历丰富了，越来越体察出社会矛盾的错综复杂，艺术修养也有所提高。第三种境界是单纯出世。当然这不是消极遁世，而是追求思想艺术境界的高度成熟。这一境界又单纯了，但与第一种境界的单纯是不同的，这是对世界最深刻的认识和最准确的把握，而不被生活的复杂性所左右。贾平凹当时认为自己的创作还处在第二种境界，而第三种境界只有在修养、经历、表现力都赶上去的时候才可以进入，这种境界将是他终生追求的目标。所谓“静虚”就表示对第三种创作境界的憧憬和努力。他曾在读书札记中写道：“作到神行于虚才能不滞于物；心静才能站得高看得清，胸有全概，犹如站在太空观地球。”这实际上是他对第三种境界的更具体的描述。

贾平凹对第三种境界的追求，在哲学思想方面有一定的复杂性，这中间中国传统文化精神的积极的和消极的影响都有。贾平凹并没有深入研究过中国古代思想史，也没有坚实的思辨头脑，他只是凭着他灵敏的感受力感性地承受了这些影响。第三种境界有着儒家的色彩，也有着道家的味道，然而他的这种追求却非率尔为之，而是经过深刻思考严肃地实践着的。

这种静虚，有着极大的合理性，这不但表示着艺术的高度精进，同时也是认识和反映生活的一种科学方法。我国古代的一些学者在认识论和文艺心理学方面就强调过“静”和“虚”的修养。《荀子·解蔽》说：“心何以知？曰：虚壹而静。”又解释“虚”和“静”说：“不以所已藏害将所受，谓之虚。”就是要虚怀若谷，不因为心中已知的东西，妨害新东西的收纳，这就是“虚”。“不以梦剧乱智，谓之静”，不让胡思乱想干扰知觉和理智，就是“静”。荀子认为，具备了“虚壹而静”的修养，世界上有形的事物就能看得清楚，就能把握它的形象；看见之后就能描述它，不会走了样，不会弄错真伪是非。《文心雕龙·神思》是专门谈文学构思的，也说：“陶钧文思，贵在虚静，疏瀹五脏，澡雪精神。”文学创作的构思，贵在虚心和宁静，汰除心中的成见，使精神纯净。所以虚和静是作家把生活通过主体精神转化为艺术时的一种修养功夫。虚和静包括排除先入为主的成见，也包括不赶风头，保持冷静和淡泊，不让感情冲乱艺术劳动的从容的步子。否则头脑发热，热辣辣的爱憎好恶便很可能左右对事物的描写。身在此山便可能不识庐山真面，在艺术地认识对象和反刍所得到的意蕴而表现它的时候，和对象保持一定的距离，反而能清醒地认识它和真实地表现它。如前所说，贾平凹并不一定是学了荀子的思想和刘勰的理论才建立起他的艺术主张的，他“静虚”的观点，是从艺术实践中吸收中外文化遗产形成的，也是在对赶风潮文艺的比较清醒的抵制中得出的。

必须说明，上面所谈的“静虚”仅是在提笔为文时处理生活的一种修养，在此之前，在作家和生活发生关系的阶段，作家必须深入生活，对生活做亲身的体察和透彻的了解。没有这一番功夫，一开始就保持距离，这种“虚”就是贫乏、空虚。贾平凹早就决心在自己的生活基地上挖一口深井，他一直保持着与商洛故土的生活联系。仅从 1983 年年初到 1984 年年底这两年时间内，他就五次到商洛各县深入生活，足迹及于全地区每一个县的农村，其中除丹凤县因为是他的故乡的所在县而去得最多、商县是去各县的必经通道外，洛南去过三次，山阳、镇安、柞水也都去过两次。

“静虚”作为一种艺术思想和创作主张，是有独到的见地的，也是可行的，但如何正确实行这种静虚，仍然不是一件容易的事。从贾平凹的创作历程看，他在实践这一艺术主张的时候，是取得了不小的收获的。笔者以为，作为有个性的作家的一种创作思想，“静虚”是无可非议的，但应当努力使“静虚”符合马克思主义的艺术论和方法论，克服其中可能为佛老思想乘虚而入的成分。

贾平凹小说创作从《小月前本》起所发生的向现实主义的转变，受到评论界普遍的赞誉，有些论者还将这看成一种进步。实则，这种向现实主义转变的创作变化，是贾平凹常有的自变性的表现，看作发展、深化是可以的，看作进步却是偏颇的，因为这无异于说非现实主义的创作就是落后，这就表现出对非现实主义创作方法的否定，把我们的文学路子规定得太狭窄了。贾平凹 1985 年的小说创作，其总体风貌是 1981 年创作的接续，又转向了非现实主义，这同样是另一个层次上的发展和深化，而不能说是一种退步。现实主义并非贾平凹所追求的终极目标，他今后的创作将怎样发展，只有他未来的创作实践才是最可靠的回答。

第二十一章　贾平凹与中国古代文化及美学

这是一个大题目，它超越了贾平凹这单个作家研究的范围，涉及历史即中国社会形态发展和文化流变的问题，也涉及中西美学异同比较的问题。1982 年春，“笔耕”文学组在西安召开贾平凹创作讨论会时，笔者的发言其实已论及理论界现在谈得很热火的“寻根”问题和“文化断层”说（可参看《延河》1982 年 4 月号所刊《贾平凹 1981 年小说创作一瞥》一文，因为这些意见在当时非常孤立，发表时有很大删削）。贾平凹与中国传统文化的关系问题，本来就与不少大的理论问题纠结着，所以这是一个很有意义、很值得探究下去的问题。

一、贾平凹接续了历史性断线的中国表现性体系小说的创作，并把对西方现代派艺术的吸收与之冶为一炉

有人曾把吸收和效法西方现代派文学的中国当代作家分为这样三类：穿牛仔裤的、穿中山装的、穿长袍的。这当然是就作品的思想风貌和美学意趣说的，而贾平凹被归入穿长袍的一类中。穿长袍而和西方现代派有了瓜葛，好像是一个很刻薄很滑稽的调侃，实则

是颇有道理的。这原因不是别的，恰是中国古典文艺和西方现代派本来就是相通的，而且中国文艺越古老，与西方现代派的相通就越多。就这个意义讲，不特说穿长袍不为过，恐怕说穿直裰、戴方巾更接近实质一些。

就笔者所知，贾平凹对西方现代派的作品只是偶做涉猎，并不那么看重，读得并不入迷，但他反而比那些把灵魂和全身心交给外域现代派的邯郸学步的中国作家更能摄取现代派的真髓。世间事物常常这样矛盾，而究其根源，却也其来有自。艺术创作都是主客两方相互渗透结合，以美为轴心而物化为形象、感情所发生的效应。因此艺术的路径无论怎样千变万化，说到底不过是主体与客体两方在渗透结合中的不同结构而已，大的方面终归逃不出偏重主观和偏重客观这两条大径。偏重于客观，按照客观事物的外部形貌、内在本质、发展的固有逻辑来摹写现实。这是现实主义的创作方法，所持的是“再现论”。注重于主观感受，对客观事物的描写不求形似，只抓取其神髓，以作为抒写主体感受的载体，在这种创作中，客观事物常常被做了或大或小的变形。这是非现实主义的创作方法，所持的是“表现论”。中国古典文艺有两大体系，其中一大体系与西方现代派在精神上发生着相通，它们都是非现实主义的，都持“表现论”。

这就得略略回顾一下中国文学与西方文学历史发展的大势了。将中国文学的发展历史与西方文学的发展历史做一个大的比较，就会发现两者之间呈现着明显的逆反动势，一方像另一方的还原反应：中国是从表现性文学到再现性文学；西方恰恰相反，是从再现性文学到表现性文学。当然两相比较，这种逆向运动的流速是并不均衡和对等的，西方再现文学统治的时间极长，直到 19 世纪中下叶，表现文学才有所觉醒。而中国表现文学的优势地位早在 12 世纪就开始动摇了，因为这时“说话”艺术和戏剧的猛烈发展，再现文学已经抬头了。此后中国有表现、再现两大体系的文学双水分流，并峙发展，表现文学才失去了统治的优势。

失去优势地位却并不是泯灭，只是从此中国文学就成为再现与表现两大体系。我们还是把问题限定在小说这一范围内来讨论，因为这和贾平凹的创作方法有着直接的关系。

唐代以前，表现体系的小说几乎独占小说地盘。宋元以后，从民间崛起的话本小说，其基本特征是情节曲折引人，富于戏剧性。这种小说后来被文人接受，发展为章回体这种形式，这是中国再现体系小说的基本格局。但在此后，表现体系的小说仍然盛行不替。表现体系小说的基本特征是重写意，散文化，流动着充盈的艺术气韵。究根溯源，表现体系小说渊源在文人中，故重主体的表现；再现体系小说渊源在民间，故重客体的反映。

按照当今开放的小说观念，我们完全可以把《庄子》视为一部哲理小说。《庄子》中充满着艺术的抽象美。作家艺术思维中意识的流动多变是该书极突出的特征。抓蝉的佝偻者能从内到外把自己在精神上化为朽木枯枝。庄周本人在濠上观鱼时几乎把灵魂附在游鱼的身上，竟能体验到鱼在水中的感情。他在梦蝶醒后，竟然分不清自己本来是庄周呢还是蝴蝶。现代派中表现主义的代表作家卡夫卡的代表作《变形记》所呈现的不就是这种艺术气象吗！庄周曾对自己的创作有透彻的自白，说“以谬悠之说、荒唐之言、无端崖之辞”，无拘无束来抒写他的感受，其具体的抒写材料，又有所谓“寓言”（有寄托寓意的故事）、“重言”（假托名人之言）、“卮言”（支离的、没头没尾的话）之分。毫不过分地说，一部《庄子》囊括了西方现代派所有伎俩的雏形。西方现代派中的表现主义强调在创作中要直取本质，对世界从整体上做抽象的哲理的思考，将内心的情绪、体验外化为再造的第二存在形象，使内心的主观感受得到表现，《庄子》的基本特征正是如此。这部书不但闪射着一切西方现代派特别是表现主义的幻影，而且比它们实践得自如圆熟。

我国5世纪出现的《世说新语》一书，是魏晋名士言行的记录。汉末至魏晋是一个动乱的时代、悲剧的时代，正如尼采说的："受痛苦者渴求美，也产生了美。"魏晋名士往往对现实中的悲剧直接采取审美观照的态度，对悲的情怀做美的表达。他们的清谈和放达脱俗的行为，实质上是一种不诉诸笔墨材料的艺术创作活动。他们从求美中来散发他们的痛苦，他们的精神生活就是一部宏阔的艺术品。正因为如此，记录这种特异言行的《世说新语》便成为一部表现性极强的小说。《世说新语》不重外物的写真，而由外物摅发人内向的情绪活动，这样到处存在着美，到处可以求美。有时又把人的情绪注入外物，使外物人格化，带上主体人的感情意绪。《世说新语》还常常抽象出某些事物的丰采神韵，创造出一种意境，作为能动的艺术象征来写人。这种笔墨，远离开形的刻摹，而所抓取的神韵却更鲜明可感。

唐代的"传奇"，是一种结构完整、描写细腻的新型小说，虽表现、再现兼具，而因为文中融贯了作者独特的艺术气韵，也显示出极强的表现性。这种艺术气韵是表现作者气质个性和艺术个性的融贯于文中的气脉和丰采。作家在创作中越是带着艺术思维过程的兴奋，时刻对这种气脉和丰采把玩着、品赏着、感受着、追求着，其作品的表现性就越强，这种艺术气韵也就越能为欣赏者所感受。

谈中国表现体系的小说，我们不应忘记清人沈复的《浮生六记》。《浮生六记》的艺术气韵尤为浓烈，散文性也极强。读此书，我们心灵为之陶醉的，并不在书中那些细琐平凡的情节，而是依附于这些生活情节而又在这些情节之外的醉人的韵致。西方现代派小说虽无中国表现性小说笔墨情味之美，但在重主观、重对感受的表现上，其精神是完全相通的。

由以上简括的点式的回顾可以看出，由于中西文学流变相逆的原因，中国的小说在创作时代上越向上溯，与西方现代派的相通越多。这就是说，西方新兴的文学表现路径，却是中国文学古老悠久的传统。当代西方学者和艺术家，每每惊叹中国古代文学所显示的神奇的现代气息，因为他们深深地感受到，他们现在所醉心玩弄的那些艺术伎俩，中国早在一两千年前就蔚成大观而产生了众多的作品。相反地，中国却有不少人数典忘祖，对西方现代派睁起倾慕、好奇的眼睛。

好了，现在我们应该把笔收回来谈贾平凹了。我们其所以在谈贾平凹以前要回顾中国小说特别是表现体系小说的发展历史，是因为我们认为中国表现体系小说在“五四”文化运动之后断了线。从“五四”起，中国小说成了再现这一体系，它包括中国原有的中国再现体系小说即章回体和外来形式的小说。当然外来形式的小说在中国国土上出现，用来写中国的社会生活，必然发生着很大程度的本土化，但它的基本形式却是以西为“体”而以中为“用”的。在这种情况下，时间过去了六七十年，突然在贾平凹小说中我们发现了久违了的中国表现性的小说。中国表现体系的小说又复苏了，对此，难道不应该大书特书吗?

表现性这一文艺路径成了世界文学的新潮流，有见识的中国文学家将怎样对待这一潮流？是搬用西方现代派的一套吗？有些人就是这样做的，但很快就发现这种路子对广大中国读者来说浮而不入，难以在中国国土上生根。有人会说，二三十年代，有不少中国的小说家、诗人都这样搬用外域的办法，不是也搞出了名堂吗？但 80 年代的情况和二三十年代不同了。二三十年代的作家、诗人，大部分留过洋，他们这些文学出来之后，其读者主要就在他们这个圈子里，读者面小得可怜。现在，全民的文化水准提高了，文学必须面向全民，文学在寻求读者方面，对广大职工、学生、青年工人甚至青年农民都有依求性。小说如果失去较广的读者面，就难在当今时代里存在。这就是为什么1983年前后有一批青年作家对中国文化抱虚无主义态度，对西方现代派趋之若鹜，不但自己亦步亦趋付诸实践，而且向文坛发出极高的呼唤，但是过了不久他们就把自己的主张置之不顾，向后转了一个身，大写起所谓乡土文学来了。所以全盘搬用西方现代派不是好不好的问题，而是行不行得通的问题。

那么是不是说作家只有安分地固守在写实的疆界里才是正确的抉择呢？也不是。面对表现论的世界文学新潮，中国作家原是有登上世界文学高峰的捷径可走的，只是许多人缺乏高远的眼光，反以为这个捷径是通向墓地的。这个捷径是什么？就是改造中国根基深厚的表现文学传统，化腐朽为神奇，使中国表现文学传统在新世纪里放出奇异的光彩。贾平凹选择的正是这一条路子。中国表现性小说的复苏，是现代意识武装了作家，使作家视野开阔到对古今中外文学做全方位审视的结果。贾平凹有一个自觉的大纲领，这就是以中国深厚的美学传统来锻铸自己的小说艺术，用以表现当代人的情绪和心理。

说是一条捷径，实际上在文学实践中也得花费巨大的艺术心血和创造性劳动。它所需要的不仅是筚路蓝缕的拓荒精神、兀傲独立的艺术性格，还有对传统艺术的诚挚的向往心和灵动的悟性。这些条件，贾平凹都在求索中努力创造着。因之他用中国传统的表现性笔墨来述写现代生活和当代的心理意识获得了成功。走这样的路子写出来的作品，在总体上显示着中国古代表现性文学的美学精神，同时也和谐地融化了西方现代派的技巧。贾平凹1980年到1981年的小说，差不多都使用这样的非现实主义创作方法。这种创作方法，从主观感受出发，在从总体上把握生活时，常常在突出着作家对生活独到的发现。要表现生活的病态，只需把它的一条病腿放大若干倍，以显示其畸形、疮疡和不健全，而对躯体的其他部分，则尽可以略去。这种写法用现实主义的标准来衡量，自然是不全面、不真实，甚至带有荒诞性，但用表现论的眼光看，却非常警辟。它是把生活本身的荒诞置于放大镜下加以展现，给人刺激，使人震醒。《上任》《下棋》《山镇夜店》《夏家老太》《年关夜景》都是这样的写法。这种写法有寓言的素质，在《庄子》中比比皆是。《好了歌》《二月杏》都是篇幅近于中篇的作品，这两篇作品对其女主人公的染写，都追求一种哀艳神秘的色彩，作品中流动着表现作家意绪和美学追求的独特的艺术气韵，看得出我国古代表现性小说尤其是唐人传奇的直接影响，也和谐地融进了西方现代派的一些技巧。

贾平凹那两年中的非现实主义小说，除了总格局上对现实的重大变形而外，在景物和环境描写方面，也都是重主观感受的写意笔墨，如《阿秀》《玉女山的瀑布》《年关夜景》等作品中的写景都是如此。这种写景就很有《世说新语》写景的艺术韵味，也可见出中国古典诗词将意识潜入景物的文笔特色。这样的大章法和这样的写景，同从西方现代派手法中吸收的以人物心理意识为线索去推进情节的写法冶为一炉，就显得无迹无痕、异常和谐。经过贾平凹的艺术熔冶，中国古典表现体系小说与西方现代派小说在大精神上的相通，就被切实勾连起来而艺术具体化了，又加上这些小说的内容真实显现着当代中国人的心理意识，使得贾平凹的作品虽然继承了中国古典文艺的优秀传统，却又无过时之感，没有遗老遗少气息，当然更没有“西崽”味，所以显得很新，很有时代风采。

对中国文化和美学精神的接受与吸收，大忌食古不化。这种接受和吸收是出于表现现代中国现实生活的需要，所以当代文学中即使是手法，即使是有意味的形式，也决不能只是中国古代文学的变相重复。这种接受和吸收是站在当代的基点上的。然而当代的中国又是从古代的中国发展来的，中国古老的文化不但成为中国新文化的某些细胞和血肉，中国的现世生活不但不时闪射着古老中国的各种姿影，就是20世纪六七十年代出生的中国青少年，其心理上也不能不传承着祖辈父辈心灵的历史遗痕。中国的传统文化沉积在中国人生活的各个角落中。所以对古代文化应当是取既挚爱又役使、既仰慕又挥斥的态度的。那种像描红一样比照着中国古代文学艺术亦步亦趋地炮制作品的行动，就十足地没出息，叫人惋惜；而那种认为时代变了，已经是电子时代了，中国文学艺术家就应该用黑布把中国古代的艺术和美学严严实实地蒙起来，免得沾惹了“土气”，而西方文艺才是中国文艺寻找出路的救星，这种认识更是浅薄之至，更令人感到可怜！祖国的文学艺术家们，笔者有一句箴言，不知你们能否赞同：又是当代的，又是民族的，又是开放的，这三个支点只要缺了一个，你的产品就难于挺撑在时代文艺的峰巅上。

二、在对美的追求和对人生意义的探寻中，贾平凹感性地、不成体系地接受了中国的古典哲学

哲学给艺术以躯骨和灵魂。在1980年以前，即《山地笔记》的创作期间，贾平凹才涉足社会，这是他艺术生涯的少年期，既不十分了解人生之艰危，又未真正窥透艺术的深浅。那时他还很单纯，没有既定的宇宙观，没有起码的哲学武装，或者说还未戴上哲学的镣铐。1980年以后，贾平凹对社会了解得越来越多，在对生活的沉思和对古代文化的揣摩中，才初步有了他的哲学思想。当然这里的

所谓有哲学思想和无哲学思想完全是相对的。和在此之前更多感受到的是人生的光明相反，贾平凹一旦接连体味了一些生活中的阴暗部分，诸如民性的愚昧麻木、世态的反复多变、人情的冷暖无常等等，以前对人生的光洁单纯的眼光，适足以加剧他此时的悲观、失望，甚至使他涌动着浩茫的痛苦。这种悲观、失望和痛苦，对于一个平庸的人，往往是沉沦和毁灭的毒药；而对于一个追求美的人，对于一个勤奋而有才华的人，却会成为事业上奋发的动力。对这个道理，我国在各个时代都有人总结为深刻的理论命题，屈原有“发愤抒情”说，司马迁有“发愤著书”说，韩愈有“不平则鸣”说，欧阳修有“穷而后工”说。对贾平凹 1980 年的大转折亦应作如是观，他的朦胧的哲学思想也是在这个过程中酝酿出来的。

在这个过程中，中国古代文化和古代骚人墨客的情怀和志趣，对贾平凹的影响太深了，中国古代文化在社会历史中的流动和向现实渗入的力量，对这样一个心理气质的作家来说是太强烈了。特别是在他痛苦惶惑的时候，古代失意的文人才子那种厌弃世俗、离群索居、投向大自然怀抱去寻找美和心境和谐的共同举措，通过古代诗文向他呈现了巨大的诱惑力。贾平凹在这一时期对宇宙人生的苦思冥想，空前沉静、深入，结果，他从对中国古代文化的混沌感受中，感性地、融合性地接受了中国的古典哲学，其中既有儒家的宽和仁爱，也有道家的自然无为，甚至有着程朱理学对世界的客观唯心主义的认识。在这种融合中，老庄哲学似乎占了较重要的地位，而禅宗的妙悟也使他获益良多。根据这种融合性的哲学观念，贾平凹认为，人应该超脱、达观，应该站在宇宙中俯瞰时空，对世界、人生、历史做冷静的观照，而不应加入其中，汲汲于得失，与世俗时风相俯仰。然而这种超脱与达观，并不是彻头彻尾的遗世独立，否则他也不会是勤奋创作的作家了。

如前所述，贾平凹对中国古典哲学的接受并不是系统地、理论性地完成的，也未达到完整和成熟的地步，他是在对古代文化知识的驳杂的接触中感性地接受中国古典哲学的。再需要说明的是，对贾平凹有极大影响的老庄哲学，是我国独特的、对人类文化有特殊贡献的宝贵的思想文化财富。辩证唯物论是科学的世界观，是我们认识世界的一把大钥匙，它从总方向上指导着我们的思想、生活和工作，而老庄、禅宗等哲学财富，也充满着人类智慧，常常能使艺术开出极富生命力的花朵。哲学上属于唯心论的体系，作为世界观和认识论的指导是错误的，但世界上如果压根儿就没有唯心论，唯物论将失去对立面，不能发展，难于深化。从这层意义上说，唯心论就有其存在价值，何况唯心论哲学的不少命题，常常显示着它的独到之处，作为方法论方面的启发，往往有其特殊价值。特别是作为美学财富，唯心哲学颇能见其优长，如果要给中国古代哲学从美学史角度来排次，庄子和孟子是决不在王充、柳宗元之下的。谓予不信，请打开中国美学史，看中国古代美学阵营中，唯心主义者占了多么显赫的地位。人们会立即产生这样的印象：笔者在为唯心论辩护、开脱，那说明贾平凹是唯心论了。其实不尽然。贾平凹尚未成为一个思想家，对于这样一个并无完整成熟哲学体系的作家，庄禅在他的哲学思想中占有重要地位，并不意味着他的哲学思想中不包含唯物主义。有人又会马上反诘：那岂不是二元论了？笔者说，既是不成熟，二元论有什么奇怪的！对于当今的中国青年作家或艺术家来说，有点庄禅佛老未见得就是坏事，也没有什么可怕的。

贾平凹的思想转变和哲学观的初步形成，从他的创作中是看得很清楚的。1980 年以前的他唱的基本是田园牧歌；1980 年的《山镇夜店》《夏家老太》《上任》等作品中，还透着一股愤世之情，有着强烈的理论意向；而到 1981 年所写的《沙地》《“厦屋婆”悼文》

《好了歌》《二月杏》等，那种超时代的倾向、美丑互渗的美学观、对人生的超然和冷漠态度，就看得出哲学观对创作的制约和指导作用了。

我们在上一章曾专门谈过贾平凹的创作思想。创作思想和哲学思想是有着直接关系的。贾平凹创作思想中最核心的内容是“静虚”。“静”和“虚”是中国古代各派哲学家都使用的非常重要的哲学概念。贾平凹“静虚”的创作思想和他对社会达观超脱的态度是相一致的。他所追求的最高创作境界是“冷静观世”，这时世界复杂的运动变化，在他看来都是合规律的“道”的表现，用不着激动和大欢大悲。作为作家，应站在时间和空间的高处，对世界采取冷静直观的态度，这样才能最本质、最准确地把握世界。如果不超脱，滞于外物，精神不够静，被迷离的外物所扰，心胸不够虚，为先入为主的成见所左右，对世界的反映和表现必然会是虚假不真实的。作为文学创作的大法，“静虚”的创作思想是无可指责的，它与取得生活阶段向生活深层的进入和体验，及创作中对对象细致精微的描绘，都是不矛盾的。事实上，这些方面贾平凹都做得很好。所以如果以为“静虚”就是远离实践，就是杜门不出和忘怀世情，那真是痴人面前说不得梦了。

三、客观方面地利上的文化熏染，加上作家主体方面强大的艺术吸收力，形成贾平凹创作上的所谓“秦汉风”

评论界有些人认为贾平凹的《商州初录》《腊月·正月》等作品有“秦汉风”，这个看法是有美学眼光的。特别是《商州初录》，“秦汉风”表现得更为强烈。笔者主张“秦汉风”可称之为“秦汉风采”，作为一种时代精神与“盛唐气象”相对偶。贾平凹创作中的

“秦汉风采”，也是我国古代文化在他身上潜在渗入的结果。

商州是中原文化与楚文化的交叉地带。这里在战国时代与关中就是相沟通的，从战国时代秦国和楚国的战争，到明末李自成领导的武装斗争，这里都是一些战役通道。这样，商洛人的文化心理结构自然也表现出两栖性，与关中有着较多的共同点，所以以商州为表现对象的文学就取得了具备秦汉风采的一定的条件。当然所谓秦汉风采对文学来说主要是就其艺术风貌而言的，即使表现对象与“秦中自古帝王州”的关中没有多大关系，只要作家身上有强烈的秦汉气质，作品同样可以具备秦汉风采。贾平凹作品之所以能表现出秦汉风采，大致有以下这样一些原因。

第一，这种艺术风貌的根源，首先在于生养作家的这块土地。本来贾平凹赋有南国气质，我们说过，他富于婉约派词人的才情。然而他毕竟是陕西人，土地母亲在他身上留下了汉唐文化的遗传因子，使得他的创作在创作主体方面潜存了诱发秦汉风采的条件。一个如果一直生活在江南的作家，无论他怎样追求博大沉雄，也是难于表现出秦汉风采的。

第二，多年来，贾平凹都生活在关中，这里从地理形胜、道德民情，到文物古迹、民间文艺都散发着浓烈的汉唐历史的氛围气。中国作为一个文明古国，最光耀的历史是在哪些朝代？无疑是汉、唐两个封建帝国。这两个帝国在当时都有君临世界之势。它们气魄很大，无所顾虑地向外开放，对外域丝毫不搞封锁，能够大规模地收纳外域文化以充实自己，发展自己。由于文化根底的深厚，这种收纳总是有力地消化外域文化，将外域文化本土化，变为自身文化的有机成分，从而使中华文化在世界放出更夺目的光彩。汉、唐两大帝国的京城都在关中的长安，长安在这两个时代成为世界瞩目的地方。所以时至今日这里的居民还表现出对传统文化的巨大的自信力和对外域文化的消化力。渭北原上连绵高隆的帝王陵墓，咸阳之西霍去病墓上气象雄放而魔力无穷的西汉石刻，临潼秦始皇陵之东震撼世界的秦代兵马俑，关中土地上发现的无数秦砖汉瓦……这一切都足以使人们产生一种历史的膜拜心理。

然而这种古代文明，潜在的文化积存，即道德、礼仪、风俗、民间艺术中所渗透的古代哲学、神话、宗教意识等，在许多情况下又常常成为无形的精神包袱，使这里的居民本能地持重、潜沉、内视、守旧，对无论怎样五光十色的外部世界，也表现得平静冷漠，不为所动。这虽然具有不锈钢似的抗腐性，却又表现出极大的历史惰性。贾平凹在描写商州的社会生活时，把这点揭示得非常充分。所以我们要看到这种深厚的文化积淀，不应割断和抛弃这一伟大的传统文化根基，但我们决不能拜倒在历史脚下，不能一味缅怀古昔，而是要前进，要腾飞，要开拓。

盛唐气象是一种时代精神，秦汉风采也是一种时代精神。从时代意识和审美特色来判断，我们可以给盛唐气象归纳出开放、华美、流丽、抒情这样一些特质，秦汉风采的特质则可归纳为宏阔、厚重、朴拙、幻想。这两种时代精神的凝聚中心都在关中，我们在新的时代里创作文学艺术作品时，就应当发掘秦汉风采、盛唐气象那种勃发向上的精神真谛，使之与腾飞的时代相适应，使汉唐文明那种气概和活力在新的历史时期重放光华。

第三，不一定所有的陕西作家笔下都能勃发出秦汉风采来，而贾平凹的创作表现出秦汉风采也不是偶然的，这是他对历史文化那种强大的吸收力所决定的。这种吸收力和陕西所固有的秦汉氛围相感应，就产生了他笔下的秦汉风采。关于这一点，贾平凹本人的两段话，作为这个问题的说明，会更具体、更深刻、更准确。

在散文《秦腔》里，贾平凹写道：

> 在黎明或者黄昏的时分，一个人独独地到田野里去，远远看着天幕下一个一个山包一样隆起的十三个朝代帝王的陵墓，细细辨认着田埂上、荒草中那一截一截汉唐时期石碑上的残字，高高的土屋上的窗口里就飘出一阵冗长的二胡声，几声雄壮的秦腔叫板，我就痴呆了，感觉到那村口的土尘里，一头叫驴的打滚是那么有力；猛然发现了自己胸中一股强硬的气魄随同着胳膊上的肌肉疙瘩一起产生了。

作家身上神差鬼使地产生的这种分不清是物质还是精神的东西，作文时外化为风格气质，不就是秦汉风采吗！

另一段话是从霍去病墓前的石刻卧虎谈起的（《“卧虎”说》）：

> 前年冬日，我看到这只卧虎时，喜爱极了，视有生以来所见的唯一艺术妙品，久久揣赏，感叹不已，想生我育我的商州地面，山川水土，拙厚，古朴，旷远，其味与卧虎同也。我知道，一个人的文风和性格统一了，才能写得得心应手，一个地方的文风和风尚统一了，才能写得入情入味；从而悟出要作我文，万不可类那声色俱厉之道，亦不可沦那轻靡浮艳之华。“卧虎”，重精神，重情感，重整体，重气韵，具体而单一，抽象而丰富，正是我求之而苦不能的啊！

这不是作家在艺术探索中秦汉意识的自觉的萌发和醒悟吗！

贾平凹作品中所表现的秦汉风采的主要特征有三个方面。

一是厚重朴拙。从 1981 年开始，贾平凹对他以前作品中的轻灵纤巧之风已甚感不满，对社会的深察和年龄的增长，使他的艺术召唤着苍劲朴茂之气，他一反空灵而追求沉实厚重，一反秀整而追求通脱放野，这是给他作品带来秦汉风的重要因素之一。这一点在《商州初录》里表现得最为突出。我们看秦代兵马俑，它是那样纪实，人和马从体积到造型，彻里彻外以生活为范本和尺度。人手所持必真刀真剑，毫不假借；人马在坑中排列，又实实在在，不留虚宝。另一方面，秦汉艺术的概括力又是那样惊人。在汉代的陶制品、木石雕刻中，艺术家似乎特别尊重原材料的本来形态和固有质地，不让它去完全迁就表现对象的外在真实，然而这样做反而把材料原有的质地和形态转化为艺术品神韵的有机部分。我们看汉墓中的陶猪、陶鸭，霍去病墓前那些粗重的大石略施刀凿而创作成的动物，一个个都涌动着生命活力，那使人心悸魄动的马踏匈奴，绥米东汉画像石上那些舍去细部却神态益见逼真的人物，又都是多么单纯和富于艺术的抽象美。秦汉艺术这种宏阔雄放的气度，是当今文学艺术效法不尽的美学渊薮，作为一个青年作家，贾平凹在这方面似乎比其他人“捞”到的东西多得多。

二是开放气息。这里说的开放气息，当然不是指文学表现对象所具的品格，而是就作家的视野和艺术胸襟而言的。商州是块闭塞的天地，正是这种闭塞，才造就出这块地方那浓烈的山野味和突出的个性。但作为80年代有远阔视野的作家，却必须用开放的眼光来写这种闭塞。这种闭塞与外界发生连通之后所形成的反差，能显示出一种独特的时代感。这是贾平凹作品秦汉风采的又一个因素。

秦汉艺术给我们的那种宏阔博大的感受，是历史形成的时代风气的映现。这种时代风气不纯是出于秦皇汉武的创造，反而应该说是这种时代风气造就了秦皇汉武。然而不可否认的是，秦皇汉武在促成秦汉的开放气息中，是起了他们极大的历史作用的。以汉武帝为例，这个富于才略的封建君主在政治经济各方面都有一种开放的气度。为了打通到中亚的通道，与匈奴打了几个重大的战役，又多次派张骞出使西域，到了大宛、康居、大月氏、大夏等国，后来又和缅甸、印度、朝鲜、日本等国发生了贸易关系。这样，长安和西域的交通畅达了，外国使节和客商就往返在这条通道上，他们带着本国的贡品，如名马、大雀、狮子、火浣布、割玉刀和杂技魔术歌舞演员到长安，又把中国的特产带回本国。这是汉代艺术有开放气息的根源。这种开放气息，表现为对本域和现世的不满足，把眼光放到外域甚至非人间的世界去。歌舞中出现了由演员装扮的、外国进贡而展览在建章宫绮华殿里的奇禽异兽；胡曲《摩诃兜勒》成了宫廷的流行音乐；盘鼓舞象征着人在太空中飞翔遨游；绘画和演出节目中的裸体艺术既有着原始遗俗的因素，同时也表现着在开放风气的鼓荡下，统治者中有不少人追求着病态的刺激。当代中国社会的开放，恰与秦汉时代的开放形成历史的共振，这使得贾平凹作品的秦汉风采不是给人尘封文物的感觉，而是涂染了强烈的时代油彩。

贾平凹作品中所表现的创作主体的开放眼光，总是把商州与外部信息世界用无形的线连接起来，表现萌芽的商品经济要求着与外界相沟通的巨大的潜在力量，或写禾禾、门门在商州土地上骚动不安，在做着冲向外部世界的努力，或让外部世界的一丝半丝风吹进商州来，让戴蛤蟆镜穿牛仔裤的嬉皮士出现在穿长腰棉裤捉虱子的山民中间，展现一种有时代色彩的喜剧镜头。这些内容的描写，借助于各种灵活的文学描写上的现代手法，造成文学风格上的开放气息。这些现代手法不是舶来品的生搬，人物的骨骼和肌肤中都活跃着作家自觉不自觉地吸收来的秦汉精神的艺术细胞。

三是神秘感。贾平凹在作品的许多处指出过商州给予人的神秘感，这是一块神秘的土地。相应地，神秘感也成为作家写商州的一系列作品的重要的美学追求，就中尤以《商州》《商州初录》《商州世事》《古堡》为最。这些作品中那色彩浓郁的民俗活动，因人迹罕至而保持着原始形态的林水山岩，叫人猜不透的古老宗教意识，想和人建立某种联系及怀着对人的仇恨而世代奋斗的狼、麝等的恐怖活动等等，使商州固有的神秘感得到艺术的呈现，作家的美学追求也获得了成功。这是贾平凹作品有秦汉风采的第三个要素。

观赏唐代艺术，我们不产生神秘感，而秦汉艺术却给我们强烈的神秘感。这种神秘感是秦汉艺术所固有的。这不仅是由于秦汉艺术古老，主要还与秦汉时代人的意识有关。以汉代为例，汉诗中具有很强的哲学情调，主要是对宇宙人生进行了悲剧性的思考，在其大无外的宇宙天地和无始无终的时间面前，人的生命显得太短促了。士大夫于是得出了及时行乐的颓废结论："当须荡中情，游心恣所欲"，"昼短苦夜长，何不秉烛游"。这种意识我们从汉人的墓葬中可以得到强烈的感受。墓中的明器如谷仓、畜类、酒器，画像砖石上的高屋、华堂、车马、奴婢、歌儿舞女，表明他们生前还没有享受够，死后在另一个世界里仍要继续过这种生活。但这毕竟是虚远的、消极的。更积极一点，他们就想到长生不死，永远活着过享乐生活。秦皇汉武是伟大的，也都是梦想长生的典型人物。于是言神仙、言不死药、言黄白术的方士就应运而生，李少翁甚至用化装术和幻术变把戏，安排汉武帝和死去的李夫人会面。这个时代外域异物的输入也启发和助长了人们对神仙世界的幻想。西域的魔术师不但把火种点燃到各种娱乐场合，而且使方士在得到这些伎俩之后如虎添翼，动辄大兴云雾，易貌分形，使皇上大上其当。所以汉人在墓葬中除给死人安排了生人的物质享乐而外，还安排了一个神仙世界。在画像砖石上，到处是云气、星座、怪兽、羽人，日中有三足乌，月中有捣药兔，伏羲女娲人头蛇身，西王母高踞在昆仑山上。当时的皇家俱乐部——平乐馆所演的节目，有青龙白虎奏乐，有仙人女娥、洪涯的活动，东海黄公给白虎施厌胜术，舍利兽在烟雾迷茫中变为比目鱼，比目鱼又变为八丈黄龙。汉代的美术、舞蹈、萌芽状态的戏剧，就是如此充满了神秘感。贾平凹作品中的神秘感与秦汉艺术中的这种神秘感内容虽有不同，但作为审美形态却是相通的。

这里要特别说明的是，神秘这个概念，在我们以前的文艺评论中很少使用，也不可能、不允许做正面阐释，因为“左”的理论体系必然会说这是在宣传神学，宣扬不可知论。实际上古今许多文学家、艺术家都在创作中追求着神秘感，别的不说，只要翻翻苏东坡的《石钟山记》散文和《游金山寺》诗就知道了。我们这里所说的神秘不是一个思想范畴或认识论范畴，而是一个审美范畴。美唯明丽，必失之浅。中国古代诗文绘画写画江山风物，每以烟云笼之，赋予无限凄迷，于是深邃朦胧，摄人魂魄。这种朦胧美、深邃美、神秘美，在当代将焕发出无穷的美学光彩。神秘作为一种美感，给人深邃、悬念、难于穷尽的感受，能在审美中产生一种魔力。神秘即使作为一个认识论范畴，也不一定就是诱惑人皈依宗教，而是潜意识地表现着对宇宙、对时空、对人类、对动植物的奥秘的执着思考和刻意探索的精神，以及对奥秘不能认识时的憾怅心理。

四、转益多师，广泛沾溉于古代文艺以摄取营养，使贾平凹创作的艺术风貌获得了丰富性，并不断走向深化

记得苏联的帕乌斯托夫斯基在《金蔷薇》一书的某篇文章中，说过大意是这样的话：每一个作家差不多都有一个自己的艺术守护人，这个艺术守护人的作品，能奇迹似的鼓动起这一作家的创作活力，招致滂沛的艺术灵感。当贾平凹成为一个自立性很强的作家以

后，他的这种艺术守护人似乎特别之多，在同一时期，古今中外有好几个。不特如此，这个艺术守护“班子”的构成还总是不断地变动着。这和贾平凹艺术追求的永不凝冻，永远处于“变”的过程是有关系的。

在创作《山地笔记》阶段，贾平凹对中国古典文学的学习和吸收，主要还是在浅层的艺术形式方面，如炼字炼句、描写的招式、抓取有意味的细节、以空灵的文笔造成幽雅的诗境等等。这时候他在古典文学领域内主要学习诗词、山水游记、《聊斋志异》、《红楼梦》等。后来他读书越来越杂，除古典文学名著而外，百家杂书以至麻衣相法、佛学大纲他都读。读书的驳杂和他1980年对社会的洞察，1981年、1982年对人生意义的探求，是同步发生的。读这些书既帮助他认识理解社会人生，又使他全面地接触并吸收着中国传统文化。

贾平凹接受中国古代文学和美学精神，不只通过读书一途。一个民族的文化，渗透在生活的各个领域和每一角落，广泛的爱好和锐意追求的艺术志趣，给了贾平凹摄取古代文化的多种途径。如欣赏古代文人画、练习书法、看地方戏、听民间音乐等等经常性的艺术活动，成为他陶冶性灵、磨砺艺术才能、学习民族美学的非常有效的课堂。他在创作中对人们感受到了而说不出来、文学也从未表现过的许多生活内容和生活情味，得之于心应之于手，表现得那样准确和充分，如写白浪街、陈炉、黑龙口、秦腔戏等的散文，读来令人如食哀家梨，如遇麻姑搔痒，十二分的过瘾和舒坦。这种功夫，在很大程度上得力于中国古代文化和美学所给予的馈赠。

说贾平凹转益多师，一方面是指他摄取古代文化的多种途径，另一方面也是指他在古代（近代）作家中有众多的老师。这些老师主要有司马迁、陶渊明、柳宗元、苏轼、李清照、施耐庵、蒲松龄、曹雪芹、苏曼殊诸人。在这众多的老师中，他最早学习的是李清照、蒲松龄等。后来他逐渐不喜欢自己以前那种纤巧、空灵、柔弱的情调，追求厚重、苍茫、朴拙、放野、通脱，笔下出现了秦汉风采。这既是自我否定，也是自我发现。这时他的主要老师是苏轼和司马迁。

贾平凹学习苏轼和司马迁，是学习他们人品文品的精神，而不是留意于皮相的形式。孟子说过，一个善于学习和吸收的人广交天下善士犹不能满足，还要和古人交朋友，向古人学习。向古人学习，不能死啃他们的作品，而要了解其全人，要“知人论世”。贾平凹学习苏轼，就是从他的为人和生活态度入手的。作为一个古人，苏轼可以挑剔的地方当然不少。他的思想很复杂，以儒为主，出入老庄和释氏，但对每一家似乎都只取所需，参互运用。他虽然时常在失意时免不了透出消极的情绪，但总的看来，胸怀是旷达的，任何逆境中也能不失去基本的平静，并保持自己的品德和节操，而不自暴自弃。苏轼把这种生活态度发之为诗文词赋，将中国古代文人的哲学和美学思想发挥到了极致，几乎达于化境。贾平凹对这样性格丰富、思想充实、才学博大的古代大文学家当然是仰慕的。苏轼的文学和他的为人是浑然一体的。他的作品写得那样坦诚自然，毫不做作，也没有说教味，常常把入世与出世、旷达与消沉、积极追求与随遇而安等这些对立的方面，完整浑然地统一在同一作品中，自我塑造出一个属性丰富的哲人和文学家形象。贾平凹也仰慕这样真实表现自我而又能给人以思想启迪和审美陶冶的文学。在贾平凹的散文中，我们到处可以感受到他对世界、对人生、对自我和对美的苏东坡式的赤诚抒怀。

在艺术方面的借鉴，更多更直接的是苏轼散文的行文态度。苏轼对于自己的散文创作有精辟的剖白，他说：“吾文如万斛泉源，不择地皆可出。在平地，滔滔汩汩，虽一日千里无难；及其与山石曲折，随物赋形，而不可知也。所可知者，常行于所当行，常止于不可不止，如是而已矣。”他在另一处重复这个意思时，又有“大略如行云流水，初无定质”“文理自然，姿态横生”的话。贾平凹对苏轼这些主张和实践非常叹服。在小说《小月前本》《商州初录》以及散文集《爱的踪迹》的许多篇什中，贾平凹就是在着意吸收和贯彻这种艺术精神。他在写这些作品时，文笔放得很开，毫无拘束，更多地遵从着对象的形质和依凭思维、情绪的乘载，竭力摆脱一般流行的那些文法和文章结构律则。这样做又不同于常说的“剪裁”，说剪裁就不是随物赋形任其自然，而参与了过多的人为功夫。

贾平凹创作所显示的秦汉风采，颇得力于司马迁。从《史记》的《太史公自序》和司马迁给任安的回信中我们知道，司马迁在遭到当时几乎无法承受的灾祸的时候，他最轻松的办法是自杀，而巨大的责任感终于战胜了这种念头。自杀是一条简单化的路，然而他的愤懑是那样浩大无边，从他引用一系列古代蒙难者著书的例子可见，他这时已经把这种浩大的愤懑转化成了对事业的雄心，转化成了磅礴的写作欲，即通过以自己的笔有血有肉地复现历史（或者说创造第二历史）来表达对世界的感情，通过这种非凡的写作事业以感受和显示自己的存在和价值。按照马克思的观点，这就是美。司马迁也像尼采说的，是作为一个受痛苦者而渴求美和创造美的人。贾平凹当然没有司马迁的苦难，但我们说过，他有痛苦，他的文学道路充满了绊磕和阻力，他忍受着冷落和非议，这一切使得他从司马迁的处境、生活态度和对事业的神圣感中得到了共鸣。

贾平凹在读《史记》时，对《项羽本纪》做过反复的品读。他最注重的是司马迁身上的雄风，在创作中努力追赶司马迁写人记事那种胸有全概、大气磅礴的史家气度。读其书，想见其为人，贾平凹的想象中已经有了一个活的司马迁。他说："那是一个长得壮实的魁梧男子，我的气质和他不一样，所以学《史记》不可能学到家，但我写的是处在中国北部的商州，要写得有历史感和类似北方山河的气势和力度，写出那种茫茫苍苍的冲击力，必须从《史记》中获得这种艺术气质。"贾平凹说他是用春秋战国时激烈的阶级斗争那种历史感去写他的《腊月·正月》的。这也是从《史记》中吸取了艺术力量的。

五、本章结语：贾平凹吸收中国传统文化以造就自己，这条道路给我们怎样的启发和教训

每一个中国作家都对中国传统文化有所吸收，即使那些对祖国古代文化抱着虚无看法的作家，他写作时所使用的基本手段即文学最起码的形式材料，还是中国的语言文字，这里边沉淀了多少中国传统文化！但是，像贾平凹这样自觉的、带有体系性的对中国古代文化和美学精神的继承吸收，在我国的青年作家中却是不多的。这其中的根源我们在上文已做了一些分析，但有两点应当补充。

一点是，贾平凹是一个艺术型的作家，他和别的作家有不同的生活习惯、思维习惯和读书习惯。他的各种生活，基本是处在艺术的感受中。他的痛苦和欢乐，总是伴随着对美的感受和品味一起进行的。这样一来，中国的古典文艺、积淀着传统文化的中国北方的社会生活，渗透着中国美学精神的各种民间艺术，作用于这个不断进行着文化感受、艺术感受的作家，就使得他越来越为深厚的中国传统文化所浸染、所武装。

另一点是，贾平凹是一个内向的人，这种内向包括自身内向和对民族的内向，即有着丰富的内心生活，以及对民族文化的挚爱和

最深的领受。这都在他的创作中打上深深的印记。

既要看到贾平凹继承了一笔丰厚的、珍贵的文化遗产，这对他作为一个作家的铸造，对于他在文坛上所踞的高度，都有着重要的关系；又要看到中国传统文化的消极影响，这不是中国文化有什么过错，特别不是中国艺术和美学有什么过错，而是和艺术纽结在一起的中国古代文人的思想情调和生活态度中有消极的东西。愤世嫉俗是中国古典文学最普遍的内容之一，由于古代文人远离民众，愤世嫉俗常常使他们感到“世人皆浊我独清，世人皆醉我独醒”，于是孤芳自赏，从感伤的孤独感，逐渐走向了孤独癖，走向了出世和逃避斗争一途。这种古代文学的消极因素，对贾平凹也时有影响。

在陕西作家长篇小说创作促进会上，贾平凹发言的中心是作家要有现代意识。他认为这是陕西作家突破现有水平的一大关隘。贾平凹注重于对中国古代文化和美学的吸收、接受，这是他发挥和表现现代意识的手段、基础，并不意味着他泥古、向后看，他是向前看的、开拓的，是面向时代、面向世界的。在艺术和美学精神上富于民族个性和传统色彩，这和作品描写的生活事实不是一码事，它并不影响作家对生活动向的最锐敏、最及时的发现和揭示，也不影响作家对生活发展的最睿智、最科学的评价和判断。事实上贾平凹的大量作品，如《鸡窝洼的人家》《腊月·正月》等，都是对这一点的最有力的说明。

我们许多人对“开放”一词有偏颇的理解，以为开放仅指吸收外域的东西。开放首先应是一种“对流”，它包括中国在精神价值方面对世界的贡献；同时，眼睛只向外并不是开放的最高境界，一个民族弄到对自己的过去糊里糊涂，哪能谈到什么开放呢！最高境界的开放应当是视野开阔到不分内外，这样对内和外的所长所短，都能看得真切，处理得当。只要是长，无内无外皆取之；如果是短，无内无外皆避之。如果说科技方面西方比我们先进，我们在这方面眼睛可以多向外的话，文学艺术则不尽然，决不应一味眼光向外。跟着西方踩他们当今的脚印尚且没有出息，更不要说去踩他们19世纪和20世纪初那风化了的脚印了！以中国文化之魂和美学精神作为作品艺术整体的躯干，才能保障中国文艺攀登世界文艺的高峰。如果举办世界人种比赛，我们只能打扮出我们的民族美来，才有得胜的可能。如果缺乏自立的精神，硬把我们打扮成深目高鼻，试想，假深目高鼻岂能胜过真深目高鼻。文艺要在世界夺魁，也正情同此理。在这种举措上，贾平凹的路子是走对了。

第二十二章　贾平凹与商州

一、作家与童年故乡关系的一般论断

一个生长在乡村的作家，要在创作中割断他与故乡的生命联系，排弃童年和故乡对他创作的影响，几乎是不可能的。童年生活对作家的整个生命历程来说，虽然只占到三分之一至五分之一，但它在作家创作中的作用，却带有本质性的意义。

童年故乡生活在作家创作中的作用，除了题材倾向的决定外，主要是审美意识和审美心理的铸造。有一部分可以称之为“生命审美化”的人，具备这样的生命素质：他们总是通过生命体验对世界进行审美观照。在这种行为现象中，自然景物最容易在主体的沉静审视中，与主体的生命体验发生冥合和感应。这种生命运动和审美活动融合渗透得难解难分，可以说是同一事物的两面。这样一来，这种“生命审美化”的人，童年时代在意识的仓库中沉积了极厚的审美储备，在他以后的审美活动中发生作用。所以童年时代是这类个体根本性的生命阶段，这个生命阶段就成了他终生审美意识和审美心理的胚胎、根基和源头，他是无论如何再也甩不掉的。假设把这种“生命审美化”的人童年故乡生活在他意识中的沉积从他身上割断、摘除，这个人的艺术灵气便立即消失，就像是草木被斩断根系、潭水被切断源头，像贾宝玉被从脖子上摘走了通灵宝玉，这个人作为艺术家就不复存在了。

我们这里说的主体对世界的审美观照，和叔本华所说的观照略有差异。叔本华所说的观照是泯灭主体个性的，主体是“作为客体的清晰的镜子而继续存在”的忘却本身个性和意志的“纯粹的主体”。而我们所说的作家、艺术家童年生活中对世界的审美观照，虽然是脱离道德功利而达到物我两忘的非理念境界，但由于这同时又是主体的一种生命体验，所以它总是带有具体单个的性质，是不可能泯灭个性的，所以这种生命历程中所铸造成的审美意识和审美心理总是个体的、特殊的，因之童年时代生活在同一社区中的几个人，并不必然具备相同的审美意识和审美心理。这显示了精神现象的复杂性。

在这种童年生活的“生命审美化”中，乡村的山光水色绿野田畴固然富于田园诗意，然而中国农业经济几千年来生产力低下的状态，给农民生活包括衣食生计带来了相当大的苦难。这其中虽也有着村社民众相濡以沫的人情温馨，但也不乏仇恨和欺诈。我们要强调的是，苦难和美不但不相隔绝，而且苦难往往造就美，尤其对于“生命审美化”的作家来说，美始终与他们同在。对于苦难能够产生美这个哲理，中外思想家都有所阐发，如尼采认为受苦难者从对世界的审美观照中得到解脱，他们渴望美，也产生了美；司马迁认为到他那时为止的所有伟大典籍，都是受苦难者抒发忧愤的产物。在我们读过的许多文学作品中，都是把山乡的自然美和观照生活苦难而生发的美以生命体验渗透得难解难分。

有深度的中国故乡文学作家，都不约而同地具有平民意识，这是什么原因？大约因为中国农村几千年来的贫穷落后，为抗拒饥寒而奋斗的农民占了农村人口的主要部分，因此，平民是故乡的主人，与自然抗争、相处、相亲的也是他们，他们是故乡文学作家审美意识之所以生成的主要依凭。故乡文学作家与美同在，也便与平民同在，这是他们具备平民意识的深刻根源。

这一节是关于作家与童年、故乡关系的一般论断，先谈这个问题，对于研究商州对贾平凹的意义这一议题是必要的、必须的。

二、一个重大转机

1983 年以前，贾平凹小说中也常常可以看到来自现实的商州的民俗、景观、人物形象，这是作家自然状态地、不自觉地取自审美过滤后的形象库存，并未着意创造性地发掘商州世界的独特神韵，即他经常说的作家所建立的“独特的意象世界”。1983 年初，贾平凹在遇到创作的大苦闷时，产生了一个大行动，一过春节他就重返商洛。但他并未在这个行动之初预料到这个行动对于他的整个创作产生的重大意义。这次回商洛他不是蜷缩在棣花寨重温童年的旧梦，而是只身沿丹江做大的游走，在精神上以大的气度包容和鸟瞰了差不多整个的商洛山地，一直走到“一脚踏三省”的商南县的白浪街。思想上经过苦闷之后的深刻反省，行动上领略商州大山大河，感受时代迁转流动的风云，使贾平凹创作出现了一次质的飞跃。在考察游走的旅途中，他就轻松地写成了《商州初录》，回到西安又很快写成了《小月前本》，评论界对他这些新作的赞叹和论析使他对这种创作质变的认识更加明确。他不但更深入地认识了商州，也吃惊地发现了自己；不但找寻到自己最适宜描写的地域，也从商州民俗向中国文化的系连中摸出了同表现商州世界相应合的美学精神。于是他再下商州，三下商州，使这些发现和取得的成果进一步巩固、深化、发展。这使他迎来了也许是一生中创作的黄金时代，促成了创作的爆发期，他写了 20 多部中篇如《腊月・正月》《天狗》《古堡》等，以及《商州》《浮躁》两部长篇。贾平凹笔下的商州世界成了这样的一方领域：它神秘迷人，不但沉积着浓厚的历史遗存和民俗文化，也显示了人与自然相依相斗的充满了血汗、恐惧、悲痛、欢快的历史过程。在新时期，这块闭塞的土地因改革开放引起的骚动，反映了时代的大变化。由此，贾平凹不但在中国文坛上有了自己的地位，同时也为世界所瞩目，美国、苏联、日本等国都有了他的研究者。

三、中国化的文体革新

贾平凹算得上 20 世纪 80 年代中国文坛上的文体革新者之一。文体革新的原动力是多方面的，而主要的是他永不满足的创新追求和对表现商州世界的恰切、独特的形式的探索。发生关键变化的契机，却正是 1983 年初春回归商州的大游走。在此之前他阅读过各方面的杂书，熟悉了中国古籍中洒脱简括富于神韵的叙写文字。这次他每到一县，先阅读县志。县志是一种地域史，对该县辖区的地理、历史、民俗、人物都进行纵的和横的大扫描。这种方志文体的全局眼光，质实而又通脱自由的描述，给贾平凹创造新文体以极大的启发，正应合了他俯瞰地、历史化地表现商州的形式需要，以往探索文体形式的长期积累，也得到了一次总调动。曹丕说，“文以气为主”，对商州的游走和胸中总揽，涵育了贾平凹襟怀中的大气，使他从以前的奇诡灵秀中解放出来，面对一个宏阔深厚的对象，主体的内在气象一下子博大起来，促成了文体的变化。如果没有这次变化的契机，像《腊月・正月》《浮躁》这样气度较大的作品，都是不可能产生的。

回归商州和对表现商州的文体形式的探索以及有成效的创作实践，使贾平凹很自然地成了“寻根文学”的一个重要的方面军。自“寻根文学”这个概念提出之日，就有着各种千差万别的、完全对立的甚至无法对话的看法。贾平凹的“寻根”，是一种多声部的浑厚交响，是对故乡经济、文化、民风、山水的探寻性描述，是放开限界审视中西文化以寻觅自己的美学立足点，是对现代意识的思考和追求，是对民族历史及现状的一次大反思。通过这种“寻根”，贾平凹在而立之年这个转换关头，一下子变得成熟了许多。他总结自己的这一成功时认为是结束流寇主义回归故乡的结果，这道破的便是他创作发生重大转机的关键之举。所以笔者始终以为，“寻根”是一种现代意识所催发的开放，它是在中西文化发生碰撞时去探寻中华民族文化心理的内质和中国文化的底蕴，并不是到蛮荒中去找寻避风港以逃离时代。

四、在故土与城市之间

贾平凹是带着胆怯吃惊的眼光从山里进入城市的，90 年代初时，他早已成为大城市的准上层居民，他既往的生命历程以绝对时间计算，到那时正好城乡各占一半。他已用近 20 年时间亲历了城市生活，以一个作家的生命体验对城市景观和城市社会进行审美观照。但由于本章开始所说的原因，能够保留于审美记忆中的意象，对贾平凹来说，注定将是以童年故乡生活为底色、为参照的，城市生活很难停留在他艺术记忆的屏幕上，城市生活形象只有与故乡生活意象相融合而成为它的体系后，才有可能进入艺术记忆库存。

每一个被李星称之为“农裔城籍”的作家，当城乡两种社区文化在他的意识中发生交汇和碰撞后，便不可避免地产生意识中价值观归属的矛盾。贾平凹当然也不例外，而且他的这种意识矛盾显得更为复杂。他在1980年开始的许多作品中激烈地批判过落后山区民众的愚昧、自私、保守、麻木，这些成为滋生官僚主义的肥沃土壤，给社会进步和社会生产力发展造成致命障碍；但他更多的是礼赞山乡民众的勤劳、坚韧和苦难中同舟共济的仁爱胸怀。和陕西作家群中的其他“农裔城籍”作家相比，贾平凹有着更多的文人情调和更敏感的艺术神经。在写男女之情时，他有一副贾宝玉式的深细柔情的心肠；在对世界的艺术审视中，常有着丰富的多愁善感的遐思。这一切使得他在创作中主体不和农民相重合，但他的灵魂和躯体中永远缠结着挥之不去的乡恋情结，潜意识中存在着对城市事物的排拒心理和淡漠态度。他的笔触一伸向商州，便降临了灵气与活力，而一旦移到城市便立刻迟滞起来。虽然如此，贾平凹和差不多所有“农裔城籍”作家却绝不会放弃自己的“城籍”而再去当地道的农民。城市是现代文明的标志，在现代信息社会中，各方面的信息触角集聚在城市，最前锋的生活方式展示于城市，现代人的智慧和哲理思考只有在城市才能有所感受。对这一切，贾平凹是认识到的。从山里娃子成为城市的准上层居民，这也是他在这一认识左右下奋斗的结果，然而他艺术感情的重心将会永远向山乡偏斜。作为万物之灵的人原是矛盾的精灵，充满人的灵气的天才作家贾平凹就更是如此。

关于作家身上的这种矛盾，笔者和一般评论者有不同的看法，论者常把作家的这种矛盾视为作家之短，似乎贾平凹只有和昔日诀别，彻底做一个城里人，对荒僻故乡不屑一顾，使意识中的上述矛盾完全消失，他才会成为一个理想的现代人，才会成为一个全新的、更高一层的大作家。这是一种不了解精神、不了解文化本质、不了解文学深刻性的简单肤浅的认识。作家意识中的这些矛盾，原是世界丰富性和人类精神复杂性的一种反映，只有通过这样复杂矛盾而又禀赋着天才的主体，才能映现客观世界的深刻复杂性，才能衍生出千汇万状的艺术波澜。试想一种提纯的、正确得完全丧失感性和独特个性的主体，那将是多么苍白无力啊！能指望这样的主体产生出有魔力的文学吗？

五、商州与时代

我们说过，贾平凹的笔触一移向城市就干涩迟滞。他写城市生活肯定写不好，也难于写出时代的真实氛围和本质。城市固然是现代生活的前锋和时代风云的旋涡，但作为正常健全的中国文学绝不能只写城市。在中国这样一个农业大国，农村题材的小说只占了中国现实文学的少部分，这肯定是一种不正常现象。所以在很长的历史时期内，农村作为文学对象，仍然是作家施展才能的重要天地。中国当代作家写农村，包括写荒僻的山野，都是必要的、正常的，不写才应视为中国当代文学出现了病症。实际上，贾平凹写商州并不是要寻找一个远离时代的避风港，他并不是要逃避时代，商州也不能逃避时代，中国当代文学需要贾平凹用天才的笔描绘这块闭塞落后的天地，以体现时代在这样的天地里的表现形态。

在贾平凹回归商州后所写的首批作品《小月前本》《鸡窝洼的人家》《腊月·正月》中，我们就可以强烈感受到改革开放的强劲之风已经无可阻挡地吹进了商洛山地，在生活内部引起了有力的骚动。首先是人心即人的意识的波澜已经勃兴难平了，从而在青年与老年、青年与青年之间引起了观念的冲突，牵动了劳作方式、家庭关系、婚姻爱情等等方面原有秩序的打破。一部分敏锐的青年对新生活产生强烈憧憬，向往着外部的新奇世界，热衷于在当地发展商品经济，从而引起了家庭的不和、父子间的矛盾、爱情关系的变动和婚姻的新的组合。

在这些描写中，贾平凹的爱憎褒贬并未做理念性的简单的施与，他是以作家真实的感受和情绪去展现生活的，在这个过程中显示了生活的复杂性和作家意识的深层矛盾，既展示了生活的正大方向，也充分表现了社会前进时的艰难和痛苦。贾平凹在这些描写里毫不姑息地批判民众中保守落后的思想和作为，而对他们的勤劳、善良、豁达也做了深刻生动的表现。贾平凹对自己家乡的父老有着深挚的爱，对千百年传承的传统美德怀着无比的深情，也不得不揭示这些美德在时代发展面前的无力和所受的困扰。那些站在生活前沿和潮流峰巅的青年，一方面显露了推动生活的力量和才华，一方面又表现着对以往道德信条的淡漠。我们既不能否认传统道德的现实价值，又未建立起新道德的明确范式，在这里作家不能没有困惑。作家的描写是真实的，困惑是自然的，因为这种困惑可以说是时代本身的困惑。

第二十三章 贾平凹与“生活”

这里所说的“生活”指作家生活。作家生活主要指作家对现实生活的熟悉把握和艺术占有，其次也包括作家的自身生活、作家与社会的联系。作家生活问题涉及作家与人民、作家与时代、作家工作的编制方式、作家充实生活库存的科学途径、作家生活转化为艺术的复杂过程等一系列问题。这是一个理论性、实践性都很强的问题。在这个问题上，贾平凹是一个很有研究意义的作家，贾平凹的“生活”、他对这个问题的思考及实践经验，在作家生活问题的很多层面上给我们提供了深入探讨的思路。

曾经有一段时间，评论界有些人认为贾平凹缺乏生活、轻视生活。他们把他同从职业的革命队伍中成长起来的老作家相比较，感到这些老作家生活阅历丰富，不少人出生入死，他们为数不多的作品，是从几十年的革命生涯中锤炼出来的；贾平凹踏入社会才几年！有多少生活！就写了那么多作品，能不胡编乱造吗！特别是当看到贾平凹创作特别多产时，这些评论者就更有感慨。这样算账，显然是把复杂的精神生产与一般的物质生产相类比，100 吨矿石炼 1 吨铁，20 年的生活经历写 20 万字的小说。如此推算，20 多岁的青年作家写 100 万字的作品当然成了咄咄怪事，就是偷工减料，就是投机倒把行为，岂不应当严厉批评吗？而作品越少，似乎就越货真价实。

产生这种看法的原因，除了这种机械推导而外，还由于艺术观念的狭窄，以现实主义作为唯一的文学标尺，来衡鉴贾平凹非现实主义的文学作品，自然南辕北辙，得出“不真实”“胡编乱造”的结论；又加上作家的年轻多产，于是说他缺乏生活、轻视生活似乎就成了击中要害的不移之论。实际上，说贾平凹轻视生活，乃是一个以讹传讹的说法。一个人在他的年龄、出身、经历、环境等条件面前，他生活的大体上的丰富度是为客观所规定了的。一个 20 岁的人不可能经历 21 个春天；一个终生未离开过黄土高原的人，不可能对大海有具体的感性的体察。要求作家具有超出客观条件所可能给予的生活丰富度当然是无理的，要求所有作家年龄与作品多寡的比率都相等自然也站不住脚，那么对于贾平凹所可指责的，只能检查他占有和把握生活的自觉精神如何了。如果他缺乏这种自觉精神，不重视在主观上对生活积极能动的接触、深入、体验、观察，那说他轻视生活、缺乏生活当然没有错；然而事实恰恰相反，实际事实是贾平凹对于占有和把握生活有着高度的自觉精神。在这一点上他恐怕不会比任何一个同龄的作家做得更差。他不但做到了那些强调生活的重要的人所要求的作家对生活的接触和深入，而且比他们考虑得更深、更远。这包括：其一，不但积极接触和深入生活，而且解决怎样以艺术家的眼光、感受、思维去接触、深入生活的问题。其二，怎样适应时代的要求，既能深入、专注，又能放开生活视野，达到对生活除微观之外的宏观方面的了解和把握。

多年来，我们对作家生活问题有片面的认识，现在再这样下去，必然要贻误我们的文学事业，所以必须对这个问题做科学的、深入的研究了。诚然，生活对于作家的文学创作有着根本性的意义，生活贫乏的人，是不可能成为一个有希望的作家的，因为生活不仅给予作家的创作以源泉，而且一个作家的产生和长进，都有赖于生活的造就。离开生活，一个天才也会夭折；断绝了生活的活水，一个名作家也会江郎才尽：古今的无数实例都证明了这一点。但是，明确了这一点是不是就够了？到此，问题是不是就说到头了呢？没有，这是不够的，是不全面的，这像一道几何证明题只做了一半。目前有许多强调生活对于作家的重要意义的文章，就只做了这样的半道题，这样的理论对于中青年作家所产生的影响有时候可能是一个负值。事实告诉我们，每个作家的形成和发展都有各自的情况，其成败得失，根源有时在生活，有时并不在生活。作家的成功是各种复杂因素的总和。生活固然是带根本性的因素，但除此而外还有着另外诸多因素。特别应当指出的是仅仅接触并深入了生活还不行，重要的是怎样接触、怎样深入。

文学创作是一种复杂的精神生产，从现实存在的生活，经由作家的奋斗和努力转化为艺术品，这个过程，十个作家就会有十种不同的“线路图”。然而中外历来的文学大师们没有一个不是用艺术家的眼光去看取生活，用艺术家的头脑去思考生活的，没有一个人在生活过程中抛弃开自己的艺术素质而像常人那样去沉潜生活。要论生活，工人农民可算最富于生活资本了，但从来没有人给工人农民与作家画上等号。同为长年与土地打交道的农民作家，其创作成绩却可以大有等差。有不少农村作者开始曾经接连写过几篇有苗头的作品，后来他的生活是更为丰实了，而创作却难乎为继。缺乏生活而创作枯竭的作家，深入生活固然有可能取得创作的转机；而长年生活于农村、没有读书机会的作者参加一期作协办的读书班，创作常常会出现一个飞跃。有些青年作家当年在生活第一线时，虽然做了努力，也未写出有影响的作品来，后来离开生活第一线，做了文学方面其他条件的积累，虽然蹲着机关，却写出了在全国有影响的作品。如果离开生活第一线后，没有对文学的追求，没有进行生活之外的素养积累，他们最多只能停留在原来的水平线上，那些影响全国的作品也不可能问世。综观这些情况，说明只满足于有生活，对一个作家来说是很不够的。

只强调深入生活而不顾及如何深入、靠什么深入的同志，往往举柳青皇甫村 14 年为例。实际上柳青并非只以生活者而不以作家的眼光和心理去深入生活。只不过为了当时特定情况下深入生活的效果，柳青在皇甫村的作家身份是暗的，“柳书记”的身份是明的。作为工作者、生活者，作为领导合作化的工作干部，这和作为作家去深入生活并无抵牾，二者完全可以统一起来，事实上柳青正是把二者和谐地统一起来了。柳青搞农业合作化是全心全意的，这其中就同时包含着他艺术地认识生活、感受生活和腹稿阶段的艺术创造，这些作家的艺术劳动他都在紧张地、情绪亢奋地进行着，这从我们事后了解到的他那些不同常人的生活方式，从他与胜利社社员接触、相处、谈心、访问等一系列独特的活动中处处都可以看得出来。柳青自己讲“三个学校”，尽管当时这样讲并不合“时宜”，他也没有说只占有生活，只“三同”“四同”就够了。柳青在提笔写作的前后和写作中间，还以一个艺术家睿智的头脑和广阔的视野研读了古今中外的不少名著，以他独到的方法学习历史、哲学、心理学等社会科学，从中汲取人类文化成果中的许多精神养料，使他在观察认识生活时能够避免被动和盲目，而有着清醒、俯瞰的气度和眼光。所以如果从柳青身上得出作家只要下到生活里就行了、有了生活就有了一切的结论，那是既未深刻了解柳青，也同作家跟生活发生关系的规律大相径庭的结论。这个结论不但是表面化的，也是误人的。难道贾平凹与柳青真有什么对立的作家生活观吗？没有。柳青、贾平凹及其他成熟作家与生活发生关系的总规律都是相通的、一致的。

指出上述理论的不全面，并不意味着生活不重要，并不是说贾平凹的成功主要是靠了生活之外的其他修养而取得的，而是在重视作家深入生活的前提下，强调如何有效地去生活，是说贾平凹处理作家生活问题的经验的重要意义在于他做完了未完成的半道题，是说作家要依凭于艺术素养使他熟悉的生活发生从现实存在向艺术存在的转化。作家的生活转化为艺术财富的多寡，取决于他艺术地占有生活的厚薄，取决于他的生活与他的艺术素养发生反应的反应率。生活其所以重要，原因在于对一个作家来说，所谓艺术修养总是有赖于和生活发生反应，艺术修养只有在得到了丰实的生活并与之发生反应时，才显示出神奇的作用。作家艺术素质的培养和生活库存的积累，可以是分开来独立或交叉进行的，但必须看到这两者是相须的，一定得发生“热恋”。生活和艺术素养这两个方面都不具备或只具备其中一个方面者，自然难于成为作家，即使两个方面都具备而两方面却不发生“热恋”不产生反应，也不能成为作家。世界上非作家的文化人中，属这种情况者是并不少的。这样表述，对一个业已成为作家的人来说，还是不准确的，不准确之处就在于这还是把作家的艺术修养和生活作为两个互相脱离的独立物来考虑问题的，因此我们可换个说法这样说：一个业已成为作家的人，只有他所深入的生活过程中贯穿了他的艺术意识，他的生活才算得上真正的作家深入的生活，否则这种生活就是一般的生活，就与文学创作没有多大关系。贾平凹正是避免了这一点。作家生活大体说来可以分解为三个环节，即艺术地感受生活、艺术地认识生活和艺术地表现生活。这样分不过是为了论述的方便，实际上这些环节往往是纽结在一起不可分割的，感受中得到认识，认识中渗透着感受，感受和认识中也孕育了表现的因素。在艺术地表现生活的环节里，同时也伴随着对生活的艺术感受和艺术认识。这些环节是以生活为材料、为骨干，以艺术修养为动力、为武器，通过作家能动的创造性劳动去进行的。

说贾平凹不重视生活、生活贫乏的人，往往不愿意强调艺术修养，他们甚至认为贾平凹正是过分注重了艺术而轻视生活的，这样，艺术修养就被看成与作家生活相对立、相排斥的东西。其实作家的艺术修养主要应指他面对生活所勃发的创造力及以这种创造力洞察生活、驾驭生活的效应，应指作家秉笔之前那种敏锐的、独到的对生活的艺术感受和艺术认识能力，这是作家艺术地表现生活的能力的根源，所以作家的艺术修养决不可肤浅地理解为描写的本领和艺术技巧。这种洞察、驾驭、认识、感受生活的能力的提高，当然还应是以生活为课堂去进行的，也只有在生活的阵地上才能实习和检验这种能力，看这种能力面对生活能放出多少光彩来。贾平凹引起人们瞩目的不是别的，实际上正是这种才能。这种才能处处和生活牵系着，离开了生活便失去了依托，那怎么可以说他不重视生活呢！一个想搞文学创作的人如果不具备这种能力，他就像一个得了食道癌的人面对着满桌的山珍海味一口也不能下咽，无论他怎样潜沉在生活中，也无论生活本身怎样丰富多彩，怎样有意义、有诗意，甚至怎样惊天动地，对他搞文学创作来说都是不相干的。在这种情况下，还一味向他强调那种脱离艺术感受和艺术认识的非作家的所谓“生活”，这岂不是无的放矢。

贾平凹的创作经验告诉我们，作家的艺术修养，主要的并非先天的禀赋，他除了因环境家境的原因，青少年时代就养成了“读山读水”默默感受自然和人事的习惯而外，主要是在走上创作道路之后更加自觉地在生活实践中使自己的艺术感受力和艺术认识力不断得到提高，越来越灵敏，越来越深刻。这种艺术修养的提高虽然主要是在实践中实现的，但作家艺术视野的开阔，往往可以使这种提高插上翅膀。作家吸收人类哲学成果以增强哲理、宇宙、人生诸意识，阅读前人的文学名著，欣赏各种门类的艺术，进行美学感受的磨砺，常常启迪着他对生活的艺术感受和艺术认识，促进着他这种能力的提高。有些人常讲生活倒是能解决艺术上的一些问题，这其实正指对生活的艺术感受和艺术认识所得到的收获，物化到对生活的艺术表现之上这一过程，实质上是作家在生活中能动的艺术劳动的产儿。如果作家失去这种艺术能动力，像常人，像新闻记者，像到基层蹲点的领导者那样去对待生活，就不会有这种艺术收获。

从贾平凹自《情和爱——〈满月儿〉创作之外》开始的那些谈创作经验的文章中，我们可以探寻到这样一个总事实：只有对生活进行艺术感受，才能有作品中那种深远的意境和艺术氛围，才能在作品中表现生活的微妙精神，才能使作品充盈着艺术感染力；只有对生活进行艺术认识，才能产生艺术典型而不照搬生活，才能以作品揭示深刻的思想主题而不图解现成的思想概念，才能使作品具备长久的哲理教益和思想魅力而不致成为短命的应时之作。至于在艺术地表现生活这一环节，作家的艺术修养就显得更其重要。在这一环节，作家的生活库存是重要的，但只有对生活的熟悉，哪怕是了如指掌，而缺乏艺术素养，艺术想象力差，思维胶着在原有生活上升腾不起来，这就难于创作出比实际生活更集中、更典型的文学作品来。

总之，贾平凹对待作为创作源泉的生活的问题，是比评论界在这个问题上的一般认识更深一层，更前进了一步。这种深化和前进就是不仅认识到生活的重要，而且认识到在从接触生活、熟悉生活直到以艺术表现生活这一过程中应当贯穿着作家对生活的艺术感受和审美观照，而不是只在提笔创作时才让作家的艺术意识与生活发生关系。这样，作家才得以把常人的一般生活上升为作家生活，才能有效地充分获取作家生活。

解决作家生活问题必须面对现实。不能在不问时代、不问国度的抽象条件下来谈作家生活。社会主义文学的作家当有许多区别于资本主义作家的地方。指导思想不同了，服务对象不同了，作品所表现的生活不同了，因而社会主义作家所自觉深入的生活比起资本主义作家所接触的生活也有着根本的不同。毛泽东同志 1942 年就说过：“革命的文艺则是人民生活在革命作家头脑中的反映的产物。”所以社会主义作家必须面向“人民生活”，必须走自己占有生活的路子，不能念资本主义作家的生活经。这就产生了发展社会主义文学事业需要研讨的一个新课题。但这个新课题却一直被“下生活”的简单号召所代替所包裹，至今没有得到解决。一般来说，资本主义作家在接触和深入生活方面用不着花什么大功夫，而社会主义作家占有生活则需要做较大的努力，需要有更大的自觉性，要以人民的需要为标准开拓、选取生活领域和方向，克服资本主义作家生活的主观随意性。我们在搞有中国特色的社会主义，这种特定的社会体制、作家对国家对人民所负的使命、意识形态在党的思想领导和国家政治中所处的位置等等，对作家的创作和生活都有相当大的制约作用。这一切决定了我们文学的一定轨道，也决定了作家创作和作家生活方式的一定轨道。但这种轨道又不应成为束缚作家占有生活的镣铐，作家应在这种轨道中充分发挥自己的能动精神去占有生活。我国的作家生活是自由和必然的统一，应当很好地研究这种自由和必然的结构关系。另一方面，党和人民给作家深入生活创造了前所未有的良好条件，给了他们开掘生活以鼓励和精神力量，这是资本主义作家难以企及的。但是社会主义在生活方面对作家的这种要求决不应该成为这样的情况：社会主义作家深入生活的重要性，致使作家只能朴素地、被动地去熟悉生活而不应当以艺术头脑和美学意识去观照生活、驾驭生活。如果这样，那就走向谬误了。

毛泽东同志 1942 年提出作家、艺术家要到人民群众中去，到火热的斗争中去，这个号召对于推动我国现实主义革命文学的发展起了很大的作用。这个号召本身就带有很强的理论性。之后的 40 多年里，中国的生活现实发生了巨大的变化，只可惜我们没有珍视毛泽东同志这一号召的理论价值，依据现实发展的要求及时对这一理论做应有的发展，而只是把要求作家到生活中去作为一个政教性的观念去重复，至于根据具体作家的不同情况采取何种方式“下生活”、下去后如何生活、如何最大限度地获得“作家生活”等这些带有方法论性质的问题，从来很少进行研讨和实施。随着我国历史和世界形势的发展，随着我国的对外开放和改革风潮席卷全国，我国的每一地域、社会的每一部分都加强了自身与四周的网状联系，加速了信息的传递与交流。就是在以前是穷乡僻壤的地方，也很难找到一块与外部世界绝缘的桃源乐土了。这样就要求作家放开视野看取生活，提高了解生活、把握生活的效率，加强对生活的宏观认识。在这种情况下，作家如果把主观与某一客观生活对象凝固化，封闭起来，他将连这一具体客观对象也认识不清。然而迄今为止，我们在谈作家生活问题时，都非常简单、非常概念地把作家深入生活当一个冠冕的话头去喊，老是停留在陈旧的理解上，并不考虑适应新的发展了的现实去有效地实施它，不反映出时代和现实对这个问题所提出来的需要深化的思考和探讨来，缺乏一种求实精神和科学研究的态度。

举例来说，过去写农村的作家很少涉笔城市，写工业的作家又绝不描绘农村，否则好像就是非分。一个一直写工厂生活的作家，如果发表一篇反映农村生活的作品，大家就会诧异，会有各种议论。

现在不是你给作家划不划这个疆界的问题，而是生活本身打破了这个界限：农村一搞商品生产，自然与城市沟通了“血液循环”，城市出现了农工商联合企业，农村企业在城市设了办事处，郊区农民到市区来办食堂开旅馆，农村个体户直接与外商签订合同，从山窝里一下把手伸到了外国……面对这样的现实，作家那种老一套的、固守一隅生活法当然是不适应了。八九十年代，贾平凹的中篇特别是那些呈现农村商品经济发展过程的中篇，情节常常从农村写到城市去。要把握这些生活变动的深层内容，感受这种新的时代脉搏，当然得探寻相应的熟悉生活的路径，绝不可以仅仅翻那本“三同”的老皇历了。

贾平凹对生活是下了功夫的，他在观察熟悉生活、感受认识生活、把握占有生活诸方面都有其独到之处，这正是他其所以能独特地、创造性地表现生活的根源。贾平凹对待生活的修养功夫表现在以下各方面。

一、敏感

在我们这个风云变幻的时代里，在我国这个长期封闭而突然开放的国度里，一个作家要把握这种时代动势，适应读者发展了、提高了的精神需求，他对生活必须具备非常敏锐的感受认识机能，必须善于聆听时代的足音，及时扪触到时代的脉搏，否则他的作品将因为陈旧和老气横秋、缺乏文化心理方面的信息价值而使读者失去兴趣。贾平凹在这方面是有着足够的自觉的，他强调说：“面对着中国目前大转折、大变革令人激奋的现实，一代青年有着自己的头脑和自己的力量。民族要振兴，国家要现代化，有一个现代化思想，做一个现代化人的浪潮，在冲击着我们每一个人。现在，随便走到任何一个工厂，走到任何一个村庄，面貌不是50年代的面貌，也不是70年代的面貌；每一个青年，意识不是50年代的意识，也不是70年代的意识。现在，时代的特点比任何时候都表现得充分、深刻和明显。这便是我看到的这个世界，听到的面对着这个世界所发出的心声。”（《心迹》序）对生活的敏感，使贾平凹很注意捕捉当代人特别是当代青年的心理和情绪。他1980年一些写青年爱情和婚变的作品就企图通过心灵的透镜折射出时代的光色。在他的笔下，那些遗弃初欢的男青年，由于反复的社会动荡，无形中撼动了他们意识中的传统道德观，当政治经济生活给他们提供了某种地位陟升的机会时，他们就隐约地滋生了注重实利、追求享乐的观念，对于舆论的指责、人道标尺虽还不敢置之度外，但已经有些不大看重了。对鲁迅在作品中曾经深刻揭示过的民族劣根性，贾平凹也着意在新的时代里发掘这些种族隐意识中顽固的遗传物，以求引起国人的震惊。1984年发表而写于1983年的一些再现农村自发的、自下而上的顽强执着的商品生产活动的中篇的思想，恰与其后中央的有关精神相契合。而且这些作品大都摒弃了主题概念的图解，不是按着现成思想的图纸到生活中按图索骥去找寻生活以构成作品，作品的命意主要是生活深层所闪现的信号暗示给作者，而贯穿作者创作思维的又始终是鲜活的生活具体形态。没有作家本人面对生活时所具备的敏感，创作中思想信息的敏锐性和生活具体性的和谐统一是办不到的。

敏感并不完全是作家禀天而得的主体能力，也和作家撷取生活的勤奋是有关系的。贾平凹多年来每遇机会就到下边去熟悉生活，他的足迹多次留在陕北的榆林和三边、关中、陕南的安康和商洛各县。正如他在《小月前本》的跋中说的：“我背着我的纸和笔，开始一县接一县地走动……遇人家便讨吃讨喝，见客店就歇脚歇身。日子虽然辛苦，却万般的忘形适意。农村的新的变化，新的生活，新的人物，使我大开眼界。”勤于到基层走动，自然容易感受到现实所透发的新的时代特征。他在同一篇文章中还说：“新的形势发展，新的政策颁发，新的生活是多么复杂迷离啊！投映在农村每一个阶层人的心上，变化又是多么微妙啊！对于土地，对于传统的道德观念，老人和青年人有区别，青年人和青年人有区别。他们仅仅是粮食丰收，有吃有喝吗？不，还有好多好多能说清和说不清，甚至只有朦胧的意会的问题。新的生活的到来，在这么一个偏远的边地，向一切人的心灵打开了一扇窗子，尤其是年轻人。”辛勤采撷生活的花蕊，才得以酿造出思想艺术的新鲜蜜汁。

二、高远

贾平凹曾强调对生活必须胸有全概，而不被某些枝枝节节障了眼目。这就是达到对生活的宏观了解，而宏观又不是游移不定。他说：“至于我以及在陕西的好多文友，都是写农村题材的。我们的出身、经历，本身就是农民或由农民过渡的干部，对于农村生活，不能说不比外地作家熟悉，却在创作上落后于人，这就应该说是如何生活的问题了。正因为有地域的差别，使我们感到了惶恐和紧迫，因而放弃了生活的根据地，沦于文学上的流寇。而流寇政策的教训又使我们纷纷退回到原地的圈子里，写农村而注目于一村一镇，写农民而混同于农民，便又导致了就事论事的桎梏里。”（《腊月·正月》后记）为了对生活有宏观的了解和把握，贾平凹多次对商洛七县进行“走马观花”式的体验和考察。这也是深入生活的一种重要方式。这种方式当然不同于盯在一个地方的“三同”生活办法，但也不是行吟诗人漫无范围的游走，而是选取有共同特征的相对固定的一个较大的地域范围，熟悉其历史、风光、习俗、民性，特别是在新的时代里各阶层人的心理变化，特意了解一些具体的人物和生活故事，并以这一地域之外的别的地方的生活作为参照，对该地域的生活变化进行验证和评估。贾平凹的生活实践证明，在我们这特定的时代里，除细致深入的生活勘探而外，这种“走马观花”的对生活的“扫描”是非常必要的，这比那种仅仅“注目于一村一镇”的“三同”方式有着更高的效率。这一点以及贾平凹其他一些不同于别的作家的深入生活方式，都能给我们以启发，促使我们对我国文学界过去关于作家生活的理论进行反思、发展和修正。深入生活的效率问题，是一个与方法相联系的问题。要提高深入生活的效率，必须解决在作家生活问题上遇到的许多新矛盾，诸如不同年龄的作家、不同经历的作家、不同选材的作家、不同气质的作家、艺术感触锐钝差异很大的作家，可不可以有不同的深入生活的方式？“三同”的方式还有无意义？如有，将怎样具体实施？除“三同”而外还可以有哪些深入生活的有效方式？60 岁以上而多年杜门未出的作家怎样接触新的生活？作家所积累的旧的生活将怎样在新的创作中发生效应？一个作家的童年生活在他终生的创作中占怎样的地位？一个作家的创作题材可不可以限制到只写工业、只写农村、只写部队？要不要在发展变革了的时代里构创鸟瞰全社会、囊括城乡各个生活领域的巨型作品？要不要呼唤生产这样的作品的大作家出世？这样的作家又将怎样占有生活和充实生活积累？

高远地审视和把握生活，也是现代意识作用下人们对作家生活观的一种新的认识和新的发展。信息的流通传递日益加速，地球变得越来越“小”，人们以更加开阔的胸襟和眼光来看世界、看历史、看自然。在这样的世界面前，过去那种一头扎进去而目不外视、精不旁骛的生活态度和生活精神，虽然曾被给予高度评价和充分肯定，但越来越与时代的要求相悖谬，起码不应成为处于独尊地位的作家生活方向。

三、专注

高远是就面对生活的战略眼光和整体审视而言的，说高远并不应当给浮于生活之上的游击习气造成口实。贾平凹深入生活又是十分专注的。他有自己的生活基地，这就是他出生并度过少年时代的商洛山地。他一直自豪地自许为山地的儿子，并决定在商洛来挖自己的生活深井。他给自己“下了一道命令，说：请结束你的游击战，在生你养你的商州故乡开辟一块根据地吧，数年之间或‘达摩面壁’或‘居山落草’”（《小月前本》跋）。他自 1983 年开始多次深入商洛各县，在生活方面取得了很大收获，因而感慨殊深地说：“发现商州这块地方，足够我写一辈子了，似乎有好多东西每日每时在心中涌动。于是我二返商州，三返商州，四返商州，仍然是沿县奔走，大有温庭筠当年在这里的生活‘鸡鸣茅店月，人迹板桥霜’。一次比一次有收获，这就是接连写成的《小月前本》《鸡窝洼的人家》《腊月·正月》，以及小长篇《商州》。”（《腊月·正月》后记）

高远与专注对立统一，相反相成。贾平凹是“欲以商州这块地方，来体验、研究、分析、解剖中国农村的历史发展、社会变革、生活变化”，他的目的多宏伟，可以说相当高远了，欲达此目的，没有了解、审视生活的高远意识和眼光行吗！然而他并不是要通过写全国以表现全国，写全球以表现全球，而是“以一个角度来反映这个大千世界和人对这个大千世界的心声”（《小月前本》跋）。这个特定角度就是商州，所以他在深入生活时，商州始终是他所迷恋的对象，他的心神始终是浸淫于这块土地的。

与专注相关联的是贾平凹对生活体察感受的细致和独特性。他谈自己的经验说："要注意那些细微之处。微妙精深，微的东西才往往是表现了深的东西。"（《观察》）然而如果缺乏执着的专注精神，这些细微之处是根本无法把捉到的。这种体察感受生活的细致和独特性是生活存在化为作家主体中看不见的东西，但又总是物化为艺术存在，充分体现在作品的语言、细节和韵味之中。贾平凹被称为"怪杰"，就是人们从他的作品中体味到了这些独特性，而这些外化为文字的艺术独特性，其根源正在于他对生活的专注、勤奋和深细的感受和体察。

作家在生活面前的艺术感触，随着他对这种能力的自觉培养越来越灵敏发达。贾平凹曾说："一个作家，不是在动笔写作时才意识到自己是作家，而是在每时每刻都要明白自己的工作，这就是说观察是随时随地进行的，要从有意识而训练成无意识的下意识的习惯。艺术的眼光便是这种习惯的结果。"（《观察》）这种下意识的习惯养成后，世界在作家面前就不仅成为一种认识对象，同时成为审美对象，现实生活对于作家就像一部书一本戏一幅大画一样成为欣赏对象，他到生活中去随时可以得到审美享受。贾平凹说"文化大革命"期间，他不能读书，却读山读水。到他后来多次重返商洛时，他对商州的自然山水社会人事，就更采取了审美观照的态度。笔者于1986年夏与贾平凹同去商洛，发现他一过黑龙口就完全浸沉到兴奋之中，以至改变了常态，对这里的一草一木，过去的历史、眼下的新闻，他的童年、家事，等等，他都愿意对人如数家珍地叙说。看来商州这本书，他已读得烂熟，并读出丰富的心得了。

附录：贾平凹文

先生费秉勋

当我二十出头时认识了费秉勋先生，命运就决定了今生对他的追随。他那时是陕西唯一一家杂志的编辑，我拿着文稿去请教他，就站在他的办公桌前，不敢坐，紧张得手心出汗。第一篇稿发表了，接着发表了第二篇、第三篇，从此文学的自信在心中降生，随之有了豪华的志向。就这样我们成了师生和同志。将近三十年的岁月中，他的工作有变，从编辑到了教授，不变的是他一直在从事文学的研究和评论，而我的任何文章他都读了，读了该要表示肯定意见的就坚定表示自己的意见，不管在什么时候和场合，该要批评的就放开批评，不管别人怎么说和我能不能接受。他的口才不好，说话时脸无表情，只低着头说他的。

他是一个有独立思考的非常固执的人，如果指望他去通融什么，或求他办什么事，那永远是泥牛入海。初识的人都觉得他冷漠，是书呆子，但长久地相处，他的原则性，不附和性，率直和善良，以及他的死板和吝啬，使他的人格有了诱人的魅力。

他的学问相当丰富，任何事情只要来了兴趣，他都能钻进去，这一点给我的影响十分大。每一个夏天，他避暑的最好办法就是把自己关在书房写专著，并不止一次传授这种秘密。他的有关舞蹈研究的专著，关于绘画的一系列文章，研究易经的七八本书，以及学琴，学电脑，都是在三伏天完成的。立即能安静下来，沉下心去，这是他异于他人之处，不人云亦云，坚持自己的思考，特立独行，是他学问成就的重要原因。

先生形状平实，有时显得呆头呆脑，所以常在陌生地的陌生人面前被忽略他的存在，但若熟知他的人，莫不尊重他的。大智若愚，他可以是一个典型的例子。六十岁后，他退休了，突然痴迷起了书法实践，他以前对书法艺术研究多多，但从未执笔弄墨过，实践开来，日日临帖读碑，二三年光景笔力老辣，有自家面目。我在许多人的厅室里都见过他的作品，令我惊叹不已。我常常想，他这一生在文学艺术领域里涉猎面这么广，且从事什么都成就非凡，从不守旧，求知欲强，以后谁又会知道他又要有什么作为呢？

他大我十多岁，我二十岁时称他为老师，终生都称他为老师。这不仅仅是一般的尊称，确确实实他是在为人为文上一直给我做着楷模，我时时对自己说，也当着别人的面说：永远向费先生学习。

“贯通老人”题贺

当我接到通知（编者注：费秉勋七十诞辰书法展览开幕式），第一个想法就是：费老师怎么七十啦?! 脑子里便闪现我初见他的情景，那时他才三十多岁么，怎么一下子就七十啦！可再一想，我都五十多了，老师怎么不七十呢？真实感慨岁月如梭，人生如梦啊。

但是，费老师的七十年是精彩的。在我的接触和认识中，他道德高尚，人格独立，他通古贯今，知识渊博。在他身上有着许多矛盾的难以理解的却是供我们当学生学习的东西，比如：他总是低调，但声名远播，他总是少言寡语，言出即立，他总是拙于交际，追随者却众，他总是逆流行而治学，时过境迁，他的学业最具价值，俗话说人过三十不学艺，他四十后学易经，五十后习书法，六十后操琴，俗话说脚不踩两只船，他竟然身怀多样绝技。

他不张扬，有的是张力，他不坚强，是顽强，他不耍小聪明，他无处不智慧，他不是个叱咤风云的战士，而我们看到的是一个立于高地的清正萧然的学者身影。

我是他的学生，并不是学生在夸张他的老师，为了庆贺他的七十大寿，学生们筹办了他的书法展，大家看了他的书法，从仅仅是他的一个方面，就能知道我的话并无虚妄。

我祝费老师身体健康，祝他晚年幸福，祝他文艺精里更精，活出个真正的德寿艺三高的典范。

在太白书院书法展览开幕式上的讲话

费老师是我追随了三十多年的一位老师，是一般人比不上的。说这话不是学生吹捧老师，没有这个意思，因为费老师既是老师，也是朋友。费老师这个人，我觉得是一个很有品格的人，而且在我认识的文人里头是最有骨气的人。外表看好像是风一吹就倒，很柔，但骨子里是刚硬的、倔强的人。再就是这个人是很聪慧的人，那个聪慧劲是有灵性有悟性，是在我认识的人里面首屈一指的。再一个特点是特别安静，而且脱俗，除非对一些小零钱爱惜，就这一点也是充满童心，让人觉得可爱。几十年中我们没有闹过矛盾，我一直很尊重他。

费老师快六十了才开始写书法，我想起了老年变法，老年人能做到变法，肯定能活到九十岁以上，这种迹象已表现出来了。我们有一个业余书法团体叫太白书院，几次会上都在表彰他，说要给他发书法进步奖，因为眼看他书法的进步很大。几年前他才写字的时候拿起笔来抖得落不到纸上，那时我都开始写了，他还在抖哩，几年后他写得比咱好得多。我觉得他能写到今天这个程度，关键一点是修养的问题。因为他是搞文学的，搞古典文学，搞现代文学，搞文学评论，写了那么多书，而且对绘画有研究，对音乐有研究，现在在西安的文人里会弹古琴的只有费老师一个人，舞蹈史方面写过专著，古典文学唐宋元特别是元，是很有权威的教授，易学方面“奇门遁甲”等写了六七本书。他这个人啥都会，我最佩服这个人能很快安静，很快钻进去。研究易经一个夏天不出门就在屋里研究。这种精神一般人是没有的。后来他又搞书法，每搞一样把别的都能吸收进去。他那个修养不仅仅是读了几本书，他的兴趣广泛得很，把啥都能融汇进去，搞书法以后，别的兴趣就都成了书法的准备。我觉得他的书法后头肯定还有大的发展。他的书法有文人气，文化气息。再是比较散淡，他那个散淡不像流行书风那种人为性的故意弯来倒去，松松垮垮的，他不是那种散淡，而是属于发挥心性的，很有灵性的、蔫蔫的那种，没有功利性的东西，很有阴柔静美的成分在里头。我很欣赏费老师的书法，他的书法不断地变化，墙上挂的和书上的不一样，印的册子上又不一样，明天会发展到哪种样子，现在一时还不好定，只能说正在路上，像河在流着，势头很好。总的来说，对费老师的期望大得很，起码在陕西书坛上，有一块地方是费老师的。